COLLECTION
FOLIO ACTUEL

Pap Ndiaye

La condition noire

Essai
sur une minorité française

Préface de Marie NDiaye

Gallimard

Cet ouvrage a été originellement publié aux Éditions Calmann-Lévy.

Pap Ndiaye, historien, est maître de conférences à l'École des hautes études en sciences sociales (Paris).

Pour Jeanne et Rose

Les sœurs

Paula et Victoire étaient deux sœurs, ce sont les seules que Bertini ait jamais connues.

Bertini avait un prénom, dont personne ne se servait cependant à l'exception probable de ses parents et que, de fait, personne n'était sûr de connaître, si bien qu'il n'était, socialement, que Bertini.

Il avait été de ces enfants si peu avantagés (visage sans grâce, très petite taille, timidité excessive, famille modeste) qu'il semble spontanément à leurs camarades que ce serait leur accorder un honneur qu'ils ne méritent pas et leur témoigner une cordialité imprudente que de prendre la peine de se rappeler leur prénom.

Les deux sœurs, ses voisines, disaient aussi « Bertini », mais avec une familiarité pleine de gentillesse, comme on appelle par son nom unique un brave chien.

Cette bienveillance l'encouragea à se rapprocher d'elles. Ils passèrent ensemble leurs années de collège, puis de lycée et de faculté, et jamais Bertini ne les quitta des yeux, jamais il ne put oublier longtemps l'inquiétude diffuse qu'il éprouvait au sujet de ces filles, des sœurs, les seules qu'il ait jamais connues.

Elles n'avaient qu'un an d'écart. Elles étaient si différentes l'une de l'autre que Bertini les avait prises au début pour des amies, et il continua de douter vaguement de leur lien de parenté même après qu'il eut rencontré le père et la mère de Paula et de Victoire.

La mère, une longue femme élégante, ne posait aucun problème à l'entendement de Bertini. C'est avec le père qu'il éprouvait des difficultés, même si, au bout du compte, il était presque reconnaissant à cet homme noir d'avoir introduit dans sa vie à lui, Bertini, la saveur d'un certain mystère, lequel ne tenait pas précisément au père lui-même qui se révéla plutôt ennuyeux et commun mais à ce qu'avait produit la couleur de sa peau, d'un noir profond: deux filles métisses, des sœurs, les seules que Bertini ait jamais connues.

La peau de Paula était claire, à peine dorée l'été, et ses cheveux châtains et souples comme ceux de sa mère.

Victoire avait le teint foncé, le cheveu noir et frisé.

Bertini comprit très tôt qu'une telle disparité n'était pas anodine, qu'elle sommait constamment, tant les sœurs elles-mêmes que leur entourage, de choisir. Il comprit qu'il était impossible d'englober dans un même sentiment, une même représentation, la fille quasi blanche et la fille presque noire.

Il se rendit compte également qu'aux yeux de tous il paraissait évident que la chance, le succès, la joie, se trouvaient rassemblés autour du front tout juste ambré et des yeux noisette de Paula, tandis qu'une sorte de déveine semblait devoir s'attacher à la sombre figure de Victoire pour le compte de qui une main malheureuse ou malintentionnée avait lancé les dés à l'instant de sa conception.

Tout aussi évidente semblait être l'idée que Paula était jolie, que Victoire ne l'était pas.

Bertini, qui ne parlait à personne à ce sujet, nourrissait en lui-même l'impression d'une duperie, d'une manipulation. Il savait, lui, que les traits réguliers et les longs yeux effilés de Victoire avaient plus de valeur, au grand marché de la beauté internationale, que le petit visage un peu étroit et pincé de Paula. Mais le teint clair de celle-ci, qui aurait pu si facilement, si logiquement, naître foncée, agissait comme une poudre d'or lancée aux yeux de qui la regardait : on ne la voyait plus qu'à travers cette poussière pailletée, flatteuse, on voyait une miraculée et son attrait n'en était que plus grand — elle était l'élément séduisant de la dualité antagoniste, puisqu'il s'agissait de sœurs, les seules que Bertini ait jamais connues.

Mais, dès le lycée, Bertini sentit que les deux sœurs avaient effectué un choix contraire à celui de l'opinion générale.

Il avait bien compris, lui, qu'on ne pouvait apprécier pareillement les deux filles, et que la préférence qu'on devait marquer pour l'une ou l'autre équivalait à une conviction politique. Proclamer qu'on trouvait plus de charme à Victoire ne signifiait pas du tout qu'on la trouvait effectivement plus intéressante. On exprimait ainsi sa propre fierté d'aller à l'encontre du jugement commun, sa propre volonté d'aimer les Noirs et de concourir à la promotion de leurs qualités, celles-ci ne pouvant se défendre toutes seules, par leur simple exposition. Incliner en faveur de Paula relevait alors d'un racisme diffus.

Mais, Bertini l'avait bien vite saisi, ceux-là même qui prétendaient aimer davantage Victoire étaient persuadés intérieurement de la beauté supérieure de Paula, comme un fait injuste mais indiscutable.

Les deux sœurs ne se considéraient pas ainsi, au grand étonnement de Bertini.

Lui qui les rejoignait chaque jour au coin de la rue pour aller au lycée et qui, ensuite, se trouvait toujours dans le sillage de l'une ou de l'autre, imperceptible et nécessaire comme une ombre, et jamais importun, il savait maintenant que ce qui les opposait le plus intensément n'était pas la couleur de leur peau ou la texture de leurs cheveux. C'était la manière dont chacune se voyait elle-même. L'unique indélicatesse qu'il ait commise fut de dire un jour à Victoire :

— C'est fou comme tu as confiance en toi !

— Je ne devrais pas ? demanda-t-elle.

Connaissant, lui, les regards qu'on portait sur elle, il eut envie de lui répondre qu'elle aurait eu toutes les raisons de ne pas se sentir aussi bien armée pour affronter l'existence que, par exemple, sa sœur Paula. Mais il comprit qu'une telle considération était parfaitement étrangère à l'état d'esprit de Victoire. Il avait parfois l'impression qu'elle était seule à ne pas remarquer sa propre couleur.

— Tu dois savoir, Victoire, que pour les autres tu es noire, lui aurait dit Bertini s'il avait pu exprimer le fond de sa pensée.

Mais il ne lui dit rien de tel. Il songeait d'ailleurs que, d'une certaine façon, elle ne l'aurait pas cru. Cela n'avait pour elle aucun sens, Bertini s'en rendait compte avec un mélange d'admiration, de gêne, de crainte pour cette fille.

— Il faudra bien, Victoire, que tu finisses par en prendre conscience, lui aurait-il dit encore s'il l'avait osé.

Mais, évoluant parmi des visages blancs majori-

tairement, Victoire se voyait comme eux ou, plus précisément, ne pensait jamais qu'il y avait entre ces figures et la sienne de différence notable et de nature à modifier tant soit peu sa propre manière d'apparaître aux yeux du monde.

En revanche, remarqua Bertini, Paula ne semblait jamais persuadée de son bon droit à se mouvoir naturellement dans le milieu où elle vivait, malgré l'unanime bienveillance dont elle était l'objet.

Bertini fut bientôt convaincu d'une chose : la timidité de Paula, la façon presque agressive dont elle se mettait volontairement à l'écart ou dont elle refusait toute invitation, ne tenaient pas à son caractère propre. Cette pusillanimité de plus en plus hargneuse lui était venue de l'étrange idée qu'elle n'était pas blanche, que peut-être même il lui était interdit de se réclamer de l'être et de se comporter en conséquence, avec naturel.

Oui, je suis noire, et alors ? semblait clamer Paula contre toute évidence. Elle rejetait les invitations avec aigreur et mépris comme si, se disait Bertini, elle prévenait toute mauvaise blague, comme si, se disait Bertini, elle ne pouvait imaginer être réellement invitée. Victoire, elle, bien que, au début, un peu moins souvent invitée que Paula, acceptait tout sans surprise, gracieusement.

Bientôt on ne prit plus la peine ou le risque de proposer quoi que ce fût à Paula.

C'est parce que je suis noire, semblait dire alors son visage fermé, amer et dur, son visage pâle et frais.

Bertini perdit de vue Paula après la première année de faculté, car elle décrocha des études. Il resta proche de Victoire, presque collé à elle, et tâcha de la suivre pas à pas dans ses choix, tout en feignant d'imputer au seul hasard sa présence aux mêmes cours que Victoire ou dans la même résidence universitaire.

Jamais elle ne parut douter qu'elle ferait exactement ce qu'elle voulait.

Il sembla clair à Bertini, plusieurs fois, que les quelques échecs de Victoire devaient être attribués à sa couleur, que ce qu'on lui refusa ici ou là, on ne l'aurait pas refusé à une fille blanche. Mais jamais Victoire ne parut vouloir le comprendre, même le soupçonner. Du coup, face à une telle assurance, Bertini douta de ses propres conjectures. Il se dit qu'il était peut-être trop méfiant, anxieux et susceptible pour elle, cette fille qu'il aimait tant (aucune autre ne lui paraissait la valoir en quoi que ce fût).

Il se dit que, peut-être, Victoire ignorant si manifestement mais si innocemment aussi la couleur de sa peau, son refus tacite d'affecter la moindre valeur à cette modalité mélanique finissait par être, en quelque sorte, contagieux, et qu'on avait de plus en plus de peine à la voir noire à mesure qu'on la fréquentait.

Il lui demanda un jour :

— Ta sœur, Paula, qu'est-ce qu'elle devient ?

Victoire prit du temps pour réfléchir. Elle était grave.

— Elle est perdue, finit-elle par dire.

— Mais pourquoi ? demanda Bertini, le cœur battant.

Pour la première fois, il lui sembla que Victoire était embarrassée. Elle éclata d'un rire bref, acerbe, exaspéré.

— Elle est grotesque. Elle dit qu'elle a du sang noir, elle parle comme ça maintenant, et que les portes lui sont fermées.

Bertini s'enhardit alors à lui dire, de sa voix douce, ce qu'il avait en tête depuis longtemps :

— Tu n'as pas eu, toi non plus, tout ce que tu aurais pu avoir.

Et il lui rappela dans le détail certains faits curieux, telle candidature incompréhensiblement repoussée.

À sa grande surprise, Victoire ne nia rien. Elle hocha la tête, d'accord avec tout ce qu'il avançait, seulement troublée peut-être, remarqua-t-il, qu'il fût si bien informé de tout ce qui la concernait.

— Je sais tout ça, dit-elle, tu crois que je ne m'aperçois de rien ?

— C'est tellement injuste ! s'écria Bertini.

— Et alors ?

Elle lui lança un regard dont il se dirait, plus tard, qu'il l'avait trahie à son propre insu, ou qu'il l'avait révélée telle qu'elle était vraiment, cette fille qu'il avait crue confiante, presque naïve — un regard d'une absolue dureté, d'une froideur et d'une hostilité sans égales.

Ce fut bref. Elle redevint aussitôt la fille impassible et souriante, sûre d'elle et joyeuse, qu'il avait toujours connue mais, oh, se dit Bertini désemparé, ce n'était qu'artifice, jeu social, stratégie d'évitement, était-ce vraiment cela, une tactique comme une autre pour contourner le problème que posait fatalement son apparence et auquel, peut-être, elle pensait sans cesse ?

Il lui sembla même que ce ressentiment glacial, contrôlé, le visait, lui, Bertini.

Et quand, plus tard encore, la réussite de Victoire fut avérée (la profession qu'elle souhaitait dans les lieux auxquels elle aspirait), il demeura toujours dans l'esprit de Bertini qu'elle avait payé pour cela un prix indu, qu'elle avait été contrainte de jouer et de dissi-

muler bien au-delà de ce qu'on peut raisonnablement admettre.

Elle était devenue une femme implacable et sévère, sous ses dehors amènes, et en quelque sorte inaccessible car jamais elle ne se confierait, jamais elle ne laisserait entrevoir de nouveau ce qui lui avait échappé une fois en présence de Bertini.

Elle se mit d'ailleurs à le fuir. Elle lui échappa, il n'eut plus de ses nouvelles que par des tiers.

D'une certaine façon, il ne se remit jamais d'être coupé d'elle. Il la cherchait, sans s'en rendre compte, dans les rues, dans les gares, traversé d'un frisson quand il apercevait une épaisse chevelure frisée ou quand se posait sur lui brièvement dans une foule, un regard noir et froid, désabusé, qu'il imaginait plein d'une inexplicable rancœur envers lui, Bertini — et il souffrait alors d'être un homme blanc, il lui semblait que c'était là, peut-être, ce que Victoire n'avait pu lui pardonner.

Qui saurait jamais, songeait-il, les raisons de cette fureur blessée, qui sinon lui, Bertini, qui avait tant aimé les deux sœurs, les seules qu'il ait connues ?

MARIE NDIAYE

LA CONDITION NOIRE

INTRODUCTION

Voilà que depuis quelque temps des observateurs semblent découvrir l'existence de populations noires dans notre pays… Cette remarque peut paraître incongrue, tant il est vrai qu'avoir la peau noire, en France hexagonale, n'est pas, *a priori*, la meilleure manière de passer inaperçu. Il conviendra de rendre compte de ce paradoxe : les Noirs de France sont individuellement visibles, mais ils sont invisibles en tant que groupe social et qu'objet d'étude pour les universitaires. D'abord, en tant que groupe social, ils sont censés ne pas exister, puisque la République française ne reconnaît pas officiellement les minorités, et ne les compte pas non plus. On pourrait se réjouir de l'invisibilité des populations noires, ou en tout cas considérer que cela ne pose pas de problème en soi, si certaines difficultés sociales spécifiques qui les affectent étaient mesurées, connues, reconnues. Or, ce n'est pas le cas. Aussi l'invisibilité, plutôt que d'être la conséquence paisible d'une absence de problèmes particuliers, peut être considérée comme un tort. Dans la nouvelle *Les sœurs* de Marie NDiaye, en préface de ce livre, Victoire préfère se taire face aux « faits curieux » et aux

« candidatures inexplicablement repoussées » qu'elle ne nie pas : tel a été le choix de la plupart des personnes noires, celui de faire bonne figure dans un pays à majorité blanche, quitte à payer « un prix indu » et à « dissimuler bien au-delà de ce qu'on peut raisonnablement admettre ». Quant à Paula, qui s'affirme noire de manière revendicative, elle en paie le prix, puisqu'elle est « perdue ». Chacune des deux sœurs vit sa situation minoritaire à sa façon, chacune fait ce qu'elle peut.

Du point de vue de la recherche universitaire, on peut aussi parler d'invisibilité : sait-on qu'il existe plus de livres publiés en France sur les Noirs américains que sur les Noirs de France ? L'histoire des Africains-Américains est un secteur classique et fréquenté de l'américanisme français[1*], et de nombreux étudiants de civilisation et d'histoire américaines se dirigent vers elle chaque année. En revanche, du côté des populations noires de France, le bilan est rapidement tiré. Il existe certes de bonnes études sur les familles africaines, les immigrés africains, les étudiants africains, les migrants antillais et réunionnais, les agents publics antillais, les tirailleurs sénégalais, etc., mais il n'est pas question de *Noirs*, comme si cette figuration par la couleur de peau n'avait pas de légitimité ou de pertinence pour décrire les situations contemporaines[2]. Étrangement, les historiens étudient pourtant les Noirs pour des périodes anciennes : il existe notamment des études fouillées sur les Noirs en France au XVIIIe siècle, mais le sujet semble s'évaporer pour la période contemporaine[3]. À l'exception du *Paris Noir* de Pascal Blanchard, Éric Deroo et Gilles Manceron, un ouvrage d'histoire des représentations plutôt que

* Les notes sont rassemblées en fin de volume, p. 471.

d'histoire sociale, d'un autre *Paris Noir*, celui de Tyler Stovall, sur les Noirs américains à Paris, et du *Black France* de Dominic Thomas sur les littératures afro-antillaises, on ne trouve que peu de choses[4].

Parallèlement, depuis une dizaine d'années, les Noirs vivant en France, de nationalité française ou pas, font entendre leur voix et apparaissent visiblement dans l'espace public national, de telle sorte qu'on peut parler de l'invention d'une « question noire » française, au sens de la formulation publique de situations et de demandes par des Noirs s'affirmant, tranquillement pour la plupart, avec outrance pour quelques-uns, comme tels. De fait, la « question noire » a suscité la publication de livres d'actualité et a été à de multiples reprises à la une de la grande presse nationale. Des revues intellectuelles comme *Esprit* lui ont également consacré des dossiers. Cette prise de parole n'est pas tout à fait nouvelle, et il faudra en établir précisément la généalogie, mais il apparaît d'ores et déjà que le cent cinquantième anniversaire de l'abolition de l'esclavage en 1998, le vote de la loi de mai 2001 reconnaissant la traite et l'esclavage comme crimes contre l'humanité, puis la candidature de Christiane Taubira à l'élection présidentielle de 2002 en ont été quelques-uns des principaux catalyseurs. À quoi s'est ajouté plus récemment le travail de plusieurs associations « noires » qui proposent des rencontres, manifestations et colloques où les difficultés et les attentes des populations concernées s'expriment avec véhémence.

En somme, il me semble qu'il existe un hiatus entre la présence sociale, politique et médiatique de la « question noire » et l'insuffisance des travaux de réflexion qui permettraient de la structurer intellectuellement et peut-être d'éviter les hyperboles et les approximations qui la minent. Ce livre entend justement contribuer à une mise en forme scientifique qui paraît désormais urgente. Il porte sur les Noirs de France métropolitaine du point de vue de leur histoire, de leur sociologie, et de ce qui les affecte sur le plan de leur existence comme individus et comme groupe. Les départements et territoires d'outre-mer ne sont pas directement présents dans ce livre, en raison d'une histoire et de situations sociales nettement différentes de la métropole, qui auraient nécessité une dilatation démesurée du propos. Il n'entend être ni une somme exhaustive, encore moins encyclopédique, où toutes les informations seraient rassemblées, ni un essai d'opinion et de commentaire de l'actualité. Mais il développe des connaissances d'histoire et de sciences sociales articulées à un point de vue. Il propose des interprétations mais aussi des hypothèses et des pistes de recherches futures à un champ d'étude qui pourrait devenir celui des *black studies* à la française. Dans une perspective européenne qui se développe actuellement sous l'égide de collègues allemands, il constitue une contribution aux « études afro-européennes » naissantes, qui concernent des pays aussi improbables que la Suède ou la Roumanie[5] ! Ces travaux peuvent être divisés en deux grandes catégories.

On trouve d'un côté les approches de *cultural studies*, centrées sur les identités afro-antillaises et leurs expressions populaires et artistiques, dans le sillage ou en proximité des travaux de Paul Gilroy, le sociologue britannique des Noirs de Grande-Bretagne *(There Ain't no Blacks in the Union Jack)* et de l'« Atlantique noir ». *L'Atlantique noir*, récemment publié en langue française, définit un espace atlantique transnational où se sont construites les expressions musicales et littéraires des Noirs de l'époque de l'esclavage à aujourd'hui et met à distance l'essentialisme noir. En prêtant une attention primordiale aux vécus et aux expressions des migrants issus des anciens mondes coloniaux, ce secteur s'inscrit nettement dans une perspective postcoloniale. Ces approches se sont développées tardivement en France, sans doute en raison de l'idéologie républicaine assimilationniste, méfiante, voire hostile, à l'égard des cultures venues d'ailleurs, particulièrement des régions anciennement coloniales, et elles ont dans l'ensemble milité pour une « politique de la reconnaissance ». Par là, on peut entendre, en suivant les théories du philosophe Axel Honneth, des luttes pour la reconnaissance culturelle des identités plurielles, y compris sur le terrain mémoriel, et qui représentent autant de demandes de justice. Honneth écrit que « la justice ou le bien-être d'une société se mesurent à son degré d'aptitude à garantir des conditions de reconnaissance réciproque dans lesquelles la formation de l'identité personnelle et, ce faisant, l'épanouissement individuel pourront se réaliser dans des conditions suffisamment bonnes [...]. Si l'intégration sociale s'opère par le biais de l'établissement de rapports de reconnaissance à travers lesquels les sujets obtiennent une approbation sociale pour certains aspects de leur personnalité et deviennent ainsi membres de la société, la qualité morale de cette intégration sociale peut alors s'améliorer grâce à une augmentation des aspects reconnus de la personnalité ou par l'inclusion des individus, en résumé, soit par individualisation, soit par croissance de l'inclusion sociale[6] ». La question de la justice est donc tout à fait présente dans la demande identitaire, ne serait-ce que parce que la discrimination, en tant qu'obstacle à l'accès égal aux mondes sociaux et à la communauté politique, entrave la reconnaissance des identités non conformes aux mondes en question et représente en cela une forme de mépris pour ces identités et d'humiliation de celles et ceux qui les portent.

D'un autre côté se situe un ensemble d'approches historiques, politiques et juridiques qui accordent moins d'attention aux identités et à leur reconnaissance pour se concentrer sur les phénomènes par lesquels des groupes spécifiques, les « minorités », se trouvent discriminés, c'est-à-dire objets de traitements différenciés fondés sur des critères illégitimes. On se déplace alors de la « politique identitaire » à la « politique minoritaire ». Le critère d'appréciation n'est plus l'identité particulière, mais le tort subi par une personne au titre de son appartenance à un groupe minoré. Les objets et pratiques culturels passent alors au second plan derrière les dispositifs politiques, juridiques et sociaux par lesquels la domination s'exerce et se transforme. Didier et Éric Fassin écrivent que « ce ne sont ni la nature, ni la culture qui sont au principe de la minorité, mais la naturalisation, fût-ce dans le registre culturaliste, d'une catégorie sociale par des pratiques discriminatoires[7] ».

Ce livre se situe globalement dans la « perspective minoritaire », même s'il emprunte parfois à la « perspective identitaire », susceptible de proposer des éclairages anthropologiques précieux sur les « postcolonisés », d'analyser finement les représentations discursives, en particulier l'eurocentrisme, de mobiliser des disciplines variées (sciences sociales, philosophie, psychanalyse, histoire de l'art, etc.). Mais il considère prioritairement les Noirs de France sous l'angle de leur minoration dans une perspective historique et sociologique. Son objectif principal n'est donc pas d'analyser les cultures noires, même s'il ne les ignore aucunement, et en cela il ne me semble pas qu'il s'inscrive directement dans la mouvance postcoloniale, même s'il chemine occasionnellement avec ses tenants — à moins de considérer le postcolonial dans une acception si large qu'elle en vienne à inclure tout travail portant sur les minorités et critiquant le modèle républicain français classique, ce qui est possible (l'étiquette postcoloniale ne m'embarrasse aucunement). Quoi qu'il en soit de cet étiquetage, je laisse à d'autres chercheurs le soin d'écrire sur les cultures noires de France entendues au sens large : les cultures artistiques, religieuses, sportives des personnes issues des migrations afro-antillaises. Il reste beaucoup à faire de ce côté-là aussi, mais ce n'est pas directement l'objet de ce travail.

Cependant, ce livre n'est pas non plus une analyse purement théorique des notions et des concepts, qui ne s'appuierait qu'occasionnellement sur la description des mondes sociaux. Il a bien pour objet de décrire les réalités sociales passées et présentes des Noirs de France. Au fond, il est le fruit d'un triple terrain : d'abord celui de lectures d'articles et d'ouvrages souvent méconnus en France ; ensuite celui d'une enquête sociologique dans les régions parisienne et lilloise, au cours de laquelle je me suis entretenu avec soixante-dix personnes (à cet égard, l'enquête a été facilitée par le fait que je sois considéré comme noir, et perçu comme empathique, en tout cas comme susceptible de mieux comprendre que d'autres l'exposition des situations identitaires et minoritaires) ; enfin celui du monde des associations noires que je fréquente régulièrement depuis quatre ans et auquel je suis attaché.

Ce travail de fond a donc nécessité de prendre une certaine distance par rapport à l'actualité politique, qui n'est pas directement commentée. Pour autant, sans « présentisme », ce livre entretient bien un rapport avec le présent de la société et de la politique françaises, mais en empruntant les détours historiens et sociologiques nécessaires à la réflexion. Il a pour objectif de décrire les situations sociales passées et présentes des Noirs qui vivent ou ont vécu en France métropolitaine. Il n'a pas pour objet principal de proposer une politique publique à l'égard des minorités, même s'il suggère des voies possibles. Il me semble, à cet égard, que la question des « Noirs » est souvent trop prestement rabattue sur des prescriptions d'action publique. Celles-ci sont évidemment utiles, en particulier à des fins de politique antidiscriminatoire, mais, en premier lieu, le temps de la description et de l'analyse des situations sociales est indispensable et c'est la priorité de mes propos. Par ailleurs, au-delà des Noirs de France, je propose une approche consistant à élargir l'analyse sociale pour y incorporer les inégalités fondées sur la « race » — entendue au sens de catégorie socialement construite —, bref à considérer que la « question sociale » ne se dissout pas dans les rapports de classe mais qu'elle doit incorporer, sans hiérarchie prédéterminée, d'autres rapports sociaux, en particulier ceux fondés sur des hiérarchies raciales.

Le sujet des Noirs de France est ardu, tant le terme de « Noir » rassemble des situations sociales variées, tant la profondeur historique et anthropologique des questions qu'il soulève est formidable.

Une foule de questions, articulées à des temporalités différentes, se télescopent : la colonisation, l'esclavage, la race et le racisme, l'immigration ancienne et récente, les discriminations, les cultures, les mouvements associatifs passés et récents… comment tenir cela ensemble sans rabattre les situations d'aujourd'hui sur celles du passé et proposer une interprétation cohérente qui laisse néanmoins place à la complexité ? Ma démarche a consisté à segmenter le livre en dossiers distincts, évidemment liés les uns aux autres mais qu'il m'a semblé utile de penser chacun dans ses diverses particularités historiques et historiographiques. Ces dossiers sont au nombre de six, qui forment autant de chapitres, destinés à fournir une analyse globale et cohérente de la condition noire en France.

Le terme de « condition », certes un peu vieilli aujourd'hui, semble néanmoins adéquat en ce qu'il désigne une *situation* sociale qui n'est ni celle d'une classe, d'un État, d'une caste ou d'une communauté, mais d'une minorité, c'est-à-dire d'un groupe de personnes ayant en partage, *nolens volens*, l'expérience sociale d'être généralement considérées comme noires. La condition noire est donc la description dans la durée de cette expérience sociale minoritaire.

Avant de présenter les six dossiers, il convient de préciser les différents mondes sociaux auxquels ce livre est attaché. Il constitue d'abord une contribution au programme sur « les nouvelles frontières de la société française » coordonné par Didier Fassin et financé par l'Agence nationale de la recherche (ANR). Ce programme rassemble des chercheurs qui se proposent, au-delà de la « question immigrée », de réfléchir aux frontières extérieures et intérieures qui définissent l'espace national français et qui produisent des différences entre des groupes racialisés. Parmi les frontières intérieures, celle qui sépare la majorité des minorités ethno-raciales est l'objet du travail de plusieurs d'entre nous. Mon enquête a grandement bénéficié des moyens et du cadre de réflexion de ce programme.

Il s'inscrit aussi dans le cadre du Centre d'études nord-américaines de l'École des hautes études en sciences sociales (EHESS) : car, si le terrain d'enquête de ce livre n'est pas états-unien, je suis en revanche américaniste, et le suis resté pour enquêter en France. Le comparatisme est essentiel sur les questions relatives aux minorités raciales, ce qui n'implique en rien de plaquer des notions américaines sur la société française. En outre, les sciences sociales anglo-américaines fournissent des points d'appui très utiles à l'analyse des situations françaises, particulièrement lorsqu'il s'agit d'appréhender la « question raciale ». Ce livre a donc incontestablement une dimension franco-américaine assumée. Pour ne citer qu'eux, ma dette est aussi grande à l'égard de W. E. B. Du Bois et Erving Goffman que de Frantz Fanon et Aimé Césaire.

Ce livre est enfin une contribution au mouvement associatif des populations noires de France. Je suis en effet membre du CAPDIV (le Cercle d'action pour la promotion de la diversité en France) et du Conseil scientifique du Cran (le Conseil représentatif des associations noires de France), qui rassemble en toute indépendance des universitaires souhaitant participer à l'organisation de la minorité noire de France. Si *La condition noire* fournissait quelques contreforts scientifiques utiles à celles et ceux qui souhaitent améliorer la situation des Noirs en les organisant, ce serait une bonne chose. Mais il entend aussi, et surtout, être un ouvrage scientifique sans concession : à ce titre les analyses sont susceptibles de ne pas plaire dans certains cercles associatifs, de ne pas *nécessairement* conforter les engagements militants.

Le premier chapitre, le plus théorique, a trait à la notion de « Noir », à ses acceptions possibles et ses usages. Il discute la notion controversée de « race » telle qu'elle est employée dans les sciences sociales, afin de préciser l'usage qui en est fait dans le livre. Il éclaire la variété des identités choisies des personnes noires, qui ne se résument en aucun cas à leur assignation raciale mais ne la rejettent pas forcément non plus, ce qui permet d'établir une distinction entre les identités noires « épaisse » et « fine ». Puis il explique en quoi la notion de minorité est utile pour penser la condition noire, plutôt que celles de « peuple » ou « communauté », avant de rendre compte des raisons pour lesquelles, selon moi, les Noirs figurés comme tels n'ont guère été présents dans les sciences sociales françaises.

Le second chapitre porte sur le « colorisme », c'est-à-dire sur les distinctions et hiérarchies sociales qui existent depuis l'esclavage entre les Noirs selon leur degré de mélanine. Il permet de réfléchir à la corrélation entre couleur de peau et position sociale, au-delà de la distinction entre « noir » et « blanc ». Nous verrons quelles sont les stratégies d'éclaircissement de nombreux Noirs, et en quoi il est légitime de parler d'une « norme chromatique » intégrée par eux. Cette question a été explorée aux États-Unis et dans la Caraïbe, mais pas en France métropolitaine[8]. Elle me semble cependant importante pour l'analyse de la variété des situations sociales des Noirs, et de certaines formes d'aliénation mélanique que les mouvements de « fierté noire » n'ont pas effacées.

Le troisième chapitre présente une histoire synthétique des populations noires de France depuis le XVIIIe siècle. L'histoire est partout présente dans ce livre, mais ce chapitre lui est entièrement consacré. L'objectif n'est pas de tout dire, mais de dire l'essentiel de ce que l'on sait, et de ce que l'on ne sait pas. Ce travail est susceptible d'être utile à des chercheurs qui souhaiteraient explorer telle ou telle question. Il permet également de présenter cette histoire dans une perspective qui n'est pas celle, *stricto sensu*, de l'esclavage. Car l'histoire des Noirs ne se dissout pas entièrement dans l'histoire de l'esclavage. En dépit de la place prise par cette question dans le débat public français de ces dernières années — ce qui est d'ailleurs bien légitime et compréhensible —, il convient d'élargir l'enquête historique, d'autant que la France métropolitaine, comme on le verra, interdisait l'esclavage sur son sol alors qu'il fleurissait outre-mer. L'esclavage n'est donc présent dans ce livre que de manière oblique[9]. En revanche, les questions relatives à l'installation, à la présence sociale, aux activités professionnelles des Noirs de France sont centrales au propos. Cette histoire s'est effectuée dans un contexte colonial et postcolonial, et il est possible de considérer ce chapitre comme situé dans la sphère élargie de l'histoire coloniale. Ce que les historiens, jadis, séparaient soigneusement : l'histoire « nationale » d'un côté, l'histoire « coloniale » de l'autre, n'a plus de sens dans l'historiographie récente, tant le « national » et le « colonial » sont historiquement encastrés.

Le quatrième chapitre est consacré au racisme antinoir, résumé sous une forme métaphorique : « Le tirailleur et le sauvageon». Il explore une série de questions historiques (la racialisation du monde, le racisme scientifique) et sociologiques (le racisme culturel, les répertoires du racisme contemporain, le racisme «antiblanc») ainsi que les arguments antiracistes utilisés par les Noirs. Une place particulière est accordée au sport, qui est aujourd'hui essentiel dans la représentation des personnes et des collectifs : le corps du sportif, le corps social de l'équipe se donnent à voir et à interpréter dans des registres racialisés.

Le cinquième chapitre porte sur la discrimination raciale. Il rend compte du déplacement de la lutte antiraciste vers la politique antidiscriminatoire, explique pourquoi ce déplacement est favorable aux minorités, compare la loi antidiscriminatoire française avec son équivalente américaine, puis présente des témoignages de personnes discriminées et jauge l'efficacité des politiques actuelles. Il plaide pour l'utilisation de techniques statistiques afin d'établir la discrimination comme un fait social, tout en pointant leurs limites.

Le sixième et dernier chapitre centre l'attention sur les formes de solidarité entre Noirs qui ont existé en France. Il en trace un historique, depuis l'entre-deux-guerres jusqu'à aujourd'hui, en passant par la négritude et les mouvements associatifs immigrés des années 1970 et 1980. Puis il examine les fondements théoriques sur lesquels ont pu ou peuvent se former des principes de solidarité entre Noirs, en conservant comme fil rouge l'histoire des justifications de la «cause noire». Il rejoint le premier chapitre en ce qu'il propose une solidarité noire fondée sur l'identité «fine» des expériences et des intérêts communs, plutôt que sur l'identité «épaisse» des origines et des cultures.

CHAPITRE PREMIER

Le fait d'être noir

« Pour combattre le racisme, il faut prêter attention à la race. »

M. Omi et H. Winant,
Racial Formation in the United States from the 1960s to the 1990s.

Poser les populations noires comme un objet de réflexion fait immanquablement surgir une série de difficultés. La première d'entre elles est relative à la « race », cette représentation honteuse des imaginaires modernes. Parler des « Noirs », n'est-ce pas supposer qu'il existerait une « race » noire, alors que la notion de « race » n'a aucune validité scientifique et morale ? Et puis, n'est-ce pas construire de toutes pièces un groupe faussement homogène ? Ces objections méritent d'être prises en considération : elles posent d'abord le problème de la légitimité des délimitations raciales. Il est également vrai que le groupe des Noirs est infiniment divers socialement et culturellement, et que ranger toutes les personnes à indice mélanique élevé dans la même catégorie d'analyse est une opération très problématique. Les spécialistes de sciences sociales ont appris à se méfier des opérations de catégorisation, à éclairer les fondements théoriques, à les déconstruire pour souligner leurs attendus idéologiques et méthodologiques. Pour autant, la construction des catégories sociales demeure indispensable à la compréhension des sociétés d'hier et d'aujourd'hui, pour peu que ces catégories ne soient pas essentialisées. La déconstruction des vieilles catégories est précieuse si elle ne laisse pas un champ de ruines derrière elle...

Le problème de la notion de « race »

Fondamentalement, la question de la « race » se pose : il est bien clair que, d'un point de vue biologique, les races n'existent pas. En cela, nous sommes aujourd'hui heureusement éloignés de la période racialisante des sciences sociales (des années 1850 aux années 1930), lorsque l'anthropologie, en particulier, était fondée sur une hiérarchie biologique des races qu'elle s'était donné pour mission de décrire et d'expliquer. La passion de la mesure (de la « malmesure », disait Stephen Gould) de l'homme dans ses détails anatomiques et physiologiques avait pour objectif principal de classer les hommes en groupes raciaux dotés de caractéristiques physiques et mentales spécifiques. Rares étaient les anthropologues, comme l'Américain Franz Boas, bien isolé au début du XXe siècle, qui réfutaient la hiérarchie raciale. Même si, comme on le verra (chapitre IV), la tentation biologisante n'a pas disparu, il n'en est pas moins clair qu'elle est aujourd'hui, au moins dans les sciences sociales, marginale et déconsidérée.

Jusqu'au milieu du XXe siècle, les distinctions

raciales furent présentes, en particulier pour justifier des rapports de domination matérielle et symbolique exercés par des groupes humains sur d'autres groupes humains. Elles étaient donc inséparables des hiérarchies sociales[1]. La « race » était une catégorie sociale au service de systèmes de pouvoir, qui produisait des hiérarchies essentielles et irréductibles, et fournissait une justification à des crimes de masse. À la fin des années 1920, Julien Benda annonçait la « guerre la plus totale et la plus parfaite que le monde aura vue », animée par l'« esprit de haine contre ce qui n'est pas soi »[2]. De fait, le racisme biologique constitua l'un des piliers intellectuels du nazisme et de sa politique génocidaire. Sur les décombres du IIIe Reich, après l'assassinat de millions de Juifs et de Tsiganes « coupables d'être nés », le travail de remise en cause de la racialisation était absolument nécessaire. Il fut accompli, par des travaux qui bouleversaient toutes les disciplines, en particulier celles dont l'histoire était intimement liée à la racialisation, comme la biologie ou l'anthropologie physique. De telle sorte que les sciences sociales et biologiques furent plus ou moins rapidement et complètement débarrassées de leurs fondements racialisés. « Dorénavant, le problème des "races" n'était pas seulement un mauvais objet de recherche ; c'était un objet inexistant », écrit Wiktor Stoczkowski[3]. La volonté manifestée par l'UNESCO d'affirmer l'unité de l'homme passait par le procès de cette partie obscure de l'héritage intellectuel européen qui avait conduit à la catastrophe. Il fallait faire disparaître la doctrine malfaisante des races pour éradiquer les maux racistes.

Une difficulté s'est alors posée, à la fois sur les plans pratique et théorique : à l'évidence, dans les contextes états-unien de lutte contre la ségrégation et européano-africain de décolonisation, le bannissement de la catégorie de « race » n'avait pas supprimé le racisme. Autrement dit, la « race » n'existait plus comme réalité biologique objectivable, mais elle existait quand même encore comme représentation sociale. Les représentations n'avaient pas été purgées des conceptions racialisées. Comme l'a remarqué Wiktor Stoczkowski, « la purification lexicale et conceptuelle n'a pas apporté les résultats escomptés[4] ». Comment alors rendre compte de cette persistance des représentations raciales de la société ? Comment parler des discriminations raciales sans admettre minimalement que les « races » existent dans les imaginaires, et qu'elles ont donc survécu à leur invalidation scientifique ?

La notion de « race » a fait l'objet de débats importants dans les sciences sociales des États-Unis. Certains auteurs comme Anthony Appiah ont plaidé pour l'abandon radical de cette notion, même décapée de toute signification biologique[5]. Il n'y a pas de manière légitime de parler de différenciation raciale, avance Appiah, et la « race » est souvent un leurre statistique qui masque des différences sociales fondées sur des critères de classe et emprisonne la pensée dans des catégories teintées de biologisme[6]. Dans une perspective voisine, le sociologue américain William Julius Wilson publia à la fin des années 1970 un ouvrage marquant et controversé, *The Declining Significance of Race*[7], dans lequel il estimait que la classe sociale, plutôt que la « race », est le facteur décisif pour comprendre les inégalités sociales actuelles, compte tenu de l'amélioration des relations raciales aux États-Unis. Wilson ne niait pas la persistance de disparités entre Blancs et

Noirs, mais il les attribuait à l'héritage ancien pesant négativement sur les travailleurs noirs âgés, par contraste avec une génération récente d'Américains noirs éduqués et de niveau socio-économique comparable à celui de leurs homologues blancs. Wilson a suivi cette perspective dans d'autres ouvrages, en ajoutant un volet important sur le sous-prolétariat noir (« *the underclass* »), victime de discriminations raciale et sociale[8]. Les positions de Wilson ont suscité un vif débat entre sociologues. Certains lui ont reproché de ne pas éviter le piège du déterminisme économique, selon lequel la hausse du niveau de vie ferait mécaniquement disparaître les discriminations. Joe Feagin a justement montré que les classes moyennes noires subissent aussi des formes de racisme et de discrimination, et pas seulement le sous-prolétariat des ghettos[9]. Bref, penser les groupes racialisés non pas du point de vue de leur existence biologique mais d'un point de vue social, en tant qu'ils sont objet de considérations dévalorisantes et que leurs membres partagent des expériences discriminatoires communes, est une opération intellectuelle non seulement légitime (en ce qu'elle n'a rien à voir avec l'essentialisation des identités) mais de surcroît utile puisque permettant de réfléchir aux difficultés sociales spécifiques aux groupes concernés. Il me paraît que la « race » est aussi une notion utile à l'analyse des inégalités sociales et des phénomènes de domination sociale. Cette position est celle de la majorité des spécialistes de sciences sociales américains. Mieux, aux États-Unis, de point d'appui à des politiques discriminatoires et racistes, la notion de « race » a pu être transformée en outil de politique antidiscriminatoire.

Montrer que la «race» est une catégorie imaginaire plutôt qu'un produit de la nature ne signifie pas qu'elle serait une pure mystification. Certes, d'autres facteurs doivent être pris en considération dans l'analyse des phénomènes de discrimination raciale, mais comment les décrire sans considérer que les «races» existent dans les imaginaires? Il est donc très important de distinguer l'objet de la notion: en tant qu'objet, la «race» n'a aucun sens; en tant que notion pour rendre compte d'expériences sociales, elle est utile. En ce sens, elle est une catégorie valide d'analyse sociale, à l'instar d'autres catégories sociales comme la «nation» ou le «genre», notions tout aussi imaginaires, comme le souligne l'historien Thomas Holt, au sens où elles sont historiquement et politiquement construites et soustendues par des relations de pouvoir qui ont changé dans le temps. Les «races» n'existent pas en elles-mêmes, mais en tant que catégories imaginaires historiquement construites[10]. Les circonstances sociopolitiques donnent sens aux délimitations raciales. Le facteur mélanique est un fait de nature, mais son interprétation a été un fait de culture. Les catégories raciales ont varié selon les moments et les lieux, en fonction de différents besoins politiques et sociaux qui avaient tous trait à l'exercice de relations de pouvoir. Car il ne va pas de soi que la couleur de peau, en particulier, puisse être un marqueur social. Ce fait est le produit de circonstances historiques particulières et réversibles. Il est d'ailleurs *souhaitable* qu'un jour la couleur de peau n'ait pas plus de signification sociale que la couleur des yeux ou des cheveux. On n'en est pas là, tant il est vrai que les distinctions raciales sont très profondément ancrées dans les imaginaires des hommes, et qu'elles ont fondé, en proportions variées mais sans jamais être absentes, les rapports qu'ils entretiennent entre eux.

Par contraste avec les États-Unis, la notion de « race » est encore mal admise dans les sciences sociales françaises. Il est vrai que nous revenons de loin. D'abord parce que le modèle républicain s'est construit sur une figure abstraite de la citoyenneté, théoriquement indifférente aux particularités de sexe, de couleur de peau ou autres, de telle sorte que la notion de « race » fait figure d'épouvantail idéologique et politique. Or, cette figure abstraite bien française non seulement n'a jamais assuré une lutte effective contre les discriminations raciales — on pourrait même ajouter qu'elle s'en est accommodée — mais ceux qui s'en réclament ont de surcroît délégitimé les efforts de personnes qui se rassemblaient pour dénoncer ces discriminations, en les réduisant au qualificatif péjoratif de « communautaristes », sans s'occuper de vérifier si leurs demandes avaient quelque fondement.

Il est également clair, concernant la France, que les lois raciales mises en œuvre par le régime de Vichy ont contribué à la défiance actuelle à l'égard des catégorisations raciales. Cette réaction est bien compréhensible, mais elle ne doit pas empêcher de considérer une distinction essentielle : comme le rappelle le sociologue Joan Stavo-Debauge, « dans le cadre des lois raciales de Vichy, la catégorie de race avait un contenu positif, un contenu ayant la prétention d'être stable et épuisable dans une définition bien arrêtée, délimitant clairement des groupes exclusifs les uns des autres[11] ». En revanche, la notion de « race » dans le discours des sciences sociales d'aujourd'hui ne signifie en rien une objectivation biologisante, mais la reconnaissance pragmatique de son existence imaginaire et de ses effets sociaux. Un parallèle pourrait être établi avec le droit antidiscriminatoire : « L'inscription du terme "race" dans les lois antidiscriminatoires ne signe pas un engagement ontologique douteux du législateur. Car, pour lui, le contrefort pertinent, ce contre quoi il entend agir, ce sont les *discriminations raciales*. Il ne se prononce pas quant à la nature de la "race" et il n'engage aucune assertion ontologique quant à la consistance de celle-ci, laquelle figure uniquement comme un référent, susceptible de prendre de multiples formes, qui permet de caractériser et d'intervenir à toutes fins pratiques sur un méfait spécifique que le législateur doit bien nommer minimalement[12]. » La position du juriste est un peu différente de celle de l'historien, au sens où ce dernier ne se propose pas de mettre en œuvre une politique corrective, mais de décrire et expliquer des situations sociales. Leur usage de la catégorie raciale est toutefois le même, au sens où, pour l'un comme pour l'autre, celle-ci n'implique pas un engagement scientifique sur l'existence des races mais l'utilisation pragmatique d'une catégorie située pour corriger ou décrire des phénomènes discriminatoires.

Quoi qu'il en soit, réfuter absolument la notion de « race » au nom de l'antiracisme, c'est-à-dire au motif que les « races » n'ont pas d'existence biologique et qu'il faudrait promouvoir l'unicité du genre humain, est une position morale qui rend difficile la réflexion sur les caractéristiques sociales des discriminations précisément fondées sur elle. Bien entendu, il est hors de question de renvoyer dos à dos les racistes et les antiracistes, mais il s'agit de faire remarquer à nos amis antiracistes que le rejet de la catégorie de « race » n'a pas éradiqué le racisme.

Pis, il a pu contribuer à ce qui a longtemps été un désintérêt des sciences sociales françaises pour la question des discriminations raciales, constamment sous-estimée ou rabattue sur d'autres formes de domination.

Deux difficultés se posent pourtant à ceux qui, notamment influencés par les sciences sociales anglo-américaines, estiment que la question raciale doit être posée en France. Premièrement, il est raisonnable de penser que la notion de « race » a bien un « potentiel essentialisant », pour reprendre une formule de l'anthropologue Lawrence Hirschfeld[13]. Autrement dit, son usage peut confiner à des phénomènes de réification par lesquels la notion glisserait vers l'objet. Alors que, pour les sociologues, elle est un outil de mesure des discriminations, elle pourrait conforter ceux qui pensent qu'elle est une réalité. L'objection est sérieuse, mais on remarquera que les racistes se passent très bien de la race objectivée, et que ceux qui se réclament de différences biologiques constitutives de groupes humains s'appuient généralement sur la génétique et l'anthropologie physique plutôt que la sociologie pour défendre leurs thèses. Même s'il n'existe pas d'étanchéité des notions de sciences sociales par rapport aux usages publics, la sociologie peut difficilement se priver d'une notion utile à la mesure des inégalités. À mon sens, il est possible d'adopter une position pragmatique : si la notion de « race » est utile, elle l'est pour la réflexion sur les processus de constitution des groupes raciaux, autrement dit sur la représentation racialisée des sociétés d'hier et d'aujourd'hui. Elle est aussi utile pour la réflexion et l'action sur les discriminations raciales. Il s'agit donc de réfléchir sur les processus historiques par lesquels les

« Noirs » sont devenus « noirs », et sur leur situation actuelle dans la société française. Je propose alors de parler de « question raciale », de « discrimination raciale », en utilisant l'adjectif et donc la catégorie. Quant à la « race », ce nom sera utilisé avec des guillemets, pour différencier son usage catégoriel de son usage objectivant.

Deuxièmement, comme l'observent Didier et Éric Fassin, il convient aussi d'être attentif aux usages incontrôlés et problématiques de la notion de « race » dans les discours publics, particulièrement depuis les émeutes de 2005, lorsque certains analystes, pourtant républicains revendiqués, utilisèrent un langage nettement racialiste[14]. Mais, dans leur bouche, la référence à la « race » valait comme moyen de disqualification de la question sociale : « ce sont des émeutes raciales de jeunes Noirs et Arabes qui n'aiment pas la France », disaient-ils en substance. Ils rejetaient les explications sociales, au motif qu'elles excuseraient les comportements délictueux. Ce point de vue racialiste (dont un autre exemple a été donné au printemps 2005 avec l'invention du « racisme antiblanc », sur laquelle je reviendrai) écarte donc la question sociale, et produit un effet de stigmatisation des jeunes émeutiers. Le facteur racial peut s'exprimer ainsi d'une manière visant à stigmatiser les groupes, ou d'une manière — celle des sciences sociales — qui se propose de réfléchir aux processus par lesquels les groupes sont racialisés. Dans un cas, la « race » vaut comme explication culturaliste ; dans l'autre, c'est la discrimination raciale qui est l'explication.

Ce qu'un certain nombre de chercheurs proposent, dont je suis, c'est de ne pas considérer la question raciale indépendamment de la question sociale. Il s'agit donc de sortir d'une alternative dommageable : soit une question sociale qui met de côté la question raciale (et devient alors aveugle aux discriminations raciales), soit, ce qui est pire, une question raciale brandie contre la question sociale (et est ainsi indifférente aux inégalités socio-économiques tout en ouvrant la porte en grand au racisme différentialiste). Il convient plutôt d'adopter une approche souple, attentive à la variété des situations sociales, mais qui ne perde pas de vue que la question raciale est une modalité de la question sociale, ce qui implique de considérer cette dernière dans une perspective bien plus ample que strictement classiste, pour prendre en compte tous les phénomènes d'inégalités sociales (la classe, mais aussi le genre et la « race »). Une analyse des rapports de domination qui ne prend pas en considération les variables de classe, de « race » et de genre conduit à une lecture hémiplégique de la situation sociale des groupes considérés.

Parler des Noirs est donc référer à une catégorie imaginée, à des personnes dont l'*apparence* est d'être noires, et non point à des personnes dont l'*essence* serait d'être noires. Martin Luther King formulait la chose en disant que les Noirs étaient « des Blancs avec une peau noire » (on pourrait aussi bien retourner la formule comme un gant) : par là, il reconnaissait bien le fait phénoménologique de l'apparence noire, sans l'essentialiser. Les Noirs sont noirs parce qu'on les range dans une catégorie raciale spécifique, bref, ils sont noirs parce qu'on les tient pour tels. Cela n'implique nullement que cette catégorie raciale soit figée : on verra que, selon les moments et les lieux, elle n'inclut pas les mêmes personnes. Cela n'implique pas non plus que les personnes concernées se définissent nécessairement comme telles, comme nous le verrons également.

S'il n'existe pas de « nature noire », il est possible d'observer une « condition noire », par laquelle on signale que des hommes et des femmes ont, *nolens volens*, en partage d'être considérés comme noirs à un moment donné et dans une société donnée. C'est faire référence à des personnes qui ont été historiquement construites comme noires, par un lent processus de validation religieuse, scientifique, intellectuelle de la « race » noire, processus si enchâssé dans les sociétés modernes qu'il est resté à peu près en place, lors même que la racialisation a été délégitimée. La catégorie « noir » est donc d'abord une hétéro-identification s'appuyant sur la perception de saillances phénoménales variables dans le temps et l'espace (pigmentation de la peau, apparence corporelle et vestimentaire, langue, accent, etc.).

Dans *Nobody Knows My Name*, le romancier James Baldwin rapporte que, lors du Congrès des écrivains et artistes noirs à Paris en 1956, le chef de la délégation américaine, John Davis, un Afro-Américain à peau claire, se vit interrogé par un Français, qui lui demanda pourquoi il se présentait comme nègre alors qu'il était blanc, à l'évidence. « C'est un Noir, bien sûr, répondit Baldwin, d'un point de vue légal aux États-Unis, mais surtout, comme il l'expliqua à son interlocuteur, parce qu'il était noir par choix et par militantisme, par expérience en fait[15]. »

Serait-il possible de remplacer la notion de « race » par un euphémisme courant comme la « couleur de peau » ? Ce serait réduire la « race » à la couleur de peau, alors que la notion incorpore d'autres caractéristiques phénotypales racialisées, comme la forme du nez, de la bouche, l'aspect des cheveux, etc. De telle sorte qu'un Noir albinos peut être l'objet de la même stigmatisation raciale qu'un Noir à peau noire, en dépit de la blancheur de sa peau. Il sera bien reconnu comme « noir », tandis qu'un Blanc bronzé ne perdra pas son identité blanche pour autant. La racialisation des groupes ne souffre pas d'être réduite à la couleur, même si celle-ci sert de marqueur symbolique essentiel, mais pas unique, à la « race ».

Identités noires

Il convient maintenant de réfléchir au problème du groupe hétérogène des Noirs de France. Parler des Noirs ne serait-il pas un abus de langage, dans la mesure où les différences culturelles et de classe entre personnes noires ou réputées telles sont si notables qu'il faudrait renoncer à parler des Noirs en général ? En outre, certaines personnes à indice mélanique élevé refusent obstinément d'être considérées comme noires. Peut-on alors en conclure qu'il n'y aurait pas de Noirs, mais seulement des Français d'origine antillaise ou africaine, par exemple ? Il y a bien des manières d'être noir, et aucune n'est plus normale ou naturelle qu'une autre. Ce sont toutes des constructions sociales.

Comme les autres acteurs sociaux, les personnes réputées noires ont à leur disposition un éventail identitaire qui ne se résume en rien à leur apparence noire. Les différentes identités sociales, culturelles, professionnelles, nationales, ethniques, raciales peuvent être en tension les unes avec les autres. Elles sont aussi dépendantes de la manière dont les personnes sont identifiées. Une combinaison identitaire fait ainsi référence à une nationalité (française, malienne ou ivoirienne, par exemple), à une ethnie (wolof, mandingue), à une identité régionale (martiniquaise, parisienne), à une « race » (noire) et à d'autres choses encore. Les personnes combinent ces éléments identitaires chacune à sa manière.

Premièrement, la très grande majorité des personnes noires interrogées insistent sur le fait qu'elles sont françaises, ou, minimalement, que leur identité incorpore la part française, combinée à une autre. Alou, étudiant de vingt-cinq ans, né en France de parents sénégalais, explique qu'il est soit « franco-sénégalais », soit « français », selon « les gens à qui je parle ». Il continue : « De toute manière, si t'es noir, déjà, tu n'es pas vu comme français. Si en plus t'as un nom pas catholique, alors là... On va te demander d'où tu viens. De Trappes, je viens de Trappes [rires]. » L'amertume de mes interlocuteurs est très présente — même lorsqu'elle est exprimée de manière humoristique, comme dans le cas d'Alou — à propos de leur identité nationale souvent interrogée, parfois soupçonnée, comme s'il existait une contradiction, à tout le moins une tension, entre leur apparence noire et leur citoyenneté française. Cela ne devrait pas étonner : on verra dans le chapitre suivant que les institutions de la République, en dépit des principes affichés, n'ont pas été indifférentes à la couleur de peau dans le traitement des personnes. Bref, les Français noirs d'aujourd'hui et d'hier font l'expérience d'une identité française contestée, d'où un attachement d'autant plus véhément à cette identité. Plus leur identité française est suspectée, ou interrogée, plus les Noirs la soulignent, et insistent sur le fait qu'ils sont aussi français que les autres ; qu'il n'y a, ou ne devrait y avoir, aucune différence entre eux et les Français blancs. On comprend alors la vigueur des réactions qui ont suivi les propos de Georges Frêche, président de la région Languedoc-Roussillon, sur le soi-disant trop grand nombre de joueurs noirs en équipe de France de football. En laissant entendre que les joueurs noirs n'étaient pas tout à fait français, Frêche appuyait directement sur la blessure identitaire des citoyens noirs, eux qui doivent trop souvent faire la preuve d'une identité française soupçonnée. Contrairement aux États-Unis, où être noir ne place pas dans une position d'« étrangeté » par rapport à la nation (mais suscite bien entendu d'autres formes de soupçon), les Noirs de France et d'Angleterre sont souvent perçus comme extérieurs à la communauté nationale imaginée. En Grande-Bretagne, c'est la référence à la *britishness* (la « britannité », notion politique) qui fonde l'appartenance nationale des Noirs, par contraste avec l'*englishness* (l'« anglicité »), ethniquement plus exclusive[16]. Bref, il y a des « Noirs britanniques » (comme des Écossais ou des Gallois), mais pas de « Noirs anglais ». L'identité nationale française n'est pas aussi ethnicisée et racialisée que l'identité anglaise, et il existe bien des « Noirs français » aux yeux de la société en général et des principaux intéressés en particulier. Il n'empêche que ces derniers doivent répondre régulièrement d'une identité nationale dont les interlocuteurs s'enquièrent avec plus ou moins de tact. L'attachement national des Noirs de France contraste avec des attaches transnationales plus revendiquées du côté des Noirs britanniques, mais se rapproche de celui des Noirs américains.

Cet attachement ne signifie pas, pour autant, un

abandon d'autres identités. C'est le cas, en particulier, de l'origine géographique, soit nationale (un pays d'Afrique par exemple), soit régionale (un département d'outre-mer). C'est bien sûr le cas des Africains qui n'ont pas la nationalité française, et qui se réfèrent donc seulement à leur nationalité. C'est aussi le cas des Français noirs, qui se réfèrent volontiers à leur pays ou région d'origine, ou à celui ou celle de leurs parents et de leurs grands-parents. Alou ne manque pas une occasion d'évoquer son identité sénégalaise, et ce que le pays d'origine de ses parents lui a apporté. Il est en quelque sorte un Français à « trait d'union », comme il existe aux États-Unis des Américains à trait d'union (*hyphenated Americans*), soit des Italo-Américains, Irlando-Américains, etc. Être franco-sénégalais pour Alou, c'est être pleinement citoyen français, « bien aimer la *Marseillaise*, qui me donne des frissons quand je l'entends, quand c'était pour Ladji Doucouré [champion du monde du 110 mètres haies], j'en ai pleuré », et en même temps hériter de ses parents un ensemble de références culturelles et familiales sénégalaises. En cela, Alou et les autres ressemblent tout à fait aux autres enfants d'immigrés, d'où qu'ils viennent. La différence entre les Français noirs et les autres Français dont les parents sont venus d'ailleurs est que l'identité française se trouve constamment suspectée dans le cas des premiers. Ce n'est pas qu'Alou ne souhaite pas *paraître* comme noir africain, mais il souhaite être considéré aussi, et sans doute prioritairement, comme français. Un Franco-Sénégalais, le cas échéant, mais c'est lui qui veut décider de son identité plurielle, selon le contexte, c'est-à-dire que la pluralité de son identité ne doit pas remettre en cause le fait qu'il est bien français. Toute situation sociale où son identité française est remise en cause ou questionnée le voit en réaction insister sur elle et minorer sa part sénégalaise. En revanche, les situations sociales où il a affaire à des interlocuteurs compréhensifs lui fournissent l'occasion et le plaisir de faire référence à sa « sénégalité ». Français à coup sûr avec les institutions, avec les inconnus, avec ceux et celles dont il peut lire dans le regard un je-ne-sais-quoi de condescendant ou d'hostilité même dissimulés sous un sourire patelin ; franco-sénégalais avec la famille, les amis, avec ceux qui ne lui demandent pas à brûle-pourpoint d'où il vient, et avec qui une confiance s'instaure. Une identité à géométrie variable, adaptée aux circonstances sociales, plus ou moins multiculturelle. Par contraste, les Noirs américains ne peuvent généralement pas se référer à une origine géographique nationale extérieure aux États-Unis : l'identité afro-américaine, en dépit des mouvements afrocentristes qui ont pu la travailler, n'est pas articulée à un pays ou à une ethnie d'origine précise. John Ogbu a argué que les Afro-Américains n'ont pas eu à leur disposition les ressources culturelles des immigrants, permettant à ces derniers, par exemple, de faire état d'une identité professionnelle valorisante dans le pays d'origine (« dans mon pays, j'étais professeur »)[17].

Une autre possibilité identitaire consiste en la mention d'une origine ethnique, par exemple soninké ou diola. Elle m'a semblé moins fréquente que la mention du pays d'origine ou de celui des parents, en tout cas moins spontanément mentionnée. Elle nécessite un certain degré de confiance, parfois d'estimation du savoir africaniste de l'interlocuteur.

En général, Jack, fonctionnaire de cinquante ans, ne dit pas qu'il est peul, car « personne ne sait ce que c'est, sauf les gens du Centre d'études africaines, là, c'est pas pareil, bien sûr », et se contente de mentionner son origine sénégalaise sans fournir des précisions qu'on ne lui demande pas de toute manière. Ce n'est pas grave, le volet ethnique est un pli plus secret du moi qui ne se donne pas à voir au tout-venant. Il renvoie à l'identité la plus épaisse, à la langue, aux filiations et aux familles, et se maintient pour l'essentiel dans la sphère privée. De même ne trouve-t-on pas de restaurant wolof ou mandingue à Paris, mais des restaurants sénéglais, par référence à un pays et non à une ethnie.

Enfin, dernière possibilité, qui n'est pas la moins usitée : l'identification raciale, c'est-à-dire le fait de se déclarer, entre autres, noir. Je pensais initialement que cette identification serait rare, eu égard au caractère intimidant d'un républicanisme universaliste français habituellement hostile à cette référence, ainsi qu'à des travaux universitaires la négligeant ou la minorant[18]. Mes interlocuteurs ont infirmé cette hypothèse. La majorité d'entre eux s'identifient comme noirs, selon des modalités différentes. Pas uniquement noirs, donc, mais aussi noirs. On trouve parmi eux plusieurs positions.

D'abord celles et ceux, minorés, qui revendiquent une identité noire, et l'affirment sans ambage. Aimé, postier, quarante-deux ans, fait référence aux Noirs américains, et s'identifie dans un monde noir diasporique : « On est tous des descendants d'Africains, en Amérique, en Europe, partout il y a des Noirs, il y en a aussi en Chine. Moi je suis fier d'être noir, j'ai rencontré des Noirs américains à Paris, je venais de lire un livre sur Martin Luther King, j'ai trouvé vraiment super d'en parler avec eux, on avait un lien. Ce serait peut-être la même chose si j'étais blanc, mais on partageait quelque chose en tant que Noirs. » Jean-Philippe, publicitaire, trente-deux ans, fait lui référence au monde associatif noir : « Il a fallu du temps pour se penser comme noirs. C'était d'abord une périphrase, comme "les personnes originaires d'Afrique et des DOM-TOM", et puis il a fallu nommer un chat un chat. »

On trouve ensuite celles et ceux qui s'affirment noirs mais de manière moins militante, sans incorporer dans la référence un élément de fierté identitaire. Jeannine, assistante sociale, trente ans, par exemple, dit : « Je suis française. Je suis une Française noire, parisienne aussi. Je sais que ça en choque certains, mais je ne vois pas pourquoi je ne dirais pas que je suis noire. C'est quand même pas honteux, je vais pas me cacher ! » Yvonne, secrétaire médicale, trente-cinq ans, explique : « Je me sens plus noire qu'avant. D'un côté on te dit que tout le monde est pareil, qu'il faut pas faire attention à la couleur de peau, moi je suis d'accord, mais il faut bien voir que les autres y font attention. Ah bon, bon si vous pensez que je suis noire, bon je le suis. » Ma position est très voisine de celle d'Yvonne. Moi non plus je ne me résume pas à mon apparence noire, mais il se trouve que je suis souvent considéré comme tel. En cela ma condition est celle d'être un Noir, non par nature mais par société. Je ne suis pas noir parce que je l'ai décidé, parce que cela serait ma nature, ou parce que je souhaiterais que les autres me considérassent comme tel ; je suis noir parce que c'est comme cela que je suis perçu le plus souvent (et pas de manière forcément négative, loin s'en faut), et qu'il faut bien que je l'assume.

Je n'en tire nulle fierté particulière, mais je n'en ai pas honte non plus. Je ne me considère pas noir par choix identitaire, mais par dignité.

Il est bien possible que l'apparition des Noirs de France figurés comme tels dans l'espace public français depuis quelques années contribue à une identification noire plus présente que jadis, comme si un tabou avait été levé, une gêne, une honte parfois, qu'il y a à dire que l'on est noir. Cette évolution est très difficile à prouver mais elle me semble néanmoins probable au vu des évolutions associatives récentes. Pour autant, la fin de l'invisibilité des Noirs ne signe pas un ralliement à une identification raciale gommant toutes les autres. Les Noirs qui s'affirment comme tels ne disent jamais qu'ils ne sont que noirs, ni même qu'ils le sont tout le temps, mais ils incluent la carte noire dans leur portefeuille identitaire.

Il y a aussi ceux qui s'identifient comme métis. Jacques, postier martiniquais de quarante-neuf ans, explique qu'il n'est pas « noir mais métis, ce n'est pas pareil ». Il ajoute qu'il ne voit pas pourquoi il devrait se considérer comme noir alors qu'il compte des ancêtres noirs et blancs, et que sa mère était très claire de peau, « on la prenait pour une Blanche parfois ». « Les Noirs c'est les Noirs, nous les métis on a un peu le cul entre deux chaises. De toute manière, moi je dis qu'il n'y aura plus que des métis, avec les mélanges, c'est une bonne chose. » Pour Jacques, les métis représentent en quelque sorte l'avenir du monde, et il se considère comme un éclaireur, qui ne doit à ce titre rien lâcher de son identité métisse.

Il y a enfin ceux qui ne s'identifient pas racialement, ou même mélaniquement, au nom d'un universalisme républicain hostile à toute identification raciale. Anatole, employé municipal, cinquante-deux ans, pense que « dire qu'il y a des Noirs et des Blancs, c'est raciste », puisque « c'est prouvé scientifiquement qu'il n'y a pas de races ». Il refuse de s'identifier comme noir, mais dit qu'il est « français, point. Et lillois, supporter du LOSC [le club de football professionnel de Lille] ». Jacques ajoute que « Noirs, Blancs, Jaunes, ça ne veut rien dire, on est tous pareils », et il précise qu'il n'est pas « noir », mais métis, et explique la différence entre les deux pour noter qu'il a eu autant de problèmes avec les Blancs que les Noirs, « il y a du bon et du mauvais partout ». Aude, étudiante, vingt-six ans, déclare, dans un registre voisin, qu'elle est « martiniquaise », sans identification raciale.

Les Noirs de France disposent de répertoires identitaires hiérarchisés de manière variable, mais plaçant l'identité française en position primordiale. Il leur est très important d'être considérés comme français à part entière, et ils sont très sensibles à la remise en cause ou au doute jeté sur leur identité française. Ils ajoutent à cela différents éléments identitaires, relevant d'une affiliation à un pays, à une région, plus rarement à une ethnie, et à une « race ». Mais, quels que soient le bricolage identitaire opéré par les individus et la subtilité avec laquelle ils l'adaptent aux circonstances sociales, il demeure que, généralement, dans une bonne partie de leur vie sociale, ils sont considérés comme noirs. C'est cet élément de visibilité qui semble s'imposer, et fait souvent enrager les Français noirs, y compris ceux qui ne rechignent pas à se désigner comme tels, dans la mesure où ils ne veulent pas être résumés à une seule identification et où celle-ci semble jeter une suspicion sur leur identification française.

Une distinction essentielle consiste donc à parler d'identités choisies et d'identité prescrite, sans que les deux notions soient étanches l'une à l'autre. Par identités choisies, on fait référence aux multiples manières dont les personnes se définissent elles-mêmes, à ces mille-feuilles identitaires que j'ai décrits, tandis que l'identité prescrite désigne la manière dont les personnes sont vues par les autres. Il existe bien un décalage frappant entre la complexité des identités choisies et le simplisme de la prescription raciale. À l'extrême, il peut arriver qu'une personne refuse de se considérer comme noire, mais qu'elle soit pourtant considérée comme telle dans une bonne partie de sa vie sociale. C'est le cas, en particulier, de nombreux Antillais, toujours réticents à l'identification raciale, notamment pour des raisons liées aux hiérarchies coloristes de la Caraïbe (voir chapitre suivant). Certains réfutent le qualificatif de « noir », au motif que leur identité n'est pas celle-là, ou qu'elle ne se réduit pas à cela. C'est le cas de Gaston Kelman dans *Je suis noir et je n'aime pas le manioc*, qui s'identifie comme un Noir bourguignon : « Je suis bourguignon comme ceux qui y sont nés parce que j'en ai un jour décidé ainsi[19]. » Kelman s'inscrit ainsi dans la tradition assimilationniste, consistant à se fondre dans la culture dominante et à fustiger la « victimisation ». C'est bien le droit de ces personnes, en vérité. Il n'empêche qu'elles sont souvent considérées comme noires. Il y a ceci de particulier avec la condition noire qu'on ne s'en échappe pas, qu'il est difficile de s'affranchir de son apparence noire, que celle-ci vous rattrape par le collet au moment où vous n'y pensez plus. La dénégation semble sans espoir, parfois pathétique. Après tout, être noir n'est pas une tare honteuse, une difformité anormale, m'a-t-on souvent dit. Le phénomène de négation s'observe le plus nettement chez certains Antillais, comme Fanon l'avait noté : « L'Antillais ne se pense pas comme Noir ; il se pense Antillais. Le nègre vit en Afrique. Subjectivement, intellectuellement, l'Antillais se comporte comme un Blanc. Or, c'est un nègre. Cela, il s'en apercevra une fois en Europe, et quand on lui parlera de nègres, il saura qu'il s'agit de lui aussi bien que du Sénégalais[20]. » Plusieurs personnes antillaises interviewées sursautent quand on leur demande si elles se pensent comme noires, et le nient vigoureusement, tout en reconnaissant à demi-mot que leur identité imposée n'est pas celle de l'Antillais, mais du Noir.

Le fin et l'épais

À ce stade de l'analyse, il est possible de poser la distinction proposée par le sociologue américain Tommie Shelby, qui reprend un lexique anthropologique venu de Clifford Geertz. Il distingue une identité noire *épaisse* (*thick blackness*) d'une identité noire *fine* (*thin blackness*). Par identité *épaisse*, il signifie une identité fondée sur une culture, une histoire, des références communes, une langue qui marquent une différence nette entre ceux qui en sont les porteurs et les autres. L'identité *épaisse* renvoie à des groupes circonscrits, en quelque sorte intentionnels, qui ne procèdent pas d'injustices subies mais sont appuyés sur des éléments de culture communs[21].

Quant à l'identité *fine*, elle délimite un groupe qui n'a en commun qu'une expérience de l'identité prescrite, celle de Noir en l'occurrence, qui a été historiquement associée à des expériences de domination subie, et qui peut s'accompagner de la conscience du partage de cette expérience. Cette notion d'identité *fine* paraît pertinente pour caractériser les populations noires dans leur plus petit dénominateur commun : le fait d'être considérées comme noires, avec un ensemble de stéréotypes attachés à elles.

À la question « qui est noir ? » il convient de ne répondre ni par des arguments de nature (qui renverraient à une conception biologisante de la « race ») ni par des arguments de culture (qui renverraient à l'infinie variété des différences culturelles entre les hommes et des identités qui leur sont attachées), mais par des arguments sociopolitiques : dans les sociétés où ils sont minorés, sont noirs celles et ceux qui sont réputés tels ; est noire, *a minima*, une population d'hommes et de femmes dont l'expérience sociale partagée est d'être considérés comme noirs. Il y a donc des Noirs (des Blancs aussi) par accord social tacite. Les Noirs ont en commun de vivre dans des sociétés qui les considèrent comme tels. Ils n'ont pas le choix d'être ou de ne pas être tels qu'on les voit. Ils ont en revanche le choix d'assumer leur identité racialisée, ou de la rejeter comme impropre à leur être profond. Ce choix n'est pas susceptible de modifier radicalement la prescription raciale. Pour paraphraser les propos de Sartre concernant les Juifs, un Noir est un homme que les autres hommes tiennent pour noir[22].

Cette délimitation purement sociale de la condition noire ne méconnaît pas la force et la beauté des cultures afro-antillaises, bien au contraire. Le sociologue britannique Paul Gilroy a justement dénoncé avec vigueur les présupposés afrocentristes et protonationalistes de la « culture noire », fondée sur la conception romantique d'un « peuple noir ». Pour autant, Gilroy se place dans une position intermédiaire, qui consiste d'abord à réfuter les perspectives essentialistes sur la culture (sous une forme afrocentriste en particulier), qui présupposent l'idée de culture pure, homogène, intrinsèque aux groupes. Il remarque justement que l'essentialisme ontologique de la culture noire est en quête de l'authenticité originelle, perdue par la modernité : « Elle a peu de choses à dire au sujet du monde profane et corrompu de la culture populaire noire, préférant se mettre en quête d'une pratique artistique propre à guérir la masse des Noirs des illusions qui leur avaient été insidieusement inspirées par leur condition d'exilés [...]. Selon cette conception, la communauté serait sur la mauvaise voie, et la mission de l'intellectuel serait de la remettre sur de bons rails, en retrouvant tout d'abord, puis en propageant, cette conscience raciale qui semble faire défaut aux masses[23]. » Mais Gilroy n'adopte pas la position opposée, au sens où il réfute aussi une perspective niant l'existence d'une culture noire spécifique : « Le problème avec cette deuxième tendance, c'est que, par dédain de l'essentialisme racial dont elle a fait preuve en considérant la "race" comme une construction sociale et culturelle, elle a prêté trop peu d'attention aux formes spécifiquement racialisées de pouvoir et de subordination[24]. » Il plaide ainsi pour une perspective « anti-antiessentialiste », en s'appuyant sur la notion de diaspora, plus précisément la diaspora de l'« Atlantique noir » :

« Les expériences historiques particulières des populations de cette diaspora ont engendré un corps unique de réflexions sur la modernité et sur son malaise qui hante de manière persistante les luttes politiques et culturelles de leurs descendants d'aujourd'hui[25]. » La diaspora est essentielle ici, en ce qu'elle offre des formes d'identification qui transcendent les limites nationales et offrent de réfléchir à des formes de domination globalisées.

L'un des chapitres les plus intéressants de *L'Atlantique noir* est celui consacré à la musique : « Musique noire et politique de l'authenticité ». Selon Gilroy, la musique, particulièrement, avec ses significations culturelles et politiques, contribue à fabriquer une identité noire transnationale. L'attachement des jeunes Noirs à des formes de musique africaines, afro-américaines, afro-caribéennes, afro-européennes est évident, et il suffit de fréquenter les salles de concert de Paris et d'autres grandes villes pour le constater. C'est aussi le cas du street basketball, qui attire beaucoup de jeunes Noirs, dont la référence sportive n'est pas le championnat de France mais la NBA américaine et ses joueurs à la réputation mondialisée. Le terrain est l'occasion de montrer sa dextérité, sa résistance, son travail et son talent, et son affiliation à tel ou tel joueur, telle ou telle équipe de la NBA (dont 80 % des joueurs sont noirs).

Il existe certainement des espaces de sociabilités et de pratiques culturelles noirs, au sens où ils rassemblent majoritairement des jeunes Noirs, espaces qui fabriquent des sous-cultures noires dans le vaste monde culturel de la jeunesse mondialisée. Ces espaces sont aussi perméables et ouverts à d'autres sous-cultures, et attirent souvent la jeunesse blanche, qui y trouve des moyens d'expression de mécontentements et de rébellions spécifiques et distincts, comme l'a noté Gilroy à propos de la Grande-Bretagne. Si le reggae, par exemple, a largement diffusé au-delà de la jeunesse noire, c'est parce qu'il proposait un langage de contestation politique dans lequel les jeunes Blancs ont puisé des outils pour leurs propres usages, assez largement distincts de ceux du mouvement rasta. Ces phénomènes de traduction et de réinterprétation caractérisent l'univers musical noir en tant que ressource politique de contestation des ordres établis, et lui confèrent son audience universelle. Il parle à tous, particulièrement à celles et ceux qui revendiquent, contestent, dans l'ordre sociopolitique.

Sa démonstration est intéressante, souvent convaincante, en ce qui concerne le contenu des œuvres (soul, rythm and blues, hip-hop, rap) et leurs modes d'expression. En outre, elle a contribué à désenclaver les études afro-américaines, qui étaient trop centrées sur les États-Unis. Certes, des auteurs comme Du Bois ou Ellison avaient déjà mis l'accent sur les phénomènes transnationaux, mais Gilroy l'a fait en offrant la possibilité de critiquer radicalement les littératures eurocentriste et américanocentriste sans les remplacer par l'afrocentrisme. La difficulté est alors que Gilroy ne s'appuie pas sur un travail sociologique de leur réception, qui permettrait d'établir leurs effets sur les identités des Noirs d'Europe, d'Afrique et des États-Unis. De telle sorte que, si son approche transnationale et son positionnement intermédiaire entre essentialisme et constructivisme me semblent tout à fait intéressants, je suis plus prudent sur l'idée d'une diaspora noire envisagée dans sa dimension sociale.

Il existe certainement une culture musicale noire, à condition de l'envisager, comme le fait d'ailleurs Gilroy, dans une perspective hybride et métissée, mais dont les effets identitaires me paraissent, au moins du côté français, incertains et nébuleux. Au-delà de l'Atlantique noir, c'est bien l'une des difficultés posées par les travaux de *cultural studies* que leur centrage créatif sur les agencements linguistiques, musicaux et autres, mais qui font souvent l'impasse sur leurs effets sociaux. Une autre difficulté se pose, qui est que Gilroy ne parle guère de la France, qui a pourtant été un carrefour important de l'Atlantique noir, d'un point de vue culturel et politique.

Dans le cas français justement, il n'existe pas, de mon point de vue, de peuple noir au sens où cette notion peut être ordinairement entendue, c'est-à-dire en tant qu'il y aurait une identité noire épaisse fondée sur une culture rassemblant les populations noires de France. Certaines formes musicales, pour rester dans ce domaine, rassemblent certainement une partie importante de Noirs, mais sans qu'elles leur soient spécifiques et sans qu'elles soient créatrices d'identité racialisée.

L'expression de « peuple noir » aurait plus de légitimité en ce qui concerne les États-Unis, compte tenu de l'existence d'une population africaine-américaine importante et anciennement établie, aux liens identitaires robustes. Mais, dans ce dernier pays, on observe depuis quelques années l'essor d'une population noire venue des Caraïbes et désormais d'Afrique. Depuis 1990, plus d'Africains entrent annuellement aux États-Unis qu'à aucun moment de leur histoire, y compris durant la traite négrière (chaque année environ cinquante mille migrants africains légaux s'installent aux États-Unis, contre environ trente mille esclaves africains importés annuellement pendant la traite). À New York, un Noir sur trois est né à l'étranger[26]. Cela fait que la population noire américaine est plus composite, plus hétérogène, plus « fine » identitairement que jadis. Cela est vrai, *a fortiori*, dans le cas français, où la diversité d'origine des populations noires est évidente. On peut repérer grossièrement deux vastes groupes : celui des personnes originaires des départements d'outre-mer et celui des personnes originaires d'Afrique. Chaque groupe peut se diviser en sous-groupes, particulièrement dans le cas des Noirs africains, qui proviennent de régions aussi différentes que l'Afrique équatoriale et l'Afrique sahélienne. Même si un nombre non négligeable de ces personnes se réclament, sans exclusive, d'une identité noire, il serait abusif de parler d'un peuple noir au sens « épais » que le terme implique.

Une remarque voisine peut être faite à propos de l'hétérogénéité sociale des Noirs. Celle-ci est effective, et il ne s'agit nullement de minimiser les écarts de classe entre Noirs mais de considérer que l'expérience partagée des discriminations est une fondation suffisante pour délimiter le groupe en question dans la perspective *fine* décrite plus haut. Cela ne signifie pas que l'expérience discriminatoire soit équivalente pour tous. La position de classe est un facteur important, qui l'exacerbe ou l'amortit. Une personne noire placée tout en bas de l'échelle sociale subit plus durement la discrimination raciale dans sa relation avec la police, par exemple, ou dans l'accès aux biens rares (emploi, logement) qu'une personne noire de la classe moyenne, dont l'expérience discriminatoire est généralement plus ponctuelle et limitée. À l'extrême, un Noir célèbre verra son apparence noire effacée, comme gommée par sa notoriété. Un célèbre footballeur a subi un contrôle de police qui s'est terminé par les excuses embarrassées du policier, stupéfait de constater que ce Noir était aussi et surtout une célébrité dont les Français ont scandé extatiquement le nom. Plus la position sociale est élevée, moins l'apparence noire compte dans les transactions sociales. Pour le dire autrement, un balayeur est beaucoup plus « négativement » noir qu'un chanteur à la mode. Cela ne signifie pas, d'ailleurs, que les élites noires échappent à l'expérience discriminatoire, mais dans sa matérialisation concrète elle apparaît comme plus fugace et ses effets peuvent être amortis plus aisément que dans le cas des Noirs pauvres.

Il existe une apparence noire, constituée sur le fondement des torts auxquels expose la couleur de peau. Que les individus ajoutent, à ce plus petit commun dénominateur, certaines propriétés de culture et d'histoire communes est bien légitime, mais celles-ci sont en quelque sorte facultatives au fait social d'être noir. Elles sont néanmoins importantes pour envisager la condition noire sous un angle qui ne soit pas seulement victimaire. Il n'empêche que si l'identité racialisée imposée ne crée pas un « peuple » au sens épais du terme, elle fabrique bien quelque chose, un groupe de personnes unies par leur condition prescrite, et la conscience de cette condition.

De préférence à « peuple », on pourrait opter pour la notion de « communauté », et parler ainsi de « communauté noire ». Le terme est sans doute moins épais que celui de « peuple », mais il a l'inconvénient d'une forte connotation américaine. Aux États-Unis, la notion de communauté renvoie à des groupes politiquement organisés et reconnus comme tels dans l'espace public. Cela n'a d'ailleurs pas toujours été le cas dans ce pays : comme l'a montré Laurent Bouvet dans un ouvrage récent, la communauté, décriée jusque dans les années 1950 puisque antimoderne et antilibérale, a opéré un retour dans les années 1960, à la faveur du tournant identitaire de la société américaine[27]. Le mouvement « communautarien » a critiqué sur le fond l'individualisme libéral pour proposer une nouvelle acception de la communauté, politique, allant plutôt dans le sens de mobilisations civiques effectives permettant de revitaliser les institutions démocratiques formelles, qui, à elles seules, ne garantissent pas la démocratie.

Rien de tel en France, où c'est la notion même qui soulève la méfiance, voire l'hostilité, comme si elle était susceptible de venir interférer dans la relation directe entre l'État et le citoyen, utopie fondatrice de la République. Parler de « communauté noire » engage dans un rapport analogique avec la communauté noire des États-Unis, qui peut s'avérer trompeur compte tenu de la faiblesse institutionnelle de l'idée de communauté en France, et laisser penser que les populations noires de France sont organisées et reconnues de manière similaire à leurs homologues d'outre-Atlantique. Dans une moindre mesure que celle de peuple, la notion de communauté pèche donc par excès, et engage au-delà de ce que je veux circonscrire pour le moment, à savoir un groupe uni par des expériences sociales semblables induites par le phénotype noir.

La minorité noire

De préférence à la communauté, je préfère donc la notion de « minorité », qui délimite minimalement un groupe en fonction du critère de l'expérience sociale partagée selon le marqueur socialement négatif de la peau noire, sans impliquer l'existence de liens culturels communs ou d'une reconnaissance institutionnelle. Il existe ainsi une minorité noire en France en tant qu'il existe un groupe de personnes considérées comme noires et unies par cette expérience même, ce qui constitue un lien ténu mais indubitable. Ce lien n'est pas nécessairement fondateur d'une identité racialisée, mais il reconnaît le sort partagé d'être considéré comme noir, quelle que soit, par ailleurs, la diversité subtile des identités choisies. Si la notion de minorité est apparue et s'est stabilisée, c'est parce qu'elle permettait de parler de situations sociales spécifiques ne relevant pas de choix identitaires, mais d'assignations identitaires.

Sous cette acception, la minorité apparut aux États-Unis dans les années 1930, par contraste avec un sens plus ancien référant aux minorités nationales européennes[28]. L'école de sociologie de Chicago faisait référence de temps à autre à la notion, mais c'est surtout, en 1932, le livre du sociologue Donald Young qui la théorisa, en associant la position raciale et le statut minoritaire[29]. Young associe des groupes de manière inédite : « Les problèmes et les principes des relations raciales sont remarquablement similaires, indépendamment des groupes considérés. Et c'est seulement par une étude synthétique de tous les groupes minoritaires américains que les phénomènes sociaux pourront être analysés.» Un autre sociologue, Louis Wirth, reprit cette idée dans un article publié en 1945, en définissant la minorité comme un groupe «qui, en raison de caractéristiques physiques ou culturelles, est soumis à des traitements différenciés dans la société et qui se considère comme objet d'une discrimination collective[30]». Wirth explique que la notion de minorité n'est pas statistique: la minorité peut être démographiquement majoritaire, comme dans les situations coloniales. Il poursuit en distinguant quatre types de minorités: les minorités pluraliste (qui souhaite voir reconnue sa spécificité), assimilationniste (qui réclame son intégration dans la majorité), sécessionniste (qui veut son indépendance) et militante (qui aspire à la domination).

La popularisation de la notion de minorité s'effectua en parallèle au moment du mouvement pour les droits civiques, afin de qualifier les groupes qui firent ensuite l'objet de politiques de redressement des torts (action affirmative): les femmes, les Afro-Américains, les Indiens d'Amérique, les Latinos. Le terme devint alors officiel dans les politiques publiques et courant dans la science politique, la sociologie et l'histoire américaines. Il sert à la fois à décrire des situations sociales (ce que font les universitaires) et d'instrument de politiques publiques. Une minorité est un groupe de personnes qui font l'objet de traitements discriminatoires, en raison de leur sexe, ou de leur origine réelle ou supposée, ou de leur phénotype (couleur de peau ou autre trait physique). Peuvent ou ont pu être considérés comme minorés des individus qui, aujourd'hui ou dans le passé, ont subi des discriminations au nom des groupes sociaux auxquels ils sont censés appartenir. Certains intellectuels néoconservateurs comme Nathan Glazer ont critiqué cette notion, au motif qu'elle est susceptible d'englober des groupes disparates, y compris les obèses ou les alcooliques, et d'accorder des avantages indus via les programmes d'*affirmative action*[31].

En France, sous cette acception, le terme n'a guère été employé jusqu'à ces dernières années, et ne l'a même pas été du tout en ce qui concerne les politiques publiques. Cela en raison d'une approche très française, aveugle aux particularités et qui ne reconnaît que l'existence de citoyens et d'étrangers. En outre, la notion renvoyait, dans le contexte européen, aux minorités nationales, et donc à des tentatives de sécession comme lors du réveil des nationalités au XIXe siècle. Dans les années 1940, l'économiste suédois Myrdal notait qu'aux États-Unis « le terme de minorité a une connotation différente que dans d'autres parties du monde. D'un côté les minorités américaines se battraient pour l'inclusion dans la société ; de l'autre les minorités européennes se battraient pour leur indépendance[32] ».

En outre, les sciences sociales et politiques se sont mobilisées non pour des « minorités » mais pour des groupes découpés différemment : les « femmes », les « immigrés », les « ouvriers », etc., groupes dont l'existence était perçue comme réelle et conforme au bien commun. Il faut enfin ajouter la méfiance à l'égard des États-Unis, construits en repoussoir, qui seraient soumis à une improbable « dictature des minorités » à laquelle, du côté français, il faudrait échapper coûte que coûte.

Toutefois, un changement s'est opéré récemment, avec la multiplication de références aux « minorités visibles » dans les discours publics. En France, on parle désormais couramment des « minorités visibles », c'est-à-dire des personnes dont l'appartenance ethno-raciale supposée peut être déduite de leur apparence, et qui peuvent, à ce titre, faire l'objet de traitements inégalitaires. Les Noirs entrent de manière archétypique dans cette catégorie. L'avantage théorique principal de la notion est qu'elle permet d'embrasser un ensemble de groupes aux situations disparates et de penser des problèmes qui leur sont communs : des groupes migrants (sur lesquels pèsent souvent des stigmates discriminatoires, comme les migrants africains en France ou brésiliens au Japon), mais aussi des groupes installés de longue date : par exemple les Indiens natifs ou les Africains-Américains aux États-Unis, ou les Burakumin au Japon. Dans le cas du Japon, la notion de minorité permet de penser le problème discriminatoire dans son ensemble, sans dissocier les cas des migrants et des personnes de basse caste (les Burakumin), et elle est désormais utilisée. Dans le cas français, référer aux minorités est renvoyer à des personnes qui subissent des expériences discriminatoires avérées en raison d'une caractéristique supposée, indépendante de leur statut de résidence (français ou non, situation légale ou non) et de leurs identités choisies. Le paradoxe semble être que les minorités visibles ont longtemps été *invisibles* dans l'espace public français. Mais ce paradoxe n'est qu'une apparence : par visibilité, on entend la présence de caractéristiques phénotypiques qui caractérisent racialement et ethniquement les personnes concernées, plutôt qu'une présence marquée dans la représentation que la société française se donne d'elle-même.

J'ai cependant pu constater, lors des entretiens,

que les personnes noires rechignaient souvent au terme de « minorité », au motif qu'il les place dans une situation d'infériorité, voire qu'il les infantilise, comme si elles étaient ramenées à l'âge de minorité. Une remarque similaire peut être établie en ce qui concerne les Américains : beaucoup d'Afro-Américains et de Latinos ne se considèrent pas comme « minoritaires » et le font savoir haut et fort. On peut trouver dans certains quartiers ethniques latinos nord-américains des panneaux muraux sur lesquels il est inscrit : *We are not a minority!* Puisqu'il n'est pas question de désigner ces personnes par un terme qui les rebute ou les gêne, j'adopterai de préférence le terme de « minoré », qui n'a pas la même connotation que celui de « minoritaire », selon la suggestion de Louis-Georges Tin. Les personnes minorées sont celles qui font précisément l'objet d'un processus social de minoration par le fait de leur appartenance supposée à un groupe stigmatisé.

Une estimation sérieuse de la minorité noire a été récemment proposée par TNS Sofres pour le compte du Conseil représentatif des associations noires (le Cran[33]). À partir d'un sondage de 500 personnes dans les DOM et de 13 059 personnes en France métropolitaine, il a été obtenu un échantillon de 581 personnes qui se déclarent comme « noires » ou « métis » avec des « ascendants noirs »[34], soit 3,86 % (3,19 % de « Noirs » et 0,67 % de « métis ») de la population française âgée de plus de dix-huit ans (ce qui correspond à 1,87 million de personnes environ). Il est probable que ces chiffres sous-estiment légèrement le poids quantitatif de la population noire de France, si l'on tient compte de celles et ceux qui ne se déclarent pas ainsi (mais qui sont considérés comme tels dans une partie importante de leur vie sociale), ainsi que d'un volant de personnes en situation de précarité juridique et sociale que l'enquête téléphonique n'a pas pu saisir. Le pourcentage réel se situe donc sans doute entre 4 % et 5 %.

La population noire est plus jeune que la population totale : les 18-24 ans représentent 27 % de l'échantillon contre 11 % pour l'ensemble des résidents français, tandis que les 65 ans et plus représentent 7 % des Noirs contre 21 % pour la population totale. Elle est aussi plus masculine : 53 % contre 48 %. Ce profil démographique est assez typiquement celui d'une population migrante. On peut supposer, en ce qui concerne le facteur de genre, que la population se déclarant « noire » plutôt que « métisse » est majoritairement issue d'Afrique, et pour bonne part primo-arrivante, ce qui explique que les personnes « métisses » soient majoritairement des femmes — ce qui ne change pas nettement le total compte tenu du plus grand nombre relatif de « Noirs ».

Du point de vue des catégories professionnelles, cette population est massivement présente dans les professions ouvrières et d'employés et personnels de service (45 % et 22 % contre 34 % et 16 % pour la population totale) et subit davantage le chômage (12 % de la population noire contre 8 %). Nous avons donc affaire, au total, à une population noire adulte avoisinant 2 millions de personnes, qui se caractérise par sa jeunesse relative et la modestie de ses positions professionnelles.

La question se pose de savoir si, dans le cas de la disparition ardemment souhaitable des discriminations raciales, la minorité noire disparaîtrait en tant que telle. C'est une conclusion possible de la définition constructiviste qui vient d'être proposée. Si l'objectif d'une politique antidiscriminatoire est bien de déracialiser la société française, alors il consiste à rendre les Noirs invisibles, ou en tout cas pas plus visibles que les autres. Serait-ce alors que les Noirs ne seraient qu'un pur imaginaire, qu'une représentation dans les regards, vouée à s'effacer un jour « comme à la limite de la mer un visage de sable[35] » ? Cela serait alors commettre une erreur analogue à celle de Sartre dans ses *Réflexions sur la question juive*, qui fait des Juifs une invention antisémite. Un point de vue similaire est exposé dans sa préface, « Orphée noir », à l'*Anthologie de la nouvelle poésie nègre et malgache de langue française* de Senghor, publiée en 1948[36]. Sartre définit fortement la dialectique des intellectuels de la négritude : celle-ci s'épanouit dans des mondes blancs (donc par l'exil pour les Africains ou les Antillais) en exprimant une forme de retour aux cultures africaines. Pour Sartre, la négritude est une étape nécessaire et transitoire de prise de conscience de l'exploitation, une « thèse mineure de la dialectique » qui devra s'effacer dans la société nouvelle, lorsque le racisme, cette facette de l'exploitation bourgeoise, aura disparu. Les Noirs ne seraient-ils qu'une invention raciste ? Une réponse possible consiste à dissocier la racialisation des personnes (identité fine) des identités choisies.

Si l'objectif de déracialisation est en effet souhaitable, il ne signifie pas pour autant que les cultures afro-antillaises s'effaceraient. Il convient de penser à la fois la déracialisation des rapports sociaux et l'inscription multiculturelle de notre société avec des phénomènes d'expressions des cultures d'autant plus riches et fructueux que les discriminations seront efficacement combattues. Chacun sera libre d'adopter tel ou tel élément identitaire, de telle sorte qu'il y aura des Noirs qui se diront tels, d'autres qui feront des choix différents, un peu à l'image de nos concitoyens de filiation juive, qui sont en règle générale, depuis un demi-siècle, libres d'être juifs à leur manière, ou pas du tout. On objectera encore que la couleur de peau marque la visibilité indépassable de la différence. Or il ne s'agit pas d'effacer la couleur de peau, mais de lui ôter sa dimension de marqueur social, de faire qu'elle ne *signifie* rien socialement. Il est bien normal, et même réjouissant, que les Noirs soient et demeurent les porteurs privilégiés de cultures africaines et caribéennes (entre autres), dont on peut penser que le rayonnement sera d'autant plus net dans une société sans discriminations et stigmatisations antinoires, même si l'expérience de la domination, voire jadis de l'oppression, a été un profond terreau de créativité artistique. L'invisibilité sociale peut aller de pair avec une forte visibilité des identités épaisses. Il est malheureusement probable, quoi qu'il arrive, que les phénomènes de domination racialisée trouveront à se recomposer autour de nouvelles figures de l'Autre, de nouvelles frontières entre le « nous » et le « eux ». Si, un jour, les Noirs échappent à la stigmatisation raciste, cela ne signifiera sans doute pas un monde sans « race », mais un monde avec d'autres « races ». Un monde déracialisé est peut-être aussi utopique qu'un monde sans classes, tant il semble impossible d'échapper aux rapports de domination. Il est cependant raisonnable de considérer que la disparition du racisme antinoir, tout comme celle de l'antisémitisme, cet autre pilier de la racialisation du monde, est un objectif à dimension universelle qui bénéficierait à l'ensemble de l'humanité, pas seulement aux Noirs, mais aussi aux autres hommes qui, parfois même sans le savoir, en ont souffert aussi.

Pourquoi l'invisibilité des Noirs dans l'histoire et les sciences sociales françaises ?

Puisque les expériences discriminatoires ne sont pas particulières aux Noirs, on pourrait concevoir une analyse des discriminations ethno-raciales en général. Cette voie est tout à fait possible, et même souhaitable, mais il paraît néanmoins utile de penser les discriminations dans leurs formes spécifiques : les stigmates qui ont pesé sur les populations noires de France sont différents de ceux qui ont pesé sur les Juifs, les Maghrébins, les Asiatiques et des groupes construits autrement comme les femmes, les homosexuels, etc., parce qu'ils sont fondés sur la constitution précoce d'une « race noire » aux caractéristiques bien particulières, dont on verra qu'elle est essentiellement liée à l'esclavage et à la sujétion. Cela ne signifie pas que les discriminations antinoires soient nécessairement plus graves que celles subies par d'autres groupes.

Récemment, l'apparition du terme d'« indigène » semblait suggérer une alternative, consistant à regrouper sous le même vocable les personnes issues des anciens mondes coloniaux africains. L'expérience sociale de ces personnes étant souvent voisine, et parfois marquée par des processus de contrôle social rappelant la colonisation, le terme d'indigène a indéniablement une force d'attraction.

Mais ce terme peut difficilement servir de point d'appui robuste à la description des situations sociales contemporaines, puisqu'il tend à assimiler le présent au passé et trivialise le fait colonial, qui devient ainsi une simple référence métaphorique. Si les situations sociales contemporaines des personnes affiliées au continent africain sont évidemment caractérisées par l'expérience discriminatoire, elles n'équivalent pourtant pas (heureusement, pourrait-on ajouter) à l'indigénat, qui avait des caractéristiques politiques et juridiques bien précises. Il me semble intellectuellement et politiquement important de penser les problèmes contemporains dans leurs particularités relatives, ce qui ne signifie pas qu'ils n'entretiennent pas de filiation avec le passé colonial. Il n'en demeure pas moins que la notion d'indigène a une force politique incontestable, dont il reste cependant à mesurer les effets d'identification sur les personnes directement concernées. Dans les entretiens, personne ne se qualifie d'« indigène » et, lorsque je mentionne ce mot, les personnes insistent plutôt sur leur situation citoyenne, comme si le terme conservait un pouvoir stigmatisant difficile à assumer en dehors d'un cercle militant averti.

Quant aux catégories « immigrés », « issus de l'immigration » et, pire, « immigrés de la seconde génération », celles-ci identifient perpétuellement les personnes concernées à une origine étrangère, redoublée, en ce qui concerne les Noirs, par une couleur de peau qui les renvoie à une étrangeté ineffaçable. « Il n'y a rien de plus exaspérant que de s'entendre dire : depuis quand êtes-vous en France ? Vous parlez bien le français[37] », écrit Fanon. Ce contre quoi les Antillais, en particulier, s'élèvent avec exaspération, eux qui rappellent qu'ils sont français depuis plus longtemps que les Niçois ou les Savoyards : ils ne prétendent à aucun droit particulier, du reste, mais l'argument vaut en tant qu'il pointe les traitements injustes dont ils estiment faire l'objet. Il existe aujourd'hui une population noire de France composée de Françaises et de Français nés en France métropolitaine dont les parents, les grands-parents parfois, sont également nés en métropole, et qui, par conséquent, ne s'assimile pas à la migration dans l'espace national ou en direction de celui-ci. L'analyse des populations noires dans leurs dénominateurs communs ne peut donc se dissoudre dans les sciences sociales des migrations, même si un nombre important de Noirs ont effectivement une expérience personnelle ou familiale récente de la migration.

Enfin, argumenter en faveur de sciences sociales des populations noires n'invalide en rien les histoires de groupes plus circonscrits, définis par une profession ou une occupation (les soldats africains, les agents publics domiens, les étudiants), un statut ou une résidence (les sans-papiers, les résidents des foyers Sonacotra), une origine nationale ou régionale (les migrants soninkés ou wolofs), etc. Au vrai, bien qu'un certain nombre d'excellents travaux soient disponibles ou en cours, il apparaît qu'il y a beaucoup à faire de ce côté-là *aussi*. Il faut reconnaître que les historiens des migrations, dans leur ensemble, ont prêté plus d'attention aux migrants européens et désormais nord-africains, qui ont fait l'objet de travaux remarquables depuis vingt-cinq ans, qu'aux migrants noirs, africains ou antillais, généralement réduits à la portion congrue.

Dans un ouvrage récent, Gérard Noiriel écrit

que « la lutte contre les discriminations et contre le racisme constitue un enjeu fondamental pour les intellectuels[38] ». Il a raison, mais un combat conséquent contre les discriminations nécessite autre chose qu'une déclaration d'intentions. Il s'agit aussi de remettre en cause certains des contreforts sur lesquels s'appuient les sciences sociales françaises, dont le relevé fournit des éléments d'explication à l'absence problématique des Noirs de France comme objet d'étude.

Une première difficulté tient à l'absence d'évaluation quantitative de ces populations, qui renvoie à une défiance solidement établie à l'égard de la reconnaissance et de la catégorisation publique du fait ethno-racial français. Le dernier recensement de la population noire de France date de... 1807. L'absence d'évaluation quantitative fondée sur cette catégorie a contribué à l'invisibilité des Noirs de France, par contraste avec ceux des États-Unis. On remarquera à ce sujet que l'argument démographique, pour expliquer le différentiel d'intérêt noté en introduction, ne tient guère. Car, si les Noirs américains pèsent relativement plus lourd que les Noirs de France (12 % contre 4 % environ), cela n'est en rien un facteur d'explication : les Indiens des États-Unis ne comptent que pour 1 % de la population américaine, mais ils ont fait l'objet de plus de travaux historiens et anthropologiques *français* que les Noirs de France. Ce ne sont pas les objets d'étude qui déterminent intrinsèquement l'intérêt des historiens, mais ce sont les historiens qui choisissent ou pas de les considérer et de les construire. Un argument plus robuste consiste à dire que les Noirs américains ont construit des mouvements politiques amples dans la seconde moitié du

XXe siècle, qui les ont rendus visibles auprès de l'État, de la société civile et des chercheurs. Cela est parfaitement exact : il suffit pour s'en persuader de mesurer le développement des études afro-américaines dans le sillage du mouvement pour les droits civiques[39]. Mais, du côté français, si la mobilisation associative a peiné à s'organiser, c'est précisément parce qu'elle a eu du mal à faire reconnaître des problèmes non allégués faute de l'équipement statistique approprié. Cette absence statistique a été un obstacle sérieux à la reconnaissance publique des Noirs en tant que tels, qui n'ont pu faire valoir les torts qui les ont affectés sous cette figuration-là. Ils ont alors dû s'en remettre à des témoignages, certes nombreux et convergents, mais qui ont pu être interprétés comme des entorses regrettables mais marginales au « modèle français ». D'où l'intérêt de l'étude Sofres/Cran, qui offre une visibilisation du groupe des Noirs, avec un effet performatif qui devrait sans doute participer à la construction d'études sur ce groupe.

Une deuxième difficulté tient à la crainte des ethnologues français à propos de l'essentialisation des groupes et de toute théorie qui pourrait faire rentrer par la fenêtre l'idée de race chassée par la porte. Après guerre, la reconstruction des sciences sociales s'opéra sur des fondements universalistes avec le soutien d'institutions nouvelles comme l'UNESCO, qui commanda de nombreuses études, comme le célèbre essai de Claude Lévi-Strauss *Race et Histoire* (1952), accueilli avec grande satisfaction par ses commanditaires, notamment l'anthropologue Alfred Métraux, qui travaillait alors au département de sciences sociales de l'organisation internationale. Puis, en 1971, dans une communication accueillie fraîchement par l'UNESCO qui l'avait pourtant sollicitée, Claude Lévi-Strauss tenta de « sauver » les différences entre les hommes en validant la « culture » et en plaidant pour la valorisation de la diversité des hommes. Tout à son programme universaliste d'exaltation d'une humanité indivisible, l'UNESCO faisait encore la sourde oreille aux différences dont parlait Lévi-Strauss. De fait, c'est l'idée même de culture qui a pu devenir suspecte, tant la crainte d'essentialisation abusive des groupes était grande. Wiktor Stoczkowski écrit que « l'étude des différences entre les hommes est devenue suspecte. Suspecte car on redoutait qu'elle ne fournît des arguments qui pourraient servir à diviser l'humanité, à porter les différences à l'absolu, à les juger scandaleuses ou insurmontables, conduisant un jour à une ségrégation, une discrimination, voire une extermination[40] ». D'où l'embarras des anthropologues français face aux théories multiculturalistes venues du monde anglo-américain, tant ils avaient été accaparés par une vaste entreprise de désubstantialisation des communautés, de chasse au culturalisme et aux réifications abusives.

Une troisième difficulté tient à la place centrale de la « question sociale » dans la recherche en sciences sociales française. Dans une perspective marxiste classique, celle-ci a installé des priorités de recherche (les rapports de domination entre la classe ouvrière et le capitalisme), des agents spécifiques investis d'une mission historique (la classe ouvrière), des mouvements sociaux conduits ou non par le parti ou le syndicat et sous-tendus par une téléologie politique. Ce faisant, les chercheurs ont négligé l'existence de nouveaux agents représentant des injustices et des torts irréductibles aux rapports de classe, en postulant d'emblée, comme l'écrit Stavo-Debauge, que « de telles figures ne sont jamais assez grandes et générales pour porter le mouvement social et inscrire un clivage oppositionnel politiquement fécond[41] ». De telle sorte que les minorités ethno-raciales ont été non seulement négligées, mais de surcroît suspectées de participer de la démobilisation et de la désaffiliation de la classe ouvrière. De tels soupçons ont eu un effet paralysant sur les sciences sociales et les politiques publiques de reconnaissance et de correction des discriminations. Fondamentalement, la question qui se pose au marxisme est de prendre au sérieux le racisme et les formes de domination raciale, sans les dissoudre dans les rapports de classe et sans considérer celles et ceux qui en font état comme « aliénés », c'est-à-dire comme incapables de reconnaître la vraie nature des processus matériels et idéologiques par lesquels la classe dominante maintient son pouvoir. Or, le racisme ne procède pas simplement des agissements calculateurs des élites ni la lutte antiraciste des illusions de la « fausse conscience ». L'analyse des rapports de classe ne suffit pas, à elle seule, à rendre compte de toutes les formes de domination, même si ces rapports se trouvent imbriqués de telle manière qu'il serait inconséquent de jeter un voile d'oubli sur eux. Il convient de penser à la fois l'irréductibilité de la question raciale et son lien indissoluble aux rapports de classe et de sexe. Justement, du côté des sciences sociales françaises, le problème a été de penser l'irréductibilité, et donc de secouer le carcan du réductionnisme de classe. Du côté des sciences sociales américaines, la situation a été tout à fait différente : elle s'est constituée sous la forme d'une concurrence pour l'hégémonie analytique entre les paradigmes de classe et de « race », et plus récemment de genre.

Bien entendu, la question des sciences sociales n'est jamais indépendante de la question politique : contrairement aux États-Unis où il a existé, particulièrement à partir des années 1960, des organisations politiques fondées sur le paradigme racial qui ont largement contribué à faire paraître la question raciale sur la scène politique, la vie politique française a historiquement été organisée sur la représentation de classe et, tout au plus, de territoire. Il ne s'agit pas de remplacer un paradigme par un autre, mais de les combiner pour décrire des situations de domination qui entremêlent classe, « race » et genre. Une approche conséquente de recherche en sciences sociales ne saurait, *a priori*, établir une hiérarchie d'importance entre les formes de domination. C'est précisément l'objet de la recherche que d'éclairer ces formes, de montrer comment, selon les moments et les points de vue des acteurs, elles interagissent et s'organisent. Faut-il alors voir, comme le suggère Loïc Wacquant, dans l'application du « trope » racial à l'analyse de la société française (entre autres) une preuve de l'hégémonie américaine, qui s'exercerait aussi dans le domaine des sciences sociales[42] ? Son analyse a le mérite de souligner certains effets de mode, dans le marché académique globalisé, provenant d'un pays, les États-Unis, dont l'histoire est évidemment marquée par la question raciale et invite à la prudence dans les opérations de comparaison ou de déplacement de notions. Pour autant, il existe bien des ressemblances et des convergences entre les sociétés concernées, qui ne sont pas seulement les *artefacts* d'une recherche sous influence états-unienne. Comme le soulignent Patrick Simon et Marco Martiniello, la mondialisation des études sur les relations raciales correspond à des similitudes objectives dans des sociétés marquées par leur passé colonial et esclavagiste, « et donc des outils forgés pour les décrire[43] ».

Quoique sérieuses, ces difficultés à l'étude des Noirs de France ne sont pas irrémédiables. Au vrai, il est aujourd'hui des jeunes historiens et sociologues déterminés à faire bouger les lignes trop figées de sciences sociales françaises qui ont passé par pertes et profits des questions dont on conçoit pourtant qu'elles sont essentielles. En outre, l'ouverture croissante à des problématiques bien installées dans d'autres pays (en particulier en Grande-Bretagne et aux États-Unis) contribue à l'apparition progressive de sujets d'étude inexistants en France il y a peu. Parmi ceux-là, celui des Noirs de France. Ce type de sujet n'a pas vocation à « faire plaisir » à la minorité noire — quoique je pense que lorsque les enfants d'origine antillaise ou africaine découvriront que les manuels d'histoire, par exemple, parleront des populations noires comme partie intégrante de la communauté nationale, quelque chose comme une fierté d'être des citoyens comme les autres se fera jour, et cela sera une bonne nouvelle. Mais il est d'abord question de mieux comprendre des phénomènes sociaux par lesquels des groupes de populations ont été l'objet de discriminations, afin de mieux les réduire. Que les universitaires participent, de la sorte, d'une entreprise civique visant à assurer l'égalité réelle des droits en même temps qu'un meilleur accueil à la diversité dans des domaines où elle n'a pas habituellement cours, n'est-il pas une raison supplémentaire et légitime de s'atteler à la tâche ?

CHAPITRE II

Gens de couleur. Histoire, idéologie et pratiques du colorisme

> *« Qu'est-ce que c'est donc un Noir ? Et d'abord, c'est de quelle couleur ? »*
>
> JEAN GENET, *Les Nègres.*

Comme je viens de le proposer, être noir n'est ni une essence, ni une culture, mais le produit d'un rapport social : il y a des Noirs parce qu'on les considère comme tels. Mais il existe, au sein de cette catégorie historiquement construite, des sous-groupes caractérisés par des peaux plus ou moins foncées et qui ont pu faire l'objet de traitements différenciés. La question des nuances de couleur de peau au sein des populations noires est importante du point de vue des hiérarchies sociales. Je propose d'utiliser le terme de « colorisme », traduit de l'anglais américain « *colorism* », pour référer à ces nuances et à leurs perceptions sociales. Une réflexion sur le colorisme permet alors de nuancer l'opposition « noir »/« blanc », certes fondamentale dans les imaginaires racialisés, mais qui ne rend pas compte, à elle seule, des hiérarchies sociales induites par la racialisation.

Le militant des droits civiques H. Rap Brown écrit que la première chose dont l'homme noir est conscient « est que vous êtes différent des Blancs. L'autre chose que vous apprenez est que vous êtes différents les uns des autres. Vous êtes nés dans un monde à double échelle de valeurs où la couleur est de première importance. Dans notre communauté, il existe une hiérarchie de couleurs qui est semblable à celle des Blancs, et qui est donc renforcée de chaque côté. Les Noirs à peau claire croient qu'ils sont supérieurs et les Noirs à peau plus sombre leur permettent d'agir selon cette croyance[1] ».

Par contraste avec les États-Unis, où historiens et sociologues se penchent depuis longtemps sur la question, en France métropolitaine, le colorisme contemporain n'a pas fait à notre connaissance l'objet de travaux publiés[2]. Reconnaître l'existence du colorisme, réfléchir sur ses origines et mesurer ses effets aliénants constitue l'un des enjeux oubliés de la question raciale en France. En s'appuyant sur des travaux américains, des données statistiques et des entretiens, quelques aspects historiques, idéologiques et pratiques du colorisme sont explorés dans ce chapitre.

Les observateurs attentifs de la société afro-américaine le savent bien : la bourgeoisie est dans l'ensemble plus claire de peau que le monde populaire afro-américain. Les élites noires sont métisses. Au vrai, le fait que plus la peau est claire, plus la position sociale est relativement élevée, constitue un lieu commun d'une bonne partie de la culture américaine depuis l'époque de l'esclavage. Les historiens et les sociologues l'ont confirmé, et ont analysé le phénomène coloriste en corrélant le degré de pigmentation avec la position sociale des personnes.

Dans *Les Âmes du peuple noir*, W. E. B. Du Bois accompagnait sa description des personnes d'une évaluation précise des nuances de peau, qui lui paraissait importante pour mesurer les positions sociales. Mais c'est surtout E. Franklin Frazier qui posa le problème de la manière la plus nette dans un livre dérangeant, *Bourgeoisie noire.* Frazier n'était pas tendre pour la bourgeoisie afro-américaine, qu'il accusait d'avoir délaissé sa responsabilité historique vis-à-vis des masses noires et de s'être enfermée dans un monde d'illusions et dans la haine de soi, non pas entendue au sens de la haine de l'individu pour lui-même, mais la haine du groupe ou il se voit consigné par son stigmate[3]. Frazier distinguait une nouvelle bourgeoisie noire, enrichie dans les affaires, d'une ancienne aristocratie noire, à peau claire, issue des hommes libres de couleur des grandes villes du Sud esclavagiste. Il fustigeait les préjugés de couleur de celle-ci, qui se comportait avec les Noirs pauvres comme la bourgeoisie blanche se comportait avec elle. Comme au temps de l'esclavage, lorsque « la moindre goutte de sang blanc paraît les élever dans l'échelle de l'humanité », l'acceptation de la hiérarchie raciale mise en place par les Blancs, explique Frazier, crée des individus sans identité, qui refusent de s'identifier au monde noir tout en étant rejetés par le groupe dominant. D'où la haine de soi, puisque le mépris que les bourgeois noirs subissent est attribué au fait qu'on les associe à la masse des Noirs : détester les autres Noirs et s'en démarquer à tout prix, dit Frazier, est se haïr soi-même. Voilà pourquoi, explique-t-il, la bourgeoisie noire se sent insultée si on la confond avec les Africains et « proclame au tout-venant que les *negroes* l'écœurent[4] ». On comprend les critiques subies par le livre de Frazier, paru dans les premiers temps du mouvement pour les droits civiques, qui invalida, au moins temporairement, certains de ses propos, puisque le début des années 1960 fut marqué par une alliance entre les élites et les couches populaires afro-américaines. De fait, comme Frederick Douglass, Booker T. Washington, W. E. B. Du Bois ou Langston Hughes, les grandes figures du mouvement pour les droits civiques, Martin Luther King et Malcom X, étaient métisses et n'auraient pas été considérées comme noires dans le monde caribéen, par exemple[5]. Dans les années 1920, l'opposition entre la NAACP (National Association for the Advancement of Colored People), fondée par Du Bois en 1909, et l'UNIA (United Negro Improvement Association) de Marcus Garvey, plus radicale et populaire, était aussi une opposition entre des élites métisses et un monde populaire noir qui se reconnaissait plus dans la figure de Garvey et ses propos « noiristes » (exaltant le noir sombre) que dans celle des avocats et professeurs clairs de peau qui dirigeaient la NAACP.

Mais ce qui importe ici est que la bourgeoisie noire américaine vue par Frazier, surtout celle du Sud, a été assise sur un capital social *et* mélanique, celui de peaux généralement plus claires : « Son teint clair [est] son bien le plus précieux[6]. »

La corrélation entre la classe et la couleur de peau au sein du monde noir américain a été globalement confirmée depuis. Dans une étude récente, les sociologues américains Keith et Herring ont distingué arbitrairement cinq groupes de couleur au sein de la population noire : « foncé », « brun sombre », « brun médian », « brun clair », « Clair », en étudiant le statut social de chacun des groupes. Parmi les cadres noirs, 30 % appartiennent à la population des « clairs », contre 10 % pour les « foncés » ; les ouvriers comptent 20 % de « clairs » contre 50 % de « foncés ». Un Noir foncé a des revenus 30 % inférieurs à ceux d'un Noir clair[7]. Aux États-Unis, les Noirs à la peau foncée sont surreprésentés dans les prisons, tandis que la bourgeoisie noire est une bourgeoisie métisse : « Les effets de la couleur de peau ne sont pas seulement des curiosités historiques héritées de l'esclavage et du racisme, mais des mécanismes actuels qui ont une influence sur qui a quoi en Amérique[8]. » Une comptine américaine populaire dit ceci :

When you're White, you're just right
When you're Yellow, you're mellow
When you're Brown, you can come around
When you're Black, get way back[9].

La distinction entre Noirs et Blancs ne suffit donc pas à rendre compte des préjugés raciaux aux États-Unis dans la mesure où, au sein de chaque groupe, des distinctions coloristes peuvent se trouver au fondement de traitements inégalitaires articulés à une hiérarchie raciale plaçant les Blancs, certains Blancs devrait-on dire, au sommet. En ce sens, le colorisme est en quelque sorte un sous-produit grinçant du racisme : faire subir à ceux qui ont la peau plus foncée ce que l'on endure par ailleurs des Blancs constitue bien une forme d'acceptation de la hiérarchie raciale, et donc des rapports de domination qui jouent à son détriment. Par là, il faut comprendre non seulement le fait qu'être noir est un handicap social incontestable, mais aussi que, au sein de la population classée comme noire, le degré de pigmentation joue dans les relations sociales intraraciales et dans l'accès aux biens rares. Dans leur étude sur les élites noires (à partir de l'édition 1978 du *Who's Who among Black Americans*), Elizabeth Mullins et Paul Sites montrent qu'elles sont majoritairement issues d'ancêtres libres avant la guerre de Sécession (Noirs, mais aussi Blancs, Indiens, etc.[10]). Leur étude indique que, dans une grande proportion, les élites noires contemporaines ont hérité de capitaux et de ressources sociales anciennement constitués, comprenant un capital mélanique.

Cette explication, mettant en valeur la transmission des avantages d'une génération à l'autre, est en phase avec la position de E. Franklin Frazier, qui avançait que les métis ont une position sociale relativement privilégiée qui se perpétue d'une génération à l'autre en raison de stratégies de mariage endogamique. De telle sorte que, pour Frazier, c'est la présence ou non d'ancêtres blancs qui détermine par héritage les avantages sociaux relatifs des Noirs clairs. Le point de vue de Frazier et de ceux qui s'inscrivent dans sa voie a le mérite de prendre en compte les héritages de capital socio-économique et mélanique. La transmission d'un capital mélanique, de préférence amélioré par une stratégie matrimoniale adéquate, est un élément essentiel de compréhension du phénomène coloriste.

Mais il est aussi possible d'avancer une autre explication, en proposant que le colorisme découle de phénomènes contemporains par lesquels les personnes à peau sombre sont objectivement discriminées, indépendamment des héritages des uns et des autres : c'est plutôt la position de Keith et Herring. De telle sorte que c'est moins la généalogie des individus qui compte que leur situation sociale et raciale du moment. Cette position offre l'avantage de centrer l'attention sur les interactions par lesquelles le colorisme s'exerce, sans présumer une continuité, voire une homologie parfois hasardeuse, entre le passé et le présent. Toute la difficulté est en effet de mesurer le phénomène coloriste dans le temps, et donc dans ses variations, c'est-à-dire dans les formes multiples par lesquelles il a exprimé une hiérarchie mélanique.

Pour autant, la perspective historique est cruciale à l'entendement du colorisme : car, si le passé n'équivaut pas au présent, il n'en est pas moins certain qu'un phénomène aussi général, aussi universel pourrait-on dire, que le colorisme s'appuie sur une histoire épaisse qu'il convient de retracer. Pour comprendre comment et pourquoi les stigmates discriminatoires pèsent encore fortement sur les Noirs à peau sombre, il est d'abord nécessaire de se pencher sur l'esclavage, en tant que fondateur de la construction des imaginaires racialisés.

Esclaves clairs et foncés

Comme il est désormais solidement établi, la notion moderne de « race » fut inventée pour justifier des rapports de domination coloniale, en particulier l'esclavage. Dès lors, toute réflexion historique sur les couleurs de peau se mêle inextricablement à une analyse des rapports de domination et des modes de production. Dans un essai de 1751, Benjamin Franklin ne considérait comme blancs que les Anglais et les Saxons, excluant les Espagnols, les Italiens, les Français, les Russes et... les Suédois, vus comme « basanés[11] ». Les plus dominés ne sont jamais tout à fait blancs. La couleur de la peau n'est pas un universel qui s'impose de manière naturelle : elle ne parle pas seulement à l'œil qui regarde, mais aussi à l'esprit qui interprète, classifie, et peut considérer les Suédois comme des « basanés ». La noirceur a fait l'objet de constructions religieuses, philosophiques, anthropologiques, physiologiques, médicales, environnementales, artistiques, destinées à en démontrer le caractère inférieur, néfaste, dangereux ou repoussant. Dans le cadre de leur expansion coloniale, les Européens ont inventé ce qu'être noir signifiait aux époques moderne et contemporaine. Par contraste, la blancheur représentait un indice de normalité et d'universalité. Elle a servi de critère de civilisation.

Pour comprendre les origines du colorisme, il convient de revenir sur les hiérarchies sociales et de couleur du système esclavagiste. L'immense variété de couleurs de peau faisait l'objet d'une taxinomie précise pendant l'esclavage. Moreau de Saint-Méry (1750-1819), avocat créole martiniquais, auteur d'un traité juridique sur Saint-Domingue et grand défenseur de l'esclavage, supposait que l'homme était un tout de cent vingt-huit parties, toutes blanches chez les Blancs sans mélange, toutes noires chez les Noirs sans mélange. En fonction des métissages, expliquait Moreau de Saint-Méry, la proportion de parties noires et blanches variait mathématiquement : 64/64ᵉ, ou 32/96ᵉ par exemple. Il distinguait ainsi, du plus noir au plus blanc, le *sacatra,* le *griffe,* le *marabout,* le *mulâtre,* le *quarteron,* le *métis,* le *mameluco,* le *quarteronné,* le *sang-mêlé.* Cette taxinomie, qui se réclamait de la science, participait de la passion du XVIIIᵉ siècle pour les classements et la mise en ordre du monde. Toutefois, avec Moreau, ce n'étaient pas des propos de savant, mais des propos politiques, qui avaient trait à l'organisation de la société esclavagiste[12].

En effet, l'ordre esclavagiste et colonial était fondé sur des distinctions de statut dépendant en partie de la couleur de peau. D'où l'obsession pour la description des nuances, qui pouvait prendre une dimension presque poétique. Micheline Labelle, dans son ouvrage sur Haïti, a relevé plusieurs dizaines de termes pour distinguer les nuances de peau : *noir, noir charbon, noir jais, noir rosé, noir rouge, noir clair ou foncé, sombre, brun, rougeâtre, acajou, marron, bronzé, basané, caramel, mélasse, cannelle, prune, pêche, violette, caïmite, café au lait, chocolat, cuivré, sirop, sapotille, pistache, bronze, couleur d'huile, jaune, jaunâtre, jaune rosé, banane mûre, rouge brique, rouge, rosé, beige, blanc, blanchâtre*[13], etc.

D'une manière générale, aux Amériques, les esclaves à peau claire étaient mieux considérés que les autres, jouissaient d'un statut plus élevé, à l'exception de ceux si clairs qu'ils pouvaient passer pour blancs et pouvaient alors s'enfuir plus facilement : « *too White to keep* », « trop blanc pour être gardé », disait-on aux États-Unis. Les esclaves trop clairs n'étaient pas réellement blancs, tant être blanc était associé à un statut social plutôt qu'à un indice mélanique, mais ils étaient des faux Blancs, des Noirs travestis par quelque hasard de naissance. Les Espagnols remédiaient parfois à ce problème en appliquant le fer rouge sur les esclaves trop clairs d'yeux et de peau. Cette défiance à l'égard des esclaves qui passaient pour blancs ne concernait pas les femmes : peu d'entre elles s'enfuyaient, et leur valeur était d'autant plus grande que leur teint était clair, « délicat », comme l'on disait, pour le service de maison ou des services sexuels. Les planteurs aimaient choisir des femmes esclaves au teint clair pour être leurs concubines. Dans le Sud des États-Unis, le prix de ces « *fancy girls* » était plus élevé que celui des femmes à peau plus foncée. Les marchands d'esclaves décrivaient précisément la couleur de peau de leur « marchandise », car celle-ci était un élément d'appréciation important de la valeur des esclaves, au même titre que leur taille, leur poids, leur dentition, leurs jointures, l'absence de traces de coups de fouet, etc.[14].

Les esclaves clairs de peau étaient le plus souvent affectés à des tâches de domesticité ou d'artisanat, car on supposait qu'ils étaient plus intelligents (à savoir qu'ils comprenaient mieux les ordres), mais aussi plus fragiles, que ceux à peau sombre. La couleur de peau était censée signifier des qualités spécifiques. Le maître qui choisissait un esclave clair projetait sur lui ses représentations raciales : la peau claire signifiait un degré d'intelligence, de beauté, d'aptitudes aux tâches délicates et de compréhension des demandes des Blancs. Les maîtres blancs se sentaient plus à l'aise avec eux, et pouvaient entretenir une familiarité qu'ils s'interdisaient avec ceux des champs. Mais les esclaves n'étaient jamais tout à fait blancs, et la division raciale restait bien en place dans les imaginaires.

La taxinomie raciale naturalisait des aptitudes professionnelles qui provenaient des représentations raciales et des choix opérés par les maîtres eux-mêmes. Ceux-ci pouvaient former un esclave à la forge, par exemple (ce qui lui conférait une valeur plus grande), en prétextant qu'il convenait mieux qu'un autre en raison de son teint clair. Si les artisans et les domestiques avaient généralement la peau plus claire que les travailleurs des champs, c'est parce que les maîtres assignaient aux esclaves dès leur enfance des tâches définies par la couleur de peau. Pour le travail aux champs, les esclaves aux peaux les plus noires, supposés être les plus robustes et durs à la peine, étaient recherchés. Plus la peau était sombre, plus ils avaient la réputation d'être solides. Quant aux esclaves de la maison, ils considéraient parfois d'un œil méprisant ceux des champs, et se targuaient de meilleures manières. Ceux-là avaient pris à leur compte les représentations des maîtres. Il est vrai que cette stratification sociale n'existait pas dans les petites plantations, où les mêmes esclaves pouvaient vaquer à différentes tâches[15]. Néanmoins, lorsque cela était possible, les maîtres préféraient employer des esclaves à peau claire dans leurs intérieurs et à des tâches artisanales, et des esclaves à peau foncée aux champs. Les esclaves à peau claire étaient issus d'unions entre Blancs et esclaves. Il s'agissait souvent de maîtres, de leurs fils ou de leurs régisseurs, qui avaient des relations sexuelles avec des femmes esclaves, généralement par la contrainte. Dans l'immense majorité des cas, ces relations s'effectuaient violemment, soit de manière brutale et directe (les viols), soit que le rapport de force rendît toute résistance inutile.

Aux Antilles françaises, les observateurs rapportaient que les activités artisanales et commerciales étaient accaparées par les « sang-mêlé », qui, écrit l'un d'eux au début du XIXe siècle, « exercent tous les arts utiles, toutes les professions lucratives, soit comme esclaves, sous la dépendance de leurs maîtres, soit comme locataires qui leur rendent des comptes, soit aussi souvent pour leur propre compte, et plus souvent encore pour eux-mêmes, comme libres et indépendants[16] ». De fait, les métis jouissaient dans l'ensemble d'une position sociale plus favorable que les Noirs à peau sombre, soit comme esclaves, soit comme « libres de couleur ». À partir du milieu du XVIIIe siècle, ceux-ci étaient très majoritairement installés dans les bourgs et dans les villes des Caraïbes et du Sud des États-Unis. Leur situation sociale était intermédiaire entre celles des Blancs et des esclaves à peau sombre. À La Nouvelle-Orléans par exemple, les libres de couleur formaient un quart de la population totale au milieu du XIXe siècle[17]. Les Noirs libres veillaient à se distinguer des esclaves par leur habillement, leurs manières, mais aussi par des produits défrisants et des onguents visant à bien les différencier des esclaves trop noirs. Cette distinction sociale était encouragée par les Blancs, qui y voyaient le meilleur moyen d'éviter une alliance entre Noirs libres et esclaves, préjudiciable à leurs intérêts. Dans *L'Encyclopédie* (1751-1772), l'article « Mulâtre », rédigé par Pierre Bellecombe, gouverneur de l'île Bourbon (La Réunion), précise que « les affranchis de mulâtres ont considérablement augmenté le nombre de libres et cette classe de libres est sans contredit, en tous temps, le plus sûr appui des Blancs contre la rébellion des esclaves ».

L'historienne Dominique Rogers a montré qu'à Saint-Domingue l'élite de couleur était très métissée : mulâtres et mulâtresses, quarterons et quarteronnes brassaient parfois des sommes importantes, ou étaient plus souvent insérés modestement dans l'économie marchande et artisanale. Ainsi qu'un proverbe haïtien le dit, « neg wiche sé mulat, mulat pov sé neg » : « le Noir riche est un mulâtre, et le pauvre mulâtre un nègre ». Pourtant, le Code noir de 1685 ne contenait pas d'argument mélanique de justification de l'esclavage ou d'un ordre social dans la société esclavagiste. Il n'empêche que les esclaves métis étaient très rares (ils constituaient environ 2 % de la population servile sur l'île). L'importance du facteur mélanique est confirmée par les mariages : comme l'écrit Rogers, « on épouse quelqu'un de sa couleur de peau dans près de 80 % des cas au Cap-Français et 70 % au Port-au-Prince[18] ».

À la veille de la guerre de Sécession, aux États-Unis, le recensement de 1860 montre que, sur les 4,4 millions de Noirs recensés, 490 000 étaient libres (soit 11 % environ). Parmi ces Noirs libres, 58 % étaient classés comme mulâtres (*mulattoes*), contre 12 % dans la population esclave[19]. En Amérique du Nord comme dans les Caraïbes, les libres de couleur étaient souvent clairs de peau et veillaient à ce que cet avantage fût transmis. Au XIXe siècle, il existait dans de nombreuses villes américaines des « Blue Vein Societies », c'est-à-dire des associations de métis au teint suffisamment clair pour qu'on pût voir leurs veines sur la face interne des avant-bras. Ces clubs élitistes servaient de lieux de sociabilité permettant des arrangements matrimoniaux de nature à garantir le capital social et mélanique.

La colonisation de l'Afrique a aussi joué un rôle dans l'établissement des hiérarchies mélaniques. À Saint-Louis-du-Sénégal et à Gorée par exemple, les Africains à peau claire jouissaient d'avantages particuliers. De fait, ces villes étaient administrées par des élites métisses qui bénéficiaient depuis la fin du XIXe siècle de la nationalité française (avec trois autres communes sénégalaises) et souvent issues de mariages « à la mode du pays » entre Africaines, les « signares », et Français[20]. Le pouvoir municipal fut détenu par des élites mulâtres jusqu'au milieu du XIXe siècle, à l'exemple de Jean Thévenot, le premier maire de Saint-Louis, nommé en 1764. Le pouvoir de ces élites, appuyé sur le commerce de denrées coloniales et d'esclaves et sur la municipalité, trouvait sa légitimité dans les noms de famille et une peau aussi claire que possible : « Entre mulâtres mêmes, il y a des cloisonnements étanches. Ils se distinguent entre eux non seulement par les titres de noblesse authentique ou fausse, mais encore et surtout par la teinte de leur peau et un nom de famille devenu célèbre grâce à l'aïeul blanc qui a été magistrat, officier ou grand négociant[21]. »

À bien des égards, la fin de l'esclavage et de la colonisation dans les régions concernées n'a pas remis en cause cette hiérarchie sociale, même si elle est peut-être moins indexée sur les nuances de couleur que jadis. Il est même frappant de constater à quel point elle a survécu à l'ordre esclavagiste qui lui avait donné naissance. D'une part parce que la hiérarchie sociale héritée de l'esclavage a perduré dans les régions anciennement esclavagistes. D'autre part parce que la taxinomie esclavagiste a produit une aliénation mélanique très persistante dans le temps, malgré des mouvements récents de valorisation de la peau noire qui ne l'ont pourtant pas fondamentalement remise en cause. L'historien néerlandais Harmannus Hoetink développa l'idée selon laquelle l'image de la normalité physique est fondée sur le phénotype du groupe dominant. Il parle donc d'une « norme somatique » qui influe sur la perception et le traitement des groupes minorés, dans tous les aspects de la vie, depuis l'entrée sur le marché du travail jusqu'au choix des partenaires sexuels[22]. En outre, explique Hoetink, les groupes minorés tendent à faire de la norme somatique un idéal, de telle sorte que les Noirs continuent à voir le blanc comme une référence esthétique et sociale.

Dans les Antilles françaises, être noir ou être métis, ce n'est pas la même chose, et beaucoup de métis ne tiennent pas du tout à être assimilés aux Noirs « noirs ». Cela explique sans doute les faibles pourcentages de réponses positives obtenus par l'enquête Sofres/Cran à une identification comme « noir » ou même comme « métis » issu de parents ou grands-parents noirs, tant les lignées métis sont entretenues de manière à rejeter le « noir » dans un passé lointain qu'il est de mauvais goût et socialement dévalorisant de rappeler.

La sociabilité des élites locales est parfois déterminée par l'élément mélanique, un peu comme dans certaines villes du Sud des États-Unis où des familles afro-américaines à peau claire s'enorgueillissent de leur teint. À son arrivée comme étudiant à l'université de Yale au début des années 1970, Henry Louis Gates raconte que des étudiants issus de la bourgeoisie noire de La Nouvelle-Orléans organisèrent une « *bag party* » où un sac de papier marron était accroché à la porte, que seuls celles et ceux dont la peau était plus claire que le sac pouvaient franchir[23].

Une ligne de couleur dans la République ?

Nous ne disposons pas d'études sur le colorisme en France métropolitaine comparables à ce qu'on trouve aux États-Unis, pour des raisons qui tiennent d'abord à la grande marginalité du sujet des « Noirs » en France. J'ai déjà justifié la légitimité du vocable « Noir » pour décrire certaines situations passées et présentes de discrimination raciale, en relevant que la méfiance des chercheurs français vis-à-vis des questions ethno-raciales procède de leur centrage prioritaire sur les rapports de classe et sur des agents investis d'une mission historique.

En France, la grande différence par rapport aux États-Unis est d'abord que l'idéologie républicaine a été posée comme, théoriquement indifférente aux couleurs de peau et autres caractéristiques physiques. Être français a été classiquement considéré comme une adhésion politique à la nation, aux antipodes de toute vision racialisée. Pourtant, l'empire français s'est bien développé en assujettissant des populations définies comme non blanches et non civilisées, et auxquelles on a dénié la citoyenneté. La ligne de démarcation entre les citoyens et les sujets était politique et raciale, même si cette séparation tolérait quelques exceptions (comme les habitants des « quatre communes » du Sénégal, qui avaient la nationalité française). Être français, c'était être blanc. D'où la difficulté de penser le métissage puisque le métis brouillait des repères de civilisation en même temps qu'il pouvait servir d'intermédiaire utile entre les dominants et les dominés.

La seconde différence est qu'en France métropolitaine, au moins jusqu'à la Première Guerre mondiale, il n'exista pas une population noire suffisamment importante pour que l'ensemble de la classe ouvrière blanche eût besoin de se définir racialement en opposition à elle. Il existait certes du racisme et de la xénophobie, mais ils étaient moins constitutifs des identités sociales qu'aux États-Unis. Vers 1900 en France, être un ouvrier était une position de classe plus qu'une position raciale, tandis qu'aux États-Unis l'identité ouvrière s'est construite sur la classe et la « race ». Les préoccupations raciales se firent tout de même nettement sentir à partir de la Première Guerre mondiale, lorsque cent trente-quatre mille soldats et plusieurs milliers d'ouvriers noirs des vieilles et nouvelles colonies débarquèrent en métropole.

Ce fut l'occasion pour une grande partie de la population française de découvrir physiquement les Noirs. On les avait vus sur des images coloniales, plus rarement dans des zoos humains, voilà maintenant qu'ils défilaient en rangs serrés sous les regards curieux de la population. Les préjugés racistes, si présents dans les récits d'aventuriers et les articles de la grande presse, étaient très répandus, et expliquent pourquoi les Africains furent initialement accueillis avec appréhension, parfois avec hostilité. Mais les peurs s'effacèrent assez rapidement et les soldats et travailleurs noirs, y compris les *boys* venus des États-Unis à partir de 1917, furent dans l'ensemble bien traités par la population civile. Les tirailleurs gardèrent de bons souvenirs de leurs « marraines de guerre », qui leur écrivaient des lettres, les invitaient parfois dans leur famille, et des infirmières qui veillaient sur eux dans les hôpitaux militaires. Les soldats noirs américains ont raconté à quel point la situation française différait de ce qu'ils vivaient chez eux. Ils pouvaient s'asseoir à la terrasse d'un café sans faire scandale, se promener avec qui bon leur semblait. Le séjour en France des Noirs américains eut un impact considérable auprès des millions d'autres, aux États-Unis, et il s'ensuivit une popularité de la France auprès des Africains-Américains qui ne s'est jamais démentie depuis.

Il n'exista pas non plus en France une ségrégation officielle, comparable à celle qui existait dans le Sud des États-Unis. Lorsque dans un bar de Montmartre, en 1923, le Dahoméen Kojo Tovalou fut expulsé par des touristes américains choqués par sa présence, avec l'aide du patron de l'établissement, le président du Conseil Raymond Poincaré fit retirer sa licence au bar et prévint « de quelles sanctions seraient passibles les tenanciers publics qui n'accueilleraient pas les gens de couleur à l'égal des Blancs[24] ».

Tyler Stovall a montré que les relations amoureuses entre Françaises blanches et Noirs alarmèrent cependant les pouvoirs publics. En mars 1916, les autorités établirent des hôpitaux ségrégués pour les tirailleurs sénégalais, dotés d'un personnel masculin, et on admonesta les marraines de guerre : « Ne soyez pas trop proches de ces soldats, qui viennent de sociétés où les femmes sont méprisées. » L'objectif n'était pas d'empêcher absolument les relations entre les unes et les autres, mais de créer une « ligne de couleur » en France, explique Stovall : faire en sorte que des considérations raciales régissent l'ordre social en métropole aussi bien que dans les colonies. La peur du mélange des races, du métissage, omniprésente dans le monde colonial, s'était déplacée en métropole[25]. D'où la hâte des autorités à rapatrier les coloniaux, sitôt l'armistice signé ; quelques milliers d'entre eux décidèrent alors de rester en métropole illégalement. Contrairement aux États-Unis, où des lois prohibant les mariages interraciaux existaient dans plus de trente États (avant que la Cour suprême ne déclare ces lois anticonstitutionnelles en 1967), il n'exista jamais en France d'interdiction officielle. Ceci, en raison du plus faible nombre de personnes concernées et d'un plus grand jeu dans les relations raciales autorisant le métissage. Cela ne signifie pas, pour autant, que les mariages entre Blancs et non-Blancs étaient faciles en métropole, puisque les mairies pouvaient lancer des enquêtes avant la publication des bans, réclamer des papiers administratifs divers. En tout cas, il est clair que ces mariages n'étaient pas vus d'un bon œil par les autorités publiques, précisément parce qu'ils risquaient de créer une « race métisse ». Celle-ci, non désirable en métropole, pouvait cependant s'avérer utile dans les colonies. En 1945, le général Ingold, directeur des troupes coloniales, écrit : « Il est de toute évidence que la création en France d'une race métisse n'est pas souhaitable au point de vue santé, psychologique, prestige. Le maintien aux colonies de la femme européenne mariée à un indigène, cette solution est moins grave. Elle crée une "gravité temporaire" qui se transforme en un véritable avantage pour la colonie avec l'appoint de métis adaptés au pays. [...] Cent femmes françaises mariées à des indigènes peuvent être à l'origine d'un important noyau métis précieux pour l'avenir de la colonie[26]. »

Seuls les Algériens étaient officiellement tolérés dans le processus d'importation de main-d'œuvre étrangère, qui établissait une distinction nette entre étrangers européens et non européens. Pourtant, la saignée démographique de la guerre et le taux de natalité bas faisaient de l'immigration une nécessité pour les industries et l'agriculture. Mais le mouvement nataliste entendait régénérer la population française par des travailleurs de race blanche, afin de conserver un peuple physiquement et moralement sain[27]. D'où la popularité plus grande des soldats coloniaux par rapport aux travailleurs coloniaux, dans la mesure où les premiers allaient sûrement rentrer chez eux et établir une saine distance avec le peuple français — en plus de risquer leur vie au front. Le rapatriement des coloniaux hors de l'espace « blanc » se fit avec l'approbation de la plupart des forces politiques, associatives et syndicales françaises (y compris la Ligue des droits de l'homme, qui craignait les « centres de turbulence ethnique »), à l'exception du Parti communiste[28]. Ce n'était pas que ces travailleurs coloniaux n'étaient pas utiles au pays, bien au contraire ; mais ils avaient le tort de n'être pas blancs. Dans les années 1930, le géographe Georges Mauco théorisa la politique française d'immigration blanche en expliquant que les non-Blancs n'étaient pas assimilables à la race française[29].

À la même époque, en Grande-Bretagne, un arrêt de 1925, le Coloured Alien Seamen Order, ordonnait que les marins de couleur, auxquels on avait eu massivement recours pendant la guerre, fussent enregistrés comme étrangers[30]. Cette loi s'inscrivait dans une politique de contrôle des étrangers inaugurée par une loi de 1905 qui visait prioritairement les Juifs d'Europe de l'Est. Ceux qu'on désignait comme des *coloured seamen* formaient un groupe disparate qui incluait des Africains, des Caribéens, des Nord-Africains, des Proche-Orientaux, mais aussi des Portugais et des Asiatiques, soumis à la même procédure. Il s'agissait bien là aussi d'une mesure à caractère racial, indifférente à la citoyenneté, et visant les Noirs, montre Laura Tabili. Le problème de savoir qui était noir et qui ne l'était pas fit l'objet d'une bataille politique entre les employeurs, les syndicalistes, les autorités publiques locales et nationales, les gouvernements coloniaux et les élites coloniales. La délimitation raciale était le fruit de rapports de force politiques instables dans le contexte impérial.

Il existe aux États-Unis un secteur d'études de sciences sociales et d'histoire appelé *whiteness studies* ou « études sur la blancheur ». Les études de *whiteness* ont pour finalité de remettre en cause la perspective du « blanc » comme une évidence biologique, pour déconstruire historiquement la blancheur de peau, la soumettre aux mêmes outils d'analyse que les peaux non blanches et montrer comment elle a servi de marqueur social. Des historiens comme David Roediger ou Matthew Frye Jacobson ont montré comment les groupes immigrants se sont progressivement pensés comme « blancs », et ont été pensés comme tels par les autres. Du milieu du XIXe siècle aux années 1930, les Irlandais et les Italiens n'étaient pas considérés comme des Blancs, mais comme des « Blancs de couleur », une catégorie raciale intermédiaire.

Dans le cas des empires français et britannique, la construction de la « blancheur » ne se fit pas seulement en opposition aux sujets, et particulièrement aux sujets noirs de l'empire, mais aussi par contraste avec ceux que John Higham a appelé les *in-between*, les « entre-deux », certainement pas noirs mais pas blancs non plus. Tel était le cas des Nord-Africains (particulièrement des Kabyles), mais aussi des Juifs venus d'Europe centrale et orientale, qui subissaient les attaques des ligues d'extrême droite dont l'antisémitisme était violemment racialisé.

Dans l'entre-deux-guerres, la racialisation de

l'identité française alla de pair avec une célébration de l'exotisme colonial, montré par les affiches, exhibé dans les expositions coloniales, qui visaient à bien distinguer les civilisés des non-civilisés, le « nous » du « eux ». Le « eux » le plus lointain, le plus étrange, le plus proche de l'ordre de la nature était constitué des Noirs d'Afrique. Les représentations coloniales stigmatisaient plutôt les Africains à peau sombre. La noirceur était exagérée, de même les traits physiques (bouche et nez grossis, bras allongés), afin d'accroître les différences avec les colonisateurs blancs, susciter le rejet amusé ou horrifié[31]. La construction des stéréotypes raciaux s'est faite en caricaturant les traits différentiels qui n'étaient pas ceux des Européens. Parmi eux, la couleur de peau. Le noir d'ébène caractérisait l'imagerie coloniale et se trouvait placé tout en bas de la hiérarchie raciale, et donc sociale, en dehors de la civilisation et de la République.

L'outre-mer exotique s'appréciait à l'exposition, au zoo ou au cinéma, à bonne distance, et était parfaitement compatible avec une politique d'exclusion des travailleurs africains et asiatiques. En ce sens, la frontière entre la métropole et les colonies était bien pensée comme politique et raciale. La blancheur a été constitutive de l'identité nationale selon des modes propres à la France, mais pas essentiellement différents de la *whiteness* américaine ou britannique. Gageons que des travaux futurs sur l'idéologie de la blancheur française comme constitutive de l'identité nationale, en relation avec des facteurs de genre, de classe et d'appartenance régionale, remettront en cause les idées reçues sur le fameux universalisme républicain.

La mesure du colorisme

La difficulté redouble lorsqu'on passe de la couleur au colorisme. Il est encore malaisé.en France de mesurer objectivement, chez les Noirs, l'influence du degré de pigmentation sur les situations sociales. Un certain nombre d'indices sont fournis par l'étude Sofres/Cran de janvier 2007 (voir en annexe). Cette étude, fondée sur l'autodéclaration, distingue les « Noirs » et les « métis » dont au moins un parent ou grand-parent est noir (581 personnes autodéclarées comme noires ou métisses issues de Noirs à partir d'un échantillon de 13 559 personnes dans les DOM et la métropole). On observe que les Noirs se déclarent plus souvent discriminés que les métis (69 % contre 56 %), en particulier dans les espaces publics et au travail. Ce n'est pas le cas à l'école et à l'université, mais cela s'explique sans doute par le plus grand pourcentage de métis dans le monde universitaire, et donc leur plus grande possibilité d'y être discriminés. Les Noirs déclarent être plus souvent contrôlés par la police (en moyenne 2,8 contrôles dans les douze derniers mois contre 1,4 contrôle pour les métis).

Ces premières indications vont très clairement dans le sens d'une plus grande discrimination perçue par les Noirs à peau sombre, et donc d'une hiérarchie mélanique. Celle-ci se trouve confirmée à l'examen des catégories socio-professionnelles : les chefs de ménage noirs se déclarent ouvriers à 47 % (36 % pour les métis), contre 8 % pour les professions libérales et cadres (18 % pour les métis). Le niveau de diplôme confirme ces données : 34 % de Noirs contre 46 % de métis sont diplômés de l'enseignement supérieur, alors que 20 % de Noirs n'ont aucun diplôme pour seulement 2 % de métis. Les revenus sont à l'avenant : 21 % des foyers noirs ont des revenus mensuels totaux supérieurs à 2 300 euros, contre 27 % des métis. En droite ligne avec ces résultats, les Noirs sont à 85 % locataires (contre 65 % pour les métis), dont plus de la moitié en HLM (56 %, contre 31 % pour les métis). Il est presque certain que les métis jouissent en moyenne d'une situation sociale plus élevée que les Noirs, susceptible d'amortir relativement l'impact discriminatoire.

La question se pose alors de savoir si cette distinction entre Noirs clairs et Noirs foncés ne recoupe pas une distinction entre personnes d'origine africaine et personnes d'origine domienne. Un indice pourrait nous être fourni par la donnée suivante : celles et ceux qui se déclarent noirs sont 71 % à être de nationalité française, contre 92 % pour les métis. Si on ajoute à cela que, du côté des métis, 77 % d'entre eux déclarent qu'un de leurs parents ou grands-parents est ou était originaire des DOM-TOM, la corrélation entre le teint plus clair et l'origine domienne se trouve confirmée. En métropole, 73 % des métis déclarent qu'un de leurs parents ou grands-parents est originaire des DOM-TOM. Mais 35 % déclarent également un parent ou grand-parent originaires d'Afrique. Alors que seulement 32 % des Noirs déclarent un parent ou grand-parent originaires des DOM-TOM, contre 65 % qui déclarent un parent ou grand-parent originaires d'Afrique[32].

Cela peut expliquer pourquoi les Noirs sont plus contrôlés par la police que les métis : d'une part parce que ces derniers jouissent en moyenne d'un statut social plus élevé, qui peut se traduire dans une apparence corporelle qui attire moins l'attention des policiers ; d'autre part et surtout parce que la probabilité d'arrestation de personnes en situation irrégulière est plus grande chez les Noirs que chez les métis.

On pourrait alors en conclure que la nuance de couleur de peau n'a pas d'importance, et que c'est plutôt l'origine (domienne ou africaine) qui est déterminante, ainsi que le temps de résidence en France métropolitaine, qui accroît les possibilités de métissage. Les Noirs à peau sombre sont plus africains et arrivés plus récemment que les Noirs à peau claire, plus domiens, au niveau de revenu plus élevé en moyenne. De telle sorte que c'est peut-être plus la situation sociale que la couleur de peau qui détermine en dernière analyse le traitement des personnes. En réalité, la couleur de peau est également importante, en ce sens que les Africains comme les domiens ont aussi importé en France des représentations coloristes propres à leurs régions d'origine, en même temps qu'ils contribuaient à la construction du colorisme métropolitain. Ces représentations jouent entre et au sein des groupes (il y a des Noirs domiens à la peau foncée et des Noirs africains très clairs), de telle sorte que la distinction d'origine (Afrique ou DOM) n'est pas le seul critère d'analyse des hiérarchies sociales.

L'usage des mots est également intéressant. En dépit des différenciations coloristes que j'ai notées, la dualité blanc/noir demeure fondamentale aux États-Unis, par contraste avec les sociétés caribéennes et latino-américaines, où le colorisme fait l'objet d'une catégorisation fine, distinguant en particulier les métis ou les mulâtres. La situation en

France est sans doute moins biracialisée que celle des États-Unis (à la notable exception de La Nouvelle-Orléans, qui est très caribéenne de ce point de vue), mais elle l'est plus qu'aux Antilles ou sur le continent sud-américain. Elle l'est moins dans un cas parce qu'il n'a jamais existé en France de ségrégation raciale impliquant notamment l'interdiction des mariages dits mixtes et le refus du métissage ; elle l'est plus dans l'autre cas dans la mesure où la population blanche majoritaire en métropole a laminé la complexité coloriste du monde caribéen, issue de l'esclavage, et imposé une représentation biraciale « molle » par laquelle, si la distinction noir/blanc demeure fondamentale (au point de choquer des Antillais nouvellement arrivés en métropole), elle laisse place à une taxinomie plus élaborée qu'aux États-Unis, impliquant l'usage du terme « métis » en particulier. La presse noire métropolitaine accordait d'ailleurs une certaine importance aux nuances de couleur, les personnes étant souvent décrites précisément sous ce chef. Dans le journal *La Dépêche africaine* (surtout destiné aux Antillais), publié dans l'entre-deux-guerres, on trouvait par exemple cette belle description du Bal nègre de la Glacière : « [...] de la blanche carnation de la Mulâtresse aux cheveux plats, au noir mat de la Négresse à la toison épaisse et si parfaitement frisée, en passant par l'aigre blondeur de la chabine, la brune couleur de cannelle [...] et la capresse couleur de sapotille[33]. »

Pour vérifier si la question de la nuance de couleur de peau chez les Noirs a une importance sociale, j'ai procédé par entretiens, dans les régions parisienne et lilloise, et par lectures de forums internet.

Dans un premier temps, il y a unanimité : les personnes interrogées nient prêter attention à la couleur de peau, en s'appuyant sur deux types d'arguments. Certaines le font au nom d'une indifférence principielle à la couleur de peau en général : Jacques, clair de peau, explique que « noir, blanc, métis, jaune c'est pareil pour moi » et affirme que sa fille (qui vient de passer son baccalauréat) « peut bien sortir avec qui elle veut »[34]. D'autres le font au nom d'un impératif communautaire : Alou, noir foncé, explique que « les Noirs doivent rester unis. Ce sont les Blancs qui cherchent à nous diviser entre Noirs et métis[35] ». En revanche, la majorité de mes interlocuteurs font référence à d'autres Noirs qui établissent des distinctions entre clairs et foncés. Fanny, fonctionnaire, trente-six ans, qui a la peau sombre, me dit : « Il faut voir comment les métis nous regardent de haut. J'en connais une qui me le fait bien sentir que je suis plus noire qu'elle[36]. » Elle fournit une explication qui n'est pas éloignée des propos de Frazier : « Ils [les métis] en jouent pour se hausser du col, c'est tout ! » Même Jacques, initialement réticent à s'exprimer sur le sujet au nom de ses principes universalistes, convient : « Il y a du racisme entre Noirs, ça marche dans les deux sens d'ailleurs, je connais des Noirs noirs qui la ramènent sans arrêt devant nous. » Je lui demande de préciser, et il fait référence à un préférentialisme des Noirs noirs dans son lieu de travail. Il ajoute qu'il a parfois « plus de mal » avec eux qu'avec les Blancs. Alex, camerounais, confie : « Ceux qui m'ont témoigné de la fraternité, ils sont presque toujours guadeloupéens. Les Martiniquais, ils sont trop métissés. » Il me raconte qu'il était amoureux d'une Antillaise « claire », qui finit par rompre car ses parents n'étaient pas d'accord : trop noir. « Chez nous en Afrique, ajoute-t-il, un copain métis ou une fille métisse, c'est un signe de réussite sociale[37]. » J'ai entendu plusieurs versions d'histoires d'amour entre deux personnes noires prenant fin suite à une injonction familiale relative à une trop grande noirceur (et jamais l'inverse). Je demande à chacun s'il vaut mieux, tout compte fait, avoir la peau claire ou foncée. Tout le monde convient que « c'est plus facile » (Alou) d'être noir à peau claire en France.

Il faut bien constater que, chez les Noirs, la peau claire est souvent valorisée, parfois recherchée. L'éclaircissement peut d'abord s'opérer par alliance matrimoniale et donc par le biais des enfants. Aux Antilles, on parle parfois d'« échappés » à propos d'enfants à peau claire de mère ou de père à peau sombre, comme si l'enfant avait échappé à sa race. Frazier notait qu'il est fréquent que des hommes noirs qui ont réussi socialement aient des compagnes à peau plus claire, manière pour eux de manifester leur réussite — ce qui suscite le ressentiment des femmes noires, dont le marché matrimonial se trouve réduit.

Il est aussi possible d'avoir recours à la cosmétique. Le fait est bien connu : en Afrique, aux Amériques et en Europe, il existe un marché florissant d'onguents et de crèmes pour se blanchir la peau. À Paris, on en trouve aisément dans des boutiques afro-antillaises de la rue du Château-d'Eau ou de Château-Rouge, et sur les trottoirs où les « *Javelmen* » proposent leur marchandise. Ces produits ne sont pas officiellement dépigmentants, mais ils sont en principe vendus au prétexte d'unifier le teint, faire disparaître les taches. Certaines de ces crèmes contiennent des corticoïdes, de l'hydroquinone (pourtant interdite dans les cosmétiques depuis 2001), voire des caustiques et des agents mercuriels et d'autres ingrédients nocifs. Leurs effets peuvent être désastreux (dépigmentation non uniforme, brûlures, maladies), et les dermatologues mettent régulièrement en garde les personnes de couleur contre l'utilisation de tels produits. Mais, s'ils se vendent, ce n'est pas par défaut d'information de la clientèle noire, qui n'est pas plus bête ou ignorante qu'une autre. Cette clientèle utilise les produits dépigmentants en connaissance de cause, en prenant le risque des complications et des effets secondaires. C'est dire si la question est d'importance, non point d'un strict point de vue esthétique, mais d'un point de vue social. Plus exactement, l'esthétique est sociale. Les articles de presse qui traitent de la question des crèmes éclaircissantes manquent leur cible lorsqu'ils mentionnent des critères de beauté indépendamment des hiérarchies sociales. Il peut certes exister une forme d'aliénation par laquelle des Noirs rejettent leur apparence, mais la dépigmentation procède bien d'un calcul rationnel par lequel les intéressés tentent de gommer le handicap social d'avoir la peau trop sombre. Goffman écrit à propos de la personne stigmatisée qu'elle « se trouve exposée à toutes sortes de charlatans qui viennent lui vendre des remèdes contre le bégaiement, des éclaircisseurs pour la peau, des appareils pour grandir, des restaurateurs de jeunesse, des cures par la foi, de l'assurance dans la conversation. Mais, qu'il s'agisse de techniques efficaces ou de tromperies, la quête, bien souvent secrète, qu'elles entraînent montre de façon particulièrement évidente jusqu'où les personnes stigmatisées sont prêtes à aller, et par suite la tristesse d'une situation qui les conduit à de telles extrémités[38] ».

Il est vrai que les critères de beauté valorisent

plutôt les peaux métissées. Les Miss France noires, telles Sonia Rolland (2000) ou Corinne Coman (2003), sont métisses, et la prédilection pour les femmes noires à peau claire est générale dans le monde des médias. La société Skinbleaching vend ses pilules blanchissantes (« *whitening pills* ») sur internet en faisant référence au « secret d'Hollywood »[39] : « Vous êtes-vous demandé pourquoi les célébrités noires, asiatiques et indiennes avaient la peau si claire, alors que leurs photographies d'enfance montrent des couleurs de peau bien plus sombres ? » interpelle la marque. Et de présenter le témoignage de celle « qui avait dépensé en vain une petite fortune en produits blanchissants » et qui voit enfin, grâce aux pilules, ses « rêves exaucés ». Le teint hollywoodien, vanté par la marque, est évidemment celui des peaux claires. Amy, une jeune Martiniquaise, explique sur un forum internet : « La publicité, la télévision, partout les célébrités censées représenter les Africaines ou les Noires américaines sont de couleur claire ; il suffit de voir Beyoncé, les clips des rappeurs américains où il n'y a que de magnifiques créatures "claires" bien sûr ! De plus, on remarque aisément que dans ces clips, les filles de couleur ébène sont souvent les "vilains petits canards" dont l'assemblée se moque. » Amy a raison de mettre en cause les médias d'image. La publicité par exemple veut des « Noirs pas trop noirs », sauf lorsqu'il s'agit de vanter un produit explicitement lié à l'imaginaire colonial, comme la vanille ou le chocolat.

Mais les critères de beauté sont construits historiquement et renvoient à des déterminants sociaux, renforcés, en ce qui concerne les femmes, par les demandes masculines de conformité à des critères de beauté spécifiques (minceur et teint clair). Les femmes noires qui écrivent dans les forums internet disent que les hommes noirs préfèrent les métisses et les claires. Certaines femmes sont par exemple mécontentes quand elles voient des célébrités masculines noires avec des femmes blanches : elles demandent s'ils ont honte d'être noirs, en des termes qui font encore écho à Frazier à propos de la « haine de soi ».

Mais ce n'est sans doute pas l'essentiel : il est plutôt question d'arguments sociaux, relatifs à la position sociale des individus. Les produits dépigmentants sont utilisés pour corriger le handicap social représenté par une peau sombre. En cela, il y a bien incorporation d'un ordre mélanique par les principaux intéressés. Jack, agent public, me dit qu'il n'y a pas recours puisqu'il a la peau claire et que « on [le] prend souvent pour un Antillais » (il est d'origine peule). Il connaît plusieurs personnes de son entourage, y compris des hommes, qui ont recours à ces produits dépigmentants. Il me raconte l'histoire d'un autre agent public qui s'est éclairci « pour la carrière » : « C'est vrai que sur le plan boulot, s'éclaircir un peu, ça peut aider[40]. »

Le phénomène n'est pas propre aux populations noires de France. On l'observe aussi en Afrique, aux Caraïbes et aux États-Unis. Au Sénégal, la pratique s'appelle *xéssal* (de *xéss*, qui signifie « blanc » en wolof), et est répandue dans les grandes villes, à Dakar particulièrement. L'Institut d'hygiène sociale de Dakar a estimé à 7,5 millions d'euros (5 milliards de francs CFA) les dépenses annuelles en produits dépigmentants dans la capitale sénégalaise. Pour lutter contre ce phénomène dangereux pour la santé, il serait certainement bienvenu que les autorités de santé publique française s'en soucient, et travaillent de concert avec des associations comme Label Beauté noire, qui s'occupe spécifiquement de la question, afin d'informer les consommateurs par des campagnes de prévention. Dans l'immédiat, l'objectif raisonnable semble être d'informer et de mettre à disposition des produits cosmétiques non dangereux, un peu comme les campagnes de prévention de la drogue ne passent pas par une stigmatisation et un bannissement des usagers, mais pragmatiquement par des produits de substitution non mortels et des seringues propres.

La plupart des personnes qui s'expriment sur l'éclaircissement disent que ce n'est pas bien, que c'est dangereux, qu'il ne faut pas fuir son apparence, critiquent ceux et celles qui utilisent ces produits. Est-ce à dire que les Noirs ont honte de leur peau ? Rien ne l'indique, tout au contraire : il semble qu'ils soient souvent indifférents ou même fiers de leur apparence noire, mais qu'ils préfèrent les peaux plus claires pour des raisons sociales. Au vrai, le succès des crèmes dépigmentantes n'a pas pour objectif d'effacer l'apparence noire mais d'être noir à peau plus claire. Les personnes interrogées ne veulent pas effacer leur phénotype mais souhaiteraient plutôt, si elles en avaient le choix, être des Noirs moins noirs. Fanny explique qu'une peau claire lui conviendrait mieux : « C'est sûr que ça passerait mieux dans tout un tas de milieux[41]. » Mais elle ne s'éclaircit pas la peau, car elle pense que les inconvénients de santé sont supérieurs aux avantages sociaux de l'opération. Beaucoup de Noirs utilisent cependant ces produits : les produits éclaircissants représenteraient 20 % des consultations d'Africaines en dermatologie, d'après un médecin parisien[42].

La couleur de peau n'est généralement pas négociable, et il est rare qu'une personne puisse choisir librement de passer pour noire ou blanche. Dans des familles à peaux très claires, il arrive toutefois qu'un enfant choisisse d'être « noir », c'est-à-dire de se déclarer comme tel, et qu'un autre enfant choisisse d'être « blanc » en « s'échappant ». Ces possibilités de négociation ne sont bien sûr envisageables que lorsque le facteur mélanique s'avère ambigu. Le plus souvent, le fait d'être noir n'est pas un choix social — d'où le succès des crèmes blanchissantes qui tentent d'obtenir par la nature ce que la société refuse.

Dans les sociétés où ils sont minorés, comme en France, les Noirs apprennent dès leur tendre enfance qu'ils le sont. Difficile d'y échapper, de ruser avec sa peau, de raser les murs mélaniques, de choisir son identité à son gré, selon le moment, le lieu, les autres. Marie-Louise Bonvicini relate l'histoire d'un petit garçon noir qui veut être blanc et décide de recourir à de l'eau de Javel, comme le lui a conseillé son copain d'école pour lui donner une leçon. Sa mère lui propose de laisser son doigt à tremper dans l'eau de Javel. L'enfant se rend compte qu'il ne peut rien y changer : « Ton père est noir, ta mère est noire, ton grand-père est noir, toi tu es noir et il n'y a pas de médicament pour changer ça. Tu es noir comme ton copain est blanc : il faut être fier de sa peau. Fier de ce qu'on est », lui dit sa mère[43]. Ses propos font écho à ceux de Goffman, qui note que « c'est souvent lorsqu'il entre à l'école que l'enfant apprend son stigmate, parfois dès le premier jour, à coups de taquineries, de sarcasmes, d'ostracismes et de bagarres ». Goffman estime que la famille assume un « rôle protecteur » : « Une autre structure fondamentale est créée par la capacité qu'a la famille, et dans une moindre mesure le voisinage, d'entourer ses petits d'une enveloppe protectrice. Au sein de celle-ci, il est possible de soutenir l'enfant stigmatisé de naissance en prenant soin de contrôler l'information. Tout ce qui pourrait le déprécier est tenu hors du cercle enchanté, tandis que l'accès reste largement ouvert aux idées qui, venues de la société, amènent l'enfant dans son cocon à se voir comme un humain ordinaire, pleinement qualifié et doté d'une identité normale[44]... » Mais l'interprétation de Goffman peut être remise en cause par l'examen des relations intrafamiliales, qui peuvent plutôt aller dans le sens d'une initiation précoce aux rapports racialisés aussi bien que genrés. En Guadeloupe, la psychologue Valérie Ganem explique qu'au sein d'une même fratrie où se côtoient des enfants de pères différents, un enfant clair sera appelé « ti chabine » ou « ti chabin », tandis qu'un enfant foncé sera « ti nèg » ou « ti négrès »[45]. Les enfants foncés sont plutôt défavorisés par des contraintes plus fortes dans les travaux domestiques, tandis que les plus clairs sont incités à réussir à l'école, formés à des activités valorisantes et déchargés des tâches domestiques. Il peut arriver que l'enfant foncé soit au contraire protégé, mais le cas semble rare. Généralement, les enfants sont précocement initiés au rapport de domination raciale par les adultes qui les entourent, les parents au premier chef, mais aussi un entourage familial et de voisinage plus large. L'école ne fait alors que prolonger cet apprentissage de l'assignation raciale qu'elle ne crée ni ne remet en cause. De fait, on peut concevoir que cette assignation ait des effets aliénants évidents, dans la mesure où l'estime de soi des enfants foncés s'en trouve fragilisée, même si l'un des interlocuteurs de Ganem estime que « les enfants "nègres" [finissent] par être fiers de leur capacité de résistance à l'adversité, contrairement aux Blancs ou aux chabins qu'ils considéreraient comme fragiles du fait qu'ils sont plus protégés par les adultes[46] ». En tout cas, cette assignation ne doit pas être lue comme un amour moindre des adultes pour leurs enfants foncés, mais plutôt comme une stratégie : « les adultes favoriseraient les enfants les plus clairs de peau en espérant que ceux-ci puissent monter dans la hiérarchie sociale », tandis que « le travail domestique, le petit élevage, le jardin seraient enseignés très tôt aux enfants [foncés] pour qu'ils puissent survivre en toutes circonstances ». Si, localement, avoir la peau noire est une caractéristique à ce point handicapante qu'elle rend tout investissement scolaire inutile, il est en effet rationnel d'avantager les enfants « sauvés », suggère Ganem. La hiérarchie mélanique et sociale se trouverait ainsi assurée par l'attribution précoce d'avantages concurrentiels aux enfants clairs. « Le processus d'assignation par la couleur contribue bien à préparer les enfants à occuper les places que leurs parents imaginent réalistes pour eux, fonction de ce qu'ils savent des contraintes de la division racialisée du travail [...][47]. » Fanon rapporte : « [Enfant,] quand je désobéis, quand je fais trop de bruit, on me dit de ne pas faire le nègre[48]. » Lui avait la peau suffisamment claire pour qu'on investît en lui, et pour que son comportement fît l'objet de rappels normatifs visant à le maintenir sur le droit chemin de la réussite sociale.

Le mouvement de fierté mélanique

Qu'on en soit content, indifférent, fier ou honteux, la couleur de peau a ceci d'irrémédiable qu'on ne transige pas avec elle. Le nom, les appartenances religieuses, associatives, les signes vestimentaires, peuvent être passés par-dessus bord ; pas la peau. Un Michael Jackson, qui tente de gommer ses traits et sa couleur d'origine depuis vingt ans, fait figure, aux yeux de mes interlocuteurs noirs de France, de personnage pathétique, égaré dans les labyrinthes de la folie. Car il n'a pas seulement recours aux nombreux produits de dépigmentation — en quoi il ne se distinguerait nullement de millions de Noirs d'Afrique, d'Europe et des Amériques — mais au bistouri du chirurgien, dans une frénésie d'effacement radical de ce qui pourrait le ramener à son « apparence noire », alors que sa position sociale ne l'y obligeait en rien puisqu'il est devenu célèbre avant sa transformation physique.

L'argument selon lequel les États-Unis se distingueraient de la France par le fait que le mouvement pour les droits civiques aurait suscité un mouvement de valorisation de la peau noire, mettant un terme à la « haine de soi » héritée de l'esclavage et de la ségrégation, mérite d'être discuté. À partir de la fin des années 1960 en effet, un mouvement de fierté noire a revalorisé les peaux sombres. En 1968, James Brown chantait son fameux : « *Say it loud! I'm Black and I'm proud* » (« Dis-le bien fort ! Je suis noir et j'en suis fier »). La chanson donne à entendre Brown : « *Say it loud!* », auquel un chœur d'enfants répond : « *I'm Black and I'm proud!* » Un aspect plaisant est que les enfants recrutés pour l'enregistrement, à Los Angeles, étaient pour la plupart blancs et d'origine asiatique ! En tout cas, le tournant des années 1960 et 1970 est essentiel en ce qu'il manifesta une fierté mélanique nouvelle, valorisant ce dont on voulait jadis faire honte. Les cheveux défrisés (les « *good hair* »), obsession des Noirs américains (hommes compris), étaient désormais moins requis, et les coiffures afro poussaient comme des champignons ; les peaux sombres n'étaient plus objet de moqueries. À la grande surprise de l'intéressée, Oprah Winfrey fut élue « Miss Black Tennessee », en 1971, devant des filles plus claires qu'elle. Henry Louis Gates a raconté l'euphorie des jeunes gens qui montraient avec fierté des cheveux au naturel, en s'appelant « *beautiful Black brothers and sisters* »... et buvaient de l'Afro-Cola. Ce mouvement a certainement des liens avec le Black Power, qui lui aussi exaltait l'identité noire, mais il allait bien au-delà et touchait l'ensemble du monde afro-américain, pas seulement sa frange radicale. C'est alors que le terme de *Black* s'imposa, de préférence à celui de *Negro*, très couramment utilisé jusqu'au milieu des années 1960. Du Bois utilisait le terme de *Negro*, de même que Marcus Garvey, qui, dans sa « Déclaration des droits des peuples nègres » (*Declaration of the Rights of the Negro Peoples of the World*), écrivait en 1920 : « Nous désapprouvons l'usage du terme *nigger* pour parler des *Negroes* et exigeons que le mot *"Negro"* soit écrit avec un N majuscule[49]. » Le terme de *Negro* avait alors remplacé celui, infamant, de *nigger*, et il se trouvait désormais supplanté par celui de *Black*, manière de déclarer une couleur de peau, de la transformer en étendard. Gates rapporte que « le monde était à l'envers. Les gens à peau claire essayaient de s'assombrir, de prendre leurs distances et de nier leurs ancêtres blancs... Un cinquième yoruba, un cinquième ashanti, un cinquième mandingue, un cinquième de ceci, un cinquième de cela[50] ». Cela ne signifie pas que tous les Noirs américains se déclaraient désormais comme *blacks*. Certains refusaient l'épithète, qu'ils considéraient comme infamante, notamment ceux, clairs de peau, qui tenaient à marquer leur différence avec les Noirs à peau sombre et préféraient une expression comme *colored people*, « gens de couleur »[51]. Ce d'autant que les Noirs les plus militants reprochaient aux métis et aux personnes à peau claire leur affiliation au monde blanc, et les mettaient en demeure de démontrer leur *blackness*. Certains métis réagirent en surjouant leur identité noire revendiquée ; d'autres en prenant leurs distances avec le mouvement. Il est certain qu'à partir de la seconde moitié des années 1960, une fois acquise juridiquement l'égalité des droits civiques, ce qu'on a parfois appelé la « révolution noire » prit un tournant d'affirmation identitaire, qui s'incarna de manières différentes selon les individus, les lieux, les affiliations sociales, mais qui incluait la question mélanique. Celle-ci faisait figure de marqueur identitaire inversant le stigmate habituel pesant sur les peaux sombres.

En France, il convient de noter le développement important d'un marché de la « beauté noire », qui valorise des éléments esthétiques spécifiques aux femmes (surtout) et aux hommes (un peu) noirs. En ce sens, ce marché s'inscrit dans un phénomène identitaire d'affirmation de soi. Le salon annuel « Boucles d'ébène » expose des produits et des professionnels valorisant la « beauté noire authentique », ce qui passe notamment par des cheveux non défrisés[52]. Les produits de beauté pour femmes à peau sombre sont aujourd'hui disponibles dans les grandes villes françaises. Autrefois marché ethnique confiné à des boutiques spécialisées, qui importaient des produits de soin pour la peau ou les cheveux d'Afrique et des États-Unis, on trouve désormais des marques installées dans des boutiques Marionnaud ou Séphora[53]. Les grandes marques de cosmétiques s'intéressent ouvertement à une « niche » commerciale tout à fait intéressante, puisqu'il semble que les femmes d'origine africaine et caribéenne consacrent un budget supérieur à la moyenne à l'achat de produits de beauté. L'Oréal est déjà présente sur ce marché, via sa filiale SoftSheen-Carson. Constituée en 2000 par la fusion de deux firmes achetées par L'Oréal, cette marque développe fortement ses activités en Europe et en Afrique, et prétend devenir la marque de référence de produits de soin et de beauté destinés aux « personnes d'ascendance africaine ». Il est désormais clair que les produits pour cheveux, en particulier, sont un secteur lucratif qui a débordé depuis longtemps des boutiques du boulevard de Strasbourg et de la rue du Château-d'Eau à Paris, pour s'installer dans le grand commerce et les boutiques de produits de beauté généralistes. Certains jugent négativement ce phénomène, en estimant que les grandes marques profitent d'un marché sans s'y être intéressé auparavant, et chassent les petits entrepreneurs ethniques qui avaient défriché le terrain pour imposer des produits standardisés. D'autres sont plus positifs, en notant que les grandes marques proposent des produits plus sûrs et parfois d'un meilleur rapport qualité-prix. Comme l'avait montré Caplovitz à propos de Harlem, le petit commerce ethnique n'est pas nécessairement bon marché, et n'offre pas toujours des produits de qualité[54].

Quoi qu'il en soit, le mouvement de revalorisation de soi n'a pas mis fin aux préjugés coloristes, sans doute parce que ceux-ci ne relèvent pas seulement de la bonne volonté des individus, mais de structures sociales et familiales solidement ancrées. En outre, l'accroissement des écarts de richesse entre une classe moyenne noire américaine qui s'en est sortie, entre autres grâce à l'*affirmative action*, et les Noirs américains pauvres, voire miséreux, a globalement renforcé la hiérarchie et les préjugés coloristes. Les intérêts socio-économiques divergent, et la classe moyenne noire est suffisamment puissante aujourd'hui pour jouer sa propre partition politique. On pourrait imaginer à terme une dissociation des intérêts racialisés, au sein des Afro-Américains, entre Noirs sombres et Noirs clairs, puisque ces derniers pourraient, en cultivant leur apparentement blanc, formuler une identité bien différenciée des premiers. L'affirmation du métissage va dans ce sens, et renforce paradoxalement le colorisme en faisant des plus sombres des « vestiges du passé » en quelque sorte. Au vrai, on observe des débuts d'organisation des métis et de revendication d'une identité hybride. L'un des symboles de cette identité est le golfeur Tiger Woods, issu d'un père dont les ancêtres étaient africains-américains, chinois et amérindiens, et d'une mère thaïlandaise aux origines thai, chinoises et hollandaises. Il se considère ainsi comme « *Cablinasian* » (*Caucasian, Black, American Indian* et *Asian*). L'association iPride, fondée en 1979, se propose de réunir les familles d'héritage multiracial et de remettre en cause le système de classification raciale américain.

Elle organise différentes activités dans la région de Berkeley en Californie, comme une colonie de vacances pour les enfants d'« héritage mixte »[55]. On assiste peut-être, dans ce cas, à la construction d'une identité hybride ou intermédiaire, en phase avec le métissage croissant de la société américaine.

Cependant, à l'heure actuelle, la force des préjugés racistes et des discriminations raciales demeure telle aux États-Unis qu'elle cimente la grande majorité des Afro-Américains, qui se considèrent bien comme noirs (et qui sont considérés comme tels par les Blancs) en vertu même d'une expérience historique structurellement similaire. À quoi il faut ajouter, sur la rive américaine de l'océan Atlantique, l'existence ancienne d'une culture afro-américaine qui a certes diffusé bien au-delà de ses porteurs originaires et beaucoup contribué à façonner la culture américaine en général, mais qui demeure, dans ses formes particulières, un moyen d'expression privilégié de l'identité noire américaine et des expériences historiques qui lui ont été attachées. On est donc loin du « nouveau peuple » que formeraient les métis, pour reprendre une formule utilisée par l'historien Joel Williamson[56]. Encore une fois, le décalage entre l'identité épaisse des personnes — dont le métissage et l'hybridité constituent des facettes importantes de l'identité choisie — et leur identité fine, c'est-à-dire racialement prescrite, apparaît clairement. Il est possible que l'identité fine soit actuellement engagée dans un processus de rattrapage de l'identité épaisse, mais elles sont encore loin de se superposer, d'où la dimension militante des Américains de iPride, qui souhaiteraient désintégrer les identités racialisées pour favoriser la labilité des identités métissées. Mais il convient de noter que cette association, composée de personnes de niveau socioculturel élevé, en singularisant l'expérience métisse, tend à renforcer la hiérarchie coloriste et peut être considérée par les Noirs à peau sombre (ceux qui n'ont pas la « chance » de se revendiquer d'une identité métissée, justement) comme une stratégie de défection vis-à-vis du groupe racialisé concerné. Celle-ci peut d'ailleurs se formuler sous la forme de l'« intercession » par laquelle le métis affirme sa capacité de médiateur entre Blancs et Noirs, et se construit ainsi une fonction sociale valorisante et irréprochable.

Toutefois, la stratégie de défection se heurte pour le moment à la dualité des imaginaires racialisés, et l'expérience sociale d'une partie de ces Américains métissés demeure une facette de la condition noire. Le « nouveau peuple » et le « nationalisme brun » imaginés par Williamson valaient surtout en ce que ces expressions permettaient de s'écarter de la thèse du métis comme « homme marginal », une conscience malheureuse écartelée entre plusieurs identités raciales[57]. Selon les moments, les lieux et leurs positions sociales, les métis américains ont oscillé entre une solidarité raciale fortement affirmée, comme lors du mouvement pour les droits civiques, lorsque l'idée prévalait qu'une stratégie collective de tous ceux qui étaient considérés comme noirs était de nature à améliorer aussi la condition des métis, et une solidarité moins affirmée à d'autres moments, en particulier dans la période récente, marquée par des écarts de revenus croissants entre une classe moyenne afro-américaine bien stabilisée et métissée, et un monde populaire noir stagnant. De telle sorte que la « redécouverte » périodique des métis correspond à des moments de disjonction partielle des intérêts des plus foncés et des plus clairs.

Du côté français, la situation présente une similitude avec le cas américain du point de vue des hiérarchies sociales et coloristes : plus on est noir, plus la situation sociale est modeste, et plus le poids des discriminations se fait sentir. Mais la différence principale se situe dans l'appréciation racialisée des personnes, plus subtile que la bipolarisation noir/blanc des États-Unis, qui introduit minimalement une catégorie intermédiaire (celle du métis) et présente des possibilités de jeux et d'agencements bien plus vastes.

Aux États-Unis, une autre différence avec le passé récent est sans doute que les personnes victimes de discrimination coloriste osent désormais se plaindre[58]. Plusieurs procès pour discrimination raciale ont opposé des Noirs à peau claire à des Noirs foncés. Ce fut le cas il y a quelques années dans un restaurant de Georgie, lorsqu'un serveur noir porta plainte contre le manager métis, qui le qualifiait de « *tar baby* », une épithète raciste courante faisant référence au noir foncé, couleur « goudron ». La commission américaine chargée de la lutte antidiscriminatoire a reçu 3 % de plaintes concernant des affaire de colorisme (soit presque 1 400 cas en 2002). Je n'ai rien entendu de tel en France métropolitaine, mais cela ne signifie pas que les tensions coloristes y seraient inexistantes. En revanche, il est bien probable que des tensions de même nature qu'aux États-Unis existent fortement aux Antilles, où la couleur est un marqueur social très affirmé. La psychologue Valérie Ganem en fait état dans le monde du travail guadeloupéen.

Le mouvement identitaire, apparu d'abord aux

Antilles dans les années 1970 et plus récemment en France hexagonale, qui se propose de transformer en sujet de fierté ce dont auparavant on voulait faire honte — le fait d'être noir —, suivi de l'émergence récente des Noirs de France, figurés comme tels, sur la scène publique, ne sapera le colorisme dans ses fondements que si celui-ci est reconnu et fait l'objet d'une évaluation honnête. Aux États-Unis, en France et certainement ailleurs, il demeure ce fait simple et tragique : si l'on est noir, il vaut mieux avoir une couleur de peau démontrant une filiation proche ou lointaine avec le monde blanc. En ce sens, il est raisonnable de parler d'aliénation mélanique, qui assujettit de nombreux Noirs à une hiérarchie coloriste dont ils ne se sont pas complètement émancipés.

Les entretiens menés avec des personnes noires mettent en lumière une expérience sociale spécifique de la minorité noire : être noir est une préoccupation, un souci, par contraste avec le fait d'être blanc, qui (sauf pour les Blancs qui vivent dans les sociétés majoritairement noires) est une évidence à laquelle on ne pense jamais. Privilège du groupe majoritaire que d'être aveugle à sa propre couleur, puisque celle-ci est pensée comme universelle... Rien que de très normal, du reste, pour peu que cet universalisme ne soit pas une manière de nier le problème des inégalités subies par les minorités ethno-raciales, ni d'administrer des leçons à ceux qui les pointent, comme si cela relevait d'une manie étrange et suspecte ! Pour la plupart des Noirs, la question de la couleur de peau est socialement significative et généralement incontournable dans leur vie quotidienne. Cette question ne se décline pas seulement dans une dichotomie noir/blanc (qui demeure cependant essentielle dans les rapports de domination), mais également selon un nuancier mélanique construit sur le principe de la « goutte de sang blanc » et dont les effets aliénants peuvent être comparables au racisme ordinaire.

Même si les messages médiatiques et publicitaires n'associent plus de manière aussi caricaturale que jadis la beauté avec la blancheur de peau, il n'en demeure pas moins que la discrimination mélanique pèse plus lourdement sur les Noirs à peau sombre. Cela a été clairement mesuré aux États-Unis, et il est probable que des constatations voisines seraient faites en France. D'un point de vue sociologique, les avantages liés à la peau claire n'ont pas disparu, bien au contraire. Être métis peut certes entraîner des difficultés psychologiques et sociales particulières, mais le préjudice racial demeure plus léger que celui subi par les personnes à peau plus sombre. En dépit de la célébration souvent superficielle de la diversité, il est probable que plus l'apparence d'une personne correspond aux critères de beauté blancs, plus sa position sociale est élevée, et, corrélativement, plus les discriminations qui pèsent sur elle sont atténuées. De telle sorte que la célébration parfois superficielle du métissage peut aussi être comprise comme un désir d'éclaircir celles et ceux dont la peau est décidément trop sombre, ce qui renforce paradoxalement le colorisme.

À ce sujet, l'exemple des représentations des championnes et champions sportifs donne à réfléchir. Sombres de peau, les sœurs Venus et Serena Williams ont été représentées par les magazines d'une manière qui a mis en valeur leur force musculaire, leur surpuissance physique : les photographies les illustrent muscles saillants, en rage de vaincre, lâchant un passing-shot puissant de fond de cours ou une volée imparable au filet. Il en est allé de même pour Amélie Mauresmo, non pas en raison de sa couleur de peau, mais de son orientation sexuelle. Par contraste, les championnes blanches hétérosexuelles comme Monica Seles ou Anna Kournikova ont souvent été représentées comme des modèles *glamour*, dans des poses suggestives et parfois lascives. Un contraste semblable est dessiné entre Eunice Barber et Carolina Klüft en athlétisme. D'une certaine manière, on pourrait dire que la sportive blanche est désirée, tandis que la sportive noire est admirée. Dans le premier cas, le corps est objet de désir (un corps svelte de mannequin) ; dans le second, le travail du corps est célébré (ce que le corps musculeux accomplit).

Mais ce n'est pas seulement d'une distinction noir/blanc qu'il s'agit. Tiger Woods est bien plus clair de peau que les sœurs Williams, et les représentations de ce champion le traduisent. Lui qui est pourtant un athlète accompli, n'est pas représenté à la peine. Certes, le golf ne demande sans doute pas les mêmes dépenses physiques que le tennis, et les corps ne se donnent pas à voir en spectacle. Mais les discours construits autour des champions illustrent des représentations différenciées de leurs personnalités respectives, où de nombreux facteurs entrent en jeu, parmi lesquels la couleur de peau. Woods, qui refuse toute assignation ethno-raciale, est devenu un symbole postmoderne du métissage, du *mulatto chic*, par contraste avec Venus et Serena Williams, définitivement modernes, elles qui gagnent leurs matches à grands coups ahanés, elles qui semblent trop physiques, trop fortes, trop noires.

CHAPITRE III

Vers une histoire des populations noires de France

> *« En vérité il n'existe pas de peuple enfant. Tous sont adultes, même ceux qui n'ont pas tenu le journal de leur enfance et de leur adolescence. »*
>
> CLAUDE LÉVI-STRAUSS, *Race et Histoire.*

Quel est l'intérêt, pour les historiens, de considérer les populations noires de France métropolitaine comme un objet d'étude ? Réfléchir à cette question invite à revenir sur un « Chemin non emprunté », tracé il y a vingt-cinq ans par l'historien américain William Cohen. En 1980, celui-ci publiait *The French Encounter with Africans,* traduit et publié l'année suivante dans la « Bibliothèque des histoires » de Gallimard sous le titre *Français et Africains. Les Noirs dans le regard des Blancs*[1]. Or, ce beau livre n'a pas eu sur le champ des études coloniales un effet comparable à celui, par exemple, du livre de Robert Paxton dans l'historiographie du régime de Vichy. Il essuya une volée de critiques, et Cohen fut même accusé de « flagrant délire historique » par Emmanuel Todd, tant le sujet paraissait illégitime[2].

Il invitait à ouvrir un champ d'étude historique des Noirs en France, c'est-à-dire à considérer comme objet cohérent les Noirs en France ou vus de France, et à penser de manière conséquente que la présence de populations noires en France est digne d'attention historienne. La proposition n'a été saisie que par un nombre réduit d'historiens africains, américains et français, qui ont contribué à remettre en cause l'idée selon laquelle l'Europe serait un continent blanc par essence, par opposition à l'Afrique noire et aux métissages du Nouveau Monde. Des chantiers comparables ont été lancés dans d'autres pays européens, la Grande-Bretagne en premier lieu, mais aussi l'Allemagne, l'Espagne et d'autres encore, de telle sorte que des *African European studies* sont en constitution à l'échelle européenne, à l'instar des *African American studies* des États-Unis. Ce chapitre est une contribution à ces chantiers. Il propose une histoire synthétique des Noirs de France métropolitaine depuis le XVIIIe siècle, sans dissimuler les trous de connaissance béants, en particulier pour le XIXe siècle. Il ne s'agit donc pas seulement des Noirs dans le regard des Blancs, mais, au-delà, de l'histoire sociale des populations noires du point de vue de leur figuration noire, c'est-à-dire de l'histoire de personnes, d'origine africaine et antillaise pour la plupart, qui se trouvent avoir été considérées comme appartenant à la race noire. Dans un chapitre ultérieur, il sera question d'examiner les mouvements associatifs et autres par lesquels des formes de subjectivation collective politique se sont mises en place à certains moments. Envisager cette histoire nécessite de faire un pas de côté par rapport à l'histoire contemporaine de la France telle qu'elle s'est classiquement construite, dans la mesure où elle en brouille certaines frontières établies entre le « dedans national » et le « dehors étranger », les « Français » et les « immigrés ». Dans le même mouvement, elle en introduit d'autres, également construites, entre majorité et minorités, qui permettent d'éclairer, à rebours de la tradition classiquement républicaine, que notre histoire a *aussi* été une histoire de logiques raciales.

Deux écueils se présentent alors. Le premier consiste à analyser une communauté de partage d'une expérience sociale et d'exposition à des torts spécifiques qui serait homogène et en quelque sorte unie par l'expérience même des épreuves. C'est le travers dans lequel de nombreux historiens de l'esclavage ou de la colonisation sont tombés, par la mise en valeur, parfois la célébration, d'une conscience communautaire chez les esclaves, notamment, et de leurs capacités dans l'adversité à résister et à faire échec aux structures de domination. Je demeure fidèle à la position explicitée dans le premier chapitre : s'il n'existe pas de peuple noir, il y a bien un groupe social circonscrit par des expériences sociales particulières, qu'il est légitime d'étudier historiquement.

Le second écueil consiste à dissoudre entièrement l'histoire des Noirs dans celle du racisme. Il m'est souvent arrivé, ces dernières années, d'intervenir dans des réunions scientifiques ou destinées au grand public sur « les Noirs de France », une question qui, aux yeux de beaucoup, s'assimile à l'« histoire du racisme ». Or, s'il est indéniable que la question du racisme est centrale dans l'histoire des minorités racialisées, quels que soient les angles envisagés (économie, politique, culture, science), pour autant l'histoire des populations noires de France métropolitaine ne se dissout pas entièrement dans celle du racisme qu'elles ont eu à subir, de même que l'histoire juive n'est pas seulement celle de l'antisémitisme, même s'il serait absurde et malhonnête de réfléchir sur les expériences noires ou juives en faisant abstraction des différentes formes de violence que les personnes concernées ont pu rencontrer.

Premiers temps de la présence noire en métropole (XVIIIe siècle)

La présence des Noirs en France métropolitaine n'a pas seulement été liée à l'immigration de travail, socialement évidente à partir des années 1960, mais à d'autres phénomènes historiques plus anciens, liés en particulier à l'esclavage et à la colonisation de l'Afrique occidentale et des Caraïbes. Il est important de comprendre cette présence dans la longue durée, qui s'est accompagnée de la construction parallèle, par les Français, de préjugés raciaux visant particulièrement les Noirs. Il a certainement existé des Noirs en France depuis l'Antiquité — les historiens disposent de témoignages épars à ce sujet — mais leur présence notable à l'échelle d'un groupe n'est avérée qu'à partir du XVIIIe siècle, le grand siècle du commerce négrier. Une remarque similaire peut être établie à propos de l'installation des Noirs en Grande-Bretagne, particulièrement à Londres[3]. Depuis quelques années, grâce aux travaux de Pierre Pluchon, Pierre Boulle, Sue Peabody et Erick Noël, qui se sont appuyés sur des données policières et judiciaires, nous disposons d'informations sur cette première population noire de France[4].

En France métropolitaine, les esclaves étaient en principe interdits de séjour car le droit français exigeait leur affranchissement, en vertu de lois coutumières du « sol libre » explicitement formulées par des juristes du XVIe siècle. Des principes voisins existaient également en Angleterre (selon des dispositions plus floues, toutefois) et aux Provinces unies. En revanche, la péninsule Ibérique autorisait l'esclavage sur son sol et comptait de nombreux esclaves, en particulier dans sa moitié méridionale. Au début du XVIIe siècle, l'Espagne comptait plus de cent mille esclaves de domesticité, qui subissaient une mortalité comparable aux plantations les plus dures des Caraïbes ou du Brésil[5].

Il n'existait donc pas officiellement d'esclaves dans la société métropolitaine française, qui différait fondamentalement des sociétés coloniales des Antilles et de la Réunion en ce qu'elle n'était pas une société esclavagiste, c'est-à-dire qu'elle n'était pas structurée par la possession d'esclaves comme facteur de richesse et que les relations maîtres-esclaves n'y étaient pas au fondement des liens sociaux. Cela ne signifie pas que les habitants du royaume de France étaient tous « libres » au sens contemporain du terme. Dans plusieurs régions, il subsistait l'ancien privilège de « mainmorte » par lequel des paysans étaient attachés à une terre seigneuriale, selon un principe voisin du servage. De telle sorte qu'il est possible de lire l'esclavage dans un continuum de situations de domination plutôt qu'en opposition binaire avec la liberté.

Aux XVe et XVIe siècles, il arriva occasionnellement

que des marchands d'esclaves tentent d'importer leur marchandise humaine en France, mais ces marchands étaient arrêtés et les esclaves libérés. Le problème devint plus aigu à la fin du XVIIe siècle, au moment du grand développement de l'économie esclavagiste dans les colonies. La réponse du roi fut néanmoins claire : les esclaves amenés en France pour une raison ou une autre devaient être libérés, et leur propriétaire remboursé aux dépens du capitaine du bateau qui les avait amenés[6]. De leur côté, les colons, capitaines et autres propriétaires d'esclaves des colonies insistaient pour amener en métropole leur domesticité esclave. Cette fois, il ne s'agissait pas de commerce, mais de commodité de maison. La question du retour aux colonies se posait parfois, dans le cadre de la libération d'un esclave, puisqu'un affranchi revenu aux Antilles ou à la Réunion ne se considérait plus comme un esclave : poser le pied en métropole et crier « France et liberté ! » suffisait-il à l'affranchissement ou fallait-il le réclamer formellement auprès d'une cour de justice ?

Les autorités devaient préciser le droit relatif à ces esclaves. Un édit fut donc promulgué par le Régent en octobre 1716, précisant qu'il n'était possible de faire venir des esclaves en France métropolitaine que pour leur donner une instruction religieuse ou pour leur apprendre un métier. La condition était que le maître devait demander une autorisation officielle et faire enregistrer les esclaves concernés au greffe du tribunal de l'Amirauté, mais la durée de leur séjour n'était pas limitée. En cas de manquement à ces clauses, les esclaves pouvaient être libérés, confisqués par le roi et renvoyés aux colonies.

Il était également possible pour un esclave de réclamer sa liberté auprès du tribunal : il était donc considéré comme une personne juridique, contrairement aux dispositions du Code noir de 1685, valables seulement pour les colonies. Mais on craignait le « mélange du sang des Noirs dans le royaume » : c'est pourquoi les esclaves n'avaient pas le droit de mariage. En décembre 1738, une déclaration royale limita le séjour des esclaves à l'apprentissage d'un métier sur une période maximale de trois ans.

Cependant, pour des raisons obscures, sans doute liées à des conflits entre le pouvoir royal et les parlements, ni l'édit de 1716 ni la déclaration de 1738 ne furent ratifiés par le Parlement de Paris, de telle sorte que ces dispositions étaient dans une situation légale équivoque. De fait, dans les années 1750-1770, cette situation indécise permit à plus de cent cinquante esclaves de réclamer avec succès leur affranchissement auprès du tribunal de l'Amirauté à Paris, au nom du principe de liberté qui n'avait jamais été abrogé. Certains affranchis furent d'ailleurs renvoyés par les autorités à Saint-Domingue ou dans une autre colonie. Ce qui était alors perçu comme un afflux de Noirs en France était un sujet d'inquiétude non seulement pour ceux qui voulaient mettre fin à cette cascade de procès, mais aussi pour ceux qui redoutaient la prolifération des « sang-mêlé » et bien sûr pour les colons, mécontents de perdre des esclaves et inquiets de l'influence pernicieuse des affranchis dans les colonies.

Combien ces Noirs étaient-ils en métropole ? Les registres de police de la fin des années 1770 font état de cinq mille Noirs. L'estimation de quatre mille à cinq mille personnes paraît acceptable, pour une population française d'environ vingt millions de personnes, soit un pourcentage infime. En Grande-Bretagne, où leur présence n'était pas réglementée, les Noirs étaient sans doute deux fois plus nombreux pour une population totale deux fois moindre. Il est probable, comme le rappelle Sue Peabody, que la guerre de Sept Ans (1756-1763) eut pour effet d'accroître la population noire de métropole, par suite de l'impossibilité pour les propriétaires de rentrer aux colonies avec leurs esclaves. En 1762, un recensement de la population « noire et mulâtre » de Paris faisait état de 159 gens de couleur, 110 hommes et 49 femmes. Le chiffre sous-estime certainement cette population, mais en tout état de cause elle ne devait pas dépasser quelques centaines de personnes, pour une population parisienne d'un demi-million d'habitants. Parmi elles, beaucoup étaient libres, même si la proportion précise est impossible à déterminer (le statut n'était pas formellement précisé dans l'enregistrement). Les deux tiers des personnes qui ont précisé leur statut étaient libres, soit de naissance, soit parce qu'elles avaient été affranchies — et disposaient donc d'actes de liberté, des lettres certifiant l'affranchissement. Quant aux esclaves en fuite, on peut évidemment supposer qu'ils ne s'enregistraient pas auprès des autorités.

Le gros de la population noire vivait dans les ports qui pratiquaient le commerce négrier et colonial en général, comme Nantes, Bordeaux et La Rochelle, mais aussi Marseille, Toulon, Le Havre, Dunkerque, Montpellier et les arrière-pays de ces villes. À Nantes, en 1768, l'Amirauté fit placarder une ordonnance indignée : « Le nombre des esclaves emmenés ou envoyés en France a été poussé à l'excès. La plupart y ont contracté des habitudes et un esprit d'indépendance dont les suites sont déjà très fâcheuses, et le deviendraient encore davantage si le Siège n'y mettait bon ordre. Le plus grand nombre des esclaves qui sont à Nantes est inutile, et même dangereux. On ne voit dans les places publiques et sur les ports que nègres attroupés, qui poussent l'insolence jusqu'à insulter les citoyens, non seulement le jour, mais pendant la nuit[7]. »

En réponse aux inquiétudes, ainsi qu'à des rumeurs dans les ports négriers selon lesquelles le gouvernement allait libérer tous les esclaves de France, la législation se renforça progressivement pour culminer en août 1777 avec la « Déclaration pour la police des Noirs », qui interdisait l'entrée de tous les « Noirs, mulâtres et autres gens de couleur » dans le royaume, en précisant que les esclaves légalement utilisés pendant la traversée seraient détenus dans des dépôts portuaires à leur débarquement puis renvoyés aux colonies par le prochain bateau.

Remarquons que cette déclaration ne mentionnait pas les « esclaves », une habileté conçue pour ne pas indisposer le Parlement de Paris, mais elle racialisait les personnes en faisant référence à leur couleur de peau. Elle ne faisait pas allusion non plus aux Noirs déjà installés en France, qui pouvaient donc théoriquement y rester. On peut imaginer que les autorités comptaient sur la disparition progressive de ces personnes et la dissolution de leur descendance dans la population blanche.

Des travaux récents de Pierre Boulle et Erick Noël font le point sur ce recensement de 1777, en analysant les occupations professionnelles, la géographie et la démographie des populations non blanches alors établies en France[8]. Il s'agissait d'une population typiquement migrante : largement masculine, avec une pyramide des âges tronquée à la base et au sommet (peu d'enfants en bas âge et de personnes âgées). La plupart étaient domestiques, d'autres étaient artisans, marins. On trouvait aussi des « petits nègres domestiques », à la mode dans les maisons aristocratiques : « Le singe, dont les femmes raffoloient [...] a été relégué dans les antichambres [...] et les femmes ont pris des petits Nègres... » notait un observateur de l'époque[9]. Le prolifique auteur Louis-Sébastien Mercier écrit que « le père travaille péniblement ce sucre que le Négrillon boit dans la même tasse avec sa riante maîtresse[10] ». De fait, ces chérubins noirs, richement parés et parfumés, étaient offerts tels des animaux de compagnie, parfois représentés sur les toiles des peintres pour mieux mettre en valeur le teint pâle d'une grande dame comme la marquise de Pompadour ou la duchesse de Bouillon.

À Paris, où les Noirs étaient nombreux, on les trouvait surtout dans la très aristocratique paroisse Saint-Roch, où résidait donc logiquement une domesticité noire esclave, ainsi que dans le quartier très populaire des Halles, dans la paroisse Saint-Eustache, où des Noirs libres travaillaient comme artisans, marchands ambulants, prostituées, gagne-deniers, et faisaient donc partie du Paris populaire, du Paris de la rue décrit par Arlette Farge. Les registres de police font parfois état de « nègres » ou « particuliers nègres » impliqués dans une rixe ou un esclandre, sans que, semble-t-il, des traitements particuliers leur fussent réservés en raison de leur apparence[11]. Lors des états généraux de 1789, certaines doléances portaient sur le nombre trop élevé de serviteurs noirs, qui concurrençaient injustement les domestiques blancs. La majorité de ces

Noirs (55 %) provenaient des Antilles, particulièrement de Saint-Domingue ; 10 % provenaient d'Afrique occidentale ; 17 % d'Afrique orientale : Mozambique, Madagascar, île de Bourbon (La Réunion) et île de France (île Maurice) ; 6 % des colonies du Canada et de Louisiane ; 8 % d'Inde.

Il existait également un petit nombre de Noirs dans l'armée, employés comme timbaliers, trompettes ou tambours empanachés, parfois comme soldats d'apparat, comme dans le cas des fameux Uhlans noirs du régiment de Saxe-Volontaires de Maurice de Saxe. Dans les années 1740, le vainqueur de Fontenoy avait recruté dans les ports atlantiques soixante-dix-huit Noirs originaires d'Afrique et des Amériques, les avait installés près de lui à Chambord pour en faire une escorte pittoresque. Il créa le premier corps de troupe coloniale, pour reprendre le propos d'André Corvisier[12]. Mais Jean-Pierre Bois remarque que cette compagnie dépassait le simple pittoresque, puisque le maréchal général envisagea, en vain, d'enrôler les esclaves marrons réfugiés en France.

Il est clair qu'entre 1777 et 1789 la « police des Noirs » ne fut guère efficace. Des Noirs furent tout de même arrêtés, par exemple des prostituées et des mendiants à Paris ; des dépôts furent établis dans les grands ports, de Dunkerque à Marseille. Mais des esclaves noirs continuaient d'arriver discrètement, de telle sorte que l'expulsion massive des Noirs n'était pas à l'ordre du jour, d'autant qu'aux colonies on s'inquiétait par avance, on l'a dit, du rapatriement de centaines de personnes contaminées par les idées de liberté et aux mœurs réputées dissolues. Les 11 janvier et 5 avril 1778, des arrêts du Conseil d'État précisèrent que non seulement les mariages interraciaux étaient interdits au nom de la pureté de la race française, mais que les Noirs devaient porter un cartouche d'identification avec leur nom, leur âge et le nom de leur maître. Mais ces arrêts ne furent pas mis en œuvre avec diligence[13]. Plus tard, dans les années 1780, d'autres arrêts suivirent (comme l'interdiction pour les Noirs de porter le titre de « sieur » ou de « dame »), mais ils furent également inopérants. En dépit de ces efforts brouillons, des esclaves noirs continuaient d'être importés pour des séjours temporaires ou permanents, d'autres réclamaient leur liberté auprès des tribunaux de l'Amirauté, qui l'accordaient souvent, de telle sorte que très peu étaient renvoyés outre-mer.

Mais certains esprits s'inquiétaient, comme ce négociant bordelais, M. Weuves le jeune, auteur des *Réflexions historiques et politiques sur le commerce de France avec ses colonies d'Amérique*, paru en 1780, qui déplorait la multiplication des gens de couleur, malgré les lois, et s'alarmait : « Les Français verront-ils avec indifférence que leur nation s'abâtardisse et devienne bigarrée comme celle des Espagnols et des Portugais, où le sang pur est aussi rare que le phœnix ? » Et de fustiger les « maîtres qui permettent à leur nègre d'épouser une blanche », qui « mériteraient des châtiments rigoureux. Il faudrait être bien peu délicat pour ne pas en sentir toute la conséquence ». D'autant, explique-t-il, que les Noirs amenés en France « sont ordinairement les plus beaux, les plus vigoureux et les plus adroits de leurs habitations, qui, restant dans le pays, contribueraient à la propagation et à l'agriculture ». De retour dans « nos îles », « il n'est pas possible d'en tirer parti. Il y arrive accompagné, outre ses vices personnels, de tous ceux qu'il a contractés dans les capitales. Instruit par messieurs les laquais, il n'a pris d'eux que leur indolence, leur fatuité risible, leur paresse, leurs tours de bâton... ». D'où la nécessité, adjure Weuves, que les « Princes et autres personnes en dignité dans l'État » montrent l'exemple « en faisant à la Nation le sacrifice de leur fantaisie à garder une espèce d'hommes que tout invite à renvoyer où elle peut être utile et ôter par là toute excuse aux autres sujets du Roi d'en avoir également »[14].

En dépit des exhortations de Weuves, il existait bien à la fin du siècle une population de couleur, qui faisait déjà de la France autre chose qu'un pays « blanc » uniquement composé de populations d'origine européenne. Bref, non seulement la métropole française était bien partie prenante dans la diffusion mondiale de l'esclavage — même si sa part demeurait anecdotique au regard des populations esclaves des Amériques — mais, particulièrement dans les ports de l'Atlantique, sa population se métissait un peu.

Des informations et des analyses nouvelles viendront sans doute compléter ou nuancer les travaux existants, mais notre compréhension des positions sociales des Noirs, de leurs origines, des imbroglios juridiques liés à leur statut dans la société d'Ancien Régime ne sera probablement pas modifiée en profondeur dans un futur proche.

Une présence en pointillés ? (XIXe siècle)

L'abolition de l'esclavage pendant la Révolution, comme toutes les abolitions, procéda de la conjonction de plusieurs phénomènes : le militantisme abolitionniste ; les révoltes des esclaves eux-mêmes ; la situation internationale et les rapports de force politiques du moment.

Dans les premiers temps de la Révolution, les députés firent la sourde oreille aux demandes de citoyenneté des esclaves, dont certains voulaient porter la cocarde tricolore, ce qui leur fut interdit en Guadeloupe[15]. Les représentants des villes portuaires et les colons s'opposaient efficacement à l'abolition. La Société des Amis des Noirs fondée en février 1788 par Jean-Pierre Brissot, qui se battit principalement contre la traite, dénonçait les abus de l'esclavage sans en vouloir l'abolition, au nom du réalisme économique[16]. La grande figure de la Société fut l'abbé Grégoire, justement célébré pour avoir été l'« ami des hommes de toutes couleurs », qui se battit pour les droits des Juifs aussi bien que des Noirs. Jusqu'à sa mort en 1831, son opposition à l'esclavage devint de plus en plus intransigeante, lui qui considérait tous les hommes comme égaux et encourageait les mariages mixtes afin de créer une société harmonieuse et stable — si possible catholique et française, en quoi Grégoire était déjà pétri des contradictions de l'universalisme français, comme le rappelle Alyssa Goldstein Sepinwall[17]. Au même moment, en Guyane, en Guadeloupe et en Martinique, des insurrections d'esclaves violemment réprimées causèrent la mort de plusieurs dizaines de captifs qui avaient pris au mot les principes de la Déclaration des droits de l'homme. À Saint-Domingue, la principale colonie française des Antilles, le soulèvement commença en août 1791, provoqua le marronnage (la fuite) de milliers d'esclaves, la mort de centaines de colons et d'esclaves, et porta un coup d'une violence inouïe au système esclavagiste.

L'Assemblée procéda de manière cauteleuse, laissant le temps aux partisans de l'esclavage de s'organiser (via le club Massiac) et mettant de côté la question de l'égalité raciale. Pourtant, elle franchit des étapes importantes, en accordant en mai 1791 l'affranchissement aux esclaves nés de parents libres, puis en réaffirmant en septembre 1791 que toute personne était libre sur le sol de France métropolitaine, avant d'accorder la citoyenneté aux libres de couleur en avril 1792. À ce moment, dans les colonies, la situation des propriétaires d'esclaves n'était pas désespérée, eux qui espéraient encore former une alliance avec les citoyens de couleur contre les esclaves révoltés. D'ailleurs, certains affranchis possédaient eux-mêmes des esclaves, et voulaient se démarquer soigneusement des esclaves à la peau noire. Mais on trouvait aussi des Blancs plus intransigeants encore, qui ne voulaient même pas entendre parler d'alliance avec les gens de couleur. De telle sorte que plusieurs factions bataillaient, parfois violemment, dans les îles caribéennes.

Cette situation instable, aggravée par les ambitions des Espagnols et des Anglais qui lorgnaient particulièrement sur Saint-Domingue, la « perle des Antilles », poussa finalement la Convention à abolir l'esclavage le 4 février 1794 : « La Convention nationale déclare aboli l'esclavage des nègres dans toutes les colonies ; en conséquence, elle décrète que tous les hommes sans distinction de couleur domiciliés dans les colonies sont citoyens français. » L'idée était bien de s'assurer du soutien des esclaves libérés contre les puissances rivales. Environ sept cent mille esclaves furent ainsi libérés.

On notera que, dans l'immédiat, le décret n'eut pas d'effet puisque les colonies antillaises avaient échappé au contrôle de la France (la Martinique passa sous contrôle britannique au printemps 1794, puis la Guadeloupe brièvement, ainsi qu'une partie de Saint-Domingue). Frédéric Régent a montré qu'en Guadeloupe, de 1794 à 1802, une fois les Anglais chassés par un corps expéditionnaire français, le travail forcé se substitua à l'esclavage, de telle sorte que l'économie servile de plantation y demeura à peu près en l'état, avant le rétablissement de l'esclavage par Napoléon Bonaparte, en 1802, dans les colonies françaises. Cela se fit à l'exception de Saint-Domingue, où une insurrection en 1802, en dépit de la capture et de la déportation au fort de Joux de Toussaint Louverture, mit en échec la terrible répression menée par les généraux Leclerc et Rochambeau.

Pour Napoléon, l'esclavage permettait d'assurer la prospérité de l'Empire, et il correspondait à la nature des esclaves, hommes sans civilisation « qui ne savaient pas ce qu'était la France ». Sans doute le racisme de Napoléon, et en particulier sa phobie du métissage, conforté par Joséphine, issue d'une lignée de planteurs martiniquais, sont-ils à prendre en considération dans ce rétablissement. Mais ce sont plus fondamentalement les intérêts des propriétaires d'esclaves ainsi que des négociants et marchands coloniaux, bref, du lobby colonial, qui étaient en jeu, qui soutenaient le régime napoléonien et que celui-ci entendait satisfaire.

Ce retour à l'Ancien Régime eut aussi des conséquences sur les Noirs de France. En effet, non seulement l'esclavage mais aussi la législation raciale de l'Ancien Régime furent réintroduits : par des arrêts consulaires, la police des Noirs ressuscita le 16 pluviôse an X (2 juillet 1802) ; il fut fait interdiction aux gens de couleur d'entrer en France ; ils durent de nouveau s'enregistrer auprès des autorités et porter le cartouche d'identification prévu en 1777 (à partir du 13 thermidor an X). Et ordre fut donné à l'École polytechnique de renvoyer ses élèves noirs. La résidence des Noirs en France était fragile, soumise aux autorités locales et aux circonstances, tout comme sous l'Ancien Régime.

Si l'esclavage fut de nouveau légal à partir de 1802, le trafic d'esclaves ne reprit qu'à la Restauration, après la fin du blocus anglais. Pourtant, en 1815, lors du Congrès de Vienne, les Français durent formellement renoncer à la traite. Mais le trafic se poursuivit sans encombres, avec la complicité plus ou moins active de l'État. Au vu et au su de tous, dans l'indifférence quasi générale, les marchands négriers continuaient à armer leurs navires dans les ports de la côte atlantique. Les libéraux, chez qui se recrutaient nombre d'abolitionnistes, se trouvèrent dans les cercles du pouvoir après la révolution de 1830, mais ils ne surent pas, ou ne voulurent pas, agir de manière décisive. Quant à l'esclavage lui-même, rares étaient ceux qui mettaient en cause sinon sa légitimité, du moins son utilité économique. Tout de même, quelques voix fortes s'élevaient, parmi lesquelles celle de Victor Schoelcher. Celui-ci est certainement un personnage remarquable qui, tout en étant convaincu de l'infériorité des Noirs, l'expliquait par leur état de servitude et des circonstances géographiques[18]. L'abolition britannique en 1836 fut décisive, dans la mesure où elle invalida les prédictions catastrophistes des partisans français de l'esclavage. Non, la fin du joug de l'esclavage n'amenait pas la ruine des colonies, le désordre social et la guerre civile. La révolution de 1848 fournit le moment opportun. L'esclavage fut aboli le 27 mai 1848, ce qui n'empêcha en rien le maintien de discriminations raciales aux Antilles.

Le XIXe siècle est malheureusement mal connu en ce qui concerne l'histoire des populations noires de France. Nous ne savons pas exactement quand la police des Noirs fut supprimée ; le 5 août 1818, la défense d'entrer en France fut levée pour les libres de couleur, mais il demeura interdit d'amener des esclaves. En tout cas, il est probable que les chiffres de population noire de la fin du XVIIIe siècle ne furent pas largement différents pour la première partie du XIXe siècle. Il exista vraisemblablement toujours une petite population noire de domesticité et d'artisanat dans les villes portuaires et à Paris : elle attend ses historiens. Nous disposons également de témoignages épars, relatifs à la visite de Noirs américains en France, comme le comédien shakespearien Ira Aldridge, qui joua *Othello* à Paris en 1866-1867, peu de temps avant sa mort en Pologne (où il est enterré). L'ancien esclave américain Frederick Douglass, auteur d'une célèbre autobiographie, et son épouse vinrent à Paris en 1886, où ils restèrent onze semaines et rencontrèrent des étudiants haïtiens, dont la vivacité d'esprit donna espoir à Douglass « des possibilités de la race[19] ». Devant la statue de Lamartine, en rendant hommage au signataire du décret d'abolition de l'esclavage de 1848, Douglass remarqua la ressemblance physique entre lui et Lincoln, tandis que la statue du général Dumas le laissa indifférent, lui qui n'avait pas manifesté sa solidarité avec la « race de sa mère ». Plus tard, en voyageant vers Rome, Douglass remarqua que les traits physiques et les manières de vivre des Méridionaux se rapprochaient de ceux des Noirs, preuve, estimait-il, que les différences entre races n'étaient pas si nettes qu'on le disait, et que l'infériorité des Noirs n'était qu'un mythe. D'autres Noirs américains, moins connus ou simplement anonymes, étaient installés en France, sans pour autant former communauté — ce fut le cas en revanche après la Première Guerre mondiale, comme l'a remarqué Tyler Stovall[20].

Entre la fin du XIXe siècle et la Première Guerre mondiale, la conquête coloniale de l'Afrique subsaharienne n'eut pas de conséquences démographiques significatives sur la France métropolitaine. Il est probable que le nombre de Noirs en France à la fin du XIXe siècle avoisinait le millier, dont quelques centaines à Paris, qui étaient d'autant plus visibles qu'ils étaient rares. Il y avait certainement plus de Martiniquais au Panama, par exemple, qu'en métropole : à partir de 1904, le percement du canal attira des dizaines de milliers de travailleurs caribéens, dont cinq mille cinq cents Martiniquais, qui y travaillèrent pendant une dizaine d'années. Les migrations saisonnières ou de travail internes à la Caraïbe étaient bien plus importantes que les migrations transatlantiques[21]. Les Antillais de France métropolitaine étaient pour la plupart des étudiants et des élites restées en métropole après leurs études, exerçant des professions d'avocats, de médecins et d'ingénieurs. Eux avaient la possibilité de voyager librement, en raison de leur citoyenneté française. Il faut ajouter des députés noirs antillais, comme, à partir de 1898, le député de la Guadeloupe Hégésippe Jean Légitimus, premier Noir au Parlement, surnommé le « Jaurès noir », et Joseph Lagrosillière, député de la Martinique à partir de 1910.

Il y avait aussi des Africains, ceux des « quatre communes » (Dakar, Gorée, Rufisque et Saint-Louis) qui avaient acquis un statut spécifique en 1872 et étaient appelés les « originaires ». Ils jouissaient de droits particuliers (le droit de vote aux élections municipales, au Conseil général du Sénégal et à l'élection législative d'un député, l'exemption de l'impôt personnel, de la corvée, mais aussi, en théorie, le droit d'expression et de libre circulation), droits que l'administration française s'efforça de limiter au début du XXe siècle. Mais la plupart des Africains ne pouvaient voyager que dûment autorisés, généralement en raison d'un statut professionnel : en particulier la domesticité et les figurants des spectacles exotiques organisés en Europe. Les Africains étaient de condition modeste, marins, ouvriers et domestiques installés à Paris, Marseille et Bordeaux dans des conditions précaires. Les domestiques africains accompagnaient leurs employeurs, militaires et fonctionnaires coloniaux, lors du séjour de ces derniers en métropole. Une série de dispositions réglementaires prévoyait le rapatriement du personnel de maison de manière si insistante qu'il est assez clair qu'une partie des domestiques africains restaient en France, soit parce qu'ils étaient abandonnés par leurs employeurs, soit parce qu'ils disparaissaient dans la nature de leur propre initiative[22].

À cette époque, on observe donc déjà une différence sociologique importante entre les Antillais, installés dans la classe moyenne éduquée, et les Africains prolétaires. Philippe Dewitte a souligné l'antagonisme social et politique entre les uns et les autres, et les difficultés qui en naquirent pour ceux qui entendaient promouvoir des formes de solidarité intercoloniale.

Mais soulignons aussi le décalage entre, d'une part, la monstration de la « sauvagerie noire » et, d'autre part, l'existence d'une petite population noire ne correspondant manifestement pas aux clichés racistes présentés dans les spectacles et les images. Les théâtres présentaient des pièces à grand spectacle retraçant la conquête du Dahomey, les cirques, des personnages noirs grotesques, le jardin d'Acclimatation, les Expositions universelles, les Folies-Bergère, des groupes « tribaux » et des indigènes « dans leur vie quotidienne », des années 1870 à 1900[23]. Puis, à partir du début du XXe siècle, les « villages africains » prirent le relais jusqu'en 1912, lorsque les zoos humains firent l'objet de critiques. Il n'en demeure pas moins que les Noirs vivant en France n'étaient pas en permanence soumis au racisme d'infériorisation proposé par les expositions et les images fixes et animées. Ils n'étaient pas *constamment* objets de moqueries et d'avanies. De telle sorte qu'il convient de penser les formes d'autonomie de la vie sociale, qui ne peuvent se saisir exclusivement par les représentations même si celles-ci ont une influence sur les acteurs. Voilà l'une des directions de recherche à explorer systématiquement en histoire coloniale : interactions entre société et représentations, sans préjuger de leur superposition ou de leur étanchéité. Des spectateurs noirs venaient même assister aux spectacles de sauvages africains, ce qui suppose qu'ils ne se sentaient sans doute pas concernés par ce qu'on y voyait, et que leur position sociale, leur *hexis* corporel les préservaient d'une assimilation, par eux ou par les autres, aux sauvages en question.

Dans l'ensemble, la période allant du Premier Empire à la Première Guerre mondiale est peu explorée, et n'a fait l'objet que de travaux rares et épars. C'est certainement de ce côté que les changements historiographiques les plus notables sont à attendre. Du point de vue des évaluations démographiques, mais aussi de l'histoire sociale : convient-il, quant à l'implantation géographique des Noirs et leurs activités, de prolonger les conclusions valides pour le siècle précédent ? La population noire se maintint-elle au niveau de cinq mille personnes dans la première moitié du XIXe siècle ? Dans quelle mesure la colonisation de l'Afrique entraîna-t-elle la naissance d'un petit courant migratoire de Noirs africains vers la métropole à la fin du siècle ? Ces questions restent ouvertes et attendent leurs historiens.

Les soldats noirs de la Première Guerre mondiale

La Première Guerre mondiale fut un tournant majeur dans les relations raciales françaises. Ceci, principalement en raison de la mobilisation des troupes coloniales, notamment les fameux tirailleurs sénégalais. En Afrique, l'image des tirailleurs fut longtemps négative : ils étaient perçus comme des « mercenaires » et des traîtres, les « dogues noirs de l'empire », pour reprendre un vers de Senghor[24]. Les militants anticolonialistes les fustigeaient ou les regardaient avec mépris. Ils parlaient de leur vanité, de leur dédain des colonisés, de leur « brutalité vulgaire » et de leur aliénation, eux qui partageaient l'idéologie de leurs maîtres. Il faut dire que les tirailleurs avaient participé à la conquête et à la répression coloniales, et qu'après les guerres mondiales on les retrouva dans les « mauvais coups » de la colonisation, puisque certains sautèrent à Diên Biên Phu et que d'autres participèrent à l'expédition de Suez.

Puis ces jugements sévères s'estompèrent, alors que les tirailleurs disparaissaient dans des morts anonymes. Des travaux d'historiens, parmi lesquels ceux, pionniers, de Marc Michel dans les années 1970 mais aussi ceux de Myron Echenberg, Joe Lunn et Gregory Mann, dépeignaient les tirailleurs d'une manière plus nuancée, plus favorable, et mettaient en valeur leur participation valeureuse aux guerres mondiales. De supplétifs de la domination coloniale, les vieux tirailleurs acquirent progressivement un statut de victimes : victimes des horreurs des guerres, tout d'abord, mais aussi de l'injustice de l'administration française, puisque leurs pensions militaires avaient été « cristallisées », c'est-à-dire gelées, en 1959. Cette affaire de la cristallisation a été un élément important de mobilisation associative et de valorisation de ceux qu'on présentait désormais en termes frisant parfois le misérabilisme. En France, le colonel Maurice Rives milita pour la reconnaissance mémorielle des tirailleurs, et publia à cet effet plusieurs ouvrages. Rives a recensé les monuments élevés localement à la mémoire des soldats d'Afrique, comme celui d'Airaines, dans la Somme, ou le « tata » (cimetière) de Chasselay, et de plus petits honorant les troupes coloniales de la Première Guerre mondiale, comme à Cernay-en-Laonnois, à Douaumont (Meuse), à

Reims et à Fréjus, ainsi que les tirailleurs tués au combat ou fusillés par les Allemands en juin 1940, à Clamecy (Nièvre), Eveux (Rhône), Bourmont (Haute-Marne), Lentilly (Rhône), Tilloy-et-Bellay (Marne), Vermont-Vaise (Rhône), Saint-Maurice-Colombier (Doubs), Haréville-les-Chanteurs (Haute-Marne), La Vacheresse-et-La-Roullie (Vosges)[25]. Localement, la mémoire de ces soldats est restée vive, par contraste avec des autorités nationales indifférentes jusqu'aux années 1990. Et, lorsque le « dernier tirailleur » de la Première Guerre mondiale, Abdoulaye Ndiaye, mourut, la veille du 11 novembre 1998, jour où l'ambassadeur de France devait lui remettre la Légion d'honneur, la presse lui consacra de longs articles mi-admiratifs mi-apitoyés. Parallèlement, les tirailleurs furent réintégrés dans la mémoire collective africaine. En août 2004, Abdoulaye Wade, président du Sénégal, inaugura la place du Tirailleur à Dakar et proclama le 23 août « journée du tirailleur » dans son pays.

Le corps des tirailleurs avait été créé par Louis Faidherbe, gouverneur du Sénégal, en 1857, afin de faciliter la colonisation française en Afrique noire, et était initialement formé d'anciens esclaves rachetés par l'armée française. Le système du « rachat » temporaire d'esclaves avait existé dès 1819, à la création de « compagnies de couleur » par le ministère de la Marine, et consistait en une sorte de location d'esclaves par l'armée française pour une période variable. Mais l'émancipation de 1848 avait contrarié la pratique (qui cessa formellement en 1882), et l'armée s'était alors engagée à ne recruter que des hommes libres. Une crise des effectifs s'était ensuivie, de telle sorte que, lorsque Faidherbe devint gouverneur du Sénégal en 1854, avec des projets de conquête ambitieux, il résolut de doubler les compagnies, d'attirer les recrues en leur offrant une meilleure solde, de meilleures conditions de vie et un nouvel uniforme chatoyant. Les esclaves rachetés devinrent dès lors minoritaires dans un corps de soldats volontaires (en théorie) et professionnalisés[26]. Au fur et à mesure de la colonisation de l'Afrique, l'armée française recruta dans toute l'Afrique noire, bien au-delà des « Sénégalais », et de manière souvent autoritaire, tant les besoins en hommes étaient importants. Les Bambaras, en particulier, étaient massivement recrutés, et loués pour leurs qualités de combattants. Des fils de chefs défaits pouvaient aussi être enrôlés comme sous-officiers, pour des raisons politiques et symboliques, mais, estime Martin Klein, les trois quarts des tirailleurs étaient issus de familles esclaves ou anciennement esclaves, ce qui le conduit à parler, de façon sans doute exagérée, des bataillons coloniaux africains de la Grande Guerre comme d'une « armée d'esclaves[27] ».

Les tirailleurs se firent connaître du public français lors de la fameuse expédition Congo-Nil, dite « mission Marchand » du nom de son commandant, moment d'exaltation nationaliste face aux colonisateurs britanniques (1896-1899). L'expédition aboutit au fiasco de Fachoda en 1898, mais Marchand et ses hommes, dont le capitaine Mangin, poursuivirent leur équipée jusqu'à l'océan Indien, qu'ils atteignirent en mai 1899. Le retour en métropole fut triomphal. Lorsque la mission Marchand défila, le 14 juillet 1899, les tirailleurs furent salués par la foule et promenés dans tout Paris, y compris Ali, un enfant de troupe qui portait le drapeau tricolore.

Il n'était alors pas question d'utiliser massivement les soldats africains en dehors de leur continent, même si quelques bataillons avaient combattu en Crimée (1854-1856), au Mexique (1862-1867) et lors de la guerre franco-allemande de 1870-71. En 1910, Mangin, promu lieutenant-colonel, publia *La Force noire,* un livre important en ce qu'il militait pour l'utilisation des tirailleurs *en Europe,* dans la perspective d'une guerre de plus en plus probable contre l'Allemagne[28].

L'argument de Mangin était que les tirailleurs étaient des soldats valeureux, dotés selon lui de particularités physiques (une plus grande résistance à la douleur notamment) qui pouvaient utilement compléter des troupes françaises démographiquement plus maigres que celles de l'ennemi. Le livre suscita un débat à la Chambre, qui vota en 1912 la conscription des colonisés et le principe d'utilisation des troupes coloniales en métropole, dont Mangin s'était fait le héraut. Peut-être celui-ci rêvait-il d'être un nouveau Germanicus... En tout cas, dès avant la guerre, l'idée selon laquelle les troupes coloniales constituaient des renforts indispensables était solidement installée dans les cercles militaires et politiques, bien que les détracteurs, dans ces mêmes cercles, n'eussent pas baissé les armes, soit parce qu'ils considéraient ces troupes comme trop médiocres, soit parce qu'ils craignaient, comme Jaurès, le débarquement de janissaires. Cette crainte se manifesta à nouveau au printemps 1917 après l'échec de l'offensive du Chemin des Dames, lorsque le gouvernement interdit au général Mangin d'approcher Paris dans un rayon de cinquante kilomètres.

La mobilisation des troupes coloniales s'effectua rapidement après le début de la Grande Guerre, dès août 1914. Mais ce fut à partir de l'automne

1914 qu'un recrutement de masse fut organisé, lorsqu'il apparut que la guerre devait durer. L'année suivante, des cas d'insoumission, et même de résistance armée (dans la région de la Volta), apparurent mais, après une accalmie des recrutements, grâce aux plaidoyers du nouveau gouverneur général de l'AOF, Joost Van Vollenhoven, les recrutements massifs reprirent à l'instigation de Clemenceau, y compris en AEF, jusque-là épargnée. En outre, à partir de l'automne 1915, les « originaires des quatre communes » furent également appelés sous les drapeaux, suivant une demande de Blaise Diagne, député noir de Saint-Louis (les « originaires » obtinrent la nationalité française en 1916), et affectés dans des régiments réguliers. Pour faciliter la conscription, une action de propagande fut entreprise par l'énergique Diagne, nommé commissaire de la République par Clemenceau en janvier 1918. Au total, 189 000 hommes de l'AOF et de l'AEF furent recrutés, auxquels s'ajoutèrent 41 000 Malgaches et 23 000 Antillais et Guyanais (citoyens français).

Tous ne combattirent pas en France. Sur le contingent « sénégalais » des 189 000 recrues, 134 000 hommes débarquèrent en France. On peut estimer qu'environ 31 000 de ces hommes furent tués, soit un pourcentage de pertes assez voisin de celui de l'ensemble de l'armée française sur la période, mais cette équivalence masque des évolutions divergentes : les pertes françaises furent les plus terribles lors des vingt-deux premiers mois de la guerre, puis elles déclinèrent globalement, tandis que celles des tirailleurs suivirent une trajectoire inverse pour atteindre leur maximum en 1918[29]. À ce moment, l'utilisation intensive des tirailleurs avait clairement pour objectif de sauver les vies françaises.

Plusieurs responsables militaires et politiques français, dont Clemenceau, expliquèrent que la mise en première ligne des troupes coloniales permettait d'épargner le sang français qui avait suffisamment coulé[30].

Les officiers français opéraient un classement en fonction des qualités prêtées aux différentes ethnies : les Mandingues et les Bambaras par exemple étaient supposés être « de race guerrière » et on les mettait en première ligne[31]. Les bataillons noirs furent jetés dans toutes les grandes offensives de la guerre, dont Verdun en 1916 et le Chemin des Dames en 1917. Après une période d'adaptation à la guerre et la mise en place d'un hivernage dans le Sud de la France (ce qui faisait dire que les troupes noires devaient être « consommées avant l'hiver »), les tirailleurs se conformèrent aux attentes de l'armée en étant « loyalistes ». En dépit des efforts de la propagande allemande (des tracts anticoloniaux étaient envoyés dans leur direction), on ne compta qu'une mutinerie, celle du 61e bataillon, en 1917, sans revendication politique articulée. Les qualités militaires des tirailleurs étaient louées par les militaires et les hommes politiques, y compris le président de la République Raymond Poincaré. La presse emboîta le pas, en soulignant leur courage, leur loyauté et leur civilité.

Cependant, les autorités françaises souhaitaient limiter les relations entre les tirailleurs et la population blanche, civile et militaire. Leurs lieux d'entraînement étaient situés à distance de la population civile. Les permissions ne furent accordées aux tirailleurs qu'en 1918, au moment où les autorités s'inquiétaient de leur moral[32]. Au sein de l'armée, la position des autorités était délicate, puisqu'il s'agissait d'un côté d'encourager les bonnes relations entre Noirs et Blancs, et d'un autre côté de décourager une trop grande proximité. Les « originaires » combattaient aux côtés de camarades majoritairement blancs, et les interactions étaient donc bien plus importantes que du côté des tirailleurs. Des bagarres pouvaient éclater entre soldats, à la suite d'une insulte raciste par exemple. Lunn rapporte que le soldat Ndiaga Niang, de Saint-Louis, se fit rabrouer par un soldat blanc au moment de trinquer : « Ne touche pas à ma tasse, tu es trop sale. » Niang répliqua par un coup de poing, une bagarre s'ensuivit et l'incident se termina devant le capitaine, qui donna raison à Niang et punit l'autre soldat. Les deux hommes devinrent finalement amis[33]. Dans l'ensemble, il semble bien que la camaraderie l'emportait, et des amitiés se nouèrent, prolongées par des visites dans les familles lors des permissions. La maîtrise de la langue française était aussi un facteur important, permettant ou non des rapprochements.

Les relations amoureuses entre Françaises (marraines de guerre, infirmières, etc.) et Africains, en particulier, alertaient le pouvoir. Nous avons déjà mentionné la question des hôpitaux ségrégués. De nombreux témoignages font état du bon accueil relatif des troupes coloniales, après la surprise initiale de l'arrivée de ces hommes nombreux à peau sombre, que la plupart des Français ne connaissaient auparavant que sous la forme de sauvages grotesques et cannibales des jungles et savanes mystérieuses. La Première Guerre mondiale imposa une autre image : celle du Noir enfantin, du tirailleur rieur à la chéchia « y a bon Banania », selon le dessin figuré sur les célèbres boîtes de cacao jaunes.

Léon Gaillet, un lieutenant d'infanterie coloniale, raconte que, mis au repos dans un village de l'Oise, un bataillon de tirailleurs, initialement accueilli avec méfiance, suscita la sympathie des habitants : « Les habitants ne paraissent pas tout d'abord très satisfaits d'être obligés de loger des Noirs. Mais cette mauvaise impression dure peu. Les indigènes se montrent si dociles, si polis, si empressés à rendre service ! Ils ont tôt fait de gagner la sympathie de cette brave population paysanne. Leurs hôtes les gâtent comme des enfants. Ils désirent que le séjour des Sénégalais parmi eux se prolonge le plus possible[34]. » Des variables de genre et d'origine régionale entraient en compte dans les liens qui se nouèrent. Les soldats noirs font généralement état de meilleures relations avec les femmes (pas seulement les marraines de guerre), souvent moins agressives et plus respectueuses à leur égard — peut-être parce que ceux-là et celles-ci avaient en partage secret une situation commune d'oppression dans une société patriarcale blanche ? De même les Parisiens, peut-être parce qu'ils avaient plus l'habitude des Noirs, étaient considérés comme plus ouverts que les autres, en particulier les Français de l'Est, souvent hostiles, et surtout les Corses, regardés comme franchement racistes[35]. En dépit des expériences humiliantes et parfois brutales de racisme, les soldats africains, dans l'ensemble, rencontrèrent en métropole une situation meilleure que dans les colonies : ils étaient plus respectés, et les actes violents de racisme n'étaient pas tolérés comme ils l'étaient communément outre-mer.

À cela, il faut ajouter la présence des soldats noirs américains, qui jouissaient d'une réelle popularité. Sur les 367 000 soldats africains-américains mobilisés, environ 100 000 débarquèrent en France, dont 40 000 combattirent au front. La majorité était donc employée à des tâches de « soutien » : ils étaient par exemple affectés dans les ports français comme dockers pour décharger les bateaux américains, et leur rapidité étonnait les officiels français ; ils construisaient des casernes et des bâtiments divers, réparaient les voies de chemin de fer, transportaient le courrier dans des conditions périlleuses[36]. Les soldats noirs américains servirent dans les 92e et 93e divisions, comprenant chacune plusieurs régiments, dont le plus célèbre était le 369e, formé de Noirs new-yorkais, les fameux Harlem Hellfighters. L'orchestre de ce régiment, qui jouait des airs de jazz, marqua les mémoires de celles et ceux, nombreux, qui l'écoutèrent dans les villes où le régiment stationnait (Nantes, Angers, Tours, Aix-les-Bains). En août 1918, les Harlem Hellfighters eurent même l'honneur de jouer devant le président Poincaré au théâtre des Champs-Élysées.

L'historienne Jennifer Keene a trouvé des lettres de maires de petites villes réclamant des soldats noirs, supposés mieux se tenir que les autres en raison d'un encadrement plus sourcilleux : « Prenez vos soldats [blancs] et envoyez-nous des vrais Américains, des Noirs », demandaient-ils aux autorités militaires[37]. Pour autant, leur situation n'était pas égale à celle des soldats blancs. L'armée américaine consacra beaucoup d'énergie à apaiser les tensions raciales, au détriment d'objectifs opérationnels. Les troupes noires étaient étroitement surveillées, et en tiraient de la rancœur. L'état-major américain suspectait leur loyauté. Le principe était celui de la ségrégation, mais il y avait des exceptions : on trouvait notamment des cuisiniers noirs dans les unités blanches. Beaucoup de soldats se trouvaient en contact, dans les mêmes casernes, villes, bateaux français, mais chaque fois la majorité restait blanche. Les soldats noirs étaient moins bien nourris, habillés, entraînés. Les heurts, les bagarres n'étaient pas rares. Les soldats blancs refusaient de saluer les rares officiers noirs. Les Allemands tentèrent, on l'a dit, d'utiliser à leur profit cette situation tendue en lançant par avion des tracts sur lesquels on pouvait lire : « Pouvez-vous aller dans un restaurant où des Blancs dînent ? Pouvez-vous réserver un siège dans un théâtre où il y a des Blancs ? Vous n'avez rien à gagner que des os brisés, des blessures horribles, une santé ruinée ou même la mort. En Allemagne, nous aimons les Noirs. »

La Première Guerre mondiale eut pour conséquence l'arrivée massive de Noirs d'Afrique et des Amériques en France métropolitaine. Au total, environ 300 000 soldats noirs (citoyens des vieilles colonies, sujets des colonies africaines, Afro-Américains d'Amérique du Nord) stationnèrent en France. Bien au-delà de la ligne de front, dans les villes et les bourgades, la population locale fit connaissance, même de manière superficielle, avec ces hommes à la peau noire dont on lui avait dit de se méfier. Mais voilà que ces étrangers étaient des soldats valeureux présentés comme importants pour l'effort de guerre, voilà qu'ils se comportaient d'une manière que bien d'autres eussent pu leur envier, bref, voilà qu'ils apparaissaient comme des hommes. Certes, il y eut des manifestations de racisme, mais les témoignages dont les historiens disposent indiquent que, dans l'ensemble, les relations furent plutôt bonnes, trop bonnes même au goût des autorités. L'état-major américain interdit à ses soldats noirs de visiter les maisons françaises, sous peine d'un régime sec au pain et à l'eau pendant vingt-quatre heures, et d'une marche de vingt-cinq kilomètres sac au dos.

Inversement, les Noirs firent aussi connaissance avec la France métropolitaine. Incontestablement, la guerre accéléra la prise de conscience du caractère à la fois contingent (c'est-à-dire non lié à une domination provenant de la nature des races, et donc réversible) et inique de la colonisation sous la forme qu'on connaissait. Autrement dit, il ne s'agissait pas encore d'une remise en cause du fait colonial, mais de la conviction grandissante que la colonisation devait prendre une forme plus « humanitaire », comme l'on disait alors, d'autant que le commissaire général aux troupes noires Diagne avait fait valoir que la France saurait se souvenir de la « dette du sang » et avait promis à demi-mot que les combattants valeureux recevraient la citoyenneté française et des avantages matériels[38].

Mais la reconnaissance ne vint pas, puisque la colonisation ne connut pas d'aménagements significatifs après guerre. Dans certaines régions d'AEF, elle fut même encore plus dure, comme en témoigne la construction du fameux chemin de fer Congo-Océan de 1921 à 1934, l'un des symboles de la violence coloniale, dont le coût humain fut dénoncé par Albert Londres et André Gide. Les administrateurs coloniaux avaient ordre d'envoyer des contingents d'hommes de l'Oubangui, du Congo et du Gabon vers le chantier, dévoreur de vies. À partir de 1925, l'administrateur Félix Éboué instaura la culture forcée du coton en Oubangui, en promouvant la création de la société cotonnière du Haut-Oubangui, l'administration se chargeant quant à elle du recrutement et de l'encadrement des travailleurs.

Ce fut aussi après guerre que René Maran, en qui Senghor voyait un précurseur de la négritude, dénonça le colonialisme dans son roman *Batouala*, prix Goncourt en 1921, que le ministère des Colonies interdit de diffusion en Afrique en même temps qu'il contraignait son auteur à la démission de son poste d'administrateur colonial. La préface du roman fustigeait la fameuse « mission civilisatrice » française, les colons alcooliques et pillards, et les fonctionnaires qui se taisaient pour monter en grade. Bref, la colonisation ne s'adoucit point. Peu d'anciens combattants reçurent les maigres pensions promises ou bien la citoyenneté et les avantages qu'on leur avait fait miroiter (comme de ne plus être soumis au Code de l'indigénat). Ces espoirs déçus, au lendemain des deux guerres mondiales, jouèrent un rôle décisif dans la prise de conscience nationaliste des Africains.

Du côté des Noirs américains, une stratégie de reconnaissance était également à l'œuvre. Du Bois expliqua dans un article de mars 1919 que les Noirs, en montrant leur patriotisme et leur loyauté militaire, pourraient obtenir l'égalité des droits, et qu'ils « aimeraient toujours la France[39] ». Mais, contrairement à la guerre précédente (la guerre de Sécession) et à la suivante (la Seconde Guerre mondiale), il n'y eut pas de changements significatifs pour les Noirs, que ce soit dans le Sud, où régnaient la ségrégation et les lynchages (80 en 1915, 54 en 1916, 38 en 1917, 58 en 1918, 70 en 1919), ou dans le Nord, où ils s'installaient alors massivement dans des quartiers de centres-villes qui allaient se refermer sur eux. Harlem devint un grand quartier noir, haut lieu de la vie culturelle afro-américaine dans les années 1920. La perspective de salaires de trois dollars par jour que des agents des compagnies de Chicago ou Detroit, spécialement dépêchés dans le Sud des billets de train gratuits plein les poches, faisaient miroiter aux métayers noirs, était suffisamment motivante pour plier bagage. La population noire de Chicago passa ainsi de 44 000 personnes en 1910 à 110 000 personnes en 1920, puis 234 000 en 1930. Si, dans les villes du Nord, la ségrégation n'était pas imposée par la loi, elle existait de fait. Les Noirs vivaient dans des quartiers réservés, les «*colored districts*», occupaient les emplois les plus modestes en concurrence avec les migrants européens, ce qui occasionnait des tensions, parfois des émeutes. À Saint-Louis par exemple, en juillet 1917, trente-neuf Noirs furent tués par une foule en colère, après un incident mineur.

De telle sorte que le retour des soldats noirs américains chez eux ne passa pas inaperçu : ceux-ci racontèrent qu'en France la ségrégation n'avait pas cours, qu'il leur était possible de s'asseoir dans les cafés où bon leur semblait, que les commerçants les servaient, bref, que le mur d'hostilité et de méfiance qui séparait les Blancs des Noirs aux États-Unis n'existait pas. Et que leur rapatriement rapide sitôt l'armistice signé et leur absence du défilé de la victoire du 14 juillet 1919 étaient dus à l'état-major américain, pas aux Français. Voilà probablement l'origine de la sympathie marquée des Afro-Américains pour la France, toujours notable aujourd'hui. Les mémoires familiales ont transmis l'idée que les soldats noirs y étaient bien traités, comme j'ai pu le constater à de nombreuses reprises. À l'inverse, les Blancs racistes du Sud craignaient les vétérans noirs de retour chez eux. James Vardaman, sénateur du Mississippi, conseillait de s'organiser contre « ces personnages suspects, ces soldats noirs gâtés par les femmes françaises, qui doivent bien comprendre qu'ils sont sous surveillance[40] »... Cette « organisation » se matérialisa par la formation du second Ku Klux Klan en 1915, triomphant au début des années 1920 et qui, entre autres, entendait mettre au pas les vétérans noirs.

Un sentiment renforcé par l'installation de groupes d'artistes et d'écrivains afro-américains dans les années 1920 et surtout 1950, lorsque les romanciers Richard Wright, James Baldwin et Chester Himes venaient trouver à Paris ce que Miles Davis appelait « un sentiment de liberté », en étant traités « comme des êtres humains ». Même si, pratiquement, l'ordre raciste américain ne changea pas avec la guerre, et qu'il trouva même le moyen de se renforcer au nom de la lutte contre le communisme, il n'en demeure pas moins que l'expérience étrangère fournissait un point d'appui utile aux Noirs américains dans leur lutte pour la justice raciale. Enfin, ils eurent aussi l'occasion de rencontrer des Noirs venus d'Afrique et des Antilles, même de manière peu approfondie en raison de la barrière linguistique. De fait, comme nous le verrons dans le chapitre VI, les échanges transatlantiques entre Noirs des différents continents ne devaient plus cesser.

Dernière conséquence de la guerre, et non des moindres : l'installation permanente d'anciens soldats noirs en métropole. En tant que citoyens, les Antillais en avaient légalement la possibilité, mais ce n'était pas le cas des Africains, que les autorités voulaient rapatrier aussi rapidement que possible (à l'exception des rares citoyens issus des quatre communes du Sénégal ou bien qui avaient obtenu la nationalité française). Les administrateurs coloniaux tenaient à récupérer les soldats démobilisés, qui constituaient pour eux une source de main-d'œuvre importante (l'idée selon laquelle l'Afrique constituait un réservoir inépuisable d'hommes était une assertion de Mangin pour justifier la mobilisation des tirailleurs, contre la volonté des administrateurs), et s'inquiétaient des effets négatifs de leur séjour en France. Maurice Delafosse écrit en 1923 qu'« un grand nombre d'entre eux essaieront de rester en France, attirés par le faux espoir de pouvoir continuer à mener une vie facile, dénuée de soucis matériels, vie à laquelle leur séjour dans les baraquements de l'armée les aura habitués. Ils mèneront une vie misérable, faite d'expériences discutables, de ressentiments et d'illusions perdues[41] ».

En dépit de ces mises en garde, un certain nombre d'Africains décidèrent de s'installer légalement, pour motif d'études en particulier. D'autres, plus nombreux, restèrent illégalement pour des motivations variées : ce pouvait être une rencontre amoureuse, un mariage ; ce pouvait être un emploi. En tout cas, il est clair qu'à la petite population noire d'avant guerre, essentiellement antillaise, s'ajoutait désormais une population africaine masculine significative.

Du prolétaire à la chanteuse de jazz : le monde noir composite de l'entre-deux-guerres

L'entre-deux-guerres se caractérise par une certaine banalisation de la présence noire dans les grandes villes de métropole. Le ministère des Colonies se soucia de l'essor de la population africaine en France, au point d'organiser en 1926 un recensement, qui la sous-estima largement : 2 580 personnes, un chiffre qu'il convient de multiplier par deux ou trois compte tenu des illégaux — 5 000 à 8 000 Africains paraît une estimation raisonnable. Il s'agissait pour l'essentiel d'ouvriers dans la région parisienne (usines d'automobiles, compagnie du gaz et société des transports en commun), de marins (les « navigateurs ») et de dockers dans les ports (Marseille, Bordeaux, Le Havre), de domestiques et d'étudiants à Paris ou à l'École normale d'Aix-en-Provence. Pour la plupart, ces personnes étaient originaires de l'AOF, mieux reliée à la France, en particulier par le port de Dakar, que l'AEF où, de surcroît, le système colonial était plus dur et plus répressif. Des clandestins embarquaient dans le port de Dakar et se cachaient dans les cales pour gagner la métropole où ils débarquaient en catimini, l'équipage fermant les yeux pour ne pas avoir d'ennuis. Ils constituaient ensuite une main-d'œuvre marginale de débardeurs dans les grandes villes portuaires.

Certains patrons embauchaient des Africains ou gardaient ceux qu'ils avaient fait travailler pendant la guerre. Une main-d'œuvre réputée docile, dure à la tâche et très rentable, voilà qui n'était pas à dédaigner. L'un des cas les mieux documentés est celui d'horticulteurs dans le Midi qui embauchèrent des soldats malgaches stationnés non loin, dans des conditions d'exploitation si accablantes qu'elles alertèrent les autorités et la Ligue des droits de l'homme. D'autres entreprises, industrielles ou agricoles, employèrent une main-d'œuvre africaine, généralement sous-payée et exploitée. Une domesticité noire existait aussi, ramenée dans leurs bagages par des Français de retour en métropole après un séjour en Afrique et souvent exploitée. L'« esclavage moderne » dont nous parlons aujourd'hui existait déjà sous une forme très voisine. Certes, d'une manière générale, la domesticité vivait alors dans des conditions difficiles, mais ces Africains isolés, parlant peu ou pas français, étaient dans une situation de grande faiblesse et d'isolement qui rendait difficile une émancipation de leurs maîtres.

Cette première migration africaine de travail en métropole était à la fois représentative de la condition immigrée, à une époque où de nombreux immigrés européens s'installaient en France et travaillaient aux tâches les plus pénibles et les moins rémunérées, et particulière, puisqu'il s'agissait d'une main-d'œuvre coloniale, affectée du stigmate de la noirceur et plus corvéable encore. En cela, elle donnait le ton à la migration africaine postcoloniale.

Le cas de la migration pour études était un peu différent. Les meilleurs instituteurs africains du « cadre indigène » se voyaient offrir une bourse de trois ans pour perfectionnement à l'École normale d'Aix-en-Provence. La première promotion s'installa en 1923, mais l'expérience cessa à la fin des années 1920, lorsque les autorités s'aperçurent que les cadres de l'enseignement colonial que l'on voulait former, loin d'être les agents dociles de l'ordre colonial, le contestaient et s'engageaient dans des activités jugées séditieuses. D'autres étudiants, en nombre réduit, le plus souvent issus des élites locales, venaient en France pour des études de droit, de médecine, de médecine vétérinaire, de lettres. Ce fut le cas de Senghor, qui s'installa à Paris en 1928 pour suivre brièvement des cours à la Sorbonne, avant d'entrer en classe préparatoire au lycée Louis-le-Grand puis de réussir l'agrégation de grammaire en 1935 (il fut le premier Africain agrégé). Ce fut aussi le cas de Birago Diop, arrivé à Toulouse en novembre 1928, muni d'une bourse et de la recommandation de son professeur de philosophie de « ne jamais jouer au poker[42] » et qui entra ensuite à l'École vétérinaire (puisque le gouvernement général de l'AOF accordait des bourses pour ces écoles). Il y avait très peu de Noirs à Toulouse. Le plus connu, explique Diop, était le « chasseur du café Lafayette, Cheick Sall dit Blanchette », qui avait succédé au « premier nègre de Toulouse », Mbarrick Fall dit Battling Siki, monté à Paris pour devenir champion de boxe[43]. Diop épousa une Toulousaine, sans grande difficulté : la mairie lança une enquête avant la publication des bans, et la famille Pradère accepta le gendre sénégalais[44]. À cet égard, la question des mariages entre Noirs et Blancs (pour l'essentiel des hommes noirs venus d'Afrique et des vieilles colonies avec des femmes blanches de métropole) se pose : si ces mariages étaient juridiquement possibles, contrairement à la législation en vigueur dans une trentaine d'États américains, quels étaient, précisément, les obstacles administratifs qui s'y opposaient ? Cette question, parmi bien d'autres, est ouverte. Pas plus que d'autres, elle n'attend de réponse univoque.

Il faut ajouter le stationnement de troupes coloniales (deux divisions africaines et quelques unités malgaches, soit vingt mille à trente mille hommes) dans la région de Fréjus, que l'on essayait d'isoler de la population française. À Fréjus se trouvait également l'École spéciale des sous-officiers indigènes, formant chaque année vingt-cinq à trente jeunes destinés à l'encadrement des troupes coloniales, mais seule une petite minorité d'entre eux étaient originaires d'Afrique[45]. À Paris, des foyers du soldat, l'un destiné aux « militaires indigènes d'élite », boulevard Kellermann, l'autre abritant des militaires malgaches, rue de Rennes, permettaient à quelques centaines de soldats africains de résider temporairement dans la capitale, avec des contacts épisodiques avec la population[46].

Quant aux Antillais, ils ne firent pas l'objet d'un dénombrement officiel, mais Philippe Dewitte estime leur nombre à quelques dizaines de milliers de personnes (dont dix mille à quinze mille pour la région parisienne, qui s'imposait déjà comme le lieu privilégié de la migration antillaise, et qui l'est restée jusqu'à aujourd'hui). Cette population était dans l'ensemble socialement plus favorisée que la population africaine, mais elle était hétérogène. Elle regroupait d'une part une bourgeoisie métisse, déjà présente avant guerre, dont le statut était ambigu en raison d'une couleur de peau qui ne la mettait pas à l'abri du racisme en dépit de positions sociales parfois enviables (garanties par une profession libérale ou un poste de fonctionnaire), et d'autre part un prolétariat antillais mieux loti que son équivalent africain mais très modestement placé dans l'échelle sociale.

Dans le domaine du spectacle, il est certain que les Noirs étaient bien visibles. La *Revue nègre* du théâtre des Champs-Élysées, à partir de 1925, attirait les foules, venues voir la jeune Joséphine Baker dans un spectacle brillant de danse et de jazz qui reprenait en les détournant les stéréotypes racistes. Le public français découvrit aussi le jazz, à l'occasion de concerts de Louis Armstrong, Duke Ellington et Bessie Smith. Il en vint à influencer la chanson française (Charles Trenet et Ray Ventura), et se mêla créativement, avec Django Reinhardt, à la musique tsigane. Dans le quartier populaire de la Glacière, le « Bal nègre » jouissait d'une grande popularité et devint l'un des hauts lieux de la vie parisienne. Un autre Bal nègre, celui du 33 rue Blomet à Montparnasse, devint aussi un endroit réputé pour ses concerts de musique caribéenne, qui attiraient le Tout-Paris artistique et littéraire. On peut ainsi parler de « négrophilie » dans les avant-gardes artistiques parisiennes, mais cet intérêt pour le monde noir n'était pas dépourvu d'ambiguïté, puisqu'il était motivé par la recherche du « primitif », de la déviance sexuelle, de la sauvagerie et s'inscrivait donc dans le droit-fil des conceptions racialisées et culturalistes dominantes[47]. Gilroy appelle *cultural insiderism* cette forme d'engouement ethnique qui fétichise les différences sans les repenser[48].

Les Noirs américains, bien étudiés par Stovall, formaient également un groupe substantiel. Le noyau central était formé de vétérans restés en France après l'armistice. Treize d'entre eux étaient inscrits à l'université (dont sept à la Sorbonne), une possibilité offerte aux soldats américains par un accord intergouvernemental prioritairement destiné aux Blancs, mais qui n'excluait pas formellement les Noirs. D'autres s'établirent et trouvèrent du travail comme commerçants, restaurateurs, répétiteurs d'anglais, journalistes et surtout musiciens de jazz, y compris ceux qui n'avaient pas de pratique musicale préalable mais se mirent vite à tel ou tel instrument ou au chant, après des débuts hésitants. Il y eut alors à Paris un vrai engouement pour le jazz noir, qui était à l'affiche dans les principales salles. Ces quelques dizaines de musiciens étaient pour la plupart établis à Montmartre, qui faisait figure de quartier cosmopolite accueillant aussi bien ces Noirs américains que des Antillais, des Africains, des Russes blancs et d'autres encore. Le monde des cabarets, *Le Grand Duc, Zelli's, Bricktop's,* le *Flea Pit,* attirait Noirs et Blancs dans un quartier qui faisait figure de Harlem français, la ségrégation en moins. C'est dans ce Paris que Joséphine Baker s'installa à partir d'octobre 1925 pour devenir du jour au lendemain la plus grande sensation de la France de l'entre-deux-guerres. Du côté des écrivains, les auteurs les plus importants de la Harlem Renaissance, Langston Hughes, Claude McKay, Alan Locke, passèrent du temps à Paris, de telle sorte qu'il est impossible de comprendre la littérature africaine-américaine contemporaine dans une perspective strictement new-yorkaise ou même américaine : elle est bien transnationale, partie prenante de l'« Atlantique noir ». Quelles qu'eussent été leurs motivations, tous découvraient avec exaltation une vie libre des effets du racisme américain, une vie non contrainte par les murs étouffants du ghetto. Ce fut le cas d'Anna Julia Cooper, née esclave en Caroline du Nord, qui devint la première femme noire à obtenir un doctorat de la Sorbonne, en 1925, pour son travail d'historienne sur la question de l'esclavage en France entre 1789 et 1848. Cette tendance se prolongea après la Seconde Guerre mondiale avec le retour des Noirs américains, certains rentrés aux États-Unis pendant la guerre et réinstallés à Paris pour échapper à l'ordre racial de leur pays, d'autres nouveaux venus attirés par leurs aînés d'expatriation, tous étant en quelque sorte des « exilés politiques »[49]. D'où leur situation sociale favorable : ils étaient à la fois américains (et donc symboliquement bien supérieurs aux Noirs d'Afrique ou des Antilles) et en position critique par rapport à l'ordre politique et racial des États-Unis, et donc, par leur couleur de peau même, protégés de l'anti-américanisme parfois virulent de la France d'après-guerre. Traités comme des Américains à part, ils échappaient aux rigueurs du racisme antinoir le plus courant et de l'antiaméricanisme de la gauche communiste. Pour eux, l'expérience de l'expatriation en France était finalement plus douce que le sentiment d'expatriation dans leur propre pays.

Les Noirs de métropole devaient également affronter la puissance des images et des discours coloniaux stigmatisants. Avant guerre, le Parti colonial, bien étudié par Charles-Robert Ageron, cette nébuleuse d'associations influentes dans la vie politique française, favorable à la « France des cinq parties du monde », n'avait pas convaincu en profondeur la société française de l'intérêt de la colonisation[50]. Mais, à partir de la fin des années 1920, grâce à une propagande intensive, à l'« éducation coloniale du pays » utilisant les médias modernes (cinéma et radio), à un arsenal d'expositions dont celle, fameuse, de 1931 et à une littérature édifiante notamment destinée aux enfants, l'idée coloniale se développa tardivement. Il était question de légitimer l'effort colonial et la domination exercée sur une partie du monde par un ensemble d'arguments économiques, politiques et idéologiques, relatifs à la mission civilisatrice des Européens en Asie et surtout en Afrique. J'aurai l'occasion de préciser les fondements théoriques du racisme ; ce qui importe ici est que la description des Noirs comme inférieurs et peu civilisés avait des effets sur les Noirs installés au cœur de l'empire. Le géographe Onésime Reclus, frère d'Élisée, apôtre lyrique de la colonisation, décrivait ainsi les Noirs dans *La Géographie vivante*, un manuel destiné aux classes primaires (édition de 1926) : « Les Nègres ne se ressemblent pas tous. Ils sont plus ou moins noirs, plus ou moins sauvages, plus ou moins grands. Il y en a de nains. Il y en a de tout à fait sauvages, de tout à fait laids, même de hideux ; mais il y en a aussi de beaux, d'intelligents, de sages. Ceux-ci ont de grands villages, presque des villes, et forment des sociétés bien ordonnées. Le Nègre est donc un homme à peu près comme les autres. Mais il lui faudra de longues années d'efforts pour qu'il arrive à valoir les peuples blancs qui se sont emparés de sa patrie[51]. » Le Noir de métropole représentait une anomalie : il était l'Autre, mais un autre tout près, sans la médiation de l'image ou la protection de l'enclos, un étranger à portée de main. Il apportait aussi la preuve de ce que la France formait un empire, une « plus grande France », c'est-à-dire une communauté imaginaire qui supposait à la fois de considérer les colonisés comme membres de la communauté nationale (« une nation de cent millions d'habitants », disait le député radical Léon Archimbaud, figure du lobby colonial) et comme sujets dominés indignes de la citoyenneté.

Il est clair que l'entre-deux-guerres se caractérisa par la circulation des Noirs dans l'espace colonial, en dépit des efforts des autorités pour limiter les allées et venues, considérées comme favorisant la sédition. Une génération nouvelle d'Africains installés en France était au contact de la vie politique, syndicale et associative métropolitaine, que les autorités françaises, via le Service de contrôle et d'assistance en France des indigènes des colonies (le

CAI), tentaient de surveiller. J'y reviendrai dans le dernier chapitre.

Tirailleurs, prisonniers et civils noirs pendant la Seconde Guerre mondiale

Tout comme en 1914, les troupes coloniales furent mobilisées en 1940. Seize régiments de tirailleurs sénégalais furent engagés au combat. Six d'entre eux stationnaient en métropole avant guerre, dont plusieurs furent anéantis sur le front[52]. 64 299 tirailleurs combattirent au printemps 1940, parmi lesquels 24 271 furent tués ou portés disparus[53], soit un pourcentage élevé de 37 %. La différence principale avec la Grande Guerre est que certains régiments de tirailleurs furent « amalgamés » à d'autres pour former des « régiments d'infanterie coloniale mixtes sénégalais », composés de compagnies métropolitaines et indigènes.

Des enquêtes fouillées restent à mener sur les troupes coloniales pendant la Seconde Guerre mondiale, même si la campagne de 1940 est désormais bien connue, en particulier grâce au travail de Raffael Scheck[54]. À propos de cette campagne, Scheck n'hésite pas à parler de « guerre raciale » menée par l'armée allemande contre les tirailleurs noirs, compte tenu de la violence déployée contre eux.

Il existe de nombreux cas avérés de massacres de tirailleurs par les Allemands. Raffael Scheck et Julien Fargettas en ont recensé un certain nombre, comme à Airaines dans la Somme le 7 juin, à Erquinvillers dans l'Oise le 10 juin, à Chasselay-Montluzin près de Lyon le 20 juin ; chaque fois, plusieurs dizaines voire plusieurs centaines de soldats noirs faits prisonniers furent exécutés sommairement[55]. Le cas le plus connu est celui de tirailleurs du 26e régiment, déployés dans la région de Chartres, faits prisonniers et exécutés après de durs combats. Le 17 juin, Jean Moulin, préfet d'Eure-et-Loir, refusa de signer un document les accusant faussement de la mort de civils, tués en réalité par un bombardement allemand. Moulin fut pour cela, comme il le raconte dans son journal posthume, emprisonné et battu, avant de tenter de se trancher la gorge pour, écrit-il, « ne pas être complice de cette monstrueuse machination[56] ». Comme le souligne Catherine Coquery-Vidrovitch, « ce fut son entrée en résistance[57] ». Un autre cas célèbre survint le 20 juin, lorsque Senghor, fait prisonnier à La Charité-sur-Loire avec son unité d'infanterie coloniale, échappa de peu à une exécution : aligné contre un mur avec d'autres soldats noirs, il s'écria : « Vive la France, vive l'Afrique noire ! », mais le peloton baissa les fusils, « car un officier français les avait persuadés qu'un tel massacre aurait souillé l'honneur aryen[58] ». Il est probable qu'au total plusieurs milliers de tirailleurs furent exécutés. Scheck en a dénombré environ trois mille à partir des archives militaires, auxquels il faut ajouter tous les inconnus qui furent exécutés sans laisser de trace, les malheureux extraits d'une colonne de prisonniers et abattus dans le fossé par un soldat ou un officier qui voulaient se distraire ou faire du zèle[59]. Souvent, les Allemands laissaient les corps sans sépulture, pour mieux marquer leur mépris.

Cet acharnement particulier trouvait ses origines dans la fameuse « honte noire » dont Jean-Yves Le Naour s'est fait l'historien[60]. Les soldats noirs qui avaient occupé la rive gauche du Rhin, entre 1918 et 1920 puis entre 1922 et 1925, avaient été durement stigmatisés en Allemagne en raison de leur comportement prétendument non civilisé : on parlait à leur sujet de honte noire, « *die schwartze Schande* ». Des accusations de viols et autres crimes avaient fleuri, alimentées par la propagande antifrançaise des factions nationalistes qui se situait dans le droit-fil des descriptions, pendant la Grande Guerre, d'une armée française « négrifiée » et des stéréotypes racistes couramment répandus en Europe et aux États-Unis. La campagne atteignit son paroxysme entre 1920 et 1923, et poussa l'état-major français à retirer ses troupes non blanches, d'abord les Sénégalais en 1920, puis les Malgaches l'année suivante, les Antillais en 1923 et les Nord-Africains en 1925, au grand dépit de Blaise Diagne qui déplora le recul des Français. Le mythe de la « honte noire » fut entretenu par les nazis, de telle sorte que 1940 sonna aussi comme une revanche antinoire pour les troupes allemandes. Cette revanche prit quelques aspects symboliques, comme la destruction de la statue du général Mangin (chef des troupes françaises à Mayence) à Paris ou le démontage du monument « aux héros de l'armée noire » à Reims, inauguré en juillet 1924 par Daladier, alors ministre des Colonies. De telle sorte qu'en 1940, « saturés de propagande contre les Noirs », écrit Scheck, les soldats allemands s'acharnèrent contre eux. Quels soldats au juste ? Une réponse simple pointerait les unités les plus nazifiées, comme la division SS Totenkopf, effectivement impliquée dans de nombreux massacres. Mais des soldats ordinaires d'unités ordinaires, étourdis de propagande, furieux d'une résistance inattendue des tirailleurs, commirent également des massacres jusque dans les derniers jours précédant l'armistice.

Une autre raison de ces pertes importantes tient aux combats proprement dits : on peut estimer d'une part que les troupes coloniales combattirent avec d'autant plus d'acharnement qu'elles connaissaient l'hostilité raciste des ennemis et le sort qui les attendait en cas de reddition, et d'autre part qu'elles ne furent pas épargnées par l'état-major français, qui les plaça dans des positions difficiles, en « hérissons » isolés[61].

À l'issue des combats, la grande majorité des prisonniers noirs furent regroupés dans des *frontstalags* situés en zone nord, plutôt que dans les *stalags* allemands, par crainte des maladies tropicales et de la « contamination » raciale[62]. En avril 1941, la direction des prisonniers de guerre dénombrait plus de 69 000 prisonniers coloniaux répartis dans 22 *frontstalags*, dont 43 973 Nord-Africains, 15 777 Sénégalais, 3 888 Malgaches, 2 317 Indochinois, 380 Martiniquais et 2 718 autres, vivant dans des conditions difficiles (baraquements sans chauffage, nourriture insuffisante)[63]. Des colis de victuailles et de vêtements permettaient d'améliorer brièvement et localement la situation. On sait que la philosophe Simone Weil, par exemple, fut de ceux qui en préparèrent, grâce à l'argent qu'elle avait gagné en s'embauchant pour les vendanges de l'automne 1940[64].

Plusieurs milliers d'Africains furent libérés à la fin 1941, de telle sorte que l'effectif de prisonniers était de 43 944 hommes en mars 1942, puis 36 751 en mai 1943. La décrue de ces effectifs était aussi due à la mortalité (la tuberculose sévissait) et aux réformes pour raisons sanitaires, dont bénéficia

Senghor en février 1942 (il composa pendant sa captivité les poèmes rassemblés plus tard dans le recueil *Hosties noires*).

À partir de novembre 1942, les liaisons maritimes avec les colonies furent suspendues, de telle sorte que les hommes qui sortaient des *frontstalags* se trouvaient livrés à eux-mêmes en zone nord ou regroupés en caserne comme « militaires indigènes coloniaux rapatriables » en zone sud. D'autres prisonniers des *frontstalags* purent s'échapper par le biais de filières d'évasion, comme, dans les Vosges (Remiremont et Épinal), à Saumur, à Rennes et certainement en d'autres endroits. Comme le souligne Armelle Mabon, beaucoup de ces évadés rejoignent le maquis. Cinquante-deux tirailleurs sénégalais combattent dans les rangs des FFI du Vercors. Le plus connu de ces maquisards est certainement Addi Bâ, jeune Guinéen évadé du *frontstalag* de Neufchâteau, combattant intrépide du maquis « Camp de la délivrance » dans les Vosges, arrêté en juillet 1943, torturé puis fusillé à Épinal en décembre[65].

En janvier 1943, l'armée allemande, qui voulait envoyer les sentinelles des *frontstalags* sur le front de l'Est, demanda au gouvernement français de les remplacer par un personnel français. Plusieurs milliers de prisonniers coloniaux furent donc gardés par des officiers et des sous-officiers français démobilisés volontaires ou désignés (généralement issus de l'armée coloniale), pour le compte de l'Allemagne… Armelle Mabon remarque que les coloniaux se sentirent trahis puisqu'ils étaient désormais sous la garde de ceux qui les avaient jadis exhortés au patriotisme.

Le racisme antinoir des nazis était-il comparable à leur antisémitisme ? Il est évident que l'idéologie nazie, fille exaspérée des théories raciales en vogue, plaçait les Noirs tout en bas de la hiérarchie raciale, dans un voisinage avec les espèces animales, et que le IIIe Reich était bien l'ennemi de tous les « sous-hommes » qui étaient, de son point de vue et à divers titres, en marge de l'humanité et qui affaiblissaient la race supérieure par le métissage. En cela, la pureté de la race allemande commandait de s'attaquer aussi bien aux Juifs et aux Tsiganes qu'aux Noirs. Les lois de Nuremberg (septembre et novembre 1935) visaient, l'une prioritairement, l'autre explicitement, les Juifs, mais pouvaient être appliquées à d'autres « indésirables », Tsiganes, Noirs, métis, etc. Cependant, les Noirs n'occupaient pas la même place que les Juifs dans l'idéologie nazie. Dans *Mein Kampf*, Hitler n'exprime qu'occasionnellement son racisme antinoir, en indiquant par exemple qu'il aurait pu être tué, pendant la Grande Guerre, « par n'importe quel nègre » ou en déplorant que la Rhénanie fût devenue le « terrain de chasse de hordes négro-africaines », par contraste avec la fureur antisémite qui structure le livre[66].

D'abord, peut-être surtout, en raison de leur faible nombre en Allemagne : la présence de Noirs dans ce pays était ancienne mais réduite. Elle s'était certes accentuée avec la colonisation du Togo, du Cameroun, du Sud-Ouest africain et du Tanganyika, avec l'installation de jeunes Africains en métropole, avec des Africains-Américains (comme W. E. B. Du Bois) venus étudier en doctorat, puis surtout avec les soldats africains des troupes d'occupation françaises de la Sarre, dont certains avaient eu des enfants avec des Allemandes blanches. On peut estimer le nombre de Noirs à une vingtaine de milliers de personnes au milieu des années 1930. Comme l'écrit Catherine Coquery-Vidrovitch, « leur petit nombre, leur variété et leur dispersion les rendaient à la fois facilement repérables et peu dangereux, car ils ne constituèrent jamais, et ne furent jamais non plus taxés de constituer un groupe de pression uni ou organisé[67] ».

Ensuite parce que le gouvernement nazi espérait reconquérir le domaine colonial confisqué en 1919, et ne souhaitait pas qu'une persécution des Noirs d'Allemagne interférât avec un projet qui pouvait être favorisé par l'envoi en Afrique de certains d'entre eux[68]. Enfin, un autre calcul, relatif à la situation des Noirs dans le Sud ségrégué des États-Unis, offrait la possibilité à la propagande nazie de fustiger l'hypocrisie américaine.

De telle sorte que le sort des Noirs, sous la férule nazie, fut moins tragique que celui des Juifs. C'est bien l'antisémitisme qui était consubstantiel à l'idéologie nazie, c'est l'extermination de la population juive au nom d'une prétention à « décider qui doit et ne doit pas habiter cette planète », pour reprendre une formule d'Hannah Arendt, qui devint prioritaire pour les idéologues, bureaucrates, exécutants du régime hitlérien, membres de ce qu'Edgar Faure a appelé un « service public criminel » qui organisait ses agissements meurtriers « selon les méthodes administratives par lesquelles les autres États se soucient d'assurer leurs fonctions régulières »[69]. Par contraste, les nazis n'eurent pas pour projet d'exterminer la population noire, et si celle-ci fut maltraitée, ce n'était pas en fonction d'un projet planifié, d'une intention génocidaire au service de laquelle l'État criminel aurait travaillé. En Allemagne même, l'État nazi sembla hésiter sur le sort à réserver aux Noirs et n'adopta pas à leur égard une politique cohérente : la plupart furent traités en parias, certains furent arrêtés, d'autres stérilisés (trois cent vingt-cinq cas, soit la moitié des « bâtards du Rhin », auxquels s'ajoutèrent d'autres métis), d'autres encore tués. Des travaux importants ont été menés ces dernières années sur le sort des Noirs dans le Reich, depuis un article pionnier de Robert Kesting sur le sujet, mais l'histoire reste à faire. Ce que l'on sait de manière presque certaine est que les Noirs déportés dans les camps furent rares. La grande majorité d'entre eux ne le furent pas pour raison raciale, mais généralement pour des faits de résistance : on en repère donc dans les camps de concentration (en particulier celui de Neuengamme), où ils étaient souvent traités de manière plus brutale, plus humiliante encore que les autres déportés[70].

Ces hésitations, découlant du caractère relativement secondaire de la question pour les forces occupantes, permirent aux populations noires de France d'échapper au pire, c'est-à-dire à une élimination systématique. Pour autant, leur situation dans la France occupée était difficile puisque, aux difficultés de vie de la population en général, pouvaient s'ajouter des humiliations (l'interdiction d'accès des « hommes de couleur » aux voitures de première classe du métro parisien par exemple, affichée le 31 août 1940, dont il n'est pas sûr qu'elle fut mise en œuvre), des brimades, et, en zone occupée, une insécurité permanente due à une couleur de peau les désignant comme sous-hommes.

En principe, les « Juifs, Arabes et gens de couleur » n'avaient pas le droit de franchir la ligne de démarcation, en vertu d'une disposition prise par le gouvernement de Vichy dès l'été 1940. Le poète Léon Damas, par exemple, démobilisé à Toulon en août

1940, ne put rentrer à Paris et trouva du travail à Vichy, puis à Toulousc ct à Lyon, avant de regagner Paris lorsque la ligne de démarcation fut supprimée à l'automne 1942. L'interdiction de zone occupée suscita la protestation de parlementaires d'outre-mer, dont Gaston Monnerville, Gratien Candace, Maurice Satineau, Galandou Diouf, par une lettre à Pétain du 6 août 1940 arguant qu'aucune disposition de la convention d'armistice ne prévoyait cela : « Les Noirs, les sang-mêlé de nos colonies ressentiront profondément l'humiliation que le vainqueur entend leur infliger sur le sol de France ; car ils portent aux tréfonds d'eux-mêmes le culte du noble pays qui leur a donné la dignité d'hommes[71]. » Pétain fit répondre de manière embarrassée, en indiquant que la commission d'armistice était saisie de l'affaire puis que les restrictions signalées n'étaient pas en vigueur. Il semble que la situation dura jusqu'en mai 1941, lorsque les « hommes de couleur » purent de nouveau franchir la ligne « à la condition toutefois de justifier d'une résidence normale en zone occupée non interdite avant l'évacuation, le repliement ou le départ volontaire[72] ». Il est donc certain que la guerre occasionna un déplacement d'une partie de la population noire de métropole, puisque certains de celles et ceux qui étaient partis en zone sud s'y établirent en permanence, à moins qu'ils n'aient quitté la métropole pour l'Afrique du Nord, l'AOF ou les Antilles. Birago Diop raconte qu'installé à Toulouse (où il fréquentait son ami Damas), il fit une demande de retour au Sénégal. Son embarquement était prévu à Marseille le 15 novembre 1942, mais les Alliés débarquèrent en Afrique du Nord une semaine avant et il se trouva alors bloqué en métropole. Il s'installa à Paris comme vétérinaire jusqu'à la fin de la guerre[73].

Des travaux futurs devraient nous éclairer sur la vie quotidienne des Noirs pendant l'Occupation. Mais il est à peu près clair que, pour beaucoup, la vie continuait cahin-caha. Cette continuité relative est sans doute vraie également pour le prolétariat noir de Paris aussi bien que des grandes villes de province comme Marseille ou Bordeaux. Une fois libéré, Senghor retrouva un poste d'enseignant, au lycée Marcelin-Berthelot de Saint-Maur, et publia des articles universitaires de linguistique en lien avec la préparation de son doctorat d'État. Lui et d'autres intellectuels et étudiants africains se rencontraient parfois chez lui, plus souvent au Foyer des étudiants coloniaux, situé au 184 boulevard Saint-Germain, dans l'immeuble où était installée la Société de géographie et où les Allemands, dans l'espoir de se concilier des Africains qui pourraient leur être utiles dans leurs projets de colonisation africaine, avaient mis à leur disposition des locaux. Des conférences étaient organisées, un bulletin, *L'Étudiant de la France d'outre-mer: Chronique des foyers,* publié à partir de juillet 1943, où l'on trouve des articles d'Alioune Diop (futur fondateur de Présence africaine), de Senghor, de Birago Diop, etc. Dans *La Plume raboutée,* Birago Diop raconte que les lieux de sociabilité noire du Paris d'avant-guerre se reconstituèrent, et que la vie de ces intellectuels et artistes noirs n'était pas fondamentalement différente (mis à part les difficultés de ravitaillement, valables pour tous). Diop mentionne *Le Méphisto,* à l'angle du boulevard Saint-Germain et de la rue de Seine, un bar tenu par les frères Louville, deux Antillais propriétaires de *La Rhumerie* non loin, où les Antillais et Africains aimaient à se retrouver et où ils réussirent même à entraîner Senghor, provisoirement extirpé de son appartement-bureau de la Porte Dorée[74]. *Le Méphisto* était un endroit à la mode où on comptait parmi les « clients assidus » le critique littéraire collaborationniste Ramon Fernandez, qui aimait à côtoyer le monde noir, mais aussi « des étudiantes, des midinettes, des employées, des artistes, des bourgeoises mariées accompagnées ou non de leurs époux » et le « vieux Samba qui n'était pas retourné au pays depuis la guerre 14-18 », et d'autres encore, la « faune nègre », résume Diop. Il évoque également un lieu étrange, l'Église bantoue, installée rue du Faubourg-Poissonnière, fondée par un « Bamiléké ancien fakir » et subventionnée par les Allemands[75]. Il semble que des messes y étaient célébrées, avec un rituel particulier : une sorte de salut fasciste (le poing droit levé avec index et majeur dressés), et une liturgie chantée « rythmée au son du tam-tam dont le batteur était un "artiste" sénégalais, Abdou Ndiaye, un joueur de cartes impénitent[76] ».

La Libération laissa un goût amer aux prisonniers africains : ils furent transférés dans des centres de transit par le gouvernement provisoire, avant d'être progressivement rapatriés à partir de l'automne 1944. À Morlaix, port d'embarquement, trois cents des mille sept cents tirailleurs se rebellèrent et réclamèrent leur solde non réglée. Les gendarmes tirèrent, faisant des blessés, puis on les plaça sous bonne garde « derrière des fils de fer barbelés ». C'est dans le droit-fil de cette situation qu'il faut comprendre l'affaire de Thiaroye, une caserne située à la périphérie de Dakar, où mille trois cents tirailleurs, débarqués le 21 novembre 1944, furent regroupés. Les soldats réclamaient le paiement des arriérés de solde, et leur « insubordination » suscita, le 1er décembre, un retour à la discipline terrible, qui se solda par vingt-quatre tués et trente-cinq blessés : « Ce n'est pas tant la réclamation légitime des droits qui a causé la répression sanglante, mais bien l'aspiration à l'égalité et à la dignité[77]. » Ils avaient bien compris que la libération les avait ramenés à la sujétion coloniale, alors même que la guerre avait eu pour objectif de libérer le monde des bourreaux nazis. La nouvelle du drame de Thiaroye se répandit rapidement dans toute l'Afrique, d'autant que les autorités françaises, qui voulaient faire un exemple, organisèrent maladroitement une cour martiale à Dakar pour juger les meneurs. Ces derniers furent défendus par l'avocat Lamine Guèye, qui fit remarquer que « ces tirailleurs venaient de combattre pour la France, pendant que la plupart de leurs accusateurs et bourreaux faisaient ici une besogne qui n'avait rien à voir avec les intérêts de la France[78] » (l'administration. coloniale de l'AOF était restée fidèle à Vichy). Le retentissement du procès fut immense et assura l'élection de Lamine Guèye à l'Assemblée nationale. Les mutins, condamnés à des peines de prison allant jusqu'à dix années, furent graciés par Vincent Auriol en juin 1947.

Une amertume semblable se fit sentir du côté des Noirs américains. Un million d'entre eux avaient été appelés sous les drapeaux. La plupart avaient servi dans des unités ségrégées, sous la férule d'officiers blancs, mais les GIs noirs revinrent chez eux avec des espoirs nouveaux et la conviction que la ségrégation devait cesser. Ils n'étaient plus disposés à s'asseoir à l'arrière des bus. La Seconde Guerre mondiale représenta certainement un tournant majeur dans l'histoire de la ségrégation, qui se trouva désormais sur la défensive. D'abord parce que la lutte contre les régimes totalitaires avait mis au premier plan les valeurs démocratiques et de respect des droits humains, et occasionné des comparaisons peu flatteuses entre la ségrégation américaine et les politiques racistes de l'ennemi. Dans un accès de franchise, le gouverneur de l'Alabama se plaignit de ce que la lutte contre le nazisme avait « ruiné les théories raciales qui nous avaient tant servi ». Au vrai, les militants de la NAACP justifiaient le soutien des Afro-Américains à la guerre comme motivé par la perspective de victoire à la fois contre les forces de l'Axe et contre la ségrégation américaine. « Hitler nous a fait sortir de la cuisine des Blancs », se rappelait une ouvrière noire de Boeing. L'économiste suédois Gunnar Myrdal, dans son célèbre ouvrage *Le Dilemme américain* (1944), soulignait avec force le paradoxe d'une grande démocratie aux prises avec un racisme institutionnalisé en son sein, et prévoyait les changements à venir[79].

Certains anciens prisonniers des *frontstalags* voulurent joindre des unités de la France libre pour reprendre le combat contre les Allemands, mais cela ne fut pas accepté par les autorités. C'est que l'armée française était alors engagée dans un « blanchissement » de ses troupes, selon un ordre qui provenait de De Gaulle lui-même, ainsi qu'il le relate dans ses *Mémoires* : « Comme l'hiver dans les Vosges comportait des risques pour l'état sanitaire des Noirs, nous envoyâmes dans le Midi les vingt mille soldats originaires d'Afrique centrale et d'Afrique occidentale qui servaient à la 1re division française libre et à la 9e division coloniale. Ils y furent remplacés par autant de maquisards qui se trouvèrent équipés du coup[80]. » L'argument climatique classique (déjà utilisé pendant la Première Guerre mondiale) était d'autant plus étrange que ces vingt mille Africains avaient combattu valeureusement dans les rangs de l'armée d'Afrique du général Leclerc, y compris en période hivernale. Ils avaient débarqué en Provence en août 1944 et composaient alors un effectif aguerri par les combats d'Afrique du Nord et d'Italie.

Mais, aux yeux de De Gaulle, il était désormais prioritaire, pour la cohésion nationale, d'intégrer les FFI dans l'armée de De Lattre, et il n'était pas possible d'augmenter les effectifs de 250 000 hommes compte tenu des problèmes logistiques et de ravitaillement des Alliés[81]. Les citoyens français (les originaires et les Antillais) purent rester dans l'armée, mais pas les simples tirailleurs. Peut-être s'agissait-il aussi de ne pas utiliser des soldats coloniaux en Allemagne, pour ne pas ressusciter la campagne de la « honte noire » de 1919[82] ; Quoi qu'il en soit, les coloniaux furent relevés du combat, d'abord envoyés dans le Sud de la France au motif d'hivernage, où des incidents eurent lieu (à Antibes et à Saint-Raphaël) avant un rapatriement précoce. L'amertume de ces soldats fut grande, eux qui eurent le sentiment d'être dépossédés de la victoire, d'être mis de côté parce qu'il ne fallait pas que la France fût libérée par des « hommes de couleur ». Peut-être seraient-ils restés dans l'armée si l'état-major français n'avait pas eu de contraintes d'effectifs ? En tout cas, il est clair que ce furent bien les soldats africains qui furent écartés sans égards. Plus largement, leur participation à la Libération fut progressivement gommée, comme s'il avait fallu que l'armée libératrice fût indubitablement française.

Du côté de l'armée américaine, beaucoup de soldats africains-américains débarquèrent en France. Il existe de nombreux témoignages sur l'accueil qu'ils reçurent en France, aussi chaleureux que celui réservé aux autres Américains. En revanche, ils furent traités par les officiers américains blancs de manière violemment discriminatoire. Sur le front européen, près de 80 % des soldats condamnés à mort par les tribunaux militaires étaient noirs. L'historienne Alice Kaplan, à la suite du livre *O.K., Joe!* de Louis Guilloux, interprète auprès du tribunal militaire américain (et qui avait traduit en français le *Home to Harlem* de Claude McKay), a raconté l'histoire de James Hendricks, un GI noir de vingt et un ans exécuté le 21 novembre 1944, reconnu coupable du meurtre d'un fermier de Plumaudan en Bretagne[83]. Ces condamnés pouvaient être coupables d'homicides ou de viols, comme dans le cas de Hendricks, mais combien d'autres, innocents, furent également exécutés ? « Si considérable qu'ait pu être leur contribution à l'effort de guerre, les Noirs furent exclus de l'histoire de la "plus noble des générations" », écrit Kaplan[84]. D'abord exclus du combat (pour 80 % d'entre eux), puis, pendant longtemps, oubliés des commémorations officielles et des représentations cinématographiques.

Les vétérans noirs des Forces libres comme les anciens prisonniers de guerre formaient un groupe de quelques dizaines de milliers d'hommes (42 474 anciens combattants coloniaux d'AOF officiellement recensés en 1952), regroupés dans de multiples associations d'entraide et de revendication. Après guerre, quelques régiments de tirailleurs restèrent en métropole et participèrent par exemple à la répression des grèves de 1947 à Nice, réveillant ainsi à gauche la crainte de soldats-janissaires[85].

Les grandes migrations : les Ultramarins

Les années 1950 furent encore caractérisées par une présence relativement modeste des Noirs des DOM-TOM et d'Afrique en métropole. Du côté des domiens, tout comme dans la première moitié du siècle, il s'agissait d'une migration de « compétences » : des élites antillaises, réunionnaises et guyanaises envoyaient leurs enfants faire leurs études dans les écoles et universités de métropole. Les jeunes diplômés rentraient ensuite ou bien s'établissaient en métropole, comme avocats, médecins, vétérinaires, ingénieurs ou professeurs. Il est vrai que la migration ultramarine en métropole était restreinte par le coût du voyage maritime. C'était l'époque où, comme le rappelle Claude-Valentin Marie, le départ et l'arrivée du transatlantique majestueux étaient « occasion de liesse[86] ».

Pourtant, la mécanisation des plantations et le déclin de l'industrie sucrière réclamaient moins de main-d'œuvre agricole, et le manque d'emplois dans les DOM devenait flagrant, aggravé par la forte natalité de ces régions. Des émeutes à Fort-de-France, en décembre 1959, avaient mis crûment en lumière l'ampleur de la misère des déracinés des plantations s'entassant dans les bidonvilles et attiré l'attention de la presse et des pouvoirs politiques nationaux. L'année suivante, pour la première fois, un président de la République, le général de Gaulle, visita brièvement les Antilles de retour d'un voyage aux États-Unis.

La situation difficile du monde agricole antillais avait donc encouragé dès les années 1950 un courant migratoire modeste vers la métropole. La petite population antillaise prolétaire, constituée de soldats ou d'anciens soldats et de jeunes Antillais arrivés en « bateau-stop », passagers clandestins des cargos en partance pour la « France », avait vu ses effectifs croître. Le monde ouvrier antillais se concentrait alors dans le centre de Paris, dans le quartier des Halles en particulier, et dans les arrondissements populaires du nord de la capitale. En 1962, une enquête de l'INSEE recensait environ 40 000 Antillais et Guyanais, parmi lesquels 20 000 actifs dont 9 000 ouvriers et domestiques[87]. Au même moment, le Plan estimait l'émigration antillaise à 1 500 personnes par an pour chaque île.

Le tournant survint alors, en octobre 1961, avec la création du Bureau pour le développement des migrations intéressant les départements d'outre-mer (BUMIDOM), opérationnel l'année suivante. L'État a donc joué un rôle tout à fait décisif dans la migration domienne, même si une partie importante de celle-ci (40 % entre 1961 et 1981) ne passa pas par les services du BUMIDOM. Comme le précisait le *Journal officiel*, cette « société d'État », placée sous la tutelle du ministère de l'Outre-Mer et du ministère des Finances, « a pour objet de contribuer à la solution des problèmes démographiques intéressant les départements d'outre-mer[88] ». Alain Anselin a montré que l'argument était spécieux : il s'agissait surtout de fournir une main-d'œuvre bon marché à l'économie française et de désamorcer la crise sociale antillaise et réunionnaise, grosse de révolte politique, comme Michel Debré, député de la Réunion, l'expliquait sans fard. Plus largement, et pour des raisons similaires, les flux migratoires de la Caraïbe vers l'Amérique du Nord et les métropoles européennes s'accentuèrent à partir des années 1960 : les Portoricains, les Haïtiens et les Cubains vers les États-Unis, les Surinamais vers les Pays-Bas, les Jamaïcains, Barbadiens, Trinitadiens et Guyanais vers la Grande-Bretagne et les États-Unis[89].

Le BUMIDOM fonctionnait comme une société de placement, dirigeant les Ultramarins vers les firmes privées et les administrations publiques qui en faisaient la demande. Les personnes concernées avaient peu leur mot à dire : on les affectait en fonction des besoins, après une « formation » initiale très rapide. Le centre de Crouy-sur-Ourcq en Seine-et-Marne (la « Sorbonne du balai-brosse ») reçut ainsi plusieurs milliers de jeunes Antillaises, Réunionnaises et Guyanaises pour les diriger ensuite vers les métiers de domesticité, d'agents hospitaliers, d'agents des collectivités et d'ouvrières. Les hommes (les Réunionnais plus que les Antillais) passaient par le centre de Simandres, dans la région lyonnaise, où l'on visait au « développement corporel et [inculquait] les attitudes à prendre par l'individu devant la machine pour augmenter sa résistance physique et psychique », d'après le rapport du conseil d'administration du BUMIDOM en 1972[90]. D'autres effectuaient des stages de formation sous l'égide de l'AFPA (Association pour la formation professionnelle des adultes). D'autres encore furent mis au travail immédiatement, l'agent du BUMIDOM se contentant de fournir l'adresse à laquelle le migrant devait se présenter le lendemain de son arrivée à Orly[91].

Une particularité de l'émigration antillaise est que dans sa première phase elle était moins masculine que les autres migrations, ce qui correspondait à la volonté gouvernementale d'employer des Antillaises dans les secteurs susnommés. L'objectif des autorités était bien de fournir de la main-d'œuvre à la métropole, en particulier dans la fonction publique, puisque les domiens étaient de nationalité française : « L'émigration antillaise vint occuper un vide de l'économie française, celui des métiers, masculins et féminins, de rang inférieur du secteur tertiaire public, inaccessibles juridiquement à la main-d'œuvre étrangère qui eût pu les exercer, et abandonnés par la main-d'œuvre française, notamment féminine, au profit du tertiaire privé en pleine expansion, en raison des bas salaires pratiqués dans la fonction publique », résume Anselin[92]. Justement, la construction de grands hôpitaux pour l'Assistance publique, dans les années 1960, induisait la création de milliers d'emplois. À la fin des années 1960, 12,5 % du personnel hospitalier de l'Assistance publique étaient constitués d'Antillais (et même 21,8 % pour les « agents hospitaliers », c'est-à-dire les filles de salle). D'autres administrations eurent aussi massivement recours aux Antillais : les Postes pour des agents de tri postal, les administrations pour des plantons, des agents d'entretien, des guichetiers, Air France pour des magasiniers et des manutentionnaires, mais aussi les douanes et la police. Voilà donc une différence importante avec les autres migrations : la part du secteur public dans l'emploi des Antillais. 48 % des natifs antillais vivant en métropole en 1982 travaillaient dans le secteur public. Parmi eux, 40 % des femmes travaillaient dans le secteur hospitalier, et 20 % des hommes dans les services postaux[93]. Il est à noter que la Poste ne passait pas par le BUMIDOM pour son recrutement, mais opérait directement dans les DOM. Les grandes entreprises de l'automobile mirent aussi sur pied leurs propres services de recrutement. La mission de « formation » du BUMIDOM n'existait que sur le papier : en réalité, l'agence servait de bureau de placement pour des emplois non qualifiés, tout en bas des échelles professionnelles.

Le monde domien ancien de métropole, où les élites étaient bien représentées, se trouva ainsi prolétarisé : en 1975, 62,1 % des actifs occupaient des emplois sans qualification, contre 52,2 % en 1962. Les Antillais et les Réunionnais ont ainsi été massivement concentrés dans les catégories C et D de la fonction publique, affectés à des tâches de service et d'entretien selon des critères parfois hérités du culturalisme de la période coloniale. Par exemple, les Noirs étant supposés bien s'occuper des vieillards, on a trouvé beaucoup d'Antillais et de Réunionnais dans les services de gériatrie et les maisons de retraite…

Le plan faisait injonction au BUMIDOM d'un quota de 5 000 personnes par an (2 500 par île). Entre 1961 et 1981, le BUMIDOM plaça environ 160 000 Ultramarins, dont 80 000 Antillais. En 1970, la moitié des Antillais de métropole étaient arrivés après 1961 (et, parmi eux, 60 % étaient arrivés par le BUMIDOM). Anselin estime à environ 150 000 le nombre d'Antillais en métropole en 1970, soit 0,3 % de la population française. Son enquête, réalisée au début des années 1970, confirme des modes de résidence conformes à la modestie des positions professionnelles : location de petits appartements ou meublés en habitat ancien, souvent vétuste, dans les quartiers populaires de Paris (du

XVIIIe arrondissement aux XIe et XXe arrondissements selon un axe Porte de Clignancourt-Barbès-Stalingrad-Oberkampf) et dans les grands ensembles de banlieue (Sarcelles, Créteil, Gonesse, Bondy, etc.). Le BUMIDOM devint aussi, et de plus en plus dans les années 1970, une agence de regroupement familial, tendance encouragée par les autorités pour favoriser la natalité métropolitaine.

Cette situation, globalement comparable à celle des immigrés, s'analyse par un facteur de classe (un monde ouvrier et employé modeste) et par un facteur racial. Car les Antillais n'étaient pas seulement des immigrés, mais des immigrés noirs. Dès les années 1960, ils firent part des difficultés liées au racisme. « J'ai connu le racisme classique. Les imbéciles refusaient le logement aux Noirs. Ça faisait quand même beaucoup d'imbéciles en France[94]. » Le BUMIDOM offrait certes aux nouveaux arrivants des places en foyer (comme le foyer Del Campo de la rue de Charenton à Paris), mais pour quelques mois au maximum. Ils essuyaient, au travail, les remarques acerbes ou paternalistes des collègues les désignant comme des Noirs, c'est-à-dire des personnes indolentes, préférant la fête et la sieste. En septembre 1971, un article du *Monde*, « Les Antillais sur le chemin de l'exil », évoquait le racisme qu'ils subissaient, et comparait leur expérience à celle des immigrés sénégalais et maliens.

À partir du milieu des années 1970, la crise économique eut pour effet d'accentuer la part du tertiaire dans l'emploi antillais, particulièrement le tertiaire public et parapublic. Le bâtiment et l'industrie supprimèrent des postes ouvriers, tandis que le secteur tertiaire continua de recruter pour concerner 80 % des actifs métropolitains nés dans les DOM-

TOM[95]. Parmi eux, plus de la moitié étaient des agents de la fonction publique, des collectivités locales, des entreprises publiques et de la sécurité sociale. Vers 1982, au moment de la disparition du BUMIDOM, un Antillais sur trois vivait en métropole, contre un sur cinq en 1969. Un quart des Réunionnais étaient également installés en métropole. Le pourcentage de femmes (majoritaires parmi les natifs des Antilles établis en métropole) et leur fort taux d'activité (notamment dû au nombre relativement élevé de foyers monoparentaux chez les Ultramarins, ainsi qu'au taux de chômage des jeunes) sont une autre caractéristique originale de la migration antillaise.

Les désillusions de l'installation en métropole ont nourri le ressentiment contre le BUMIDOM, accusé de mensonges et de tromperie, d'être un instrument de la colonisation et même d'organiser une nouvelle traite négrière vidant les îles de leur jeunesse. Des associations comme le Rassemblement de l'émigration antillaise (REA) vilipendaient la politique du Bureau, mise au service des intérêts coloniaux de la métropole, et les partis et associations de gauche dénonçaient cet instrument d'exploitation contraire aux intérêts et au développement des DOM. Une autre facette, sans doute la plus tragique, de la migration domienne est relative au transfert en métropole de quelque mille six cents enfants réunionnais « orphelins » entre 1963 et 1982. Organisée par la DDASS de la Réunion (avec le concours du BUMIDOM pour le voyage), avec le soutien actif de Michel Debré, l'opération fut un désastre pour les enfants, brutalement arrachés à leur monde social et familial pour être placés dans des familles ou des pensionnats du Massif central ou du Sud-Ouest.

Les pupilles placés en institution ont souffert du déracinement, d'échecs scolaires et professionnels répétés, de la marginalisation, de troubles psychiques et psychiatriques allant jusqu'au suicide, du racisme. Dans le livre qu'il leur a consacré, Ivan Jablonka démontre que cette migration forcée n'avait pas été un « dérapage », mais « une institution républicaine[96] ». Au début des années 2000, des anciens pupilles entamèrent une procédure judiciaire contre l'État, demandant une réparation qui ne vint jamais.

En 1981, le nouveau gouvernement de gauche supprima le BUMIDOM honni, pour le remplacer par l'Association nationale pour l'insertion et la promotion des travailleurs d'outre-mer (ANT). La nouvelle agence était décentralisée en délégations régionales, et s'occupait non seulement d'installations en métropole mais aussi du retour des domiens. Celui-ci est en effet devenu un phénomène notable à partir des années 1980 : 28 000 personnes sont rentrées entre 1982 et 1990, en raison du chômage en métropole et de l'essor du Front national, sans toutefois remettre en cause l'augmentation relative du nombre de natifs d'outre-mer résidant en métropole. Une enquête INSEE de 1990 fondée sur le recensement établit à 339 600 le nombre de personnes nées dans les DOM-TOM résidant en métropole. À ceux-là il faut ajouter 251 000 enfants de père et/ou de mère nés dans les DOM-TOM. On obtient donc un total des « originaires » de 526 512 personnes. Ce chiffre est un minimum, puisqu'il ne tient compte ni des adultes nés en France de parents nés dans les DOM-TOM, ni de la troisième génération de domiens de métropole, déjà présente en 1990.

Par contraste avec le BUMIDOM, l'ANT avait moins pour objectif l'organisation de l'émigration que la formation professionnelle des domiens en métropole au moyen de séjours temporaires. Le maître mot était désormais la « mobilité ». En 1993, une réorganisation de l'ANT restreignit encore ses prérogatives, désormais étroitement liées à l'AFPA (l'Association de formation professionnelle pour adultes). Du reste, depuis 1990, les retours se sont accentués, si bien que, pour la première fois depuis le milieu des années 1950, le solde migratoire Martinique-métropole est devenu négatif. Clairement, la situation difficile des jeunes Ultramarins en métropole, qui doivent faire face à un chômage touchant les jeunes en général mais particulièrement les jeunes Noirs, a pour conséquence le tarissement de la grande migration antillaise et même un phénomène de retour vers les DOM, bien que l'expérience du retour n'ait pas toujours été couronnée de succès, loin s'en faut, compte tenu de la situation économique des DOM et des difficultés d'installation, ou de réinstallation, de ceux qu'on appelle localement, avec un mélange de condescendance et de jalousie, les « négropolitains ». Une certaine désillusion s'est ainsi fait jour chez les domiens de métropole : les parents ou grands-parents migrants avaient déjà dû affronter le choc migratoire, la rigueur du climat, les difficultés d'installation dans le pays de cocagne rêvé, mais beaucoup avaient pu stabiliser leur situation économique grâce aux emplois publics, certes bien modestes mais à peu près garantis, en attendant la retraite et le retour outre-mer. Mais leurs enfants, nés et grandis en métropole, ont subi de plein fouet les difficultés de la jeunesse d'origine migrante, en particulier les discriminations, qui ne se font pas seulement sentir dans l'accès au monde du travail, mais en amont, dans la sélection scolaire, par des orientations précoces en formation professionnelle par exemple. C'est ainsi que le taux de chômage chez les jeunes domiens, au début des années 1990, était de 26,1 %, ce qui était très voisin de celui des jeunes étrangers (26,6 %) et supérieur de dix points à celui de l'ensemble des jeunes métropolitains (16 %)[97]. Comme l'écrivait justement Philippe Dewitte, « à ceux qui penseraient que la possession ou l'obtention de la nationalité est l'alpha et l'omega de l'intégration, l'exemple des Antillais, citoyens français et victimes de discriminations, montre qu'il n'en est rien[98] ».

Les grandes migrations : les Africains

Au regard de la migration domienne, celle des Africains noirs présente des similitudes mais aussi des différences nettes. La première similitude tient à la géographie : entre 65 et 75 % des domiens et Africains sont installés en Île-de-France, pour des raisons qui tiennent à l'histoire ancienne des migrations afro-antillaises (depuis le XVIIIe siècle, Paris était le principal lieu de destination des Noirs), aux réseaux communautaires, à l'emploi (industriel et tertiaire) et aux facilités de communication. La région parisienne regroupe donc une partie majoritaire des populations noires de France.

La seconde similitude a trait à la chronologie. La migration africaine s'accentua à partir du début des années 1960, c'est-à-dire après les indépendances des anciennes colonies de l'AOF et de l'AEF. En 1963 et 1964, des accords de main-d'œuvre bilatéraux furent signés avec la Mauritanie, le Mali et le Sénégal, puis en 1966 avec la Côte d'Ivoire, le Cameroun, la Haute-Volta (qui deviendrait le Burkina Faso) et le Dahomey (le futur Bénin). Du côté français, ces accords, établis en même temps que le BUMIDOM, avaient pour objectif d'accroître les flux d'une main-d'œuvre supposée plus docile que celle provenant d'Afrique du Nord, et de la contrôler au moyen de certificats de travail obligatoires, à une époque de forte croissance de l'économie française. Mais une première différence apparaît : dans le cadre du BUMIDOM, il s'agissait d'une migration pensée comme définitive (même si cela n'a pas toujours été le cas dans les faits), tandis que, jusqu'au début des années 1970, les Africains venaient dans le cadre d'une migration temporaire de travail.

Jusqu'aux années 1970, la majorité de ces migrants africains provenaient de la vallée du fleuve Sénégal (donc de Mauritanie, du Sénégal et du Mali), et étaient des Pulaars (plus connus sous le vocable de Toucouleurs) et surtout des Soninkés[99]. Les Soninkés ont une histoire migratoire ancienne, liée à des activités commerçantes qui, bien avant la colonisation, amenaient les marchands dans toute l'Afrique de l'Ouest. À partir de la fin du XIXe siècle, ces activités concernèrent surtout l'espace colonial français, mais pas seulement lui : les marins soninkés sillonnaient les océans sur les cargos français et les marchands et migrants n'hésitaient pas à travailler en Amérique du Nord ou en Asie. Loin d'être une migration de misère, comme l'ont laissé entendre des représentations communes sur les migrants (jadis validées par les universitaires, dans la lignée du livre célèbre d'Oscar Handlin sur les migrants transatlantiques), la migration soninké était historiquement le fait de jeunes de rang social élevé, partant de régions qui n'étaient pas particulièrement pauvres, et qui visaient à accumuler les ressources financières et symboliques leur permettant de rentrer et de devenir chefs de familles[100].

La migration de travail soninké se développa dans l'entre-deux-guerres en laissant l'administration coloniale perplexe devant le départ de main-d'œuvre de la colonie, à un moment (les années 1920) marqué par l'intensification du travail forcé pour la construction de lignes de chemin de fer. Car, si la plupart des migrants restaient au Sénégal pour la récolte d'arachides dans des régions voisines (on les appelait les « navétanes ») ou travaillaient comme débardeurs et dockers dans les ports et les comptoirs de commerce, certains, au grand dam des administrateurs coloniaux, fuyaient pour devenir navigateurs[101]. Dakar, port de haute mer, était un point de départ idéal pour les candidats. Avec ou sans papiers (le fascicule d'immatriculation maritime était en principe obligatoire mais on le falsifiait assez aisément), les marins s'embauchaient sur les bateaux pour naviguer régulièrement ou simplement pour gagner Marseille, Bordeaux ou Le Havre. D'autres se cachaient dans les cargaisons. En 1930, les Soninkés représentaient le groupe africain le plus important à Marseille. Bien organisés associativement, ils constituaient un point d'appui indispensable aux militants de la cause nègre (voir chapitre VI) et à l'Amicale des originaires de l'AOF, une association de marins sénégalais. Les visiteurs américains à Marseille étaient impressionnés d'y trouver une ville noire. Ce fut le cas de Claude McKay, déjà mentionné, mais aussi de Mary McLeod Bethune, célèbre militante et éducatrice africaine-américaine, qui, visitant la ville en juillet 1927, s'exclama : « J'ai vu tant d'Africains et de Français noirs[102] ! »

Après la guerre, Marseille demeura une ville de marins soninkés, qui faisaient escale au Foyer du marin sénégalais entre deux embarquements à bord des navires français, où ils travaillaient en tant que mécaniciens et chauffeurs dans la salle des machines et de plus en plus à l'entretien et au service de restauration. Avec leurs économies, favorisées par la titularisation de nombre d'entre eux à partir de 1949, qui leur assurait une meilleure situation, certains achetèrent des cafés et des hôtels à Marseille, et s'y établirent définitivement, tout en conservant des liens avec leur famille et leur région d'origine. Un certain nombre d'Africains de Marseille et d'autres ports français furent aussi recrutés par les usines d'automobiles et la voirie de Paris, de telle sorte que les ports ont bien été les « têtes de pont » de l'immigration africaine. Mais la ressource en main-d'œuvre africaine des ports ne suffisait pas, de sorte que des entreprises envoyèrent probablement des agents recruteurs directement en Afrique, comme des témoignages l'attestent. Sans parler de « politique migratoire », qui n'exista jamais en tant que telle pour ce qui concerne les Africains noirs, les réseaux de solidarité communautaires ne rendent pas compte, à eux seuls, de l'intensification du flux migratoire vers la France. Cela dit, les réseaux familiaux et communautaires jouaient pour avertir des possibilités de travail et réunir les fonds pour le voyage maritime depuis Dakar. D'autres groupes que les Soninkés furent concernés par ce processus migratoire : soit des groupes de tradition migrante, comme les Pulaars ou les Manjaks ; soit, à partir des années 1960, des groupes sans tradition migrante, comme les Sérères. Dans tous les cas, il s'agissait, dans ces premiers temps, de migration de travail temporaire : quelques années de labeur et d'économies en France puis un retour au village, le relais étant assuré par un cadet selon un système de « noria migratoire »[103]. Les chiffres officiels, certainement sous-estimés, font état de 2 000 Africains en 1953, puis 15 000 en 1956, et 22 000 en 1963.

Cependant, dans les années 1970, de temporaires ces migrations devinrent progressivement définitives, ou, à tout le moins, s'allongèrent jusqu'à la retraite des personnes concernées : « Avant, nous disions que nous sommes venus en France pour chercher l'argent de poche, alors que, pauvres de nous, nous sommes venus pour mourir sur cette terre », explique un migrant soninké[104]. Ce moment décisif s'explique par deux phénomènes conjugués. Premièrement, la sécheresse au Sahel en 1974-1975 rendit « de plus en plus indispensable l'apport des migrants dans l'entretien de la formation économique et sociale locale », écrit Mahamet Timera, et accentua d'autant le flux migratoire vers les villes africaines[105]. Deuxièmement, la fermeture des frontières françaises à l'immigration de travail extra-européenne, à partir de 1974, mit fin aux rotations migratoires courantes jusqu'alors. De telle sorte que les migrants africains déjà installés en France durent prolonger leur séjour, une stratégie d'autant plus indispensable aux familles restées dans les villages. L'allongement des séjours aurait pu occasionner un isolement social plus fort, mais celui-ci se trouva compensé par un renforcement des structures de sociabilité communautaire reconstituant des modèles africains « originaires » dans le cadre des foyers, construits à partir de 1968 pour mettre fin à des conditions de logement épouvantables (bidonvilles, garnis et meublés chers et insalubres). En ce qui concerne les Soninkés, Timera a montré comment la communauté villageoise fut reproduite à l'échelle du foyer, avec un chef et une structure familiale (le *ka*) dirigée par l'aîné du patrilignage[106]. Chacun participait au financement et à la préparation des repas du foyer, et les ressources et leur gestion étaient mises en commun. De même l'allocation des ressources se faisait-elle de manière strictement communautaire, ce qui finit par occasionner des tensions entre vieux et jeunes désireux de plus d'autonomie financière, mais permettait des économies de fonctionnement et donc d'accroître l'épargne envoyée aux familles. Les nouveaux arrivants étaient pris en charge par les anciens, qui prêtaient l'argent pour le voyage, les soutenaient dans les premiers temps de l'installation en France et les aidaient à trouver un travail, généralement dans la même entreprise qu'eux.

C'est à propos et au sein des foyers que les migrants africains s'organisèrent collectivement pour faire valoir leurs droits. Beaucoup de foyers étaient administrés par d'anciens militaires de régiments coloniaux, qui avaient conservé leurs manières autoritaires et souvent leur racisme colonial. Il y eut donc affrontement entre eux et les migrants à propos d'aspects contraignants des règlements, comme l'interdiction des visites. Les travailleurs africains réclamaient la reconnaissance de leur dignité et de leur culture et organisèrent à cet effet une grève des loyers (1975-1980) qui signala la question des foyers « maliens » (c'est-à-dire soninkés) au grand public. Initialement, les migrants ne devaient pas rester plus de cinq ans en foyer. Mais ces foyers, constituant une amélioration sociale acquise de haute lutte ainsi qu'un lieu de sociabilité essentiel qui amortissait le choc migratoire, sont devenus progressivement des endroits à défendre contre les migrants non soninkés (comme les Wolofs ou les Bambaras qui tentaient de « s'infiltrer ») et d'autres encore, attirés par le logement et la nourriture bon marché. De place « assignée », ils sont devenus une « place conquise », écrit Catherine Quiminal[107]. En 1970, on dénombrait environ 60 000 Africains noirs en France, puis 130 000 en 1981.

La composition de la migration africaine changea à partir du début des années 1980. En vertu des dispositions du regroupement familial prises par le nouveau gouvernement socialiste, les épouses africaines pouvaient désormais s'installer en France, sous réserve de conditions de ressources et de logement. En 1974, les Mauritaniennes, Sénégalaises et Maliennes n'étaient que 4 560, soit 14 % des migrants de ces pays. En 1982, elles étaient 17 200 (25 %) et 34 000 en 1990 (40 %), signe d'une migration africaine désormais définitive[108].

Le regroupement familial fut freiné par la question de l'accès au logement et par la précarité de l'emploi et la modestie des revenus des hommes déjà installés. Il était difficile pour les familles africaines de trouver de quoi se loger décemment compte tenu de leurs ressources limitées et des discriminations raciales auxquelles elles faisaient face, tant auprès des organismes HLM que dans le privé. D'où la location dans le privé de petits appartements insalubres, voire de meublés dans des immeubles sinistres et dangereux. D'autres eurent la « chance » de trouver des appartements dans les grands ensembles construits dans les années 1960 et 1970 —

ce qui ne les empêchait pas de revenir au foyer le week-end pour saluer les amis — ou parfois de s'établir en lotissement. Malgré ces difficultés, le déménagement du foyer, réservé aux célibataires, au logement familial fut une donnée essentielle de l'installation permanente des familles africaines en France. La part des foyers dans le logement des migrants africains est alors devenue très minoritaire.

L'organisation communautaire a ainsi cédé la place à une organisation familiale et de voisinage, au-delà du groupe ethnique de départ, où les femmes jouaient un rôle primordial. Mais celles-ci n'échappaient pas à l'autorité patriarcale, d'autant plus forte qu'elles étaient soumises à l'autorité directe d'un époux dont la bonne volonté était nécessaire à l'obtention et au renouvellement de leur carte de séjour. Il fallut une mobilisation associative pour que ces femmes, entrées en France au titre du regroupement familial, obtiennent le droit au travail qui leur offrait un minimum d'autonomie par rapport à leur mari et la possibilité de s'en séparer le cas échéant[109]. Après l'image de l'éboueur malien en foyer des années 1970, s'imposa alors celle des familles africaines avec leur ribambelle d'enfants bruyants. Timera a étudié un lotissement de Seine-et-Marne où vivaient une trentaine de familles soninkés, pour montrer que les conflits de voisinage avec les familles « françaises » naissaient de l'occupation dynamique de la rue par les enfants soninkés, faute d'aire de jeux, ce qui était perçu comme un « manquement aux normes familiales[110] ». Ces difficultés de voisinage, ainsi que des différends pour malfaçon avec le promoteur immobilier, occasionnèrent un renforcement communautaire de ces familles.

Une autre différence par rapport aux domiens est relative aux domaines professionnels dans lesquels ils étaient recrutés. La grande majorité des Africains noirs ont été employés dans le privé. Leur installation en France, dans les années 1960, fut liée au travail ouvrier de la grande industrie, en particulier l'automobile. Employés comme OS aux tâches les plus pénibles, les plus dangereuses et les moins payées, bref, aux « sales boulots » dont personne d'autre ne voulait, les Africains se situaient tout en bas de la hiérarchie professionnelle, dont on sait qu'elle était corrélée, entre autres critères de jugement, à l'origine des personnes. Dans *L'Établi*, Robert Linhart a décrit le monde ouvrier chez Citroën en 1968, avec les Africains tout en bas : « Il y a six catégories d'ouvriers non qualifiés. De bas en haut : trois catégories de manœuvres (M1, M2, M3) ; trois catégories d'ouvriers spécialisés (OS1, OS2, OS3). Quant à la répartition, elle se fait d'une façon tout à fait simple : elle est raciste. Les Noirs sont M1, tout en bas de l'échelle. Les Arabes sont M2 ou M3. Les Espagnols, les Portugais et les autres immigrés européens sont en général OS1. Les Français sont d'office OS2[111]. » Mais cette population d'ouvriers spécialisés masculins est aujourd'hui vieillissante et n'a été que très partiellement remplacée par la nouvelle génération, tant l'industrie a réduit ses effectifs d'OS depuis vingt-cinq ans. À partir des années 1980, des ouvriers ont trouvé un emploi dans le bâtiment, secteur qui n'a pas connu la même crise d'emploi que l'industrie.

C'est dans ces années que le tertiaire est devenu le principal secteur d'emploi pour les enfants des migrants des années 1960 et pour les migrants de la fin des années 1970 et des années 1980 : le nettoyage industriel (entreprises, bureaux, métro), en particulier, a embauché des milliers d'Africains, le plus souvent en horaires décalés et en temps partiel. Depuis les années 1970, les éboueurs constituaient un secteur emblématique d'emploi des migrants africains, et l'on se souvient de l'invitation, par le président Giscard d'Estaing, d'éboueurs africains à un petit déjeuner de Noël à l'Élysée en 1974. Mais la situation des éboueurs est souvent meilleure que celle des autres travailleurs du nettoyage, notamment du point de vue des rémunérations. Certaines entreprises de nettoyage n'ont pratiquement que des employés africains, dont certains sont parvenus à des fonctions de maîtrise, mais qui sont généralement dirigés par des personnes issues de migrations un peu antérieures (Portugais, Antillais). Le recrutement s'opère souvent par recommandation, suivant des réseaux familiaux et communautaires : on trouvera donc dans telle entreprise préférentiellement des Soninkés, dans telle autre des Wolofs ou des Bambaras, ou bien des groupes répartis en différentes équipes de travail : une équipe de Soninkés pour le travail sur telle ligne de métro, par exemple.

Un autre secteur d'emploi tertiaire important pour la minorité noire est celui de la restauration, aux postes les plus modestes (nettoyage, plonge, plus rarement serveur ou aide-cuisinier), soit dans des restaurants privés, soit dans des sociétés de restauration collective. Comme le nettoyage, la restauration est souvent un métier à horaires décalés (très tard le soir ou très tôt le matin). À Paris, les Noirs constituent ainsi une sorte de « peuple de la nuit », visible dès potron-minet dans le RER et le métro, lorsque les femmes de ménage se dirigent vers les bureaux à astiquer, ou bien encore vers minuit, lorsque les couloirs et les quais sont récurés par les employés de la COMATEC, et un peu plus tard encore, à l'heure des bus de nuit qui récupèrent les travailleurs des cuisines de restaurants et remontent pesamment des quartiers centraux de Paris vers la banlieue nord. Des métros et des bus majoritairement peuplés de Noirs, mais aussi d'Indiens et de Maghrébins, des transports en commun postcoloniaux, en quelque sorte.

Mais une nouveauté des années 1980-2000 tient à la diversification socioprofessionnelle des migrants africains et de leur descendance. Aux métiers modestes que l'on vient de mentionner se sont ajoutés des métiers très qualifiés. Cela est partiellement dû à la diversification d'origine des migrants africains. À la population prolétaire originaire de la vallée du fleuve Sénégal se sont en effet ajoutés d'autres groupes de migrants issus de pays autrefois peu représentés dans les courants migratoires : Congo, ex-Zaïre, Cameroun, Côte d'Ivoire et Madagascar. Ces migrants, hommes et femmes, présentaient un visage nouveau en ce qu'ils quittaient leur pays pour des raisons d'opportunités de travail autant que d'insécurité et d'instabilité politique, et que beaucoup étaient diplômés. Cette migration de populations qualifiées vers les pays développés est une tendance lourde de la sociologie migratoire contemporaine. En 1995, la Banque mondiale calculait que 23 000 universitaires africains quittaient chaque année leur pays pour se rendre en Europe, en Amérique du Nord ou en Australie[112]. En 1999, on recensait en France 13,8 % des actifs africains dans les professions intermédiaires (24 300 personnes) et 8,3 % dans la catégorie des cadres et professions libérales (7 250 personnes), soit des pourcentages certes inférieurs à la moyenne nationale, mais tout de même significatifs d'une population africaine socioprofessionnellement plus diverse qu'on ne le croit souvent[113]. Cette tendance est également observable chez les personnes en situation irrégulière, dont un pourcentage important a effectué des études supérieures. Pas plus que les autres, l'immigration des Africains, légale ou non, n'est un phénomène de ruraux non scolarisés n'ayant pour tout capital que leurs bras[114]. Le profil démographique de la population africaine installée en France est donc typiquement celui d'une population d'origine migrante récente : une population plus jeune et plus masculine que la population totale du pays, avec toutefois l'apparition progressive d'une population âgée, correspondant à une partie des migrants des années 1960-1970 originaires de la vallée du fleuve Sénégal[115].

Une proportion considérable de migrants (la moitié à l'échelle historique des migrations) rentrent dans leur pays natal, sans toutefois que les « aides au retour », intermittentes et de formats variés depuis leur apparition en 1977, soient déterminantes dans le choix de quitter le pays d'accueil. Sans doute les retours seraient-ils plus nombreux si les personnes pouvaient circuler plus facilement entre les pays africains et la France. Pour autant, il est également certain que des centaines de milliers d'Africains ou de Français issus de la migration africaine ont choisi de rester en France pour toujours, d'y faire leur vie, d'y élever leurs enfants, d'y vieillir. De telle sorte que la minorité noire est installée dans ce pays, elle est une composante de la société française d'aujourd'hui.

Les Africains et la politique d'immigration

Une autre différence entre les migrants africains et domiens tient à leur situation juridique. La Constitution de 1946 faisait des Africains des citoyens de l'Union française, théoriquement libres de se déplacer sur le territoire français tout entier, à l'instar des citoyens français de métropole ou d'outre-mer. Le droit d'aller et venir fut confirmé par un arrêt du Conseil d'État de 1955, ce qui permettait aux ressortissants africains d'échapper au contrôle de l'Office national d'immigration (ONI)[116]. Les indépendances ne changèrent pas ce régime de libre circulation, compte tenu des accords bilatéraux conclus entre les pays africains et la France. L'industrie française avait besoin de bras et les dirigeants africains, comme Senghor, tenaient à ce « régime privilégié[117] ». Il était alors facile d'entrer en France, de manière légale ou non, de trouver du travail et de régulariser a posteriori sa situation.

Mais un tournant décisif survint en 1974, avec, on l'a dit, la fermeture des frontières à l'immigration de travail extra-européenne. À partir de ce moment, les restrictions à l'entrée et au séjour des migrants africains — pas seulement eux, mais eux en particulier — se sont multipliées. Le régime de libre circulation pour les ressortissants des ex-colonies françaises était donc supprimé, de même que les étrangers irréguliers installés en France ne pouvaient plus régulariser leur situation. Ces dispositions furent encore durcies en 1977, puisqu'il ne s'agissait plus seulement de bloquer l'immigration mais de diminuer la population immigrée en France au moyen d'aides au retour et du non-renouvellement systématique des autorisations de travail[118]. Patrick Weil a remarqué que la période 1978-1981 fut marquée par l'implication directe du président de la République Valéry Giscard d'Estaing, considérant comme « inassimilables » les Nord-Africains et les Africains noirs, et déterminé à les renvoyer chez eux[119]. Le regroupement familial, accordé depuis 1976, demeura possible grâce à un recours du GISTI (Groupe d'information et de soutien des immigrés), mais il était en sursis. Dans la foulée de ces circulaires, la loi de janvier 1980, dite loi « Bonnet », complétée par la loi « Peyrefitte » de février 1981 ajoutaient une dimension policière en faisant notamment du séjour irrégulier un motif d'expulsion, et donc en légalisant les contrôles d'identité préventifs. Danièle Lochak écrit justement que « la loi Bonnet, indistinctement tournée vers la répression des clandestins et celle des délinquants, [favorisait] l'amalgame entre immigration et clandestinité, entre clandestinité et délinquance[120] ». Au nom de la sécurité des Français, les contrôles de ceux présumés « immigrés clandestins » se faisaient en fonction de l'aspect physique, c'est-à-dire de la physionomie générale et de la couleur de peau : le fameux faciès. C'était déjà le cas avant, mais, dès lors que la loi approuvait officiellement ces pratiques, il n'était plus possible de s'appuyer sur elle pour dénoncer les policiers qui contrôlaient au faciès puisque la loi les y encourageait. Les Arabes et les Noirs, y compris les domiens, se trouvaient désormais officiellement considérés comme des illégaux en puissance.

L'arrivée de la gauche au pouvoir en 1981 améliora la situation des migrants étrangers et de leurs familles, puisque les expulsions furent suspendues, que le regroupement familial fut facilité et qu'une régularisation des personnes en situation irrégulière arrivées avant le 1er janvier 1981 fut entreprise. Dans la foulée, le régime dérogatoire des associations étrangères fut supprimé, permettant aux associations d'immigrés de se multiplier. En 1984, le gouvernement institua une carte de résident valable dix ans (et renouvelable automatiquement), permettant aux migrants de travailler et de s'installer durablement dans la société française.

Un nouveau revirement s'opéra en 1986, à la faveur d'un changement de majorité législative ainsi que de l'influence grandissante de l'extrême droite dans la vie politique française, qui s'était déjà fait sentir à partir de 1984 dans des dispositions restreignant le regroupement familial. Au motif de la lutte contre le terrorisme, un visa d'entrée devint obligatoire pour les étrangers, une mesure qui resta en vigueur pour les ressortissants des pays dits à « risque migratoire », ce qui établissait cette fois-ci une corrélation entre migration et terrorisme. En outre, la loi « Pasqua » première du nom abrogea bon nombre des dispositions libérales de 1981, en rendant plus difficile l'obtention d'une carte de résident et en facilitant l'expulsion des étrangers en situation irrégulière, sans prendre en considération leurs attaches familiales et autres en France. Les quelques assouplissements de la loi « Joxe » de 1989 ne changèrent pas fondamentalement la situation : celle d'un renforcement tatillon et soupçonneux des dispositions de lutte contre l'immigration irrégulière, qui rendaient la venue en France, pour un ressortissant africain en particulier, quelle que soit sa motivation (études, tourisme, visite familiale), de plus en plus ardue : un vrai parcours d'obstacles dès la demande de visa, qui nécessite des heures d'attente devant des fonctionnaires consulaires au zèle méfiant et parfois hostile, considérant chacun comme un fraudeur en puissance.

Un nouveau tour de vis fut opéré en 1993, avec les lois « Méhaignerie » et « Pasqua » seconde du nom. D'une part le Code de la nationalité fut réformé par l'exigence d'une déclaration expresse de volonté d'être français à l'âge de dix-huit ans, mesure perçue comme une nouvelle manifestation de défiance vis-à-vis des jeunes issus de l'immigration postcoloniale. D'autre part par une série de dispositions renforçant la répression contre les immigrés irréguliers, intensifiant les contrôles d'identité, limitant fortement le regroupement familial, faisant peser sur les étrangers la menace d'une expulsion et fragilisant leur intégration en subordonnant la protection sociale à la régularité du séjour.

Comme en 1981 et en 1988, le retour de la gauche aux affaires en 1997 se traduisit par un assouplissement des mesures prises par le gouvernement de droite précédent, sans toutefois remettre en cause sur le fond le système répressif progressivement mis en place depuis 1974 et renforcé par les lois Pasqua-Debré. Au moins le droit, plutôt que l'arbitraire administratif, fut-il réaffirmé par la « mission sur la politique de l'immigration » mise en place par le gouvernement, et certains des pires abus prirent-ils momentanément fin, ce qui tranchait avec les années 1993-1997. Il s'agissait de réaffirmer, dans les faits et pas seulement de manière formelle, le droit d'asile, le droit au regroupement familial et la nécessité d'une politique d'immigration qualifiée. Il était également prévu une régularisation des sans-papiers, sous conditions de durée de séjour et d'enfants nés en France, mais son application souvent vétilleuse dans nombre de préfectures créa des situations ubuesques par lesquelles des parents en situation irrégulière se trouvaient être ni expulsables ni régularisables. Environ 135 000 personnes demandèrent leur régularisation.

Un compromis paraissait avoir été atteint, d'autant que des personnalités de droite, comme l'ancien Premier ministre Alain Juppé, jugeaient plutôt positive la loi « RESEDA » de 1998. Il pouvait alors sembler que le mouvement de balancier entre répression et libéralisation allait s'interrompre et qu'un accord sur les grandes lignes d'une politique d'immigration s'était construit. Mais la loi « Sarkozy » première du nom, en 2003, durcit à nouveau les conditions d'entrée et de séjour des étrangers, en fixant à deux ans la durée de vie commune pour l'obtention d'une carte de résident par le conjoint étranger (dans l'optique de débusquer les fameux « mariages blancs »), en créant un fichier des détenteurs de visas, en prolongeant les rétentions administratives jusqu'à trente-deux jours. Comme l'a remarqué Patrick Weil, cette loi n'était pas en rupture avec la précédente. De fait, les chiffres montrèrent une augmentation de l'immigration légale par le regroupement familial sous le ministère Sarkozy par rapport à la période précédente : voilà qui ne pouvait satisfaire la majorité de droite, qui élabora une nouvelle loi, votée en juin 2006, visant à restreindre franchement le regroupement familial (en demandant une connaissance « suffisante » du français, porte ouverte à l'arbitraire administratif) et les régularisations, puisque les dix années de présence sur le sol français ne suffisaient plus et qu'être parent d'enfants nés en France ne permettait pas une régularisation. L'idée consistait à favoriser l'immigration « choisie », celle des travailleurs qualifiés, de préférence à l'immigration « subie », celle des réfugiés et des regroupements familiaux. La mobilisation citoyenne contre la loi de 2006 a été particulièrement frappante en ce qui concerne les enfants : à l'initiative d'une association dynamique, le Réseau éducation sans frontières (RESF), plusieurs milliers de familles migrantes furent soutenues dans leurs démarches, certaines d'entre elles furent cachées pour éviter l'arrestation et l'expulsion. Grâce à ce soutien, et en dépit des déclarations inflexibles du ministre de l'Intérieur, beaucoup de familles en situation irrégulière ont finalement obtenu des titres de séjour. Mais il en est aussi des milliers d'autres pour qui la loterie de la régularisation a mal tourné. La situation est variable selon les préfectures, les fonctionnaires (mal formés), le moment de l'année, etc. Nul ne sait par avance sur quelle case la roue de la chance s'arrêtera. Aux yeux de beaucoup de militants associatifs, une exigence minimale consisterait à revenir au droit, à des règles claires, dans l'esprit de la loi de 1997.

Du côté des demandeurs d'asile, ceux-ci étaient traités d'une manière (manque de places d'accueil, allongement des délais en préfecture pour l'examen des dossiers et autres difficultés) qui « ne correspond pas aux exigences élémentaires du respect des droits de l'homme qui s'imposent dans notre pays », résumait la Commission nationale consultative des droits de l'homme en juillet 2001[121]. Les nouveaux demandeurs ont souvent été considérés comme des imposteurs à renvoyer chez eux « où ils ne sont pas si mal ». Il faut dire que beaucoup de ces demandeurs — qu'on appelait dans l'entre-deux-guerres les « indésirables » — provenaient de pays pauvres, ceux d'Afrique compris, par contraste avec les époques précédentes, lorsqu'il s'agissait, depuis la Convention de Genève de 1951, d'accueillir des persécutés politiques plus « héroïques » et « sincères » car provenant des dictatures communistes de l'Est ou des dictatures d'extrême droite sud-américaines. La réforme du droit d'asile de 2004 distingua deux statuts : celui de réfugié et celui de la protection subsidiaire (pour les personnes exposées à des « menaces graves » en cas de retour chez elles), accordés par l'Office français de protection des réfugiés et apatrides (OFPRA) et la Commission de recours des réfugiés (CRR) en appel. Les ressortissants des pays d'Afrique noire comptaient pour environ un tiers des demandes de recours à la CRR en 2005. En 2006, ils provenaient, par ordre décroissant, de la République démocratique du Congo (2 827 demandes), de Guinée (1 000 demandes), du Congo (956), de Mauritanie (946), de Côte d'Ivoire (939), d'Angola (735) et du Soudan (458), pour une proportion voisine de l'année précédente et un taux général d'admission (y compris la procédure d'appel) de 16,5 %[122]. La France n'accueille qu'une toute petite partie des réfugiés africains, qui, en Afrique même, étaient au nombre de six millions au début des années 2000[123].

Les exilés politiques forment, pour reprendre une expression de Stéphane Dufoix, une « expopolitie », à savoir une communauté s'efforçant de faire vivre un noyau politique et culturel d'opposition[124] : cela était déjà vrai à l'époque coloniale, où l'opposition à l'empire se construisait aussi au cœur de celui-ci ; c'est encore vrai aujourd'hui, puisqu'il existe de multiples groupes et associations d'opposition à des régimes autoritaires ou dictatoriaux africains. Ces groupes entretiennent avec les autorités françaises des rapports ambigus, selon les vicissitudes de la politique africaine de la France et les relations qu'elle entretient avec les régimes en question.

Mais la question de la demande d'asile est inséparable des autres aspects de l'immigration. Bien souvent, les motivations de la migration, politiques, de sécurité, économiques, écologiques, se combinent, et les hiérarchiser selon leur légitimité est une opération hasardeuse à laquelle les sciences sociales ne peuvent concourir. Smaïn Laacher écrit à juste titre que « cette porte d'entrée qu'est l'asile continuera d'être envisagée comme telle tant que la question fondamentale des conditions d'une égale liberté de circulation pour tous et d'une redistribution équitable des richesses mondiales n'aura pas fait l'objet de débats sérieux[125] ».

Nonobstant les effets de manche de nombreux responsables politiques, la plupart des spécialistes des migrations sont d'accord : des procédures claires de régularisation de sans-papiers sont indispensables. Il peut naturellement y avoir débat sur les conditions à remplir (durée du séjour en France, preuves d'intégration, présence d'enfants), mais une politique de régularisation est nécessaire et utile. Toutefois, elle ne peut fonctionner seule : il apparaît également nécessaire, comme le propose Patrick Weil, de l'accompagner d'une réforme de la délivrance des visas à l'échelle européenne, afin de faciliter les allers-retours entre la France et le pays d'origine. Il importe également de considérer les chiffres : le démographe François Héran a estimé à trente mille personnes par an le flux net de migrants illégaux (net : en tenant compte des entrants et des sortants), ce qui est finalement modeste, bien éloigné des descriptions alarmistes courantes dans le monde politique[126].

En juillet 2007, dans la foulée de l'élection présidentielle, une nouvelle loi d'immigration fut présentée, en complément des lois de 2003 et 2006. Il était encore question de durcir les conditions du regroupement familial, en le soumettant à une bonne connaissance de la langue française et des valeurs de la République ; à des revenus « adaptés en fonction de la taille de sa famille » ; et à un « contrat d'accueil et d'intégration » donnant droit à une formation sur les droits et les devoirs dans la République française. En cas de non-respect du contrat, des mesures peuvent être prises, allant jusqu'au transfert de la gestion des allocations familiales à un tiers. De fait, c'est bien le regroupement familial qui s'est retrouvé dans la ligne de mire des gouvernements de Dominique de Villepin et François Fillon. De nombreux Africains installés en France se sont trouvés dans l'impossibilité de faire venir leur famille, malgré des demandes répétées et des dossiers qui correspondaient aux demandes officielles de revenu, de taille du logement, de maîtrise de la langue française. En outre, un député de l'UMP, le parti majoritaire, a introduit un amendement relatif à un contrôle de la filiation par une analyse ADN. Même adouci, cet amendement constitue une entorse au droit de la filiation, qui, en

France, n'est pas fondé sur la biologie. Là encore, il semble bien que les Africains noirs soient visés : un sénateur a explicité les choses en faisant référence aux états civils non fiables de certains pays africains.

En outre, le traitement suspicieux et désobligeant réservé aux candidats à un visa dans les consulats français des pays africains ne peut que soulever l'indignation et l'écœurement. Les témoignages sont accablants pour les fonctionnaires concernés et pour les autorités qui les couvrent. Une jeune Française blanche fait part de son expérience au service d'état civil du consulat de Dakar, pour obtenir la transcription d'un acte de mariage avec son conjoint sénégalais : « Après avoir photocopié les pages de mon passeport qui attestent de mes voyages au Sénégal, la personne, qui ne décline pas son identité, m'explique que 90 % des mariages franco-sénégalais sont des mariages blancs et que seul le visa pour la France intéresse les Sénégalais. Elle s'étonne ensuite que je n'aie pas fait de contrat de mariage et conclut : "Quand il vous aura tout pris, vous n'aurez que vos yeux pour pleurer." » L'injustice s'ajoutant à la mauvaise foi, il fallut, après plusieurs mois de démarches ubuesques, l'intervention d'une personne « bien placée » pour faire avancer le dossier[127].

La politique de « maîtrise de l'immigration » est aujourd'hui placée sous l'autorité du « ministère de l'Immigration, de l'Intégration, de l'Identité nationale et du Codéveloppement », dont la création en mai 2007 a suscité de l'émoi et des interrogations. Aux yeux de nombreux commentateurs, il n'était pas inutile de regrouper les services relevant de la politique de l'immigration, auparavant dispersés, dans un seul ministère. Mais il s'est vu attribuer d'autres missions, comme le droit d'asile (l'OFPRA est placé sous sa tutelle), l'intégration et surtout l'« identité nationale », une formule qui laisse entendre que l'État serait en charge de définir ce qu'être français signifie. Le ministre concerné, Brice Hortefeux, a voulu rassurer en expliquant que cette fameuse « identité nationale » délimitait une sorte de contrat politique démocratique, rien de plus. Mais on ne voit pas, dans ce cas, ce qui distinguerait l'identité nationale française de celle de la plupart des grandes démocraties voisines. De telle sorte qu'il semble bien exister un non-dit culturel dans la mission du ministère : si être français ce n'est pas seulement respecter les lois de la République, ne sera-ce pas aussi se conformer à des injonctions ministérielles sur les « bonnes manières des vrais Français » ? À l'heure où j'écris ces lignes, cela est encore indécis, et il est possible que ce ministère ne soit que celui des déclarations pompeuses. On conçoit aussi les préoccupations électorales qui ont présidé à sa création. Mais l'association de l'immigration et de l'identité nationale inquiète et rappelle de sombres temps.

Quant au terme de « codéveloppement », il fait référence, dans la langue codée de l'administration, à des politiques d'« aide au retour » visant à faciliter la réinstallation des immigrés dans leur pays d'origine : l'allusion aux immigrés africains est claire. Il reste l'intégration, une notion présente pour, en quelque sorte, rééquilibrer politiquement le ministère : « Nous sommes inflexibles sur l'immigration clandestine, dit en substance M. Hortefeux, ce qui est une condition de la réussite de l'intégration de celles et ceux qui sont déjà là. » Mais rien n'indique

que le ministère soit engagé dans une quelconque politique d'« intégration », à supposer que cette notion vieillie, lourde d'injonction assimilatrice, ait une quelconque pertinence pour agir sur les conditions de vie des populations minoritaires. Actuellement, nous avons plutôt affaire à une stigmatisation accrue des immigrés, particulièrement des « individus originaires d'Afrique noire », pour reprendre une formule en usage dans l'administration[128].

Les « lois d'inhospitalité » ont jeté la suspicion sur une partie considérable de la population, née ailleurs ou ici mais vivant ici, n'ayant pas la « bonne tête » aux yeux des autorités administratives et policières, en tout cas n'apparaissant pas comme digne de vivre ici pour la partie socialement la plus fragilisée de la population française blanche, celle pour laquelle l'identité nationale et raciale fait figure de viatique. Elles ont découragé celles et ceux qui tentaient de venir en France pour des raisons diverses et qui se sont tournés vers des pays plus accueillants, privant l'Hexagone d'une somme de talents, d'intelligences et de travail. Elles ont fait paraître la France pour un pays méfiant au monde extérieur, en particulier aux pays du Sud, malgré les déclarations rituelles d'universalisme débonnaire des dirigeants français.

La disparité juridique entre la migration antillaise intranationale et africaine internationale est importante en ce qu'elle a placé beaucoup de Noirs migrants d'origine africaine dans une position de fragilité et d'incertitude permanentes quant à leur avenir en France, avec pour les sans-papiers l'épée de Damoclès d'une arrestation et d'un retour *manu militari* à Bamako, Dakar ou Niamey. D'où la difficulté pour eux de se construire un « destin d'immigré », pour reprendre l'expression de Laacher. Par contraste, les Noirs domiens ont eu une situation juridique stable (à défaut de l'être économiquement), et la possibilité de projets migratoires moins incertains et moins dangereux. En revanche, les uns et les autres ont eu pour partage involontaire d'être considérés comme noirs, c'est-à-dire comme des personnes venues d'ailleurs et susceptibles de faire du tort. Beaucoup d'Antillais redoutent d'être confondus avec les Africains, comme le remarquait Fanon, et certains retournent alors leur amertume contre les Africains eux-mêmes, qu'ils accablent d'épithètes que le Front national ne désavouerait pas, afin d'établir la distinction la plus nette entre le « nous » et le « eux ». Patrick Karam, ancien responsable d'une association antillaise, le Collectif DOM, ne cache pas son mépris pour les Africains : « Est-ce qu'il y a un point commun entre un Antillais, un Guadeloupéen qui a tété aux mamelles de la République et qui est catholique, et un sans-papiers qui serait musulman, polygame, et dont certains pratiquent l'excision[129] ? » Mais cette distinction n'est guère utile dans une partie de leurs interactions sociales lorsque les Antillais en question (en tout cas ceux à la peau sombre), à leur désespoir, se trouvent considérés, encore et toujours, comme des Noirs que l'employé de préfecture tutoie et le policier contrôle.

CHAPITRE IV

Le tirailleur et le sauvageon : les répertoires du racisme antinoir

> *« Nous avions des médecins, des professeurs, des hommes d'État... Oui, mais dans ces cas persistait quelque chose d'insolite. "Nous avons un professeur d'histoire sénégalais. Il est très intelligent... Notre médecin est un Noir. Il est très doux." »*
>
> FRANTZ FANON,
> *Peau noire, masques blancs.*

D'innombrables ouvrages ont été consacrés à la question du racisme, qui occupe depuis le milieu du siècle dernier les sciences sociales, l'histoire, le droit, la science politique et les politiques publiques. L'objet de ce chapitre n'est pas d'en discuter généralement, mais de se concentrer sur le racisme antinoir afin d'en comprendre les particularités. Son histoire, ses ressorts, ses formes sont en effet essentiels pour comprendre les phénomènes d'inégalité, et c'est bien pourquoi l'antiracisme n'a pas perdu sa pertinence dans les problématiques antidiscriminatoires actuelles. Si de nombreux débats opposent les spécialistes à propos de la conceptualisation du racisme et de l'usage de la notion de race comme catégorie analytique, tous s'accordent à penser que le racisme « appartient au présent de l'humanité, et pas seulement à son passé[1] ». Au plus général, une définition synthétique du racisme peut s'énoncer ainsi : « Le racisme consiste à définir un ensemble humain par des attributs naturels, à en déduire des caractéristiques intellectuelles et morales qui valent pour chacun des membres de cet ensemble, quelles que soient leurs actions et leur volonté, et à éventuellement prolonger ces représentations par des pratiques d'infériorisation et/ou d'exclusion[2]. »

En pratique, le racisme peut prendre des formes distinctes : il peut être une opinion qui ne se matérialise pas par des actes, à peine par des discours idéologiquement construits, mais qui peut se mesurer par des enquêtes ; bien plus rarement, il peut aussi se concrétiser par des actes racistes observables et quantifiables (injures, menaces et violences). Surtout, c'est l'interprétation et la qualification des paroles et des actes en tant que racistes qui est en soi un enjeu. Une définition minimale ne vaut que comme un signalement provisoire, mais ne règle en aucune manière les différends quant à la signification de ce qui est dit et fait par les acteurs sociaux.

Racisme et racisme antinoir

En ce qui concerne les opinions racistes, jusqu'à ces dernières années, la situation française était la suivante : peu de personnes osaient se qualifier de racistes, tant étaient puissants les interdits relatifs au racisme et le surmoi républicain. D'un point de vue juridique, les opinions racistes étaient d'ailleurs sanctionnées par la loi de 1972 (dite loi « Pleven »). D'une certaine manière, il n'y avait presque plus de racistes idéologiquement conséquents, ce qui ne signifie pas que le racisme avait disparu. Comme le remarquait Albert Memmi il y a vingt-cinq ans, « il y a une énigme étrange à propos du problème du racisme. Personne, ou presque, ne se veut raciste, et pourtant le discours du racisme demeure tenace et actuel. Quand on l'interroge, le raciste se nie et s'évanouit : lui, raciste, absolument pas ! Vous l'insulteriez en insistant[3] ». Il est bien possible, au passage, que plusieurs des campagnes contre le racisme des années 1980 aient manqué leur objectif puisqu'elles visaient à stigmatiser les racistes, ce qui supposait minimalement que ces derniers se reconnussent comme tels.

Or, il semblerait que la situation ait changé ces dernières années, sans que des indicateurs très fiables puissent le prouver : l'interdit du racisme se serait en partie effacé et de plus en plus de personnes se déclareraient ouvertement racistes. Un récent sondage commandé par la Commission nationale consultative des droits de l'homme (CNCDH, novembre 2005) fournit des chiffres inquiétants[4]. La proportion des personnes qui se déclarent « plutôt » ou « un peu » racistes a augmenté de huit points depuis 2004 (de 25 % à 33 % des sondés). Cette progression est particulièrement nette chez celles et ceux qui n'ont pas fait d'études au-delà du baccalauréat et qui se classent à droite (+ 18 %), mais elle est observable dans toutes les catégories sociales et politiques. Les politologues Nonna Mayer et Guy Michelat, qui analysent ce sondage, parlent ainsi d'un « racisme décomplexé ». La concomitance du sondage avec la crise des banlieues, qui fut l'occasion de surenchères populistes et sécuritaires, a peut-être durci les opinions, et il convient certainement de ne pas tirer des conclusions définitives. Au vrai, les éléments positifs ne doivent pas être perdus de vue. 66 % des sondés estiment qu'une « lutte vigoureuse contre le racisme est nécessaire », soit une proportion stable depuis plusieurs années. Et la corrélation assez nette entre racisme, âge et niveau d'études (les personnes les plus âgées au niveau d'études le plus faible ont un score bas sur l'échelle d'antiracisme) laisse penser que le renouvellement des générations et l'augmentation du niveau d'études moyen auront des effets positifs à moyen terme. En tout cas, Mayer et Michelat parlent de l'existence en France d'un « racisme latent » activé par des épisodes de crises, sans négliger « certains symptômes de stabilité, sinon de recul [des attitudes racistes][5] ».

La faiblesse principale de l'étude est qu'elle ne s'intéresse pas aux minorités elles-mêmes : on demande l'opinion de la population en général à leur sujet, sans donner la parole à celles et ceux qui peuvent éventuellement faire l'objet de comportements racistes ou discriminatoires, et dont l'avis pourrait être différent. Il serait certainement souhaitable que dans l'avenir on leur demande ce qu'ils pensent du racisme, de l'antisémitisme et de son évolution en France.

Michel Wieviorka propose une typologie utile des formes concrètes de racisme[6] : il distingue d'abord un « infraracisme », désarticulé et sporadique, caractérisé par des actes violents isolés sans organisation (ce qui ne signifie pas qu'il soit négligeable), à l'état groupusculaire. Ensuite un « racisme éclaté », plus tangible, dont les manifestations violentes sont plus fréquentes, mené par des groupes plus visibles et qui se traduit par des pratiques discriminatoires, sans toutefois « être inscrit dans le champ politique ». Il parle ensuite d'un « racisme institutionnalisé et/ou politique », structuré idéologiquement et organisationnellement par des partis politiques d'extrême droite, qui essentialisent les groupes, définissent une identité nationale menacée par les immigrés et le monde extérieur en général, et qui influent sur l'ensemble de la vie politique. Enfin, le « racisme total » est le racisme d'État, lorsque celui-ci met en œuvre des politiques d'exclusion, de ségrégation, de destruction au moyen des ressources politiques, judiciaires, policières et militaires de l'appareil d'État.

Comment alors situer le cas français ? Les études annuelles du CNCDH apportent encore des éléments de réflexion. Elles montrent d'abord une baisse du nombre des violences et menaces racistes et antisémites commises en France en 2005 par rapport à 2004 (974 contre 1574[7]), un chiffre qui reste toutefois plus élevé que lors de la période 1995-1999 (chiffres du ministère de l'Intérieur[8]). Cette baisse contraste avec des opinions racistes qui, comme on l'a vu, semblent, au moins conjoncturellement, se renforcer. Les personnes d'origine nord-africaine (ou réputées telles) sont nettement les plus touchées, avec près des trois quarts des actes racistes dirigés contre elles : 64 actions racistes antimaghrébines contre 24 actions racistes dirigées contre d'autres groupes (parmi eux les Noirs, mais pas seulement). Là encore, ces chiffres doivent être considérés avec prudence : les victimes d'actes racistes ou antisémites ne font pas toujours la démarche de porter plainte, et les données concernant les départements et territoires d'outre-mer manquent. Par ailleurs, la qualification des actes de violence peut faire l'objet de débats. À Oullins, le meurtre de Chaïb Zéhaf, le 4 mars 2006, peut être considéré comme raciste, dans la mesure où le meurtrier, selon un témoin, a proféré des insultes racistes avant de tirer. De son côté, la défense explique qu'il n'était pas raciste, mais « seulement » alcoolique et amateur d'armes à feu, et refuse une requalification en « crime raciste » qui aggraverait le cas[9]. Chaïb Zéhaf aurait-il été tué s'il n'avait pas été arabe ? La question de l'interprétation du crime à la lumière du comportement du meurtrier le soir du crime et dans sa vie en général fait l'objet d'une bataille judiciaire, qui peut elle-même se comprendre dans le contexte plus large de la mobilisation antiraciste et de l'attention portée au dossier par les pouvoirs publics, les associations, la capacité de mobilisation locale de la famille Zéhaf et de ses soutiens.

Quel que soit le niveau absolu d'actes racistes et antisémites, il n'en est pas moins clair que les Noirs ne sont pas en toute première ligne dans les actes racistes en France métropolitaine. Il en va différemment des discriminations, comme nous le verrons dans le chapitre suivant.

Comment, dans ce cadre général, penser le racisme antinoir ? Disons d'abord fortement que reconnaître l'existence de différentes formes de racisme ne signifie pas les hiérarchiser moralement ou les classer par importance selon les méfaits qu'elles induisent. Toutes les formes de racisme et d'antisémitisme sont également condamnables et doivent être combattues simultanément et sans relâche. Mais il importe aussi de les distinguer analytiquement pour mieux les connaître et donc mieux les réduire. Précisément, le racisme antinoir a une histoire, des formes particulières, une résistance singulière sans doute, qui le distinguent d'autres racismes. D'une certaine manière, avec l'antisémitisme, cette autre catastrophe de l'Europe moderne, le racisme antinoir est au fondement des racismes modernes ; il en constitue un soubassement essentiel. La notion moderne de race a été inventée pour qualifier spécifiquement les Noirs, en leur attribuant des particularités morales et intellectuelles irréductibles. La distinction raciale n'est pas une survivance prémoderne attendant d'être balayée par la modernité, l'éducation. Elle est au contraire constitutive de la rationalité moderne et de ses régimes de classification et de régulation.

La racialisation du monde

Les races ont une histoire, qui commence au XVe siècle, lorsque les Européens multiplièrent leurs contacts avec des peuples lointains et qu'un grand commerce colonial fondé sur l'esclavage des Africains se développa progressivement. Avant la prise de Constantinople en 1453, la plupart des esclaves du monde méditerranéen étaient européens. Sur les marchés aux esclaves de Chypre au XVe siècle, on trouvait des esclaves turcs, russes, bulgares, grecs et africains. Même si, aux époques antique et médiévale, être noir n'était pas un avantage dans les sociétés grecque et romaine, l'esclavage n'était pas associé en tant que tel aux Noirs. Les Grecs et les Romains de l'Antiquité appelaient les Africains noirs les « Éthiopiens », et les descriptions de ceux-ci étaient faites sans antipathie particulière[10]. Chez les Grecs, les Barbares étaient ceux qui ne parlaient pas le langage de la politique, et non ceux qui avaient une couleur de peau différente. D'autres critères étaient également essentiels, comme celui distinguant les hommes libres des esclaves.

Certes, au XVIIIe siècle, les premiers théoriciens des races se référaient à des écrits d'Aristote sur les espèces et le *genos*. Sa *Politique* a parfois été considérée comme étant à l'origine des doctrines raciales, mais cette lecture racialiste d'Aristote est très contestée. De fait, pour lui, tous les humains étaient potentiellement des animaux politiques, c'est-à-dire qu'ils pouvaient tous parler le langage de la politique. On ne naît pas citoyen, on le devient. Rien, dans leur physionomie ou leur caractère, ne les en excluait *a priori*[11].

La « racialisation » du monde, c'est-à-dire l'émergence d'un ordre social fondé sur une hiérarchie raciale, apparut progressivement au XVIe siècle, lorsque les Européens développèrent des plantations de sucre dans les îles atlantiques des Açores, à Madère, aux Canaries, dans les îles du Cap-Vert, à Sao Tomé et Principe. La combinaison d'esclaves africains et de capital européen s'y révéla profitable, et constitua la première étape dans la traite transatlantique. Certes, l'esclavage des Africains exista bien avant cette époque, en Afrique même et au Moyen-Orient, mais il n'était pas fondé sur une théorie raciale particulière. Tandis que la justification de la traite transatlantique, qui déporta environ onze millions d'Africains vers les Amériques entre le début du XVIe siècle et les années 1860, se fit essentiellement par un ensemble d'arguments religieux, philosophiques, anthropologiques et scientifiques expliquant que la race noire était par nature vouée à l'esclavage. L'essor du racisme moderne est donc intimement lié à la traite et à l'esclavage, dont il a constitué un soubassement idéologique. S'il fallait le dire de manière très lapidaire : à partir de la fin du XVe siècle, il arriva le malheur historique que la race noire devint synonyme de race esclave. Au XVIIIe siècle, les mots de « Noir », « nègre » et « esclave » étaient pratiquement synonymes dans la langue française : « le nègre est et sera toujours esclave ; l'intérêt l'exige, la politique le demande, et sa propre constitution s'y soumet presque sans peine », écrit Julien-Joseph Virey à la rubrique « Nègre » du *Nouveau Dictionnaire d'histoire naturelle* paru en 1803, un an après le rétablissement de l'esclavage par Napoléon Bonaparte[12]. On devine déjà les immenses problèmes qui découlent de cette association étroite entre la couleur de peau et un statut social dévalorisé, objet de mépris situé dans les marges de l'humanité.

Le mot de « race » est entré dans le vocabulaire français à la fin du XVe siècle, probablement en provenance d'Italie. La « race » était alors un terme à signification large, appliqué à tout groupe d'individus supposés partager une caractéristique commune. Mais la « race », contrairement à la « maison » ou à la « famille », ajoutait une dimension plus essentielle, liée aux qualités naturelles du groupe en question. Le théoricien le plus connu de la « race noble », Henri de Boulainvilliers (1658-1722), définissait principalement un noble par son inscription dans une lignée généalogique d'hommes de gloire et d'honneur.

Parallèlement à cet usage alors commun de la « race », une définition différente et plus moderne apparut sous la plume du médecin François Bernier

(1620-1688) dans une édition de 1684 du *Journal des Savants*. Il existait d'après lui quatre races équivalant à quatre « peuples » définis par des caractéristiques physiques particulières : les Européens, les Africains, les Asiatiques et les Samoans. Mais cette acception de la race demeura rare jusqu'à la seconde moitié du XVIIIe siècle, moment à partir duquel elle s'imposa progressivement[13]. Les grands naturalistes Buffon et Linné distinguaient et classaient différentes races d'hommes selon la couleur de peau (rouge, blanc, noir, jaune). En 1775, Johann Friedrich Blumenbach divisa les hommes en cinq races, identifiées par cinq couleurs de peau (Américain/rouge, Caucasien/blanc, Éthiopien/noir, Malais/brun, Mongol/jaune) et hiérarchisées entre elles. À la fin du siècle des Lumières, la race était donc entrée dans le vocabulaire scientifique comme catégorie d'analyse des différences entre les hommes. Il était très généralement admis que les Noirs étaient tout en bas de la classification. Kant estimait que la noirceur de leur peau était le signe de leur faiblesse intellectuelle : « Les Nègres d'Afrique n'ont reçu de la nature aucun sentiment qui s'élève au-dessus de la niaiserie[14]. »

La fin de l'esclavage que les philosophes appelaient de leurs vœux ne signifiait pas nécessairement qu'ils considéraient Blancs et Noirs à parité. Bernardin de Saint-Pierre dénonçait l'esclavage mais regardait les Noirs comme des êtres inférieurs. Et, contrairement à ce qu'on pense souvent, les auteurs les plus racistes pouvaient s'opposer à toute forme d'esclavage (c'est le cas de Gobineau au XIXe siècle). Les abolitionnistes pouvaient en effet être racistes, dans la mesure où leur opposition à l'esclavage n'était pas nécessairement fondée sur un principe d'égalité des races mais sur d'autres principes, par exemple libéraux (« l'esclavage est contraire à la liberté de commerce ») ou humanitaires (« ayons pitié de cette race inférieure »). Dans le cas de Gobineau, son opposition à l'esclavage venait de ce qu'il considérait cette institution comme favorisant des mélanges raciaux nuisibles à la préservation de la race caucasienne.

Bien que les Français se fussent longtemps prévalus d'avoir défendu l'égalité entre les races, il est clair que voyageurs et penseurs français développèrent des théories d'infériorité raciale dès l'installation de commerçants français en Afrique occidentale, au milieu du XVIIe siècle. Ces théories n'étaient pas nées de nulle part : elles trouvaient une partie de leur inspiration chez des auteurs anciens comme Hérodote ou Pline, décrivant les Africains comme des êtres monstrueux, propos que les auteurs du Moyen Âge et de la Renaissance avaient repris à leur compte. La description de l'Afrique par Léon l'Africain, parue en français en 1556, n'avait pas remis en cause ces mythes négatifs, pas plus que les récits de voyage publiés à la même époque. Par contraste, d'autres contrées et peuples lointains d'Asie ou d'Amérique du Nord étaient dépeints de manière beaucoup plus favorable. Pour les Européens de l'époque moderne, les caractéristiques physiques des Africains étaient une anomalie relevant d'explications environnementales (le climat, le sol africain), comportementales (des coutumes étranges), morales (la perversion de l'âme) ou religieuses (la malédiction de Cham). À cela s'ajoutaient des considérations sur leur paresse et leur indolence. Les descriptions des Africains, invariablement défavorables, mettaient l'accent sur leur infériorité mentale, morale et physique.

Le jugement des Français sur l'Afrique était globalement semblable à celui des Anglais, des Portugais et des Espagnols. Les récits de voyageurs circulaient dans toute l'Europe et contribuaient à former un ensemble de stéréotypes négatifs et partagés. Peut-être était-ce dû à la constitution d'une identité européenne, fondée sur un critère de civilisation et de christianisme, qui avait besoin de l'Afrique comme d'un repoussoir? En tout cas, les stéréotypes raciaux pesant sur les Noirs d'Afrique préexistaient à l'esclavage, mais celui-ci les renforça et les légitima.

William Cohen note qu'au XVIIIe siècle, les philosophes prêtaient à l'Afrique une attention bien moindre qu'à l'Asie et aux Amériques. Quant au mythe du bon sauvage, il se portait aussi plus volontiers sur d'autres contrées. Pourtant, on a dit qu'il existait en France plusieurs milliers de Noirs, provenant le plus souvent des Antilles, amenés là par un capitaine ou un armateur à des fins de domesticité ou de travaux artisanaux, dont la présence n'influa guère sur les représentations du moment (voir chapitre III). Buffon, dans son *Histoire naturelle,* les décrivait comme indolents, incapables d'innover et prompts à la débauche. Voltaire et Diderot ne se démarquaient pas du célèbre naturaliste. Le siècle des Lumières ne changea pas les représentations négatives pesant sur les «nègres», élevant le racisme au rang de savoir constitué sur les hommes des autres continents. On peut même considérer que le racisme, loin de n'être qu'une scorie du passé attendant d'être balayée par la modernité, était bien constitutif des Lumières. Certes, les grands auteurs de l'époque condamnaient l'esclavage, mais ceci était compatible avec une hiérarchie des races humaines organisée selon des principes variables, mais plaçant les Noirs tout en bas. La condamnation de l'esclavage pouvait en effet se fonder non sur l'universalité de l'humanité, mais sur des différences irréductibles entre les races humaines. La race noire est donc clairement la race de l'esclavage à la fin du XVIIIe siècle, assimilant le « nègre » à l'« esclave ».

Le XIXe siècle fut marqué par l'émergence progressive du racisme biologique. Contrairement au racisme environnemental du siècle précédent, mâtiné de considérations anthropologiques fondées sur un principe d'évolution, le racisme scientifique était fondé sur une définition biologique et immuable des races humaines. En cela, il était plus implacable, ce qui ne signifie pas nécessairement qu'il se traduisait par un changement radical d'attitude à l'égard des Noirs. La phrénologie, ou étude de la forme des crânes, était une science particulièrement prisée. L'étude du volume crânien permettait de hiérarchiser les races en fonction de leur développement intellectuel. La race blanche était placée tout en haut ; la race noire tout en bas. Initiée au début du XIXe siècle par les études de Franz Joseph Gall en Allemagne, la phrénologie se répandit rapidement en Europe et en Amérique du Nord. Tout élément du crâne ou du squelette d'un Africain devenait un signe indubitable de sa bestialité. À partir des années 1850, le polygénisme, qui soutient que les races procèdent d'espèces humaines différentes (par contraste avec le monogénisme, doctrine officielle de l'Église), s'imposa largement dans les cercles scientifiques français. La question faisait débat depuis le XVIIIe siècle : quelle place alors accorder aux métis dans l'ordre naturel et dans l'ordre social ? Le cas des métis, qui semblait infirmer la théorie polygénistc, ne pesait pas lourd : on expliquait que, comme la mule (dont le terme « mulâtre » est dérivé), le métis était stérile et voué à disparaître[15]. Les rapports sexuels entre Noirs et Blancs violaient l'ordre de la nature et il était donc normal que leurs fruits fussent inféconds. Les partisans de la monogenèse répliquèrent en observant que la vitalité de la population grossissante de métis dans les colonies n'indiquait en rien leur agonie. Elle était une preuve de l'unité de la race humaine ; leur dégénérescence, le signe de sa division éternelle. En juillet 1907, la Société d'anthropologie de Paris créa la « Commission permanente pour l'étude des métis », afin d'éclaircir des points obscurs relatifs à la fécondité et aux aptitudes physiques, intellectuelles et morales de ceux-ci[16].

L'essai d'Arthur de Gobineau sur l'inégalité des races (publié entre 1853 et 1855) représenta un paroxysme du discours raciste, préoccupé qu'il était par le déclin des races supérieures (« races arianes »). Gobineau reprit à son compte la distinction des naturalistes du XVIIIe siècle entre races (jaune, noir, blanc) séparées par des critères d'apparence physique et d'intelligence. La « variété mélanienne » (les Noirs africains) est tout en bas de l'échelle humaine, expliqua Gobineau en la décrivant comme bestiale et tout entière gouvernée par sa sensualité grossière : « Ce qu'il souhaite, c'est manger, manger avec excès, manger avec fureur[17]. » Ces élucubrations théoriques faisaient les délices des penseurs parisiens, mais les voyageurs et résidents français en Afrique tenaient des discours peu différents. Dans leurs récits de voyage, certains reconnaissaient chez les populations africaines rencontrées des éléments de culture qui contredisaient les affirmations grossières de bien d'autres, qui n'hésitaient pas, eux, à inventer des scènes de massacres ou de cannibalisme pour mieux appuyer leur vision raciste des Noirs. Il y a débat entre historiens à propos de savoir si les théories biologistes s'étaient unanimement imposées. Ce qu'il est possible de dire minimalement est que les théories raciales biologiques et culturelles cohabitèrent et s'entremêlèrent, en proportions variables selon les auteurs et les moments, du milieu du XIXe siècle à l'entre-deux-guerres.

L'anthropologue Benoît de L'Estoile propose une analyse de la justification de la présence indigène à l'Exposition coloniale de 1931 qui distingue trois formes de discours sur les sujets colonisés[18] : l'une est « évolutionniste », l'autre « primitiviste », la dernière « différentialiste ». Dans le cas évolutionniste, la mission coloniale se trouve justifiée par l'état de sauvagerie des Africains (surtout) au moment de la conquête. Grâce à l'action bienfaisante de la civilisation européenne, les Africains pourront sortir de leur état d'enfance à vitesse accélérée, et entrer dans l'histoire. Les évolutionnistes se fondaient comme les autres sur une hiérarchie des races, mais s'inscrivaient dans un schéma progressiste, au sens où la race noire était susceptible d'évoluer sous la houlette des colonisateurs.

Le discours primitiviste insistait plutôt sur les origines, qui se trouvaient valorisées par les « arts primitifs », précieux témoignages de peuples restés à l'aube de l'humanité, en dehors de l'histoire, tout proches de la nature. Ce discours était finalement l'héritier lointain du mythe du « bon sauvage », situé hors civilisation et donc non perverti par elle, mais également privé de ce qui fait l'homme, c'est-à-dire le changement et l'expérience de l'histoire.

De bien curieux échos du discours évolutionniste ont été entendus dans la bouche de Nicolas Sarkozy, à l'occasion d'un discours prononcé à Dakar le 27 juillet 2007, qui a fait couler beaucoup d'encre, notamment, mais pas seulement, à propos du passage suivant : « Le drame de l'Afrique, c'est que l'homme africain n'est pas assez entré dans l'histoire. Le paysan africain dont l'idéal de vie est d'être en harmonie avec la nature, ne connaît que l'éternel recommencement du temps rythmé par la répétition sans fin des mêmes gestes et des mêmes paroles. Dans cet imaginaire où tout recommence toujours, il n'y a de place ni pour l'aventure humaine ni pour l'idée de progrès. Dans cet univers où la nature commande tout, [il] reste immobile au milieu d'un ordre immuable où tout semble être écrit d'avance. Jamais l'homme ne s'élance vers l'avenir. Jamais il ne lui vient à l'idée de sortir de la répétition pour s'inventer un destin. » On ne sait précisément quelle est la genèse de ce discours de bric et de broc, rédigé par Henri Guaino, conseiller du président, qui mêle des considérations entrant dans d'autres registres, y compris une dimension primitiviste (par la célébration d'une « culture africaine » essentialisée), une célébration des apports de la colonisation, malgré des « erreurs » concédées du bout des lèvres, et enfin des leçons de morale paternalistes aux « jeunes d'Afrique ». Mais il est clair qu'une partie de son assise intellectuelle provient des discours racialistes de la période coloniale[19].

Quant au discours différentialiste, il célèbre plutôt la diversité des cultures, et assigne finalement à la colonisation mission de la préserver. La question de la hiérarchie raciale passe au second plan derrière la « différence », mais elle n'est pas absente, loin s'en faut. De L'Estoile explique que le maréchal Lyautey, commissaire général de l'exposition, se situait explicitement dans la perspective différentialiste. Pour lui, la colonisation devait maintenir les différences tout en les surmontant dans un cadre politique commun.

Les catégories raciales furent inventées parce qu'elles étaient utiles au développement et au maintien de structures de pouvoir, y compris symbolique, et de systèmes socio-économiques généralement fondés sur l'exploitation de la force de travail. Au cœur des distinctions raciales se situait bien la « race noire », qui fit l'objet de toutes les attentions théoriciennes, de manière ô combien plus insistante que la « race blanche » ou la « race jaune », non seulement parce qu'elle était placée en limite de l'humanité (privilège qu'elle n'était pas seule à partager) mais parce qu'elle était le « mètre-étalon » permettant de mesurer les autres races, d'en évaluer l'éventuelle dégénérescence (par contamination raciale, l'obsession de Gobineau), et parce que cette race était considérée comme servile. Taguieff écrit justement que le racisme anti-noir a « zoologisé l'inférieur présumé en visant son exploitation[20] »... Il est à noter que l'antisémitisme moderne emprunta des éléments importants au racisme antinoir, par association des Juifs aux Noirs dans des généalogies raciales courantes jusqu'à la Seconde Guerre mondiale[21]. Les anthropologues nazis expliquaient que les Juifs procédaient du mélange des Noirs et des Orientaux[22]. Pour autant, l'antisémitisme fut un racisme d'extermination, tandis que le racisme antinoir, de par son association avec l'esclavage et la colonisation, fut d'abord un racisme d'exploitation.

Appuyé sur une histoire aussi lourde, c'est-à-dire celle du système de production esclavagiste et colonial, le racisme antinoir s'est caractérisé par la mobilisation de stéréotypes violents et solidement ancrés. Ces stéréotypes ont longtemps placé les Noirs tout en bas de l'échelle humaine, dans un voisinage et un cousinage avec les espèces animales[23]. Cette proximité a été exploitée de manière répétée par les descriptions de voyageurs, par l'imagerie coloniale, qui déformait les traits et les manières d'être pour les assimiler à ceux des bêtes, par les zoos humains de la fin du XIXe siècle, renvoyant encore les Noirs à un état infrahumain, bref, par un système considérable de racialisation faisant du Noir l'Autre par excellence, l'opposé absolu du Blanc.

Racisme biologique et racisme culturel

La délégitimation de la notion biologique de race, après la Seconde Guerre mondiale, contribua à affaiblir le racisme « scientifique » antinoir, mais sans l'annihiler. Comme l'hydre de la fable, sa figure surgit de temps à autre, comme, par exemple, sous la plume d'un Prix Nobel de physique, William Shockley, qui proposait dans les années 1950 de stériliser les Noirs par souci eugéniste, ou, plus récemment, celle de Richard Herrnstein et Charles Murray, avec leur *Bell Curve*, qui explique les moins bons résultats scolaires des enfants noirs américains par des déficiences intellectuelles innées[24]. Toutefois, si cet ouvrage traduit certainement l'opinion de nombreux Américains blancs et fut un succès de librairie, il convient de noter qu'il a suscité de multiples réactions outrées et argumentées. Les deux auteurs sont professionnellement confinés au marché étroit et marginal de l'académisme ultraconservateur. Il en va un peu de même pour Dinesh D'Souza, l'auteur de *The End of Racism*, qui pose rhétoriquement la question : « Pourquoi des groupes avec différentes couleurs de peau, formes de tête et autres caractéristiques visibles seraient-ils identiques du point de vue de leur capacité à raisonner ou de leur capacité à construire des civilisations avancées ? Si les Noirs ont certains traits héréditaires comme la capacité à improviser, cela explique pourquoi ils dominent certains champs comme le jazz, le rap et le basket-ball, et pas d'autres comme la musique classique, les échecs et l'astronomie[25]. » Dans une veine similaire, le biochimiste américain James Watson, « découvreur de l'ADN », affirma en octobre 2007 que l'intelligence des Africains est inférieure à celle des Occidentaux, ce qui lui attira une volée de commentaires à la fois sévères et apitoyés[26]. Lui aussi est désormais *non grata* dans les lieux de recherche disposant d'une autorité reconnue sur le marché académique. Il a depuis présenté des excuses, mais a dû démissionner du laboratoire de Cold Spring, en prélude à une retraite qui devient urgente.

En France, le racisme biologique survit également à la Seconde Guerre mondiale. Comme le rappelle Gérard Noiriel, la création de l'INED (Institut national d'études démographiques) en 1945 permit de « recycler » des spécialistes des races de la fondation Carrel[27]. L'historien Louis Chevalier expliquait en 1947 que la France avait des « valeurs raciales » qu'il fallait défendre contre les « minorités étrangères » qui avaient fait tant de mal au pays, avant de prolonger et enseigner ses conceptions à Sciences Po. Dans une perspective voisine, Robert Debré et Alfred Sauvy, dans *Des Français pour la France,* publié en 1946, considéraient comme impossible l'assimilation des Asiatiques et des Noirs et reprenaient à leur compte les pires lieux communs racistes de l'entre-deux-guerres sur les Arabes, les Levantins et les Israélites d'Europe centrale[28]. Puis cette génération héritière des conceptions raciales des années 1930 s'effaça progressivement.

La flamme médiocre du racisme biologique ne fut dès lors plus entretenue que par quelques idéologues d'extrême droite qui ont eu recours, *mezzo voce,* à des arguments biologiques pour naturaliser la différence entre les vrais Français et les autres, mais le racisme biologique est certainement moins vivace en France qu'aux États-Unis. Un ouvrage comme *The Bell Curve* semble inconcevable en France, quoiqu'il ne faille jurer de rien. Dans notre pays, la plus forte disqualification morale du racisme biologique s'explique sans doute par la mémoire de la politique antisémite exterminatrice des nazis et de Vichy. La Seconde Guerre mondiale occasionna l'abandon des arguments biologisants de maintien de l'empire français au profit d'arguments politiques, rodés à l'occasion de la conférence de Brazzaville (1944). La rupture de la Seconde Guerre mondiale est donc décisive, puisque, auparavant, la France avait été l'un des grands pays de production intellectuelle du racisme biologique, avec Gobineau, Le Bon et Lapouge[29].

Même si le cadavre du racisme scientifique n'est pas tout à fait immobile, comme en attestent ses spasmes réguliers, il ne constitue sans doute plus le sujet d'inquiétude principal. C'est plutôt le racisme culturel (ou « racisme différentialiste ») qui s'est installé sur le devant de la scène depuis une trentaine d'années. Celui-ci est fondé non sur une hiérarchie raciale biologisante (qu'il condamne en général), mais sur des différences culturelles considérées comme irréductibles et antagonistes entre les groupes, desquelles le groupe dominant devrait se prémunir. Le racisme culturel entretient une connivence avec le vieux racisme biologique, en ce sens que ces fameuses différences culturelles irréductibles peuvent être sous-tendues par des considérations biologiques inavouables, et il convient certainement de ne pas les distinguer trop radicalement. En ce qui concerne les Noirs, ils n'ont guère gagné à la logique différentialiste[30]. Situés tout en bas de l'échelle biologique des racistes de naguère, ils sont restés à peu près au même niveau sur celle des racistes culturels d'aujourd'hui, même si les effets des deux formes de racisme ne sont pas équivalents : c'est le racisme biologique qui a servi de légitimation aux entreprises esclavagistes et coloniales, tandis que le racisme culturel n'a pas le même passé chargé. Les racistes culturels estiment que les Noirs ont globalement des modes de vie différents et inférieurs aux leurs, qu'ils viennent de sociétés en retard, qu'ils ont des pratiques culturelles héritées de temps obscurs de l'humanité, desquelles peuvent parfois jaillir quelque éclair de créativité, mais qui n'en demeurent pas moins inférieures aux leurs. Ce différentialisme peut se fonder soit sur une conception naturalisée de la différence (« leur nature n'est pas la nôtre »), auquel cas il rejoint plus ou moins subrepticement le racisme biologique de naguère, soit sur une conception environnementaliste moins essentialisante (placés dans un contexte approprié, « ces gens-là ne sont pas plus bêtes que d'autres »), mais qui concerne généralement les corps et leur disposition dans l'espace.

Car le racisme culturel peut avoir ceci de commun avec le racisme biologique qu'il tend à fétichiser les différences en les considérant comme irréductibles et comme justifiant une politique de séparation spatiale, de mise à bonne distance, par peur d'une contamination des corps individuels et du corps de la Nation. La question de la « polygamie des Africains », par exemple, ou celle du sida relèvent typiquement de ce registre des corps où s'entremêlent des considérations biologiques et culturalistes tendant à présenter les Africains noirs comme socialement et sexuellement dangereux. Le corps de l'Autre racialisé, lieu de désirs et de peurs, a été un lieu de passerelles commodes entre le biologique et le culturel et d'inscription de ce que Didier Fassin appelle une « biopolitique de l'autre », qui reconnaît à la fois son humanité indéniable et son étrangeté définitive[31]. Un exemple américain de la gouvernementalité des corps noirs culturellement et biologiquement essentialisés est celui de l'expérience Tuskegee, menée entre 1932 et 1972 dans la région de Tuskegee, une partie pauvre et isolée de l'Alabama. Menée sous l'égide de l'US Public Health Service (PHS), elle portait sur quatre cents hommes noirs atteints de syphilis[32].

Il ne s'agissait initialement que d'une étude de six mois ou un an pour suivre un groupe d'hommes qui avaient reçu un traitement contre la maladie. Mais, quand la période d'observation se termina, le directeur de la division des maladies vénériennes du PHS impulsa à l'étude un nouvel élan. Il ne s'agissait plus de mesurer les effets du traitement, mais d'une expérience d'observation de la nature : en l'occurrence les effets de la syphilis sur un groupe d'hommes non soignés. Elle se prolongea bien après que la syphilis se traita aisément au moyen de la pénicilline, à partir de la fin des années 1940.

Comment s'assurer de la coopération des « sujets » ? Initialement, les rendez-vous fixés n'étaient pas tenus, car les hommes craignaient apparemment d'être appelés sous les drapeaux. On leur dit alors qu'ils étaient malades et qu'ils pouvaient être traités gratuitement. Les hommes pensaient être traités pour le « *bad blood* » (« mauvais sang »), une expression populaire noire désignant la syphilis. Pour les rassurer, Eunice Rivers, une infirmière africaine-américaine, fut engagée pour distribuer de l'aspirine, de l'eau gazeuse, des repas chauds le jour de l'examen. Elle suivit les opérations pendant quarante ans. Les médecins soignaient un peu les syphilitiques avec des pommades à l'arsenic : « Nous attendons que les patients meurent », écrivit l'un d'entre eux. L'objectif était d'observer les progrès de la maladie, ses liens avec les maladies cardiovasculaires et neurologiques, puis, *in fine*, d'autopsier les corps. Pour convaincre les familles réticentes, on proposait cinquante dollars d'assurance-décès. Rivers réussit à obtenir l'agrément des familles dans la quasi-totalité des cas.

Il fallait s'assurer que les hommes ne fussent pas traités par une autre autorité médicale que le PHS. On prévint les médecins de la région en leur donnant des listes de noms, on s'assura que l'armée, qui mobilisa plusieurs hommes pendant la guerre, ne les traitât pas non plus. Malgré ces efforts, bien des hommes réussirent à se procurer un peu de pénicilline au début des années 1950, mais pas à des doses suffisantes.

L'expérience Tuskegee ne fut jamais menée en secret. Treize rapports furent publiés dans des revues médicales importantes (sous le titre de « Syphilis non traitée chez le Noir »), sans susciter la réprobation des lecteurs médecins. Au moment où l'expérience fut interrompue, en 1972, à la suite d'un article de presse, elle poursuivait encore son cours avec prélèvements et autopsies. Ce genre d'études, sans intérêt scientifique ou médical, procédait d'une représentation du corps noir, avec des particularités physiologiques supposées qu'il s'agissait de confirmer et reconfirmer. Toute l'étude était fondée sur l'existence d'une disparité raciale et sur des preuves médicales de cette disparité. Ce n'était pas une étude sur la syphilis, mais une étude sur la syphilis chez des hommes noirs, dont le corps n'était plus considéré que comme une simple matière vivante où agissait la maladie. L'argument pour l'étude Tuskegee était en effet que la syphilis chez les Noirs était d'une variété différente qui nécessitait une étude particulière. Au vrai, elle suscita une littérature médicale importante dans les premières décennies du siècle, où se mêlaient les arguments scientifiques et moraux. La syphilis était la conséquence de la dépravation, de l'immoralité, de familles instables et de comportements non civilisés. La syphilis n'existait pas au temps de l'esclavage, expliquait-on, « quand les Noirs étaient tenus », mais elle s'était répandue depuis sa fin. Elle allait de pair avec des discours alarmistes sur les ravages de la lubricité, la baisse de la natalité, et la prolifération de la folie et du crime. Les justifications biologiques et culturalistes étaient ainsi intimement mêlées. Le cas Tuskegee est sans doute extrême par la violence infligée aux personnes, mais il est éclairant en ce qu'il illustre, tard dans le siècle, le brouillage des frontières entre premier et second racismes et leurs connivences intellectuelles, desquelles le second ne peut s'affranchir complètement.

Répertoires des racismes antinoirs contemporains

L'enracinement des stéréotypes racistes antinoirs ne signifie pas que les Noirs soient l'objet de traitements plus racistes que d'autres groupes comme les Arabo-Berbères. Ces stéréotypes s'expriment plus volontiers sous la forme de violences symboliques. Les témoignages sont très nombreux à ce sujet. Ce sont souvent des anecdotes racontées par les Noirs sur un mode badin, comme s'ils voulaient montrer qu'ils ne sont pas des pleurnicheurs prompts à se lamenter sur leur sort. Jack, agent public, raconte que, dans son train de banlieue, il lui est arrivé que des voyageurs s'asseyent ostensiblement à distance de lui, en dépit de places libres à ses côtés : « Tu es assis tout seul dans le train, il préfère aller se mettre à côté de Dupont. Mais je m'en fiche, je suis peinard[33]. » Jack veut montrer qu'il a le cuir épais, et qu'il vaut mieux jouer le jeu plutôt que passer pour un geignard qui la ramène tout le temps et casse la bonne ambiance avec les collègues. Le monde du travail est ainsi un lieu de petites remarques racialisées souvent destinées à tester ceux et celles qu'elles visent afin d'évaluer leur conformité au groupe. Les personnes visées préfèrent souvent ne pas relever, ou même signifier leur assentiment (en riant avec les autres d'une bonne blague raciste par exemple) afin de passer pour des bons camarades pas bégueules pour un sou. D'où la méprise de nombreux salariés, qui ne voient pas de racisme symbolique au motif que les Noirs savent s'amuser avec les autres. Une remarque similaire pourrait être faite à propos des Arabo-Berbères, des femmes ou des homosexuels (dans le cas français contemporain, mais la remarque est valable pour d'autres minorités dans d'autres espaces-temps), qui préfèrent souvent « la fermer » plutôt que passer pour des pisse-froid. « Je laisse tomber [dans ces cas-là], dit Alou, au boulot on te fait des remarques mais faut pas trop faire attention. » Jack explique qu'un jour il était en formation. « Il manquait Pierre [un Martiniquais à la peau plus sombre que la sienne]. Elle [la formatrice] a dit : "Y a l'Africain qui n'est pas là, évidemment." Moi, je me maîtrise, mais j'ai bien compris. Je peux réagir, mais je n'ai rien dit, j'ai dit : "Je suis là", elle était gênée. » La prise de parole protestataire est risquée, et peut s'avérer socialement et professionnellement coûteuse, par la marginalisation, voire les brimades. Elle peut être aussi utile, si celui ou celle qui « l'ouvre » le fait avec suffisamment d'habileté pour mettre les rieurs de son côté, par exemple. Mais il n'est pas donné à tout le monde de pouvoir répondre du tac au tac par une formule bien sentie ou un bon mot.

Les Noirs réagissent ou pas aux remarques racisantes selon leur tempérament, leurs ressources rhétoriques, le moment et le contexte social général. Ils font généralement preuve d'un certain savoir-faire en la matière, par leur capacité à évaluer le « coût-bénéfice » de la prise de parole. Les évaluations maladroites ont un coût momentané. À la cantine, Robert a réagi vivement lorsqu'un collègue a lâché une remarque raciste. « Il a dit que ces joueurs [en visant sans le dire explicitement des footballeurs noirs de l'équipe locale] n'en ont pas foutu une rame samedi. Je lui ai fermé son clapet, parce que, sans eux, on serait où ? Zéro, le foot français sans les Noirs ! Les autres regardaient leur assiette, bon j'ai haussé le ton, mais faut quand même pas me prendre pour un con. » Il ne regrette pas d'avoir réagi de cette manière, mais reconnaît qu'il a jeté un froid.

On entend souvent que certains Noirs pourraient aussi « surréagir » en interprétant tous les propos comme des paroles désobligeantes. Cette attitude visant à « prendre en faute » un interlocuteur « en guettant dans ses paroles et ses actes le signe furtif qui révélera que leur tolérance n'est qu'une façade » est perçue comme fréquente par les Blancs, dont certains se plaignent de ce que les Noirs « prennent tout mal » et sont prompts à brandir l'accusation infamante de racisme pour se parer de l'innocence de la victime. Un proviseur de lycée nous expliquait que certains élèves noirs et maghrébins ne « supportent pas la moindre remarque » et les interprètent comme racistes, manière pour eux de se « dédouaner » constamment. Dans son esprit et celui de beaucoup d'autres, il s'agit de relativiser le racisme en expliquant que pour bonne part il provient d'une sorte de paranoïa des personnes concernées au premier chef.

Nous voilà bien ici au cœur des conflits d'interprétation qui traversent la question raciale. Une enquête de Didier Fassin sur les « écoutants du 114 » (le numéro de téléphone ouvert aux personnes victimes ou témoins de discrimination, qui fonctionna au début des années 2000) a montré que les écoutants se distinguaient en deux groupes : « Le premier groupe [qui doutait de la réalité de la discrimination] était composé de jeunes dont il était raisonnable de penser qu'ils n'avaient pas été eux-mêmes exposés à des discours racistes ou des pratiques discriminatoires. Le second groupe était constitué de jeunes dont l'histoire et l'apparence laissaient deviner qu'ils avaient pu en avoir l'expérience [eux avaient la conviction ou l'intuition que la discrimination était avérée][34]. » Dans son étude sur les employés d'hôtel à la Guadeloupe, la psychologue Valérie Ganem a montré que le manque de politesse des clients est interprété comme « raciste » par les serveuses ou les lingères. Le ton peut monter assez vite entre les uns et les autres, avec pour enjeu l'interprétation des actes ou des paroles, en particulier lorsque celles-ci mentionnent les couleurs « noir » et « blanc » : « La direction avait décidé de servir le café dans un pot noir et le lait dans un pot blanc, alors que d'habitude les deux boissons étaient servies dans des pots blancs. Une cliente avait décrété que le café dans ce pot noir n'était pas bon, qu'il avait mauvais goût. La serveuse avait tenté de lui expliquer que les deux pots étaient exactement les mêmes, que seule la couleur changeait, mais la cliente n'avait pas été convaincue. La serveuse avouait que cette situation l'avait mise en colère et qu'elle avait dit à la cliente : "*Si ou rasis, rèté a kaz a'w!*" ("Si vous êtes raciste, restez chez vous !")[35]. » Le point de vue des sciences sociales n'est pas de trancher entre les parties, mais de comprendre ce qui est en jeu dans le différend d'interprétation. Il convient donc de prendre au sérieux ce que les employées disent, en considérant le cadre général des relations de travail locales, objectivement mauvaises, ainsi que la signification des mots au regard de leurs histoires respectives, indissociables de l'histoire des rapports de domination.

La racialisation très forte dont les Noirs ont été victimes ne se corrèle pas mécaniquement avec les traitements racistes dont ils sont l'objet en France. Les comportements racistes peuvent en particulier s'exprimer sous la forme d'un paternalisme bon enfant, assez condescendant, qui considère les Noirs comme des grands enfants immatures plutôt que des personnes dangereuses, par contraste avec le racisme antiarabe qui est généralement plus agressif.

La question doit être historicisée. On dit fréquemment, et à juste titre, que c'est à partir de la Première Guerre mondiale, dans le contexte de la mobilisation des troupes coloniales, que l'image des Noirs évolua, des « sauvages » cannibales des descriptions de voyageurs ou des romans de Pierre Loti aux tirailleurs « y a bon Banania », frustes mais braves et utiles pour peu qu'ils fussent bien encadrés. Cela est vrai, mais il convient de considérer que la représentation précédente ne disparut pas : elle subsista comme « mythe secondaire », comme un réservoir référentiel mobilisable le cas échéant et susceptible de se substituer au « y a bon Banania ». Le racisme antinoir puise donc dans deux répertoires racistes : celui du brave tirailleur (enfantin) et celui du sauvage (dangereux), dans des combinaisons qui varient selon les circonstances.

Le « répertoire du tirailleur », à forte tonalité paternaliste, est le plus usité, et il arrive de l'entendre régulièrement dans la bouche d'un commentateur de matchs de football, par exemple, ou même dans celle d'un président de la République qui s'extasiait, au retour d'un voyage en Afrique, sur le caractère « joyeux » de l'Africain. À partir de la Grande Guerre, les stéréotypes racistes français faisaient des Noirs des personnes à l'intellect inférieur, comparables à des grands enfants. Un auteur colonialiste de l'entre-deux-guerres, Jean Charbonneau, écrivait ainsi : « Il est cependant un point commun à tous les Noirs : c'est leur mentalité de grands enfants. De l'enfant, ils ont tous les défauts : la crédulité, l'orgueil, la vantardise, l'esprit de moquerie, l'amour du jeu, le bavardage, l'entêtement, la gourmandise, l'inconstance, l'imprévoyance. Ils en ont aussi toutes les qualités habituelles : la gaieté, l'entrain, l'ardeur aux exercices du corps, le sentiment très net de l'équité, l'attachement naïf et confiant à celui qui s'occupe de lui, et le traite à la fois avec bonté et sans faiblesse. Cet amour de la vie entretient dans l'âme africaine un merveilleux jaillissement d'affectivité. Les sentiments du Noir ne sont peut-être pas très profonds, ni très durables, mais ils sont généralement vifs, bondissants, tumultueux : ils décèlent un cœur frémissant, avide de se donner, capable de délicatesses inattendues, et d'une jeunesse impérissable... Jeunesse impérissable des grands enfants noirs[36] ! »

Chaque Noir peut raconter des anecdotes relevant de ce racisme bénin, bonasse, et condescendant. Cela peut prendre des formes variées, parfois amusantes, comme cet universitaire noir à qui, lors de son inscription dans une bibliothèque municipale, une dame de bonne volonté recommanda sa participation à un « atelier de lecture », ou dont la carte d'enseignant fit un jour l'objet d'un examen soupçonneux à la bibliothèque de Sciences Po, comme si elle était fausse. Senghor a raconté la surprise de l'officier allemand de son stalag, qui ne comprenait pas qu'un Noir, par nature analphabète, ait besoin de lunettes de vue. Beaucoup de Noirs racontent à quel point leurs papiers d'identité professionnels attestant d'une compétence particulière semblent passionner les représentants de l'autorité publique. Symétriquement, le racisme bonasse exalte les qualités physiques des Noirs. Le même universitaire, plutôt bon athlète mais piètre footballeur, se vit, un jour d'été provençal, proposer une partie de football par des enfants : ces derniers, persuadés d'avoir affaire à un génie du ballon rond, s'étaient groupés à dix contre deux (lui et l'un des enfants) afin de conserver une petite chance de victoire. Il fallut parlementer pour qu'ils acceptent de rééquilibrer les équipes, avant que la partie ne leur dessillât les yeux sur la valeur réelle de la nouvelle recrue. On notera que les enfants noirs partageaient sans doute les stéréotypes de leurs camarades, à moins qu'ils n'aient souri ironiquement dans leur for intérieur.

La figure stéréotypée du tirailleur est bien sûr celle du « y a bon Banania », ce grand soldat rieur dessiné sur les boîtes de boisson chocolatée, à destination des enfants. Un peu comme la figure de Prissy, la jeune fille idiote d'*Autant en emporte le vent*, qui exaspérait Malcolm X tant elle incarnait un cliché raciste, le « nègre Banania » suscita l'ire de Senghor : « Je déchirerai les rires Banania sur tous les murs de France[37]. » Le racisme bonasse a aussi pour caractéristique de valoriser outre mesure des éléments en apparence insignifiants, qui font alors figure de capacités remarquables. On s'extasie sur le bon français parlé par un Noir et on lui en fait compliment : « Où avez-vous appris le français pour le parler si bien ? » Un peu comme l'aveugle dont parle Goffman, qui accomplit, à la stupeur des autres, des actes ordinaires comme « arpenter nonchalamment la rue, harponner les petits pois dans son assiette, allumer une cigarette », la personne noire qui fait preuve d'un quelconque savoir-faire dans le domaine intellectuel « soulève le même émerveillement qu'inspire un prestidigitateur qui tire des lapins de son chapeau[38] ». Alain Anselin rapporte le cas d'un chauffeur de taxi martiniquais qui s'exclame : « J'ai des clients qui m'épinglent la médaille d'or de l'assimilation ! "Ça fait longtemps que vous êtes en France, ça se voit !" Bande de nèfles ! J'y suis né[39]. »

Il arrive aussi que, lors d'une conversation, un interlocuteur bienveillant s'adresse à un Noir comme s'il représentait toutes celles et ceux de son espèce, et pose des questions sur tel pays d'Afrique ou des Amériques en supposant une expertise particulière autorisée par l'appartenance à la communauté imaginaire. Il est alors possible de jouer le jeu et de répondre conformément aux attentes, ou, à l'inverse, de faire observer que l'apparence physique n'induit pas une compétence culturelle particulière. Dans le même registre, plusieurs Noirs nous ont confié qu'on les considérait comme des experts en musiques noires, et qu'on sollicitait leur avis avec déférence : « Mais moi j'aime surtout la musique classique, je ne connais rien au jazz ! »

Le répertoire du tirailleur a mobilisé un lexique qui est celui de l'enfance, de l'indolence, des qualités physiques. Il a été utile aux Blancs pour penser les Noirs dans un rapport d'étrangeté non menaçante. Mais chaque caractéristique est à double face : l'enfance est associée à l'innocence et à l'irresponsabilité ; l'indolence, à l'inoffensif et à la paresse ; les qualités physiques, aux victoires sportives et à la violence. L'ambivalence du « tirailleur » permet un déplacement aisé vers le répertoire du sauvageon lorsque les circonstances s'y prêtent.

Le « répertoire du sauvageon » survient plus ponctuellement, comme lors de la crise des banlieues de l'automne 2005 ou lors de faits divers dramatiques (les « agressions perpétrées par des bandes de jeunes Noirs »). C'est alors qu'un lexique de la sauvagerie est temporairement développé dans les médias et le monde politique français, avant que le « sauvageon » ne cède la place au bon vieux tirailleur, en attendant la prochaine occasion de sortir du magasin des accessoires mythologiques. Ce lexique fait valoir que les personnes en question se situent en limite de la civilisation, à l'instar des représentations courantes des premiers temps de la colonisation, lorsque *L'Illustration* dépeignait les « cannibales du Dahomey ». C'est ici que les représentations coloniales et postcoloniales ont leur importance, dans la mesure où elles fournissent un réservoir d'images stéréotypées dans lequel les contemporains puisent commodément. Il s'agit de dépeindre les jeunes Noirs comme des « sauvages », des « sauvageons », des « pillards » indifférents au bien commun et agissant très violemment. Il n'est pas question ici de nier certains phénomènes de violence mais d'analyser leur lecture par les médias et les hommes politiques comme héritière d'un lexique colonial qui construit l'Autre en le projetant en dehors de la civilisation. Les jeunes Noirs qui commettent des actes de violence doivent évidemment être sanctionnés en tant qu'individus, comme d'autres, mais on remarquera qu'ils sont bien dans la civilisation, et même en son centre consommateur (quand, par exemple, ils pillent un magasin de chaussures de sport). Ils sont bien « de chez nous ». Une variante du répertoire du sauvageon a récemment été proposée, sous la forme d'une dénonciation du « racisme antiblanc ».

Y a-t-il un racisme « antiblanc » ?

L'expression de « racisme antiblanc » a été popularisée au printemps 2005 par un appel signé par des intellectuels de divers horizons, de droite comme de gauche, dénonçant la « ratonnade » menée par des jeunes Noirs contre des manifestants lycéens, le 8 mars 2005[40]. Aux yeux des signataires, on aurait affaire à l'émergence d'une forme de racisme que la gauche bien-pensante a négligée depuis longtemps mais qu'il faudrait maintenant dénoncer : le racisme des Noirs contre les Blancs. Il serait tabou, puisque le combat antiraciste (celui des « belles âmes ») est historiquement centré sur le racisme exercé à l'encontre des non-Blancs, mais il faudrait lever ce tabou pour ne pas laisser cette question à l'extrême droite : « Le dernier service qu'on ne veut pas rendre à l'extrême droite, c'est de ne pas défendre Sébastien. » On notera au passage le choix des prénoms : Sébastien signifie « Blanc », puisque chacun sait que les Noirs s'appellent en général Mamadou et jamais Sébastien... Ce manifeste se présentait ainsi comme honnête et équilibré, en renvoyant dos à dos les racistes de tout poil : n'existe-t-il pas des racistes partout, ne faut-il pas les condamner universellement ? La déclaration, benoîte, traduit une interprétation hyper-racialisée d'un événement : les jeunes violents sont réduits exclusivement à leur apparence noire, et leur comportement n'est expliqué que parce qu'ils sont noirs et hostiles aux Blancs. Tout autre facteur se trouve ainsi chassé et même délégitimé, sans enquête qui permettrait de le faire en raison. Voilà donc une partie de nos intellectuels républicains, ceux-là mêmes dont on aurait pu attendre, *a priori*, le refus principiel d'une telle interprétation et d'un tel lexique, qui basculent du côté du racialisme. Parler d'un racisme antiblanc est une formule lourde de sous-entendus, qui, au nom d'un langage de vérité, reprend des thématiques qui ont cours depuis longtemps dans l'extrême droite. Il existe par exemple depuis quelques années plusieurs sites internet dénonçant le « racisme antiblanc » : le moindre vol de téléphone portable y est analysé à travers le prisme racial. Parmi une gamme d'explications possibles à des phénomènes de délinquance, le pourfendeur du racisme antiblanc choisit une explication racialisée qui isole le facteur phénotypique et ignore délibérément d'autres facteurs possibles. La démarche est significative en ce sens qu'elle témoigne probablement d'une contre-offensive des « néorépublicains », hostiles à l'expression et à l'organisation des minorités visibles. « Vous nous lassez avec vos histoires de racisme, et vous ne prêtez pas attention au racisme antiblanc et antifrançais, quand vous ne l'excusez pas tout bonnement. Les Blancs sont tout autant victimes de racisme que les Noirs. Ces derniers n'ont pas à se plaindre, ils feraient mieux de rester à leur place », disent-ils en substance. Par là, ces personnes méconnaissent doublement la réalité des expériences subies par les Noirs, puisqu'elles ne s'y intéressent pas, et que, de surcroît, elles accusent ceux qui s'y intéressent de partialité. Être blanc n'est pas, en France hexagonale, un handicap social ; ce n'est pas subir une multitude de petites avanies ; ce n'est pas avoir des difficultés dans l'accès aux biens rares. Ce n'est pas un problème, puisque le blanc est pensé comme une référence universelle.

La réaction au manifeste contre le racisme antiblanc a été vive, y compris de la part de parents de lycéens attaqués lors de la manifestation, alors que l'appel leur faisait un clin d'œil appuyé. Beaucoup d'entre eux ont souligné que les attaques menées contre les lycéens ne faisaient que réactiver un conflit de classes entre les jeunes des classes moyennes qui manifestaient et les casseurs qui représentaient un prolétariat marginalisé et paupérisé. Cette explication solide — le facteur de classe — est tout à fait plausible et s'inscrit dans la filiation intellectuelle du marxisme : les jeunes violents sont des représentants modernes du lumpenprolétariat, ces fractions aliénées et dépolitisées du monde populaire qui peuvent occasionnellement servir de masse de manœuvre au pouvoir conservateur et s'attaquer aux forces progressistes.

Cependant, cette hypothèse bute tout de même sur la dimension partiellement racialisée de la violence. Il existe probablement dans certains phénomènes de violence une surreprésentation de jeunes Noirs, ce qui ne signifie évidemment pas que tous les agresseurs soient noirs, et ce qui ne signifie pas non plus que leur apparence noire soit en soi le facteur explicatif. Comment éviter l'explication racialiste (par le racisme antiblanc) et reconnaître en même temps que les jeunes Noirs étaient très représentés parmi les agresseurs ? Bref, comment ne pas évacuer complètement la problématique raciale sans pour autant construire une représentation purement racialisée de ces phénomènes de violence ? Pour cela, il est impératif de poser la question raciale sans la disjoindre de la question sociale.

Tel est évidemment le défi auquel les sciences sociales doivent répondre. En l'occurrence, il ne s'agit pas d'excuser le comportement condamnable des jeunes violents, qui tend plutôt à aggraver leur situation, mais de se demander comment la société française l'a produit et quels sont les remèdes possibles. Il me semble que la violence de ces jeunes Français noirs s'exerce contre une société dont ils se sentent rejetés, pour des raisons de classe (l'école n'arrive plus à réduire les inégalités et le marché du travail est difficilement accessible aux jeunes des classes populaires), certes, mais aussi pour des raisons de discrimination raciale. Être noir est un handicap supplémentaire qui s'ajoute à celui d'être jeune. Mon hypothèse est donc que lorsque ces jeunes gens se proclament comme « Noirs » face aux lycéens, ils opèrent une inversion du stigmate qui leur est infligé par la société et les institutions.

La notion de stigmate, telle qu'explorée par Erving Goffman, renvoie historiquement aux marques portées au fer rouge sur les personnes frappées d'infamie en Grèce antique, ou encore à la fleur de lys gravée sur l'épaule des galériens[41]. Plus largement, elle désigne un attribut qui jette un discrédit sur la personne. Ce peut être une anormalité physique (difformité, handicap), ou un trait de caractère ou de comportement, ou bien la race, la nationalité, la religion. « Un individu qui aurait pu aisément se faire admettre dans le cercle des rapports sociaux ordinaires possède une caractéristique telle qu'elle peut s'imposer à l'attention de ceux qui le rencontrent et nous détourner de lui, détruisant ainsi les droits qu'il a vis-à-vis de nous du fait de ses autres attributs », écrit Goffman. Et il ajoute : « Afin d'expliquer son infériorité et de justifier qu'elle représente un danger, nous bâtissons une théorie, une idéologie du stigmate qui sert aussi parfois à rationaliser une animosité fondée sur d'autres différences, de classe par exemple. » Pour Goffman, la peau noire constitue un stigmate, en ce sens qu'elle marque une différence entre les « normaux » et ceux qui ne le sont pas tout à fait, « une place dans un jeu qui, mené selon les règles, permet aux uns de se sentir à bon compte supérieurs devant le Noir, virils devant l'homosexuel, etc.[42] ».

Lors des situations de « contact mixte », lorsque « normaux et stigmatisés partagent une même situation sociale », les individus stigmatisés réagissent de diverses manières. On a décrit précédemment les stratégies d'accommodement, plus rarement d'affrontement, de la plupart des Noirs dans leurs interactions sociales. Mais il est possible, pour l'individu stigmatisé, d'adopter un autre comportement, par lequel il « bouffonnise » en « reprenant à son compte les attitudes dépréciatives des autres à son égard ». Bouffonniser consiste à « danser complaisamment devant les normaux la ronde des défauts attribués à ses semblables, figeant ainsi une situation vécue en un rôle clownesque[43] ». Il s'agit donc d'une forme d'inversion du stigmate par laquelle il n'est pas simplement question d'une réappropriation du lexique de la race, mais d'une réappropriation des caractéristiques les plus grotesques des stéréotypes racistes. Parmi elles, ce qui relève du répertoire du sauvageon. Les discriminations raciales structurant de nombreux domaines de la vie sociale peuvent ainsi se traduire par un phénomène de bouffonnerie par lequel les stigmatisés expriment leur situation. Jouer au sauvageon peut prendre des formes concrètes diverses, parmi lesquelles les « bandes » et leurs affrontements ritualisés (dont le niveau de violence, notons-le, n'a rien de comparable aux gangs américains munis d'armes à feu, et qui se rapprochent bien plus des « blousons noirs » des années 1960), mais aussi écouter de la musique très fort dans le RER, adopter un comportement voyant et intimidant, etc. Puisque les autres voyageurs ne veulent pas s'asseoir à côté d'eux, autant jouer à leur faire peur...

À cet égard, la référence du ministre de l'Intérieur aux « racailles » a eu un effet considérable sur les jeunes Noirs que nous avons rencontrés. Aucun n'a commis d'acte de délinquance, et leurs propos sont le plus souvent sévères à l'encontre des jeunes Noirs qui brutalisent des voyageurs ou des manifestants. Ils sont un peu embarrassés et craignent d'être assimilés à eux. Les jeunes violents subissent alors une double opprobre : celle des autorités et de la société en général ; et aussi celle des autres Noirs, qui, redoutant d'être confondus avec eux, redoublent d'indignation appuyée. Jonathan, vingt-cinq ans, employé municipal, explique ainsi : « Pas moyen d'écouter les nouvelles au moment des casseurs noirs, c'était plus fort que moi, je changeais de chaîne. » Je lui demande s'il peut m'en dire plus et il abrège : « C'est un peu de la honte, je n'ai pas envie d'être confondu avec ces gars-là. » Il craint un jugement réprobateur porté sur l'ensemble du groupe stigmatisé, par un « transfert de valeur » porté à son discrédit.

Le racisme et le sport

La fin de l'esclavage puis de la colonisation n'a pas chassé les stéréotypes racistes, même s'ils s'expriment de nos jours sous une forme généralement plus atténuée. Quoique : la manière dont des joueurs de football noirs sont accueillis dans certains stades européens (des supporters leur lancent des bananes en poussant des cris gutturaux, manière de les assimiler à des singes et de les placer en dehors de l'humanité) rappelle que le temps des zoos humains n'est pas si lointain. Les stéréotypes racistes, qui assignent les personnes à certains secteurs d'activité, sont compatibles avec des activités éventuellement valorisantes comme le sport.

Le sport est culturellement et politiquement important du point de vue de la représentation des personnes et des collectifs. Du côté des personnes, le sport propose un discours sur les corps, sur leur efficacité, leur esthétique, tandis que les équipes représentent symboliquement les sociétés, locales ou nationales. Dès lors, la composition des équipes est commentée dans une double perspective : l'efficacité tactique et l'adéquation entre l'équipe et la nation imaginée. L'efficacité fait l'objet de débats entre amateurs et spécialistes (dont le cercle varie selon l'enjeu : la Coupe du monde de football transforme chacun en sélectionneur, tandis que le championnat de France mobilise plus étroitement), alors que la symbolique de l'équipe suscite aussi des débats, articulés aux représentations différentes de la nation, au-delà des amateurs de sport. Ces identifications sont plurielles et peuvent entrer en tension. C'est particulièrement vrai dans les sports à fort investissement nationaliste, comme le football ou les sports olympiques de premier plan, où le public attend de s'identifier à l'équipe nationale, afin que celle-ci lui parle de la nation et écrive une page de l'histoire nationale qui entre en résonance avec elle. Le sport propose un discours sur la nation, sur ce que signifie être français (ou britannique, ou allemand).

Dans ce contexte, les sportifs acquièrent une importance particulière : leur corps individuel représente le corps national. Le cas des sportifs noirs pose des questions spécifiques, dans la mesure où ils sont nombreux dans des sports de premier plan médiatique et où, comme nous l'avons déjà dit, la « francité » s'est construite non seulement politiquement mais aussi racialement. De telle sorte que le champion noir peut voir son appartenance nationale suspectée (par une frange raciste) en même temps que ses compétences tendent à être naturalisées. Commençons par l'histoire de cette naturalisation.

« Les Noirs sont bons en sport », entend-on couramment, manière de justifier par un argument de nature leur présence notable dans un certain nombre de sports de premier plan comme le football, le basket ou l'athlétisme. Il serait absurde de nier leur forte présence dans ces sports en vue, mais elle est le fruit d'une histoire qui aurait pu être différente et qui n'est pas liée à des facteurs intrinsèques au groupe des « Noirs ».

L'exaltation de la puissance physique noire est assez récente. Au milieu du XIXe siècle, Gobineau parlait de la faiblesse musculaire des Noirs, de leur propension à la fatigue. Dans la même veine, plusieurs médecins du Sud des États-Unis publiaient des études (portant par exemple sur les prisonniers, censés vivre dans les mêmes conditions et autorisant donc des comparaisons) soulignant la débilité physique des Noirs libres, leur « manque de solidité nerveuse et de courage » et une prédisposition au rachitisme, au gigantisme, aux goitres et à diverses maladies psychiques. À la fin du XIXe siècle, des observateurs estimaient que les Noirs étaient inaptes, de par leur anatomie et leur physiologie, à des efforts militaires ou sportifs conséquents. Certains experts autoproclamés, comme le statisticien Frederick Hoffman aux États-Unis, affirmaient que la race noire, privée du cadre bienveillant de l'esclavage, était vouée à l'extinction, selon la logique ultime des principes du darwinisme social[44]. En brisant la loi naturelle, l'émancipation des Noirs s'était avérée tragique pour eux, incapables d'user de leur liberté. Ces sombres prédictions s'inspiraient d'une vaste littérature médicale, publiée à partir des années 1840. Un médecin sudiste connu, Samuel Cartwright, écrivait que « la couleur noire n'est pas seulement celle de leur peau, mais elle a contaminé chaque membrane et chaque muscle, en teintant toutes les humeurs, et le cerveau lui-même, d'obscurité[45] ». Comme l'a montré Elsa Dorlin, la médecine des esclaves existait aussi dans le monde caribéen, où proliféraient les traités médicaux qui décrivaient les maladies qui leur étaient propres[46].

La peau noire était considérée comme l'indice que le noir n'était pas simplement présent sur la peau, qu'il n'était pas qu'une question mélanique, mais le signe d'une corruption interne des organes, d'une disposition physiologique particulière et néfaste. Pour Cartwright et Nott, ce n'était pas seulement la peau qui était noire, mais le corps tout entier, jusque dans ses dispositions intérieures, invisibles et secrètes. Le travail du médecin et de l'anthropologue consistait alors à révéler ces dispositions, à les débusquer, pour instruire la société de la nature spécifique de la race afin que l'ordre social en tînt expressément compte. Les experts en race se désignaient ainsi une mission essentielle, celle de veiller à l'harmonie entre l'ordre naturel et l'ordre social. L'ordre juste, pourrait-on dire, était à leurs yeux l'ordre de la cohérence entre la nature des corps et la société qui met les corps au travail et règle leurs comportements. Le discours sur les corps noirs a bien été politique, c'est-à-dire qu'il a été un discours de contrôle et de posologie, un mode d'emploi avec précautions d'usage et même, dans le cas de l'esclavage, service après-vente.

Cependant, à partir du début du XXe siècle, ces conceptions racistes se heurtèrent à l'épreuve des faits : l'apparition d'athlètes noirs d'exception, comme le cycliste « Major » Taylor ou le boxeur Jack Johnson, premier champion du monde noir de boxe poids-lourds en 1908, frappa de stupeur. La désintégration de l'idée du corps noir faible s'opéra de manière spectaculaire. Après avoir conquis la couronne mondiale, Johnson fut mis au défi par un ancien champion du monde, blanc celui-ci, du nom de James Jeffries : « Je vais combattre pour l'unique objectif de prouver qu'un homme blanc est supérieur à un Noir », affirma Jeffries imprudemment. Dans le Sud, les Blancs espéraient que celui-ci tuerait Johnson et le surnommaient l'« espoir de la race blanche », tandis que les Noirs, qui s'intéressaient également au match, considéraient Johnson comme le « libérateur des Noirs ». Le pays retenait son souffle. Le match eut lieu le 4 juillet 1910 à Reno, dans le Nevada, devant une foule de vingt-deux mille personnes très hostiles à Johnson. Celui-ci l'emporta par arrêt du combat, après avoir mis Jeffries au tapis à deux reprises. Il est bien possible que Johnson fit durer le combat pour ménager ses intérêts financiers et pour le plaisir de faire souffrir son adversaire. Le film du combat fut interdit dans plusieurs États et la défaite de Jeffries entraîna des réactions violentes de ses partisans dans plusieurs villes du pays. La supériorité raciale physique des Blancs s'effondra ainsi, dans un grand fracas, au début du XXe siècle[47].

Si, dans l'*Encyclopædia Britannica* de 1895, la description des Noirs faisait état de leurs bras anormalement longs, de leurs pieds spécifiques, elle pouvait être conservée comme explication à leurs aptitudes physiques plutôt qu'à leur faiblesse — manière indirecte de suggérer le moindre mérite de leurs victoires sportives. La science fut alors sollicitée, non plus pour expliquer les déficiences de la race noire et son extinction prévisible, mais pour naturaliser certaines supériorités physiques. C'est ainsi qu'en 1901, le champion cycliste afro-américain Marshall « Major » Taylor (1878-1932) fut ausculté aux rayons X par des anthropologues français cherchant à comprendre les raisons de ses victoires aux championnats du monde de cyclisme sur piste (1899, 1900 et 1901). De nombreuses études « scientifiques » essayèrent, tout au long du siècle, d'établir des différences biologiques pour rendre compte de la forte présence noire dans l'athlétisme et d'autres sports. On mesurait bras, jambes, pieds, on incriminait tel os du talon ou du bassin à la recherche du secret des victoires de Jesse Owens, Joe Louis ou Michael Jordan. Certains commentateurs se sont lancés dans des acrobaties plus hasardeuses encore, comme cet entraîneur d'athlétisme américain qui expliquait en 1941 que les Noirs héritaient de dispositions innées venues des temps primitifs, lorsqu'il leur fallait échapper aux lions de la jungle (et qu'ils apprirent ainsi à courir vite et longtemps). Par une sorte de retour à Buffon, l'invocation du passé primitif des Noirs, alors que les Blancs construisaient au même moment une civilisation, leur donnait un avantage en quelque sorte injuste dans les courses de sprint. Après guerre, les sportifs noirs africains qui apparurent dans les courses longues (comme Abebe Bikila, vainqueur des marathons des jeux de Rome et Tokyo en 1960 et 1964) nécessitèrent de réviser à nouveau les jugements précédents, par une distinction anthropologique et physiologique établie entre Africains de l'Est et de l'Ouest. Aux États-Unis, jusqu'à aujourd'hui, des considérations racialisantes ont accompagné les succès des athlètes noirs, « comme si nous étions sortis en dribblant du ventre de notre mère », disait Michael Jordan.

Il est clair que la tentation de l'explication biologisante à propos de la forte présence de sportifs noirs dans un nombre notable de sports est toujours présente, tapie dans un recoin, prête à surgir dans la bouche d'un commentateur. On pourrait considérer cela de manière indulgente si ces considérations n'allaient pas, souvent, de pair avec une disqualification des Noirs dans d'autres domaines (ceux de l'intellect et de la haute création), comme si les talents sportifs naturalisés valaient comme compensation de déficiences intellectuelles implicites. On trouve aussi, dans un registre différent mais jumeau, des afrocentristes américains qui justifient la présence forte des Noirs dans le sport par des arguments biologiques[48]. Au fond, les afrocentristes en question confirment paradoxalement que les Noirs sont biologiquement différents, en quoi ils rejoignent les idéologues racistes sur ce plan.

Les spécialistes de sciences sociales doivent constamment faire la chasse à l'essentialisme, faire litière de ses explications fausses, pour proposer des explications plus complexes, c'est-à-dire sociales. Travail de Sisyphe, tant la tentation essentialiste demeure forte. Ce n'est pas du côté de la biologie que l'on a trouvé, ou que l'on trouvera, une explication valable aux succès des athlètes noirs, mais du côté des formes d'organisation des sociétés, des opportunités socio-économiques, des structures sportives et de l'histoire de l'immigration.

Premièrement, le facteur de classe et de migration. Il est assez clair que le sport peut constituer un moyen d'ascension sociale pour les groupes dominés. Tracer les itinéraires de champions d'origine très modeste et parvenus à la gloire est pratiquement un genre littéraire qui a accompagné l'histoire même du sport. Les Noirs étant surreprésentés dans les catégories modestes, notamment chez les immigrés, il n'est pas anormal de les trouver dans le sport, particulièrement les sports historiquement liés aux classes populaires comme la boxe ou le football. Depuis le pionnier, Raoul Diagne (fils de Blaise Diagne), qui enfila le maillot de l'équipe de France de football en 1931, la principale raison de la forte présence de joueurs noirs sous le maillot bleu est liée aux vagues migratoires des quarante dernières années, en provenance de l'ancien empire colonial. Les Bleus forment le miroir réfléchissant de notre passé national, qui est aussi un passé colonial. Auparavant, l'équipe de France de football comprenait une forte proportion de joueurs de filiations polonaise (dont Raymond Kopa fut la figure de proue), italienne (de Roger Piantoni à Michel Platini) et espagnole (Manuel Amoros, Luis Fernandez) tout à fait en phase avec les courants migratoires du XXe siècle.

Que les contempteurs de l'équipe de France « trop noire » se rassurent donc : la forte présence de footballeurs noirs sous le maillot bleu n'est liée ni à un supposé affaiblissement national ni à des facteurs intrinsèques au groupe des « Noirs », mais elle est un moment de l'histoire sociale de notre pays et des grands courants migratoires internationaux. L'« invasion noire » dans le football à laquelle on fait implicitement allusion témoigne d'une inquiétude soupçonneuse à l'égard des minorités visibles, comme si celles-ci devaient éternellement prouver qu'elles sont bien françaises. Il est possible que dans quelques années des athlètes chinois domineront des sports actuellement considérés comme une chasse gardée des Noirs. Il se trouvera sans doute un homme politique ou un intellectuel pour le déplorer... Symétriquement, les Noirs seront présents au plus haut niveau dans des sports aujourd'hui très majoritairement blancs comme le ski. Bref, les cartes des assignations racialisées seront rebattues, mais la naturalisation des compétences trouvera à s'exprimer de nouveau. Le cas de la Grande-Bretagne, au passé colonial comparable à celui de la France, mérite d'être évoqué ici : les joueurs noirs ne sont apparus que tardivement dans l'équipe nationale anglaise, et ils demeurent aujourd'hui moins nombreux que leurs collègues français. Cela est probablement dû au fait que le football a, en Grande-Bretagne, une importance supérieure en tant que lieu de promotion sociale: à ce titre, les discriminations jouent à plein pour faire de l'équipe nationale un dernier bastion de l'identité blanche ouvrière, par ailleurs en décomposition dans d'autres domaines de la vie sociale.

Deuxièmement, les choix opérés par les cadres du sport, en particulier les entraîneurs, qui peuvent orienter les jeunes Noirs vers des sports stéréotypiquement noirs. Au sein d'un sport comme le football américain, les *quarterbacks* (meneurs de jeu qui orientent l'attaque) sont rarement noirs, tandis que les joueurs qui courent le plus (*running back* et *free safety*) le sont presque toujours: dans le premier cas, les qualités de stratège sont valorisées; dans le second, ce sont les qualités athlétiques qui priment, et qui ont induit une forte racialisation de ce sport. Les entraîneurs de football américain orientent les jeunes joueurs selon leurs qualités propres, mais aussi selon une grille raciale qui attribue aux uns et aux autres des qualités physiques et intellectuelles naturalisées. De telle sorte qu'un grand *quarterback* noir comme Damon Allen, qui fit les beaux jours de l'équipe universitaire de Cal State Fullerton, a dû s'exiler au Canada faute d'équipe professionnelle des États-Unis disposée à l'engager, et on ne saura jamais ce qu'il aurait pu faire au sein de la meilleure ligue de football professionnel[49]. Il m'est arrivé d'entendre, il y a une vingtaine d'années, un professeur d'éducation physique décréter que les Noirs ne seraient jamais bons en natation en raison de leur densité plus forte et donc de leur flottabilité moins favorable, de telle sorte qu'il préférait orienter les jeunes Noirs vers l'athlétisme plutôt que vers la natation. L'émancipation du sportif noir des choix stéréotypés par son investissement dans un sport où les Noirs sont absents est risquée et parfois coûteuse : risquée parce qu'il devra batailler contre un racisme ambiant parfois agressif ; coûteuse parce que la transgression de la ligne de couleur suscite des jugements racialisés. Ainsi de la patineuse Surya Bonali, dont les performances étaient valorisées du point de vue athlétique, par contraste avec ses concurrentes blanches qui, elles, étaient naturellement « artistiques » et « élégantes ».

Troisièmement, les choix des Noirs eux-mêmes, qui investissent dans des sports précisément choisis parce qu'un grand nombre de Noirs les exercent de manière visible et à haut niveau, de telle sorte que ces sports apparaissent comme des lieux sans discrimination raciale et où les talents peuvent s'exprimer et les efforts sont justement récompensés. À elle seule, l'influence d'un grand champion peut suffire à susciter des vocations et faire apparaître par la suite un groupe substantiel de jeunes sportifs qui se sont identifiés ethniquement, racialement ou régionalement à lui. Il ne faut pas sous-estimer l'attraction exercée par les stars du sport mondialisé sur une jeunesse masculine qui rêve de les égaler et qui, dans son éblouissement, jette un voile d'oubli sur la « probabilité infime d'une concentration aussi extravagante de qualités et de travail dans une seule et même personne[50] ». Si peu réussissent qu'il est alors légitime de considérer le sport de haut niveau comme un miroir aux alouettes. C'est l'histoire que raconte Fatou Diome, celle d'un jeune Sénégalais qui rêve d'échapper à la misère en égalant les exploits du footballeur Maldini, et que les mésaventures d'un prédécesseur sur le chemin des illusions, rentré piteusement au pays, ne découragent pas[51]. Il n'en demeure pas moins que, pour beaucoup d'enfants noirs, le sport constitue un moyen de réussite sociale, parce que la réussite des aînés les conforte dans l'idée qu'il est un lieu où les discriminations raciales n'ont pas cours.

Revenons à la question des stéréotypes raciaux véhiculés par le sport. Ma thèse est que la multiplication des grands sportifs noirs depuis trente ans dans les sports les plus populaires n'a pas eu d'effets particuliers sur les conceptions racistes, précisément parce que celles-ci sont fondées sur des stéréotypes que le sport de haut niveau véhicule : la vigueur, la puissance physique, soit des qualités également prêtées aux esclaves et aux tirailleurs sénégalais, la « force noire » jadis louée par le général Mangin. Loin de moi l'idée selon laquelle le sport serait néfaste, tout au contraire. Mais, en tant que tel, le sport de haut niveau, largement retransmis à la télévision, tend à valider les stéréotypes raciaux, puisqu'il exalte des qualités qui sont historiquement attribuées aux groupes racialisés. En outre, les structures d'encadrement sportif, en particulier les grandes fédérations nationales et internationales, ont longtemps été indifférentes aux injustices sociales et raciales, quand elles ne les cautionnaient pas au nom de l'indépendance du sport par rapport à la politique. Le Comité international olympique, en particulier, s'illustre en fermant les yeux non seulement sur la nature des régimes qui organisent les jeux, mais en réprimant toute tentative d'expression des droits à l'intérieur des enceintes sportives. En cela, le sport de haut niveau ne fournit pas un point d'appui robuste pour le combat antiraciste, à moins que les sportifs n'acceptent de s'impliquer dans la cité.

Cela est rarement le cas, à de notables et remarquables exceptions près. La plus spectaculaire est celle des athlètes noirs américains Tommie Smith et John Carlos brandissant leur poing ganté de noir sur le podium olympique des jeux de Mexico en 1968. Après un 200 mètres mémorable gagné par Smith au cours duquel le record du monde fut égalé, la stupeur gagna le public lorsque les deux champions manifestèrent leur solidarité avec les Black Panthers. Smith et Carlos payèrent très cher leur courage, puisqu'ils furent bannis du village olympique et suspendus de l'équipe nationale par une fédération américaine revancharde et un Comité international olympique réactionnaire. Notons au passage qu'en deuxième position le sprinteur australien Peter Norman portait un badge de l'Olympic Project for Human Rights (une association à l'origine de la protestation). Norman s'engagea ensuite dans le militantisme antiraciste dans son pays, de sorte que ce podium fut le plus politisé de toute l'histoire des Jeux olympiques. Lorsque, à l'automne 2005, Peter Norman mourut, Smith et Carlos firent le voyage pour porter son cercueil en terre australienne.

Un autre exemple significatif est celui de Muhammad Ali (ex-Cassius Clay), le grand boxeur qui paya aussi le prix fort pour son engagement contre la guerre du Vietnam, puisqu'il fut privé de combats de boxe professionnels pendant trois ans (entre 1967 et 1970) et soumis à la vindicte publique. Le cas de Jesse Owens est un peu différent, au sens où, lors des jeux de Berlin en 1936, le célèbre athlète américain, petit-fils d'esclaves de l'Alabama, causa certes le dépit et la fureur des dignitaires nazis après avoir triomphé quatre fois, mais sans que ses victoires fussent accompagnées d'une volonté explicite de contestation politique, et sans déclarations politiques de sa part autres que le regret de n'avoir pas été reçu à la Maison-Blanche par Roosevelt. En revanche, Owens protesta, mais en vain, contre l'éviction des athlètes juifs Sam Stoller et Marty Glickman de l'équipe américaine du 4 × 100 mètres, ordonnée par des officiels américains soucieux de ne pas déplaire plus encore aux nazis.

Aux États-Unis comme dans le reste du monde, y compris la France, de nombreuses actions politiques antiracistes et pour l'égalité, moins spectaculaires, ont été menées par des champions, à l'échelle locale (la participation à une association dans une commune) ou nationale (par des prises de position médiatisées), et il convient de ne certainement pas les sous-estimer. On a pu entendre, récemment, le footballeur Lilian Thuram affirmer son intérêt pour les questions civiques et politiques, ce qui allait à rebrousse-poil de la culture du silence qui prévaut dans le monde sportif professionnel français, et lui attira des remarques acerbes de la part du ministre de l'Intérieur de l'époque, peu habitué à ce qu'un champion dise autre chose que des paroles convenues d'après-match sur la joie de la victoire ou la déception de la défaite.

Mais cela n'est pas suffisant pour faire pencher la balance et faire du sport professionnel un lieu privilégié de la lutte contre le racisme. En revanche, le sport amateur peut promouvoir des valeurs de solidarité, de fierté et de citoyenneté, comme l'ont montré les premières Assises de l'éducation par le football, tenues à l'automne 2006. Le sport de haut niveau n'a pas la vertu intrinsèque de remettre en cause les imaginaires racialisés, bien au contraire, pas plus sans doute que les imaginaires de classe :

aux stéréotypes sur la force athlétique des Noirs ont répondu d'autres stéréotypes sur les sportifs d'origine ouvrière, dont le caractère spécifique est censé les prédisposer à des efforts intenses (« ils sont durs à la souffrance[52] »). C'est pourquoi, du reste, certains supporters de clubs de football, comme ceux du Paris - Saint-Germain en France, installés dans la tribune « Boulogne » du Parc des Princes, de triste réputation, demeurent ouvertement racistes, non point en dépit mais à cause de leur fréquentation assidue des stades de football. Le spectacle des matchs de football n'est pas un antidote au racisme, tout au contraire. Les supporters d'extrême droite trouvent dans le football ce qu'ils viennent chercher, soit une forme de confirmation de leurs croyances racistes. Pour contrecarrer les stéréotypes raciaux, il faudrait une forte mobilisation des autorités sportives, autre chose que des paroles apaisantes et dilatoires, un point retiré au classement du championnat ou de sympathiques banderoles « Halte au racisme » déployées au début des rencontres. Lors d'un match de football entre Lyon et Rennes, en avril 2007, un joueur lyonnais s'est bouché le nez en regardant un joueur rennais noir. La commission de discipline de la Ligue professionnelle de football a sanctionné le joueur lyonnais mais en l'absolvant de toute connotation raciste. L'argument de la commission est juridiquement contestable : elle dit en substance que « Baros n'a pas commis un acte raciste puisque l'intéressé le dit ». Autrement dit, la commission ne sanctionne les actes racistes que lorsque l'auteur authentifie leur caractère raciste. Or, nous savons bien que, dans ce genre d'affaire, les auteurs nient avec la dernière énergie : « Moi, raciste, mais voyons, vous n'y pensez pas. » S'il fallait établir le caractère raciste d'un acte à partir de la confirmation par son auteur présumé, il n'y aurait presque jamais d'acte raciste condamné comme tel. La commission de discipline avait l'occasion de manifester que les actes manifestement racistes peuvent faire l'objet de sanctions significatives. Elle n'a pas choisi cette voie, et a ainsi donné le sentiment que les autorités du football ne prennent pas au sérieux la lutte contre le racisme dans le sport. Ce qui n'est pas tout à fait surprenant, au demeurant. En revanche, en octobre 2007, le club de Bastia s'est vu retirer un point au classement du championnat de ligue 2 en raison d'insultes racistes venues du public à l'adresse du joueur noir d'une équipe adverse. Même si ce point retiré est dérisoire, la décision représente néanmoins un progrès, puisqu'il y a bien sanction d'un acte considéré comme raciste.

Peut-on alors parler des enceintes sportives comme de zones de non-droit ? Il n'existe pas dans ces lieux, à proprement parler, de vide juridique, puisque le droit pénal s'y applique — les supporters sont justiciables — en plus de règlements spécifiques. Ce sont donc des zones de droit, mais il est clair que les normes juridiques ne s'appliquent pas toutes seules. Qui vérifie la conformité des comportements au droit ? Comment les sanctions sont-elles appliquées ? Comment les victimes peuvent-elles demander réparation ? Si le droit n'a de valeur que formelle dans certains lieux, en particulier dans les tribunes tacitement administrées par les clubs de supporters violents, alors les autorités sportives tolèrent l'oubli du droit. La question est donc de forcer son application, afin que les actes théoriquement sanctionnables (insultes et violences racistes, saluts fascistes, etc.) le deviennent pratiquement.

Pour cela, il est possible de combiner des arguments répressifs et incitatifs, visant, par une démarche contractuelle, à faire appliquer la loi par des prises de conscience et des changements d'attitude vérifiables, par la coopération des différents acteurs du sport. Si cela fait fuir les supporters racistes, tant mieux ! Un autre public viendra, qui jusque-là avait été effarouché par les démonstrations viriles des précédents. Quant aux sportifs eux-mêmes, la question se pose également du respect du droit : il n'est pas de raison valable non plus qu'ils échappent au droit pénal et civil.

La mise en œuvre du droit, c'est aussi celle du sport dans l'espace de la cité, qui pourrait s'accompagner d'une action systématique sur les processus de recrutement, les filières d'importation et la formation civique des sportifs. Pas plus que n'importe quelle autre activité humaine, le sport n'est intrinsèquement antiraciste. Pour que le sport soit antiraciste, au-delà des déclarations lénifiantes sur ses « valeurs de fraternité », il conviendrait que le monde sportif en général décidât qu'il le devînt et agît en conséquence. Le sport n'a pas besoin de torrents de bons sentiments, mais de droit et de civisme.

« *Aussi français que les autres* »

Les travaux comparatifs de la sociologue Michèle Lamont s'avèrent utiles pour réfléchir aux frontières construites entre les communautés imaginées du « nous » et du « eux ». D'après Lamont, les catégories mentales des ouvriers américains sont établies sur des critères moraux : les travailleurs blancs se présentent comme dotés d'un « soi discipliné », tandis que les travailleurs noirs mettent en avant leur « soi généreux ». Les premiers soulignent leur différence avec les Américains noirs et avec les pauvres en les décrivant comme travaillant mal, paresseux et immoraux[53]. Inversement, les travailleurs noirs qu'elle a interviewés estiment que leurs collègues blancs sont dominateurs, arrogants, peu généreux, et ils marquent plus volontiers leur solidarité avec les pauvres. « Pour les travailleurs noirs et blancs, les frontières [...] se conjuguent pour leur fournir un espace dans lequel ils peuvent affirmer leur valeur et leur dignité, un espace où ils peuvent exprimer leur propre identité et leur compétence[54]. »

Du côté de la France, l'étude de Lamont porte sur les Nord-Africains, et sous-estime l'importance sociale de la couleur de peau lorsqu'elle évacue rapidement le racisme antinoir, même si, en effet, le racisme visant les personnes d'origine arabo-berbère est sans doute plus accusé[55]. La citoyenneté ancienne des personnes originaires de l'outre-mer n'a jamais suffi à garantir l'absence de critère de couleur dans la République, même si, en France métropolitaine, la délimitation entre « Blancs » et « Noirs » n'a pas été aussi fondamentale qu'aux États-Unis dans la nation et la constitution des groupes sociaux.

Comme aux États-Unis en revanche, la délimitation des frontières entre le « nous » et le « eux » est également morale : les ouvriers français interrogés par la sociologue considèrent les immigrés nord-africains comme « peu bosseurs », profitant indûment des avantages sociaux, bref, comme ayant plus que ce qu'ils méritent, et, de surcroît, comme incompatibles avec la culture française, en particulier du point de vue de leur religion. L'islam constitue ici une variable essentielle dans la distinction établie par les ouvriers français pour se différencier des immigrés. Or, ce sont les Nord-Africains qui sont associés à l'islam plutôt que les Africains subsahariens, dont beaucoup sont pourtant musulmans, mais qui ne sont pas assimilés aux représentations négatives des variantes radicales de cette religion dans l'imaginaire politique des Occidentaux. Bref, les Africains noirs musulmans semblent échapper à l'opprobre antimusulmane, l'une des composantes centrales du racisme antiarabe actuel. Au vrai, lorsqu'on les interroge sur les raisons du racisme qu'ils peuvent subir, ils ne font pas référence à la religion mais à leur apparence physique, au fait d'être noir. Par contraste, les Nord-Africains mentionnent souvent l'islam comme un facteur stigmatisant[56]. Du côté des immigrés nord-africains, explique Lamont, la distinction principale qu'ils établissent entre eux et les autres, comme pour les Afro-Américains, est celle du « soi généreux ».

Une conclusion voisine peut être tirée des entretiens que j'ai menés. Les personnes noires d'origine antillaise et africaine affirment leurs principes de solidarité familiale et de générosité, par contraste avec les Français blancs, « égoïstes », qui « ne s'occupent pas des vieux ». Pierre, Sénégalais : « Ça m'a choqué quand je suis arrivé en France de voir des gens crever dans leur coin. Ça, je l'aurais jamais cru. On est pauvres chez nous, mais on n'est pas si égoïstes, on se serre. » Ce point de vue ne concerne pas seulement les migrants : les jeunes Noirs que j'interroge, nés en métropole, se réclament également de la solidarité et de la générosité : « Moi j'laisserai pas tomber mes parents quand ils seront vieux, dit Julia (vingt ans), même quand ils seront repartis à la Réunion. » Plusieurs mentionnent la vague de chaleur de l'été 2003 qui causa la mort de plusieurs milliers de personnes âgées, en considérant la passivité des autorités de l'État comme symptomatique d'une indifférence générale pour elles. D'autres parlent de leur surprise à la vue des SDF, au moment de leur arrivée en France. Awa : « Je savais qu'il y avait des malheureux en France, mais quand même pas à ce point ! J'arrive à Paris, je loge chez ma sœur à Viry-Châtillon. Elle m'emmène visiter Paris, je lui dis : "C'est pas possible tous ces gens, il y en avait des jeunes, dans les tentes et partout, comment ils font avec ce froid ?" Un pays riche comme la France, j'ai fini par m'habituer mais au fond de moi je ne l'admets pas. » L'année suivante, Awa décida de militer dans une association caritative, occasion de manifester son « soi généreux », et fait référence à ce premier aperçu de Paris comme à une expérience fondatrice pour elle.

Quels sont les arguments antiracistes utilisés par les uns et les autres ? Lamont relève que les immigrés nord-africains, de manière plus accentuée que les Noirs américains, utilisent des arguments universalistes antiracistes pour affirmer qu'ils sont les égaux des Français sur le plan du travail et du respect de la bonne moralité, tout en s'en distinguant du point de vue de leur « soi généreux ». Ce répertoire argumentaire est également valide pour les Noirs, avec quelques variantes originales. L'universalisme, d'abord, est systématiquement présent. En cela, on peut penser qu'il s'inscrit dans la filiation des Lumières, intégrée dans l'héritage républicain commun. Jacques répète que « nous sommes tous pareils, y a du bon et du mauvais partout » ;

Alou explique que « le racisme vient de l'ignorance. C'est des gens qui sont pas éduqués, sinon ils sauraient que Noirs, Blancs, Jaunes, c'est pareil. Quand je donne du sang, on regarde pas ma couleur de peau, et celui qui en profitera n'ira pas se plaindre de recevoir du sang d'un Sénégalais ! ». Cet universalisme intransigeant se distingue de la position plus complexe des travailleurs afro-américains tels qu'analysés par Lamont. Influencés par l'Église et la rhétorique religieuse progressiste de Martin Luther King, certains Noirs américains font référence aux hommes créés égaux par Dieu, et entendent en cela ne pas laisser le champ libre aux chrétiens ultra-conservateurs évolutionnistes ; d'autres réfèrent à une citoyenneté commune entre Américains de toutes races ; d'autres, moins nombreux, rejettent l'universalisme et lui préfèrent un argument particulariste de justification d'une préférence raciale.

Par contraste, les Noirs de France interviewés développent un universalisme clair, parfois sous-tendu par des convictions religieuses, le plus souvent par des arguments physiologiques (le « même sang »). Il n'est évidemment pas à exclure que certains Noirs radicaux abandonnent l'universalisme pour des variantes particularistes, mais mon sentiment est qu'ils sont très minoritaires et peu représentatifs de la France noire que j'ai explorée : je pense en l'espèce au petit groupe vociférant de la Tribu Ka, organisation radicale noire dissoute en juin 2006, tourné en dérision par quelques-uns de mes interlocuteurs, méprisé de la plupart des autres, très au fait de leur galimatias anti-universaliste. Par là, l'enquête était rassurante en ce qu'elle a confirmé l'isolement des « kémites » et l'inefficacité politique de leurs rodomontades. Historiquement, le séparatisme racial noir ne s'est jamais développé en France métropolitaine, y compris au sein des associations noires des années 1920, qui pouvaient parfois reprendre des éléments de rhétorique à Marcus Garvey mais n'en épousaient pas pour autant la cause séparatiste[57].

Au répertoire universaliste très dominant, les Noirs antillais ajoutent un autre argument : celui d'être des citoyens français depuis la fin de l'esclavage en 1848, c'est-à-dire depuis plus longtemps que bien d'autres Français. Hervé, qui aime bien lire des livres d'histoire, se lance dans une longue parenthèse historique à propos des migrants européens qui se sont installés en France depuis plus d'un siècle : « On nous casse les pieds alors que nous les Guadeloupéens on est français depuis combien de temps ? » Je ne peux m'empêcher de remarquer qu'il utilise un argument classiquement anti-immigré du Front national : « Tu sais bien que pour Le Pen, quand tu es noir, tu n'es pas français, j'ai pas raison ? » coupe-t-il. Son argument vaut aussi en tant qu'il distingue les Antillais des Africains, ce sur quoi je reviendrai dans le dernier chapitre, mais il est surtout manière d'affirmer une communauté citoyenne qui devrait être indifférente à la couleur de peau.

De leur côté, les Africains noirs, qui ne peuvent généralement se prévaloir du même « titre » d'ancienneté citoyenne que les Antillais, avancent volontiers l'argument du prix du sang : celui de la participation des soldats africains aux guerres mondiales et à la libération du territoire national. Tous mes interlocuteurs évoquent, chacun à sa manière, les tirailleurs sénégalais « envoyés en première ligne ». Ils évoquent les injustices subies par les soldats africains. D'abord la promesse non tenue : « Ils avaient promis la citoyenneté française et ils n'ont rien eu du tout » ; ensuite les fameuses pensions cristallisées : « Un coup de pied aux fesses, c'est tout ce qu'ils ont eu ! » s'exclame Iba (les entretiens eurent lieu avant l'annonce par Jacques Chirac, en septembre 2006, de la « décristallisation » très partielle des pensions). D'autres, à l'occasion d'un débat suivant la projection à Lille du film d'Ousmane Sembène sur le massacre de Thiaroye, s'étendent longuement sur le manque de reconnaissance enduré par les vétérans. On remarquera au passage, en suivant Goffman, que les personnes stigmatisées se renseignent sur leur situation, lisent des livres, « et, même à défaut de cela, ils ont toujours sur place des congénères doués pour la parole. Ainsi, la plupart des personnes stigmatisées peuvent profiter d'une version intellectuellement élaborée de leur point de vue[58] ». L'argument du tirailleur fait valoir la bravoure des Africains sous le drapeau français, l'égalité sous la mitraille des tranchées, le droit de leurs descendants à être traités dignement, et, ce qui est important ici, l'engagement des soldats coloniaux comme participant aussi d'une communauté nationale, même mal récompensée (puisque la citoyenneté leur fut refusée à l'issue du premier conflit mondial en particulier).

La référence à la « dette de sang » est ancienne : elle remonte à l'après-Première Guerre mondiale, lorsque les premières organisations noires dénonçaient les écarts de pensions entre citoyens et sujets. En février 1927, à la tribune du congrès de la Ligue anti-impérialiste à Bruxelles, le militant et ancien combattant Lamine Senghor (dont je reparlerai au chapitre VI) s'exclamait : « Nous savons et nous constatons que, lorsqu'on a besoin de nous, pour nous faire tuer ou pour nous faire travailler, nous sommes des Français ; mais, quand il s'agit de nous donner les droits, nous ne sommes plus des Français, nous sommes des nègres[59]. » Dans un ouvrage récent, Gregory Mann a justement montré que l'idée selon laquelle la France n'avait pas reconnu comme il convenait ses anciens soldats africains a été constamment évoquée depuis 1920, en métropole et surtout dans toutes les colonies africaines[60]. Un « langage politique » de la dette a été forgé, autour de controverses comme celle de la « cristallisation » des pensions, ou du sort réservé aux migrants africains, également central depuis les années 1970. Au-delà du groupe des vétérans et de leurs proches, la question de la « dette de sang » a par exemple été invoquée lors de l'expulsion brutale de trois cents sans-papiers de l'église Saint-Bernard en août 1996 : les personnes concernées, immigrés du Mali et du Sénégal, demandaient leur régularisation au motif de leur longue présence en France et du sacrifice de leurs ancêtres venus combattre pour ce pays. « Nous ne sommes pas n'importe quels immigrés, disaient-ils en substance : nous sommes les descendants des glorieux tirailleurs, nous partageons une histoire commune et ne sommes pas étrangers sur la terre de France. Nous n'avons pas les papiers requis, mais nous sommes français depuis bientôt un siècle, nous l'avons prouvé à Verdun et au Chemin des Dames. Et vous devez nous traiter à ce titre. » À l'automne 2007, le fameux « amendement ADN » à une nouvelle loi sur l'immigration, visant à restreindre le regroupement familial par la preuve d'une filiation biologique, a consterné les Africains et les Franco-Africains, qui ont considéré, à juste titre, qu'il s'agissait d'une mesure les visant directement, en contradiction flagrante avec l'histoire commune dont ils se réclament.

En ce sens, la ressource mémorielle des tirailleurs est au fondement d'une demande de traitement humain et d'égalité des droits. Elle permet d'établir une communauté imaginaire nationale qui va au-delà des frontières françaises actuelles pour incorporer l'espace postcolonial dans une série de relations d'obligations réciproques. Tout comme les Ultramarins si anciennement français, elle fait référence à un mérite particulier, qui devrait à leurs yeux justifier un meilleur traitement. Même si les Ultramarins tiennent à se distinguer des « immigrés » et si les Africains subsahariens entendent se différencier des « étrangers » qui n'entretiennent pas avec la France une histoire de sacrifices communs dans les guerres mondiales, les uns et les autres s'appuient sur une histoire partagée.

Les Français noirs, qu'ils viennent des Caraïbes, d'Afrique ou de la Réunion, font finalement appel à des arguments antiracistes voisins : l'universel de l'humanité et leur identification comme français, « aussi français que les autres ». Ils rappellent leur communauté de destin avec la nation ou avec l'humanité tout entière. Ces arguments ont une force indéniable, en ce qu'ils sont susceptibles de mobiliser les personnes de bonne volonté attachées aux principes de justice. Ils peuvent également miner les stéréotypes racistes en ce qu'ils démontrent l'existence d'une histoire partagée, pour les Antillais et certains Africains depuis le XVIIe siècle, pour les autres depuis la fin du XIXe siècle, qui n'a pas simplement été celle d'une domination, mais aussi de rencontres, d'échanges, de construction d'un espace colonial puis postcolonial commun. En ce sens, c'est la frontière entre la « France » et l'« étranger » qui perd une partie de sa signification. Par contraste avec d'autres pays comme les États-Unis ou le Brésil, où les Noirs ont été évidemment victimes de racisme, le racisme antinoir de France a rejeté les personnes visées en dehors de la communauté nationale, les a renvoyées à un ailleurs lointain, aux marges de la culture, et a pensé un « nous blanc » et un « eux noir ». D'où l'effort tenace des Noirs pour se réclamer de la communauté nationale, et, dans le même mouvement, pour la déracialiser radicalement — en quoi ils sont d'un républicanisme bien plus conséquent que les pourfendeurs « républicains » du racisme antiblanc. C'est en cela que mon analyse contraste avec celle de Paul Gilroy, qui tend à minorer l'attachement national des Noirs de Grande-Bretagne au profit de liens transnationaux atlantiques. Du point de vue du rapport au national, les Noirs de France ressemblent à ceux des États-Unis, attachés à leur identité états-unienne : d'une part, la plupart considèrent que l'identité française est une carte majeure de leur portefeuille identitaire ; d'autre part, que cette identité vaut aussi en ce qu'elle offre une protection juridique minimale, notamment face aux pouvoirs publics. Se réclamer français, c'est réclamer l'égalité des droits réels.

CHAPITRE V

Penser les discriminations raciales

« Le problème noir n'est rien d'autre qu'un test concret des principes fondateurs de la grande République. »

W. E. B. Du Bois,
Les Âmes du peuple noir

Depuis une petite dizaine d'années, la question des discriminations occupe une place centrale dans les discours politiques et de sciences sociales en France : le terme est passé des tribunaux aux discours savants et au sens commun. En cela, la « lutte contre les discriminations » a désormais pris le pas sur la « lutte contre le racisme », qui occupait tant les consciences dans les années 1980, lorsque le Front national commençait à jouer les premiers rôles dans la vie politique française. On peut ainsi parler, pour citer Didier Fassin, de l'« invention française de la discrimination[1] ».

Pourtant, si le terme de « discrimination » s'est imposé dans les discours publics, particulièrement depuis les émeutes des banlieues françaises à l'automne 2005, cela ne signifie pas que la lutte contre les discriminations soit efficace : on en parle beaucoup, mais on agit moins. Pour comprendre la situation française et ses particularités, il convient non seulement de se pencher sur le droit et la lutte antidiscriminatoire à la française, mais aussi sur ce que les personnes racialement discriminées ont à dire à propos de leur situation personnelle. Il sera aussi utile de préciser ce qu'une *politique* antidiscriminatoire pourrait être en lieu et place de la *lutte* antidiscriminatoire aujourd'hui en vigueur dans notre pays.

Du racisme à la discrimination raciale

Le moment de la fin des années 1990 est d'importance, puisqu'il enregistra le déplacement des préoccupations scientifiques, politiques et associatives de la lutte contre le racisme, grand classique de la politique française depuis la Révolution, à la lutte contre les discriminations. Jusqu'alors, la discrimination raciale était systématiquement niée ou rabattue sur d'autres variables d'inégalités. Comme le note Fassin, le rapport de 1992 du Haut Conseil à l'intégration justifiait par exemple les différences de salaires entre populations française et étrangère par des différences démographiques et de formation entre les uns et les autres : « Cette double épreuve — de relativisation et de justification, dans les termes mêmes du rapport — autorise l'escamotage des discriminations[2]. » Les inégalités étaient donc mesurées, mais lues par le prisme de la classe sociale (pour la gauche) ou d'une différence de culture (pour la droite). Six ans plus tard, le nouveau rapport du même Haut Conseil à l'intégration renversait la perspective, puisqu'il incriminait la société française elle-même plutôt que les étrangers (ou réputés tels) et reconnaissait la discrimination raciale en la dissociant de la nationalité ou de l'origine. Dans la foulée, le Groupe d'étude et de lutte contre les discriminations (GELD) fut créé en avril 1999, ainsi que les Commissions départementales d'accès à la citoyenneté (les CODAC), qui signalaient la volonté inédite des autorités publiques de lutter contre les discriminations en commençant par écouter et prendre au sérieux celles et ceux qui en étaient victimes.

Désormais, plutôt que de s'occuper *stricto sensu* de lutte antiraciste avec ses corollaires (dénonciation des racistes et pédagogie universaliste de l'antiracisme pour extirper la « bête immonde » des esprits), il a été question de la reconnaissance pragmatique de situations sociales et de réparation de préjudices. La lutte antidiscriminatoire en rabat par rapport à la grandeur de la lutte antiraciste, mais elle vise l'efficacité en renonçant à sonder les esprits (et même à les réformer) pour ne s'occuper que des faits. Elle opère donc par le droit. Le déplacement est considérable, non seulement du point de vue judiciaire — par la mise en œuvre concrète de sanctions contre les comportements discriminatoires — mais aussi du point de vue de l'action publique. Les pouvoirs publics se sont en effet trouvés invités à agir pour lutter contre les discriminations et à prendre des initiatives visant à alléger leurs conséquences sur les victimes.

Pourtant, en théorie, la discrimination raciale est interdite par le Code pénal et le Code du travail depuis longtemps. L'article 225-1 du Code pénal de 1972 précise que « constitue une discrimination toute distinction opérée entre les personnes physiques en raison de leur origine, de leur sexe, de leur situation de famille, de leur grossesse, de leur apparence physique, de leur patronyme, de leur état de santé, de leur handicap, de leurs caractéristiques génétiques, de leurs mœurs, de leur orientation sexuelle, de leur âge, de leurs opinions politiques, de leurs activités syndicales, de leur appartenance ou de leur non-appartenance, vraie ou supposée, à une ethnie, une nation, une race ou une religion déterminées». Les actes discriminatoires ont constitué dès lors un délit. La loi de 1990 renforça cette disposition en précisant que «toute discrimination fondée sur l'appartenance ou la non-appartenance à une ethnie, une nation, une race ou une religion est interdite». À ces dispositions générales s'est ajouté le Code du travail, qui, depuis 1982, interdit les discriminations à l'embauche et sur les lieux de travail.

Enfin, à cet ensemble de lois sont venues s'ajouter des dispositions européennes. On ne peut en effet comprendre la mobilisation sur les discriminations sans son contexte européen. Comme l'explique Virginie Guiraudon, du côté français, dans les années 1990, la lutte contre les discriminations était pensée «comme un juste milieu entre intégration/assimilation et multiculturalisme[3]». Des chercheurs en sciences sociales contribuèrent à déplacer la question des cercles juridiques et philosophiques où elle était cantonnée pour mettre en lumière la réalité des discriminations raciales dans la société française. Mais, dans l'ensemble, les expériences étrangères furent peu considérées par les pouvoirs publics et par la presse à la fin des années 1990. Guiraudon fait état de l'euphémisation et de la frilosité des responsables politiques français, qui se refusaient à parler de discrimination raciale alors que la directive « race » était en train d'être négociée à Bruxelles.

En dépit des désaccords, l'adoption de cette directive importante s'est faite très rapidement, en quelques mois. Non seulement elle entendait protéger contre les discriminations directes et indirectes, mais elle ouvrait la porte à des programmes d'action positive. Dans l'immédiat, l'intérêt principal de la directive « race » est qu'elle facilitait le dépôt de plainte pour discrimination et ajoutait la notion de « discrimination indirecte ». La discrimination est qualifiée d'indirecte lorsqu'elle provient d'une disposition, d'un critère ou d'une pratique apparemment neutres qui se trouvent en réalité avoir un effet défavorable pour une personne ou un groupe de personnes.

Son adoption fut un peu due aux circonstances : l'arrivée d'une coalition de droite et d'extrême droite au pouvoir en Autriche mobilisa les Européens, particulièrement les Français (très en pointe contre Haider), les Allemands (se voulant irréprochables sur le sujet) et les Autrichiens (qui voulaient faire profil bas en ne s'opposant pas ouvertement à la lutte antidiscriminatoire). Il n'en demeure pas moins qu'en signant la directive, la France accepta un changement significatif de sa législation nationale. Pourtant, comme le note Guiraudon, « la notion même de discrimination était suffisamment polysémique et ambiguë pour que des États membres ayant des perceptions différentes de ce que la lutte contre les discriminations impliquait puissent s'aligner sur ce cadre européen sans pour autant avoir changé d'idées ni de politique sur la question[4] ».

Les autorités françaises adoptèrent ainsi un langage euphémisé pour le public français : on ne prononçait pas le mot de « race », ni même celui de « minorité », mais on parlait d'« immigrés » (en se référant à une origine supposée), de « jeunes en difficulté » (par une référence socio-économique).

En outre, les Français bataillèrent pour que la statistique ne fût pas obligatoirement requise pour prouver la discrimination indirecte, en dépit de ce que suggérait la directive : « L'appréciation des faits qui permettent de présumer l'existence d'une discrimination directe ou indirecte appartient à l'instance judiciaire nationale [...] conformément au droit national ou aux pratiques nationales, qui peuvent prévoir, en particulier, que la discrimination indirecte peut être établie par tous moyens, y compris sur la base de données statistiques[5]. » C'est en raison de ces oppositions que ce qui était, dans le projet initial, une obligation d'admettre dans les droits nationaux la possibilité de prouver la discrimination ethno-raciale par la statistique est finalement devenu facultatif. La France a donc eu gain de cause.

Enfin, dans la droite ligne de la directive, une loi de 2004 créa la Haute Autorité de lutte contre les discriminations et pour l'égalité (HALDE), regroupant les attributions des CODAC et du GELD sous une seule autorité administrative. Le dernier élément contextuel fut constitué par les émeutes des banlieues françaises de l'automne 2005, qui eurent pour effet que la lutte contre les discriminations fut désormais, au moins rhétoriquement, en bonne place dans les discours des plus hautes autorités de la République. La loi sur l'égalité des chances, votée au printemps 2006, s'inscrit dans le droit-fil en renforçant cette lutte et en promouvant la diversité.

Le déplacement de l'antiracisme à l'antidiscrimination importe également du point de vue des mobilisations associatives. En effet, la mobilisation antiraciste classique, bien représentée par l'association SOS Racisme dans les années 1980, consista surtout en une mobilisation contre le Front national et les « Dupont-Lajoie » du racisme à front de taureau. Ce que l'on ne saurait critiquer moralement mais qu'il est permis d'interroger politiquement, au vu, par exemple, de la présence de Jean-Marie Le Pen au second tour de l'élection présidentielle de 2002. Mais surtout cette forme de mobilisation morale a été d'un intérêt très relatif pour les minorités. Elle a surtout correspondu à ce que la majorité blanche voulait entendre à propos de lutte antiraciste. Aux États-Unis, Eduardo Bonilla-Silva a montré que les Blancs et les personnes de couleur concevaient le racisme selon des régimes de vérité différents : pour la plupart des Blancs, il désigne l'insulte et la violence, tandis que, pour les autres, il renvoie à l'expérience discriminatoire[6]. Du point de vue minoritaire, je pense que dans la France contemporaine la discrimination est plus « grave » que l'insulte raciste.

Ne pas trouver un travail en raison de la couleur de peau est plus destructif et désespérant que se faire traiter de « sale Noir », par exemple. Non pas que l'insulte raciste soit agréable, loin s'en faut, mais elle est susceptible de mobiliser des ressources psychologiques d'autodéfense relativement efficaces (pour peu que ces insultes soient rares, ce qui est tout de même le cas en France pour la plupart des personnes) : « Quand je me suis fait traiter de connard de Noir, je ne suis même pas descendu [du camion] tellement j'avais pitié de ce type, je vais quand même pas sortir un pistolet, on n'est pas au Far West. Je lui ai dit de retourner à l'école, il a dû manquer des classes, de toute façon t'aurais vu sa tête de demeuré, tu laisses courir dans ces cas-là», explique Rémi, chauffeur-livreur[7]. En revanche, la discrimination raciale laisse la victime désarmée, comme sans voix, le souffle coupé, sans prise sur une personne qui explique avec un sourire que, dans le marketing par exemple, «cela ne va pas d'être noir». Sans prise face au silence des employeurs qui ne répondent pas aux demandes, ou par des lettres de refus standardisées. Sans prise face à une carrière qui va moins vite que celle des autres. Bref, la discrimination directe ou plus souvent indirecte, insidieuse, diffuse, mine ses victimes. Dès lors, il n'est pas surprenant que ces dernières la placent plus haut dans la hiérarchie de leurs priorités que la lutte antiraciste telle que classiquement entendue, avec ses concerts, ses potes et ses mains jaunes.

«*Je sais bien mais quand même*»

Pour mesurer les particularités du droit français, il convient de le comparer aux droits étrangers : en l'occurrence le droit américain, qui contraste suffisamment avec lui pour en tirer des enseignements pertinents. En première lecture, les lois françaises et américaines sont semblables en ce qu'elles condamnent la discrimination raciale et promeuvent une société aveugle à la couleur de peau. Cependant, comme l'explique la juriste Julie Suk, la législation française ne laisse pas la possibilité de prendre en considération les distinctions raciales pour remédier à des situations d'inégalités passées ou présentes ou pour promouvoir la diversité. Tandis que la législation américaine prévoit que ces distinctions puissent être justifiées dans le cas d'une politique de redressement des torts. Certes, elle est officiellement «*color blind*» («indifférente à la couleur»), ainsi que la Cour suprême l'a répété à de nombreuses reprises depuis un demi-siècle. Le démantèlement de la ségrégation, à partir de 1954, s'appuya justement sur l'indifférence à la couleur pour remettre en cause la suprématie blanche. Mais, depuis quarante ans, les Américains y dérogent dans le cadre des politiques d'*affirmative action*. La dérogation se trouve justifiée par les torts uniques et catastrophiques induits par le passé esclavagiste des États-Unis. L'«indifférence à la couleur» fonctionne aux États-Unis comme une métaphore, elle n'est pas prise comme en France au pied de la lettre[8]. L'idéal d'un monde déracialisé suppose, du point de vue américain, que l'on ne ferme pas les yeux sur les différences actuelles entre Noirs et Blancs. Pour qu'un jour les enfants noirs et blancs «se tiennent la main», pour reprendre la célèbre formule de Martin Luther King, il convient non point de nier absolument toute différence entre eux, mais au contraire de les mesurer pour les réduire à toutes fins utiles.

Une autre distinction a trait aux catégories mentionnées par les dispositions antidiscriminatoires. Du côté français, la loi mentionne des catégories définies par le sexe, la race, l'origine, le handicap, l'orientation sexuelle, la situation familiale, l'opinion politique, l'appartenance syndicale, les convictions religieuses, l'apparence physique, l'état de grossesse, l'état de santé, les mœurs, l'âge, le patronyme. Par contraste, aux États-Unis, la législation ne mentionne que la race, la couleur, la religion, l'origine nationale, le sexe, l'âge et le handicap. Suk remarque que les instances judiciaires américaines rechignent à élargir le périmètre des lois antidiscriminatoires à des catégories qui ne sont pas articulées à des groupes historiquement dominés. Un cas typique est celui des personnes obèses : la loi française les protège (au titre de l'apparence physique), mais pas la loi américaine, dans la mesure où il n'existe pas une histoire longue et documentée de traitements discriminatoires institutionnalisés subis en raison d'un surpoids. On comprend du même coup les avantages et inconvénients des deux systèmes : dans le cas américain, l'attention du législateur et du juge est centrée sur des catégories qui ont subi des torts et des méfaits largement prouvés dans la durée, mais elle peut être indifférente à des torts non allégués historiquement. Dans le cas français, l'attention est tous azimuts, mais elle peut « noyer » la discrimination raciale dans un fourre-tout d'où il ressort que chacun peut être victime de discrimination à un titre ou à un autre. La perspective juridique française ne distingue pas le traitement arbitraire résultant de caractéristiques individuelles (comme l'obésité) du traitement arbitraire résultant de l'appartenance à un groupe racialisé.

Or si, du point de vue des violences faites aux personnes, ces traitements peuvent s'équivaloir, il serait cependant inconséquent de considérer à l'identique la discrimination raciale et d'autres formes discriminatoires. Car elle a une histoire qui la rend plus résistante et socialement plus destructrice que d'autres formes de discriminations. Elle représente environ 35 % des réclamations enregistrées à la HALDE, loin devant les autres formes de discriminations (la santé et le handicap viennent ensuite avec environ 18 % des réclamations)[9]. À cet égard, le refus de la HALDE de prendre en compte la spécificité de la discrimination raciale (appelée par euphémisme « discrimination sur l'origine ») constitue une forme de relativisation de celle-ci et de ses effets délétères. Ce n'est pas que les Noirs tiennent à un quelconque primat dans le domaine, encore moins à l'exclusivité des torts subis ; mais beaucoup se plaignent de ce que leurs doléances soient relativisées : « Vous savez, chère mademoiselle, un gros ou un moche auront plus de difficultés à trouver un travail que vous qui êtes noire, certes, mais qui présentez si bien », a pu entendre une jeune femme de la part d'un directeur des ressources humaines. Au fond, on est passé du « déni » à la « dénégation », pour reprendre une formule de Didier Fassin : c'est le « je sais bien mais quand même » (Octave Mannoni) qui résume le mieux cette position de relativisation de la discrimination raciale en France. Les personnes victimes de discrimination raciale affrontaient jadis l'incrédulité générale : « Aux États-Unis, peut-être, sans doute, mais en France, le pays des droits de l'homme, ce n'est pas possible ! » Aujourd'hui que la réalité des discriminations est admise, les voilà en butte à une relativisation paternaliste : « Oui, mais il ne faut pas exagérer, vous avez de la chance de ne pas être trop gros ou trop vieux ou trop moche, mon ami, car ce serait bien pire ! »

La France se trouve ainsi dans une situation inverse de celle des États-Unis : dans ce dernier pays, la « race » écrase les autres facteurs discriminatoires, au risque de négliger des torts qui n'en relèvent pas directement. En France, la « race » est relativisée et minorée dans le discours antidiscriminatoire officiel, tandis que les caractéristiques susceptibles d'affecter l'ensemble de la population (tout le monde deviendra vieux, ou est en possibilité d'être gros ou laid) sont rappelées avec insistance. Ces caractéristiques discriminatoires à « potentiel généralisable » n'affectent d'ailleurs pas également tous les acteurs sociaux. Il est possible de corréler assez nettement le surpoids et la taille à la position sociale et donc à la classe. Comme aux États-Unis, l'obésité est d'abord une maladie de pauvre. Mais il est néanmoins évident que l'obésité autorise, plus que la « race », une montée en généralité sur les discriminations, susceptible de mobiliser l'ensemble de la population (« nous sommes tous concernés ») mais aussi de déligitimer les efforts de celles et ceux qui entendent que la discrimination raciale fasse l'objet d'une attention particulière (ce qui ne signifie pas exclusive).

Une discrimination est une disparité de traitement fondée sur un critère illégitime. Elle n'est pas nécessairement une disparité de situation, même si des disparités de situation systématiques constituent des indices probants de l'existence de disparités de traitement. Prenons l'exemple du blues. La grande majorité des musiciens de blues sont noirs, c'est un fait : voilà une disparité de situation. Pourtant, cette situation n'est pas causée par une disparité de traitement illégitime : s'il n'y a pas plus de musiciens de blues blancs, ce n'est pas en raison d'obstacles tels que des musiciens blancs de talent auraient été écartés en raison de leur couleur de peau. Si le blues est une musique noire, c'est en raison de ses liens essentiels avec l'histoire des Noirs américains, c'est parce qu'il exprime, de manière émouvante le malheur du peuple noir. Dans ce cas, la disparité de situation est tout à fait légitime et ne relève pas d'un tort particulier. Il en va de même pour d'autres situations : s'il y a aujourd'hui une majorité de joueurs noirs dans l'équipe de France de football, cela n'est certainement pas dû à une discrimination antiblanc, mais, comme je l'ai déjà dit, à des processus historiques liés aux migrations et aux choix des acteurs sociaux qui font qu'aujourd'hui il existe un vivier important de joueurs de talent originaires d'Afrique et des Caraïbes.

En revanche, il existe des situations qu'on ne peut expliquer que par des disparités de traitement, par lesquelles des personnes se trouvent affectées de handicaps particuliers dans l'accès à certains biens rares : travail, logement, certains loisirs, formations scolaires ou universitaires, instances de pouvoir économique, médiatique, politique, etc. S'il y a si peu de députés noirs ou arabes, par exemple, cela n'est dû ni à un manque d'intérêt des personnes concernées pour l'engagement politique, ni à des dispositions culturelles qui les rendraient inaptes à l'exercice d'un mandat politique, mais bien à des obstacles spécifiques qui éliminent ou découragent les candidats potentiels. Le repérage et le gommage de ces obstacles constituent l'objet des politiques antidiscriminatoires. Celles-ci n'ont donc pas pour finalité d'éliminer les disparités de situations, mais les disparités de traitement fondées sur des critères illégitimes liés à des contextes sociopolitiques variables dans l'espace et dans le temps, ou éventuellement à des formes de mobilisation qui peuvent les mettre en lumière.

Depuis la directive « race » de 2000, la « discrimination indirecte » est présente dans le droit français. Cette notion est essentielle, en ce que sa mise en évidence ne réclame plus, comme dans le cas finalement rare de la « discrimination directe », la preuve d'une intention discriminatoire pour considérer qu'il y a une discrimination. Il est alors possible de jauger des effets des procédures ou des pratiques sur des groupes de personnes référencés dans la loi relative aux discriminations, sans qu'il soit besoin d'identifier préalablement une intention discriminatoire avérée. Comme l'écrit Stavo-Debauge, « [...] ce ne sont plus uniquement des actes discontinus et ponctuels, déclarant une intention "raciste" ou inscrivant une distinction indue, qui peuvent faire alors l'objet d'une inspection et, le cas échéant, d'une sanction. En effet, pour peu que le *fait* d'un désavantage ou d'une inégalité de traitement ait été porté à l'attention du juge, ce sont bien alors des *processus* qui peuvent être incriminés, sous réserve que ces processus aient été découpés, scandés en autant d'épreuves identifiables, cela afin d'isoler l'opérateur problématique ou l'objectif tendancieux et d'appeler le responsable à répondre de sa légitimité[10] ». Il reste alors à établir objectivement que l'inégalité de traitement repose bien sur un fondement illégitime, qu'elle est donc bien discriminatoire. C'est ici que réside le problème principal. Mais, avant d'y venir, il convient d'établir quelques constats empiriques.

Les veilleurs de nuit les plus diplômés du monde

Il existe des travaux qui décrivent empiriquement des processus discriminatoires dans divers aspects de la vie sociale. Je propose de donner la parole aux discriminés, de considérer les situations de leur point de vue plutôt que de celui des institutions. Il serait toujours possible de mettre en doute leurs témoignages, mais ils sont trop convergents et trop nombreux ! Ces quelques extraits pourraient constituer un ouvrage tout entier.

Une première manière d'aborder le problème consiste à partir du ressenti des discriminations : ce que les principaux intéressés ont à dire sur les discriminations qu'ils peuvent subir. L'étude Sofres/Cran a demandé à 581 personnes âgées de dix-huit ans et plus et se déclarant comme « noires » si elles étaient victimes de discrimination raciale (voir également l'annexe B). « Oui » ont répondu 67 % d'entre elles (dont 16 % « souvent », 23 % « de temps en temps » et 28 % « rarement »). 33 % ont répondu « jamais », et presque tous se sont prononcés[11]. À la question, plus précise, relative aux différentes situations de discrimination dans les douze derniers mois (soit au cours de l'année 2006), on obtient un pourcentage un peu supérieur : cette différence s'explique sans doute par la mention de situations précises qui peuvent rappeler des souvenirs aux personnes interrogées. Elles font ainsi état d'« attitudes dédaigneuses, méprisantes ou irrespecteuses » pour 37 % d'entre elles, d'« agressions verbales et insultes » (24 %), de « difficultés lors de l'achat ou de la location d'un logement » (24 %), de « contrôles d'identité ou de police» (23 %), de «difficultés dans les relations avec les services publics» (22 %), de «refus d'embauche» (18 %), de «refus de promotion dans le travail» (12 %), de «difficultés dans l'accès aux loisirs» (12 %), d'«injustice au cours des études» (12 %). Le pourcentage est nettement supérieur pour les personnes se déclarant «noires» que pour celles qui se déclarent «métis» (69 % contre 56 %). Certaines catégories, comme les «agressions verbales et insultes», se situent à la limite de la qualification «raciste». En revanche, d'autres relèvent sans conteste de la discrimination raciale : le logement, les relations avec la police, les services publics, l'accès au travail, la carrière professionnelle, les études et les loisirs. Compte tenu de la difficulté qu'il y a souvent pour les personnes concernées de qualifier comme discriminatoire une situation sociale qui peut s'avérer ambiguë dans la mesure où le facteur discriminatoire éventuel n'est pas aisément identifiable (est-ce la «race» ? le sexe ? le nom ? l'adresse ?), qu'une majorité de Noirs de France déclarent être victimes de discrimination raciale est en soi un fait social remarquable. En l'état actuel de nos connaissances, il est impossible de déterminer si les Noirs sont plus discriminés que les Maghrébins. Dans le cas des actes racistes, nous avons vu que ces derniers sont plus visés que les Noirs. En va-t-il de même pour les discriminations ? Nul ne le sait. Mon sentiment général, susceptible d'être infirmé dans le futur, est qu'il n'y a pas de différence nette entre les situations des deux groupes, ce qui n'implique pas que leurs situations soient égales en tout point : il est possible, par exemple, que les Noirs soient plus discriminés que les Maghrébins dans le travail, et moins dans l'éducation.

La question sur les lieux des discriminations est également instructive. 64 % des Noirs interrogés font référence aux « espaces publics et transports en commun », 42 % au travail, 17 % au « quartier », 9 % aux loisirs, 8 % à l'école et à l'université. La mention des espaces publics, y compris les transports, regroupe un ensemble de situations racistes et discriminatoires : insultes, propos désobligeants, mais aussi les contrôles au faciès de la police. La question des contrôles « à la tête » revient comme un leitmotiv chez les jeunes hommes noirs, pour qui ils constituent une expérience vexatoire, humiliante, souvent insupportable.

Quand on les interroge sur leur perception de l'évolution des discriminations à leur égard, 35 % estiment qu'elles se sont aggravées en 2006 (17 % « nettement » et 18 % « un peu »), contre 17 % qui pensent qu'elles se sont réduites (15 % « un peu » et 2 % « nettement ») et 48 % qui pensent qu'elles n'ont pas changé (et 6 % qui ne se prononcent pas). Il ressort donc que la proportion de Noirs dressant un constat positif (« les discriminations se sont réduites ») est inférieure à une personne sur cinq. Cette question est certes ambiguë, puisqu'elle ne se rapporte pas nécessairement à l'expérience vécue des personnes, mais à leur sentiment, qui peut être influencé par les médias, en particulier, qui peuvent « ouvrir les yeux » sur des situations qui auparavant n'étaient pas vues comme discriminatoires. Les discours publics qui ont suivi les émeutes de l'automne 2005 ont aussi pu jouer un rôle dans le jugement d'aggravation des discriminations, dans la mesure où ils valident leur existence et désinhibent les victimes : « Si même le président le dit ! »

Les personnes interrogées par mes soins font référence aux émeutes comme à un tournant. Alou explique que « les émeutes ont eu du bon, c'est vrai qu'ils ont parlé des problèmes des jeunes pour le travail, quand t'as pas la bonne couleur de peau ou que tu t'appelles pas Dupont-Durant ». Contrairement à ce qu'on entend parfois, les personnes minorées ne sont pas promptes à interpréter des situations d'échec comme résultant d'une discrimination. Elles ne voient pas « des discriminations partout ». Un effort réflexif est nécessaire pour constituer un traitement subi comme fondé sur un critère discriminatoire, par contraste avec les situations de racisme, qui se donnent à voir plus brutalement et ne nécessitent généralement pas le même travail (voir chapitre IV). Cet effort réflexif peut être appuyé par des expériences rapportées dans les médias, dont la similitude peut aider les personnes concernées à se représenter les discriminations qu'elles subissent ou ont pu subir. L'expérience rapportée joue alors un rôle de révélateur, en faisant apparaître sous un nouveau jour ce qui était resté comme inexpliqué, ou qui avait été mis sur le compte d'une faiblesse ou d'une défaillance de soi. La *révélation* de la discrimination indirecte peut ainsi être postérieure au fait proprement dit, tant ses auteurs dissimulent ses attendus sous un aspect neutre, voire patelin. La visibilité des discriminations, depuis quelques années, vaut donc non seulement pour celles et ceux qui n'y sont pas directement confrontés dans leur vie quotidienne ou celle de leurs entourages directs, mais aussi pour les personnes racialement minorées.

Si le terme de discrimination, voire de discrimination raciale, est d'usage plus courant que par le passé, les personnes discriminées n'y ont pas nécessairement recours. Plusieurs variables sont en jeu, y compris le niveau d'études, de maîtrise de la langue française pour les migrants non francophones. Dans son étude sur les avocats africains dans les barreaux français, Jean-Philippe Dedieu rapporte les propos de ces avocats sur les réponses négatives qu'ils essuient régulièrement lorsqu'ils postulent à des stages. Ils connaissent le langage du droit et peuvent qualifier juridiquement le tort qui leur est fait. Ils parlent de « discrimination raciale », d'« homogénéité raciale dans le cabinet »[12]. En revanche, les jeunes Noirs peu diplômés parlent plutôt d'« emplois à la tête » pour désigner les emplois hors d'atteinte, où les candidatures sont systématiquement rejetées, de telle sorte qu'il ne vaut même pas la peine de postuler. Une sorte d'autocensure existe à propos de ces emplois à la tête, qui autorise ainsi celles et ceux qui embauchent à nier la discrimination puisqu'ils ne reçoivent pas de dossiers venant de candidats minorés... En tout cas, quel que soit le vocabulaire, celui du droit ou du langage commun, les personnes minorées nomment désormais le tort qui leur est fait, ce qui ne signifie pas qu'elles le fassent systématiquement.

En effet, les personnes minorées sont plutôt réticentes à qualifier comme discriminatoires leurs situations vécues. Elles ne parlent pas de discriminations à tout bout de champ. Un entretien avec Bakari, juriste d'origine sénégalaise dans un ministère parisien, le confirme[13]. Il pense qu'il lui a fallu travailler dur, sans doute plus dur que les autres à l'université de Lille, pour faire reconnaître et valoriser sa compétence. Il pense que les personnes minorées doivent faire de même. Il dit que sa carrière serait différente s'il était blanc, mais que les choses se passent quand même bien pour lui, « il n'y a pas de réflexions ». « Je suis sûr et certain que si j'étais blanc, j'aurais progressé plus vite, mais je ne demande rien non plus. Tout le monde dit que je pourrais prendre la direction du bureau, pour le challenge j'accepterais, mais c'est bien comme ça. » Il peut aussi compter sur certains collègues qui l'apprécient et le soutiennent dans des réunions interministérielles « où [il est] toujours le seul Noir ». Dans ce genre de réunion, il est mis initialement à l'épreuve, avec un préjugé défavorable, mais le préjugé n'est pas irrémédiable et sa compétence l'efface : « Si je suis là, c'est pas par hasard, c'est que j'ai quelque chose à vendre, de la compétence et de l'expertise. Si vous êtes hypercompétent, vous avez de l'autorité. Pour moi, c'est gagné, on me respecte, il faut être compétent. »

Au ministère, s'il lui arrive de travailler occasionnellement avec un collègue noir, il veille à ne pas entretenir de lien de complicité avec lui qui pourrait laisser penser que le travail et la compétence passeraient au second plan. Cela rejoint l'observation de Jean-Philippe Dedieu à propos des avocats africains, qui ne souhaitent pas attirer une clientèle noire par peur d'apparaître comme communautaristes et d'affaiblir leur position professionnelle. L'un d'eux, interrogé par ses soins, explique : « Parfois, je prends des dossiers par réflexe communautariste, car si je ne les prends pas, si je ne les défends pas, je pense que je ne serai pas un avocat digne de ce nom. Mais j'ai très peur de cela. Je ne voudrais pas devenir un avocat de ghetto. Car c'est la chose que j'exècre de la façon la plus totale. Être noir donc être l'avocat des Noirs, ce serait la chose la plus abominable. Je sais que lorsque je passe dans la rue empaillé dans un passeport français, portant toutes les cravates et tous les costumes du monde, je ne suis ni plus ni moins qu'un nègre qui passe. Il n'y a pas de péjoration quand j'utilise ce terme. Je suis en adéquation avec cette image que j'ai de moi-même et que je projette naturellement dans la société. À partir de cette constatation : être noir et être avocat, des réflexes communautaires peuvent nécessairement se créer. Seulement, je veux être un avocat ordinaire[14]. »

Une enquête que j'ai menée auprès de stagiaires trentenaires de l'Association pour favoriser l'intégration professionnelle (AFIP) est également instructive du point de vue de l'évaluation des situations par les personnes minorées. Cette association organise des stages pour des demandeurs d'emploi diplômés issus des minorités visibles, destinés à valoriser leurs compétences, à les soutenir psychologiquement, et à les mettre en contact avec des entreprises grâce à un réseau de parrainage[15]. Les jeunes demandeurs d'emploi minorés réfléchissent sur les raisons de leurs échecs sur le marché du travail, et tentent d'améliorer leurs dossiers de candidature et leur présentation de soi. « Tout rattacher aux discriminations, c'est pas un raisonnement sain », dit une stagiaire, mais elle a du mal à formuler les raisons des refus qu'elle a rencontrés, en dépit d'une formation attractive dans le secteur bancaire.

Lorsqu'on les interroge plus avant, ils font référence à des expériences discriminatoires, sans nécessairement savoir ce qui, de leur sexe, de leur nom ou de leur couleur de peau, joue en leur défaveur. Parfois, le cas est clair : ainsi de ce jeune diplômé d'études bancaires, venu du Sénégal il y a sept ans, parti en stage de conseiller financier d'une banque mutualiste, en Franche-Comté. Il avait envie de découvrir la France, « pourquoi pas dans l'Est ? » s'est-il dit. Son stage s'est très bien passé, dans une région rurale. Il souhaitait que le stage fût transformé en emploi à durée indéterminée, mais son chef ruina ses espoirs : « On ne peut pas prendre le risque de mettre un Noir dans un coin reculé. » Or, la clientèle l'avait très bien accueilli, et il était manifestement apprécié pour son écoute et le temps qu'il consacrait aux clients. L'argument de la banque était fallacieux, illégal, mais que pouvait-il faire ? Des histoires semblables se comptent par centaines. Ce peuvent être des emplois refusés, mais aussi des stages non obtenus. Un stagiaire de l'AFIP rapporte : « Dans [mon] école de commerce on était deux à n'avoir jamais eu de stage. Un Algérien et moi. » Dans son secteur, le marketing, on lui a expliqué n'avoir « jamais vu un directeur de marketing noir », manière de le décourager par avance de s'engager dans cette voie. En dépit de sa formation solide, ce stagiaire, d'origine togolaise, est aujourd'hui veilleur de nuit. « Il faut bien gagner sa vie », dit-il en s'excusant presque. Les autres stagiaires opinent et racontent des histoires semblables.

Il est frappant de constater que ces jeunes gens, filles et garçons confondus, occupent des emplois « en attendant mieux », qui ne correspondent pas du tout à leurs diplômes. Le taux de chômage ne mesure que partiellement le phénomène discriminatoire. Celui-ci a surtout pour conséquence un hiatus entre les prétentions professionnelles et les emplois occupés par les diplômés. Une stagiaire dit en riant : « y a que dans ce pays que j'ai vu des vigiles avec des thèses ! ». De même les carrières n'évoluent pas au même rythme que celles des autres : c'est le phénomène bien connu du « plafond de verre », contre lequel butent les femmes et les minorités, « alors qu'on est aussi bons que les autres ». Les stagiaires font état de toutes sortes de difficultés depuis l'école et l'université, où enseignent certains professeurs « avec qui les Blacks n'ont aucune chance », jusqu'à la carrière en entreprise ou dans l'administration.

Je les interroge sur le discours très courant sur les valeurs positives de la diversité, dont se réclament les quelque mille cinq cents entreprises qui ont signé la charte de la diversité depuis trois ans. Les jugements sont plutôt sévères : une stagiaire explique qu'elle a fait allusion à cette charte lors d'un entretien d'embauche. Elle avait repéré sur internet que l'entreprise en question était signataire. Mais son interlocuteur ne savait manifestement pas grand-chose sur le sujet, et n'avait pas l'air intéressé. Sur le parvis de la Défense, devant l'immeuble de l'entreprise, attendant l'heure de son rendez-vous, elle avait remarqué l'absence de diversité dans le personnel de cette grande firme. « On nous parle de diversité, c'est l'air du temps, mais on n'a plus confiance, c'est du blabla », dit-elle.

Le stage comprend une session sur la « confiance en soi », et les stagiaires, qui font pourtant bonne figure, disent qu'ils en ont besoin, que « ça [les] mine ». « Ça », ce sont les refus essuyés l'un après l'autre, les petits boulots, le sentiment indéfinissable que ce n'est pas de leur faute mais qu'il faut pourtant essayer, que cela ne sera pas pour eux, qu'il

« faudra des générations pour que ça aille », que c'est peut-être trop tard pour eux. En tout cas en France. Une stagiaire, doctorat d'économie en poche, part tenter sa chance à Londres la semaine suivante. Elle s'y installe en éclaireuse, en quelque sorte : les autres attendent des nouvelles et des informations, avant de suivre éventuellement ses traces. La conversation se déplace alors vers la Grande-Bretagne, considérée comme un pays où la diversité est vraiment valorisée, où « Fatou et Mohamed ont leur chance ». L'animatrice du stage mentionne aussi le Canada, en faisant référence à un ancien stagiaire parti là-bas : « Les Canadiens l'ont embauché en deux coups de fil, ils ne l'ont même pas vu, alors que cela faisait combien de temps qu'il cherchait en France ? » Les exemples étrangers sont comparés avec la situation française, du même coup considérée comme un « gâchis » de leurs énergies et de leurs compétences. Je mentionne l'absence de sécurité d'emploi outre-Manche. Ils me rétorquent que ce n'est vraiment pas le souci principal pour eux, qui souhaitent prioritairement trouver un emploi à leur mesure. En ce sens, ces jeunes diplômés sont plutôt libéraux, au sens où ils n'ont pas peur de la compétition, bien au contraire. Ils demandent simplement à ce qu'on leur donne leur chance pour qu'ils puissent montrer ce qu'ils savent faire. Les pays mentionnés sont considérés comme moins discriminatoires que la France. Le site internet de l'AFIP comprend une rubrique « s'expatrier », correspondant à « partir en Angleterre », avec des informations administratives et pratiques diverses, et des témoignages d'expatriés rassemblés par Galina Mouttou, la correspondante de l'AFIP en Angleterre. Cindy, par exemple, est installée à Liverpool et travaille pour une grande firme américaine. Elle estime que, « en Angleterre, les entreprises prêtent davantage attention à la motivation et au potentiel des candidats et non à l'âge, à la couleur de la peau et aux diplômes, comme cela se fait généralement en France ». Elle dit que « les Anglais sont tolérants. On le ressent dans la vie quotidienne et dans le domaine professionnel dans lesquels les minorités ethniques et les étrangers évoluent. Les Anglais noirs sont totalement intégrés et ils se considèrent avant tout comme des citoyens anglais et non comme des individus issus de l'immigration » et ajoute à propos d'un retour éventuel en France : « Les minorités ethniques n'étant pas représentées dans toutes les sphères professionnelles françaises, je ne sais pas si le système français me conviendrait, il me semble bien trop compliqué. » Les autres confirment ses propos et soulignent les difficultés qu'ils ont rencontrées en France en raison de leur phénotype. Richard, londonien, explique qu'« en Grande-Bretagne on peut avoir l'opportunité d'atteindre ses objectifs, contrairement à la France où les portes sont fermées pour certains et ouvertes pour d'autres. Cela fait un an et demi que je vis en Angleterre et je n'ai jamais eu autant d'opportunités intéressantes et d'expériences de toute ma vie que depuis que je vis ici. Le seul travail que l'on m'avait proposé en France était de faire gardien de nuit dans un hôtel parisien… C'était une chose non envisageable après tous les sacrifices que j'avais faits ! ». Il conclut en remarquant qu'« ici on peut être une minorité et avoir une Mercedes sans pour autant se faire contrôler constamment par la police ». Mpar, également installé à Londres, raconte : « J'ai envoyé des centaines de CV mais aucun n'a reçu de réponse positive. Et un beau jour, à l'ANPE d'Évreux, le conseiller m'a clairement dit: "Si vous voulez du boulot en Normandie, n'insistez pas, ils sont racistes." Ça a été la goutte d'eau qui a fait déborder le vase. Moi qui étais vu comme un exemple par mon entourage, et surtout par les jeunes de mon quartier, je me retrouvais dans une situation d'échec que je ne pouvais accepter, étant quelqu'un d'ambitieux. J'ai donc décidé, sur un coup de tête, de partir en Angleterre. » Lui non plus n'a pas envie de rentrer en France, où il ne se sent pas à l'aise: « À force de se faire contrôler par la police, on devient paranoïaque. » Sandy, à Liverpool, apprécie qu'il n'y ait pas de « restrictions liées à la couleur de peau », et conseille: « Si je devais donner un conseil aux minorités visibles françaises, je leur dirais: "Vous valez mieux que ce qu'on vous fait croire, de ce fait, au lieu de vous battre en vain pour ce qui devrait être un acquis, autant partir vous installer dans un pays où vous serez respectées justement parce que vous avez des origines étrangères!". » Abdoulahi, à Middleborough, confirme: « La France est bouchée surtout quand on est noir. On a l'impression que l'on ne peut évoluer que jusqu'à un certain niveau, et après on marche sur "leurs plates-bandes". C'est quand même impensable d'avoir fait des études et de se voir cantonner à des emplois de gardien de nuit! C'est pour toutes ces raisons que je suis parti de la France. » Il explique aussi que « la France est une grande donneuse de leçons avec des grands idéaux tels que l'égalité, qui ne sont appliqués par personne et qui, faut bien le reconnaître, existent uniquement sur les papiers. Moi, ce que je demande, c'est que les Noirs de France soient traités avec équité, mais apparemment ce n'est pas possible... ». « Il y a sûrement du racisme en Grande-Bretagne, poursuit-il, mais en aucun cas ça n'empêche d'avancer. Je n'aurais jamais pu faire en France sur le plan professionnel ce que je fais actuellement en Grande-Bretagne. Ça aurait été plus compliqué en raison des concours à passer et tout le reste, alors qu'ici, après l'entretien et les tests d'anglais, j'ai été évalué à ma juste valeur et retenu. En Angleterre, lorsque l'on postule à un emploi ou à une formation, l'on est jugé sur les compétences et non sur les origines. En France, l'image des Noirs "pagailleurs", pique-assiette ou crève-la-faim subsiste toujours. Et les seules "opportunités" offertes aux Noirs en France sont des emplois de videurs, vigiles ou balayeurs taillés sur mesure pour Noirs et Arabes. D'où la fuite des cerveaux et des gens de qualité à laquelle nous assistons en France depuis maintenant plusieurs années. En France, même quand on a de la volonté et de l'ambition, il y a trop de frustrations pour y arriver. Dans le subconscient des Français blancs, les Français noirs ne sont ni plus ni moins que des Africains. Il n'y a qu'à voir comment dans les informations l'on parle des "Français d'origine..." au lieu de parler de Français tout court. Ici, les policiers enlèvent leurs chaussures quand ils entrent chez des musulmans, les entreprises aménagent des salles de prière et des créneaux horaires pour les musulmans pendant le Ramadan. Dans les Agences nationales pour l'emploi, les documents sont rédigés en différentes langues et tout le monde est content. »

Les stagiaires, encore en France, ne sont pas découragés, à preuve leur présence à l'AFIP, mais ils sont déçus : ils ont le sentiment que les efforts qu'ils consentent depuis longtemps, contre vents et marées, n'aboutissent à rien. Peu de choses ont changé pour eux, en dépit des proclamations officielles de lutte antidiscriminatoire. « On a été très déçus par ce qui a suivi 2005, c'est retombé comme un soufflé », dit une stagiaire. Ils racontent tous des espoirs déçus : avoir bien travaillé à l'école, à l'université, avoir fait ce qu'il faut, et « prendre la porte dans la figure », comme dit l'un d'entre eux. Ils ne sont pas disposés à se résigner à payer l'impôt sur la couleur de peau, la « *color tax* », pour reprendre une formule de Gary Becker, qui pèse sur leurs transactions sociales[16].

Il est possible que le mouvement d'expatriation des jeunes diplômés minorés s'accentue dans les années à venir, si la lutte antidiscriminatoire française demeure aussi famélique. Ce sont les discriminations, plutôt que les impôts, qui causent leur départ vers la Grande-Bretagne et d'autres pays. Que l'on me permette alors cette remarque : les pouvoirs publics ne devraient-ils pas agir en conséquence, et se concentrer sur la promotion des minorés plutôt que sur la création d'un bouclier fiscal s'ils veulent inciter les jeunes diplômés expatriés à revenir en France ?

La crise des banlieues en comparaison

Il apparaît clairement que la « crise des banlieues » de l'automne 2005 a placé la question des discriminations en position centrale dans les discours publics. En ce sens, si elle a fait événement politique, c'est d'abord parce qu'elle modifiait notre représentation de la société française. Une comparaison utile peut être dressée avec les États-Unis, qui ont aussi connu, dans les années 1960, à un niveau de violence très supérieur, des moments émeutiers prolongés par des politiques publiques. Il est certainement possible de réfuter toute comparaison avec le cas américain au motif qu'aux États-Unis, les quartiers misérables sont les fruits de l'exclusion raciale, et qu'à ce titre on peut les qualifier de « ghettos », par contraste avec les « quartiers populaires » français ethniquement disparates, caractérisés par la classe. D'un côté la « race » (les Noirs), de l'autre la classe (les pauvres)[17]. Je suis d'accord sur ce point avec Loïc Wacquant sur l'utilisation parfois abusive du terme de « ghetto » dans le cas français. Le ghetto est une formation historique spécifique, et dilater la notion jusqu'à l'assimiler à celle de « quartier pauvre » est impropre et ne rend pas service à l'analyse. Quiconque connaît le niveau de violence et d'abandon des ghettos noirs américains ne peut appliquer sans précaution la notion aux cités des banlieues françaises. On peut ajouter d'autres facteurs, comme la taille (la concentration de population dans les ghettos américains est au minimum dix fois supérieure à celle des cités françaises[18]), l'isolement institutionnel et fonctionnel du ghetto américain, qui différencient ces deux formations sociales. Pour autant, elles ont en commun de rassembler des populations qui souffrent indiscutablement de formes d'exclusion socio-économique et de stigmatisation raciale. Que les familles des cités françaises, comme le relève Wacquant, soient majoritairement françaises ne signifie en rien qu'elles soient à l'abri des discriminations raciales, comme il semble le suggérer[19]. Ce qui rapproche les cas français et américain est précisément l'existence de minorités stigmatisées et discriminées.

La comparaison entre les émeutes françaises et américaines est également instructive. Si leur niveau de violence est incomparable, elles ont cependant quelques points communs qu'il n'est pas inutile d'examiner. Il ne s'agit pas de comparer leurs histoires propres, le déroulement des événements, mais il me semble utile de réfléchir aux réactions que les émeutes ont suscitées, réactions des politiques, des observateurs et des sociologues américains, qui jusqu'alors ne s'étaient pas penchés sur le phénomène de l'émeute raciale, à l'exception de Charles Johnson, un sociologue de l'école de Chicago qui publia en 1922 une étude relative à une émeute de Chicago survenue trois ans auparavant[20]. Cette indifférence relative à l'émeute est d'autant plus paradoxale que le XXe siècle américain fut scandé par de violentes émeutes raciales, comme à New York en 1900, Saint-Louis en 1917, Chicago en 1919, New York et Detroit en 1943, etc. Les émeutes étaient considérées de manière critique par la célèbre école de sociologie de l'université de Chicago, qui considérait que ces mouvements désordonnés et destructeurs freinaient l'émancipation raisonnable et organisée des Noirs qu'ils appelaient de leurs vœux.

La réflexion sur les émeutes s'organisa véritablement à la fin des années 1960, après les émeutes les plus violentes du siècle : deux cents personnes furent tuées entre 1964 et 1968, dont la moitié en juillet 1967, sept mille autres blessées, et des quartiers entiers si ravagés qu'on en voit encore les traces de nos jours. Dans les années 1960, le schéma habituel de l'émeute était presque toujours le suivant : une confrontation entre la police et de jeunes Noirs ; un rassemblement, des altercations entre la population et la police, l'arrivée de renforts policiers, des jets de bouteilles ou de pierres, et une montée en violence rapide pouvant se conclure par des tirs à balles réelles. Ce fut le cas en juillet 1964 à Harlem (un mort), en août 1965 à Watts, le grand quartier noir de Los Angeles (trente-quatre morts), et à Chicago et Springfield, dans le Massachusetts. Puis une explosion de violence marqua les grandes villes américaines pendant l'été torride de 1967. D'abord à Newark, près de New York, où des milliers d'émeutiers descendirent dans les rues le 12 juillet, après une altercation entre un chauffeur de taxi noir et la police. Après une semaine de violences, on compta vingt-trois morts et des destructions importantes. L'émeute de Detroit fut encore plus violente : elle commença à l'aube du 23 juillet, après une descente de police brutale dans un bar clandestin. Quarante-trois personnes furent tuées lors des six jours d'émeutes, marqués par le déploiement de dix-sept mille membres des forces de l'ordre. Les émeutes se répandirent dans les quartiers noirs de tout le pays : on en dénombra cent trois, pendant l'été, dans des grandes villes comme Cleveland ou Philadelphie, des petites comme Fresno en Californie et South Bend dans l'Indiana.

La différence avec le cas français saute aux yeux : le niveau de violence des émeutes américaines était sans commune mesure. Dans le premier cas, la mobilisation des forces de l'ordre policières et militaires, avec un déploiement massif et l'utilisation d'armes à feu, s'opéra avec une brutalité répressive que les forces de l'ordre françaises n'égalèrent (et même ne dépassèrent) que lors de la répression de la manifestation des Algériens du 17 octobre 1961, mise en œuvre par le préfet Papon et qui fit vraisemblablement plusieurs centaines de morts[21]. Mais, en ce qui concerne l'émeute de 2005, si elle commença par la mort tragique de Zyed Benna et Bouna Traoré, le phénomène émeutier proprement dit ne causa que d'importants dégâts matériels[22].

Les autorités publiques américaines réagirent aux émeutes par la création de commissions officielles pour rendre compte des événements et faire des recommandations. Ces commissions illustraient le désarroi du pouvoir démocrate, qui avait consenti des réformes majeures (les droits civiques pour les Noirs du Sud, les grandes lois sociales de 1964 et 1965), dans un contexte de croissance fordiste et de prospérité économique. En 1965, la commission McCone présenta les émeutiers comme des éléments délinquants vivant dans les marges du ghetto (une sorte de lumpenprolétariat), de telle sorte que les émeutes n'étaient que l'expression anomique des frustrations de leur vie aliénée. La commission lança l'expression du «*rioting for fun and profit*» («l'émeute pour le fun et le fric»), qui a constitué un des éléments des discours de stigmatisation des émeutiers. Elle préconisait logiquement une solution sécuritaire: plus de police et une justice plus dure pour contrôler une «minorité asociale» et si besoin la séparer physiquement du reste du quartier. Dans le cas français de 2005, cette position fut globalement celle du ministre de l'Intérieur, selon lequel la plupart des personnes arrêtées étaient connues des services de police ou de justice — une affirmation par la suite démentie par le procureur de Seine-Saint-Denis et par les faits eux-mêmes.

Quant à l'analyse de la pauvreté, la commission mettait l'accent sur les «dysfonctionnements familiaux», un thème classique des années 1960. Familles monoparentales, absence d'autorité paternelle, grossesses de mineures, tout était dénoncé comme relevant d'une pathologie sociale. Dans la même veine, l'historien Theodore White, à propos des émeutes de Harlem en 1964, relevait deux Amériques noires : l'une « civilisée », l'autre « non civilisée », monoparentale, avec « anarchie biologique ». « De foyers désunis et sans amour naissent des délinquants, et ensuite des criminels », résumait-il. White parlait des enfants comme de « *junior savages* » (des « sauvageons ») menaçant la société : « Ce sont eux qui ont fait les émeutes de 1964, sans plan, sans but », concluait-il. Le débat sur les familles monoparentales noires était devenu national au milieu des années 1960, à l'occasion de la parution d'une étude du sociologue Daniel Moynihan (futur sénateur de New York) sur la famille noire[23].

En s'appuyant sur des ouvrages plus anciens, notamment ceux du sociologue E. Franklin Frazier et de l'historien de l'esclavage Kenneth Stampp, Moynihan affirmait que la famille noire était matriarcale[24]. Il avançait que trois siècles d'injustices avaient produit des « distorsions structurelles dans la vie des Afro-Américains », c'est-à-dire un nombre disproportionné de familles noires sans père. L'ouvrage a essuyé une volée de critiques, portant notamment sur quatre points : le lien problématique entre l'esclavage et la période contemporaine (fondé, d'après Moynihan, sur des éléments psychologiques qu'il ne précise pas) ; l'idée selon laquelle la pauvreté relèverait de distorsions psychologiques chez les pauvres (la pauvreté serait une maladie plutôt que le fruit d'inégalités sociales) ; le fait que les familles noires soient monoparentales (66 % des familles afro-américaines sont monoparentales aujourd'hui, contre 25 % dans les années 1960) ; et le fait que la famille esclave ait été brisée par les ventes d'esclaves. C'est sur ce dernier point que les historiens de l'esclavage se mirent au travail et publièrent des ouvrages importants, dans les années 1970, qui remettaient en cause les propos de Frazier, Stampp et Moynihan.

Depuis quarante ans, les débats sur les familles esclaves suscitent un intérêt contemporain, dans la mesure où certaines des caractéristiques des familles noires d'hier et d'aujourd'hui sont semblables, en premier lieu l'absence des pères. La cause est bien entendu tout à fait différente : dans un cas, les ventes et séparations forcées ; dans l'autre, un ensemble de facteurs liés à la pauvreté et parfois à la délinquance (il y a plus d'Afro-Américains en prison qu'à l'université). Et il serait certainement abusif d'établir un lien de continuité simple entre le passé et le présent. Au vrai, c'est depuis les années 1970 que les familles monoparentales afro-américaines sont progressivement devenues majoritaires : la raréfaction des emplois ouvriers, les restrictions posées au *welfare* et les écarts croissants entre riches et pauvres semblent être des éléments plus probants pour rendre compte du phénomène matriarcal que le passé esclavagiste. Il n'en demeure pas moins que le thème de la famille monoparentale (assorti de celui de la *welfare queen*, la « reine des allocs ») comme étant à l'origine de la délinquance est régulièrement agité par les cercles conservateurs américains depuis près d'un demi-siècle.

Dans un registre voisin, le thème culturaliste de la famille noire anormale est réapparu à l'occasion de la crise des banlieues françaises, lorsque la secrétaire perpétuelle de l'Académie française Hélène Carrère d'Encausse, suivie par un ministre et un député, fit allusion à la polygamie des familles africaines. Hélène Carrère d'Encausse expliqua ainsi dans une interview à une chaîne de télévision russe : « Ces gens, ils viennent directement de leurs villages africains. Or, la ville de Paris et les autres villes d'Europe, ce ne sont pas des villages africains. Par exemple, tout le monde s'étonne : pourquoi les enfants africains sont dans la rue et pas à l'école ? Pourquoi leurs parents ne peuvent pas acheter un appartement ? C'est clair, pourquoi : beaucoup de ces Africains, je vous le dis, sont polygames. Dans un appartement, il y a trois ou quatre femmes et vingt-cinq enfants. Ils sont tellement bondés que ce ne sont plus des appartements, mais Dieu sait quoi ! On comprend pourquoi ces enfants courent dans les rues[25]. » Le propos est surtout révélateur des conceptions racialisées de son auteur sur les Africains, et sur le lien qu'elle établit entre polygamie et comportement émeutier ou délinquant. Il est tout à fait similaire à la mise en cause des familles noires américaines dans les années 1960, sauf que, dans ce dernier cas, il s'agissait du thème de la famille monoparentale. Au fond, les stéréotypes sont très voisins puisque, dans les deux cas, c'est la figure du père qui est interrogée : le père défaillant, incapable d'exercer son autorité soit parce qu'il est absent, soit parce que sa famille est trop nombreuse pour qu'il s'y consacre convenablement. Matriarcat et polygamie fonctionnent dans le même registre culturaliste.

En 1968, une deuxième commission américaine, la commission Kerner, se pencha sur la nouvelle vague d'émeutes, en adoptant une approche assez différente de la précédente. Elle releva les méfaits du « mélange explosif » de pauvreté, taudis, éducation limitée et de la brutalité policière. Elle recommanda de mettre fin à la « culture antinoire » des policiers, par l'embauche de policiers afro-américains. De fait, la police américaine d'alors était une chasse gardée des Irlando-Américains et Italo-Américains. Mais elle renonça à comprendre le phénomène spécifique de l'émeute, considéré comme « complexe, irrégulier et imprévisible ».

Cet aveu de stigmatisation puis d'incompréhension relative a donc suscité une réaction des sociologues américains, qui répondirent aux commissions par leurs propres travaux. Des enquêtes empiriques furent lancées, présentant un certain nombre d'hypothèses invalidant le discours de la marginalité sociale. La première hypothèse était celle, avancée par Brian Downes, du « dénuement absolu » « *absolute deprivation*[26] »). Selon ce sociologue, les émeutes étaient directement issues de l'expérience de conditions de pauvreté absolues. Cette hypothèse n'était pas sans fondement dans le cas de Newark, une grande ville au taux record de chômage et d'habitat dégradé, avec de surcroît une municipalité cultivant une clientèle de petits propriétaires blancs hostile aux ghettos noirs. Mais elle se heurta au cas de Detroit et de nombreuses autres villes. À Detroit, la situation sociale n'était alors pas catastrophique pour les Noirs : le taux de chômage était plutôt bas, le taux de propriété du logement plus élevé qu'ailleurs, dans une ville dont la municipalité était à l'écoute des demandes des Afro-Américains. Le maire récemment élu, Cavanagh, était bien introduit à Washington et avait su diriger vers sa ville la manne financière fédérale, qui avait permis la rénovation de quartiers et le lancement de programmes sociaux.

Il n'y a donc pas, expliquent Ford et Moore, de corrélation directe entre l'émeute et un niveau absolu de dénuement[27]. Ce n'est pas le dénuement absolu qui est décisif, mais un « dénuement relatif » (« *relative deprivation* »), caractérisé par un fort décalage entre le niveau d'attente de la population et la situation sociale du moment[28]. Ce ne sont pas seulement les habitants les plus pauvres des quartiers les plus pauvres qui se révoltent, mais aussi ceux qui constatent le fossé le plus béant entre leur situation du moment et leurs espérances pour le futur. Il est également probable que, dans le cas français, le dénuement *relatif* et non pas seulement *absolu* soit valide. Les émeutiers constituent alors un groupe relativement hétérogène de jeunes gens déscolarisés aux perspectives d'insertion socioprofessionnelle très incertaines, mais aussi de jeunes qui ont pu faire des études, acquérir des diplômes, et qui se heurtent aux discriminations dans l'accès au travail.

En dépit des progrès sociaux et politiques des années 1960, les Noirs américains étaient toujours victimes du racisme et des discriminations. Nous savons aujourd'hui que les programmes politiques et sociaux du programme dit de la « grande société » du président Johnson haussèrent le niveau d'espérance et les attentes des personnes, et que les émeutes traduisirent alors une déception et un ressentiment à l'égard de leurs faibles retombées, et d'une société blanche qui bloquait des aspirations plus élevées que celles de la génération précédente. Le mécontentement provenait bien de la disparité entre le « progrès » et la fin de la ségrégation, claironnés par l'administration fédérale, et la réalité des discriminations vécues. Dans ces conditions, un incident local (presque toujours une altercation avec la police) cristallisait le sens du dénuement subjectif en des actes de violence concrète. Il me semble que cette interprétation vaut aussi partiellement dans le cas français. Dans le cas des jeunes sans situation scolaire ou professionnelle, la question des relations avec la police est centrale : les contrôles répétés, les humiliations subies font l'objet de témoignages multiples et sont clairement établis. Dans le cas des jeunes qui ont eu un parcours scolaire normal sanctionné par un diplôme et une formation, c'est la question du marché du travail qui se pose prioritairement, ce qui n'exclut pas celle des relations avec la police. Leur amertume est d'autant plus grande qu'ils ont le sentiment d'avoir fait ce qu'il fallait, d'avoir été de bons élèves, des étudiants sérieux, mais que les portes se sont néanmoins fermées devant eux en raison de leur nom ou de leur phénotype noir ou maghrébin dans le cadre d'un marché du travail globalement rationné.

Dans cette perspective, la perception de la discrimination dans l'accès au travail ou dans le monde du travail est le déterminant critique dans la participation à une action de protestation conventionnelle ou non conventionnelle. Ce qui distingue alors les participants à l'action conventionnelle (vote, pétition, manifestation, participation à des associations locales) de ceux à l'action non conventionnelle (émeute) est un critère d'âge (les émeutiers sont nettement dans le groupe d'âge des seize-vingt-neuf ans) et de sexe (ce sont très majoritairement des hommes). Du côté américain, les données statistiques indiquent que, globalement, plus le niveau d'éducation est élevé, plus le militantisme conventionnel et non conventionnel est élevé[29]. Cela s'explique par le fait que, contrairement à l'opinion commune, plus la position sociale est élevée, plus la discrimination raciale est susceptible de se faire sentir dans le monde du travail. Le sondage Sofres/Cran le montre bien (voir le tableau en annexe B). À la question : « Diriez-vous que, dans votre vie de tous les jours, vous, personnellement, vous êtes victime de discrimination raciale ? », les réponses positives les plus élevées se trouvent chez les « bac + 2 » et les « diplômés de l'enseignement supérieur de second ou troisième cycles, grande école », avec respectivement 65 % et 64 % de « oui », contre 50 % pour les « sans diplôme », 49 % pour les « certificat d'étude » et 47 % pour les « brevet, BEPC »[30]. En effet, comme les chercheurs américains l'ont bien documenté, c'est plutôt dans les positions professionnelles élevées que l'impôt « sur la couleur de peau » est le plus lourd, puisque c'est là que se situe le décalage le plus grand entre la prescription raciale et le poste occupé. Pour le dire autrement, un cadre noir (ou un candidat noir à une fonction d'encadrement) est susceptible de rencontrer plus de discriminations qu'une caissière noire de supermarché, puisque dans le dernier cas il y a en quelque sorte concordance entre le stéréotype et la fonction. En revanche, la caissière en question est susceptible de rencontrer plus souvent certaines formes de racisme « primaire » que le cadre. On peut aussi avancer que plus les ambitions professionnelles sont importantes, moins la discrimination est supportée, puisque les études avaient précisément pour objet d'y échapper. Pour ces raisons, les personnes minorées et diplômées comprennent parfaitement les raisons de l'émeute, peuvent tout à fait la soutenir, voire y participer.

Mais la participation à l'émeute est risquée (arrestation, condamnation) d'autant plus que la position sociale est élevée, ce qui limite donc la participation des élites du quartier aux formes de protestation violente, et explique qu'on les trouve massivement représentées dans les protestations conventionnelles et des formes de militantisme s'efforçant de canaliser les frustrations des émeutiers vers des modes conventionnels de revendication politique (comme des appels à s'inscrire sur les listes électorales). On trouve néanmoins parmi elles des formes de soutien ou de compréhension de l'émeute. J'ai été surpris par le niveau de soutien à l'émeute de 2005 des personnes noires rencontrées. Quelques paroles pour déplorer les violences et les dégâts matériels, mais des commentaires plus longs à propos des deux jeunes morts dans un transformateur électrique et des émeutiers, qui bénéficient d'une compréhension assez grande, relative à ce qu'ils subissent.

L'utilité de la mesure statistique des discriminations

Pour fonder objectivement le caractère discriminatoire de l'inégalité de traitement, la comparaison est indispensable, puisqu'elle permet d'établir des torts éventuels : c'est l'objet de la mesure statistique. La discrimination indirecte ne se constate pas ; elle s'établit comme un fait à l'issue d'une épreuve statistique. Stavo-Debauge écrit justement que « la violation de l'interdiction de discriminer n'a donc pas la factualité d'un délit ordinaire et c'est dans la nature même de cette factualité que gît [...] la nécessité de confectionner des catégories ethniques et/ou raciales. En effet, on n'établit pas que quelqu'un a violé un tel interdit comme on peut montrer qu'un employeur n'a pas respecté une norme de sécurité, en constatant *de visu* qu'il n'y a pas, par exemple, d'extincteur à tel endroit ou d'issue de secours à tel autre[31] ». On le fait en catégorisant et en établissant une statistique qui permette d'établir le fait discriminatoire indirect. L'opération de catégorisation est donc un préalable indispensable. Elle consiste en la confection de catégories correspondant à des groupes protégés par la loi, y compris des groupes ethno-raciaux.

Or, la politique menée par la Haute Autorité de lutte contre les discriminations et pour l'égalité (HALDE) s'avère hostile à toute opération de catégorisation ethno-raciale, pour les raisons classiques déjà examinées. Pour mettre en évidence la discrimination ethno-raciale, compte tenu du fait qu'elle affirme ne pas « se cantonner au traitement des réclamations individuelles qui lui parviennent », cette institution s'en remet aux « tests de discrimination », aussi appelés « testing », qui valent comme preuve au pénal depuis la loi du 31 mars 2006 pour l'égalité des chances. En comparant les traitements (par exemple entre une personne noire et une personne blanche candidates à un emploi), le test de discrimination permet de saisir un contrevenant sur le fait, un peu comme un radar routier permet de saisir un automobiliste en infraction de vitesse. Il peut donc dissuader des acteurs, par la « peur du gendarme », de pratiquer telle ou telle forme de discrimination. Ce n'est pas négligeable. Mais ces coups de sonde, quoique utiles, ne permettent pas de mesurer les discriminations dans leur ensemble, encore moins d'évaluer l'efficacité d'une politique antidiscriminatoire, qui suppose d'avoir à disposition des données globales. En outre, le testing s'avère inopérant pour certaines formes discriminatoires, par exemple les écarts de carrière et de salaire dans une organisation (entreprise, administration). Impossible, dans ce cas, de saisir la discrimination sur le vif ; elle ne peut s'établir que par un travail comparatif entre catégories de personnel (hommes/femmes, majorité invisible/minorité visible, etc.) et la mise en œuvre d'un raisonnement statistique. Bref, le testing ne peut tenir lieu de « politique active pour détecter les discriminations », pour reprendre la formule de la HALDE.

Le débat de ces dernières années sur les statistiques de la diversité a fait avancer les choses, en ce sens que la plupart des personnes actives dans la lutte antidiscriminatoire reconnaissent l'intérêt de la mesure des discriminations, et admettent qu'il convient pour cela de confectionner des catégories. Le débat porte désormais sur la nature de ces catégories : certains estiment que des catégories construites sur l'origine des personnes et proscrivant tout référent ethno-racial suffisent ; d'autres rétorquent qu'il est plus efficace de créer un tel référent en s'appuyant sur l'autodéclaration des personnes, avec les précautions juridiques nécessaires à cette opération.

Le premier courant est représenté, entre autres, par la HALDE. Dans son rapport annuel de 2006, elle précise qu'il n'est pas « nécessaire de faire appel à des comptages ethniques » et que la référence à l'origine suffit (nationalité, pays de naissance de la personne ou de ses parents). Puis, dans un second temps, elle indique que des « enquêtes sur la mesure de la diversité » sont possibles sous réserve que les territoires ou organisations considérés soient suffisamment grands (pour empêcher toute identification individuelle), que les enquêtes soient anonymes et volontaires « et ne soient pas menées par l'employeur », qu'elles soient placées sous contrôle public, et qu'il ne « soit pas créé ou fait usage de référentiels ethno-raciaux »[32]. Mais il n'est pas précisé ce qu'il faut entendre par « enquête sur la mesure de la diversité », et en quoi ce genre d'enquête serait différent de celles sur la mesure des discriminations. En tout cas, pour la HALDE, la mesure par l'origine suffit. Or, il est assez clair qu'aujourd'hui il existe des personnes victimes de discriminations qui ne sont pas, ou plus, identifiables par leur lieu de naissance ou celui de leurs parents. C'est le cas, par exemple, des jeunes issus des migrations africaines et antillaises, dont les parents peuvent être nés en métropole. Et la tendance ira en s'accentuant dans les années à venir. Le biais de l'origine est de moins en moins fiable pour délimiter un groupe minoré dont on souhaite étudier certaines caractéristiques socio-économiques. Or, les tenants de cette approche ne fournissent pas un biais alternatif robuste qui permettrait d'identifier les personnes minorées. L'identification par le patronyme est encore plus problématique : elle engage dans une voie d'autant plus incertaine que les prénoms ethniquement identifiables disparaissent en partie pour la génération née en France (on choisit des prénoms « français » ou « internationaux ») et que certains groupes comme les domiens ne sont pas non plus identifiables sous ce registre-là. Voilà une bien curieuse approche que celle qui considère que les Noirs auraient des prénoms repérables et qu'il serait donc possible, par exemple, de négliger les « Léopold » et autres « Aimé » qui, c'est bien connu, ne peuvent être noirs... En outre, en dépit des principes autoproclamés de nos fins limiers, l'approche par l'origine ou le patronyme amène, même indirectement, à construire des catégories qui sont bien ethno-raciales. Quant au dispositif expérimental du testing, il consiste à confronter les expériences de personnes dont la différence est précisément construite sur un registre ethno-racial : un « Noir » ou un « Maghrébin » puis un « Blanc » sont choisis sur un critère phénotypal et soumis au même test. Bref, il y a quelque hypocrisie à proclamer son refus de la catégorisation ethno-raciale quand on la valide indirectement par la méthode de l'origine et du prénom ou par celle du testing. D'où les efforts pour explorer d'autres pistes, y compris celles qui ne s'inscrivent pas dans la fameuse « tradition républicaine » rituellement psalmodiée sans le moindre souci d'efficacité pragmatique.

Un second courant, représenté par des chercheurs en démographie, en sciences sociales et politiques, en droit et histoire, plaide pour l'utilisation franche de catégories ethno-raciales pour mesurer les discriminations. Ces catégories ne prétendent à aucune consistance scientifique, puisqu'elles sont précisément ajustées à des stéréotypes qui génèrent des inégalités de traitement : « noir », « métis », « maghrébin », etc. Tout comme dans le recensement américain, elles ont vocation à varier dans le temps, selon le type et le degré de préjudice que l'on souhaite mesurer. Ces catégories n'ont donc de signification que dans le cadre d'une politique publique de lutte contre les discriminations. Elles n'ont pour objet ni d'éclairer sur la diversité des identités choisies ni de satisfaire les curiosités scientifiques, mais de mesurer les assignations ethno-raciales.

Trois principes gouvernent la collecte de tels renseignements : l'autodéclaration, le caractère facultatif de la réponse et le traitement anonyme des données.

Par le principe de l'« autodéclaration », on demande aux personnes de quelle manière elles sont généralement considérées par des tiers, aux fins d'établir des groupes dont on pourra ensuite comparer les caractéristiques sociales avec celles de la population générale. Cette comparaison peut ensuite fonder une politique de correction des inégalités de situation dont il est raisonnable de penser qu'elles proviennent d'inégalités de traitement. La statistique de la diversité n'a pas de pouvoir magique : elle n'est pas, en soi, une politique antidiscriminatoire, de même qu'une statistique sur le chômage n'est pas une politique de lutte contre le chômage. Mais elle fournit un point d'appui, de justification et de mesure des politiques de redressement. Le choix des catégories est ainsi étroitement dépendant de la composition de la population, de son histoire coloniale et migratoire, de ce que l'on sait, par les témoignages et les études qualitatives, de l'état des discriminations dans une société donnée. Il n'a pas de signification immanente, mais un usage situé pour permettre de factualiser les discriminations. Une réflexion et un débat entre démographes, sociologues, représentants d'associations sont nécessaires, dans le cas français, pour établir les catégories les plus pertinentes à la description des discriminations.

Il convient également de tenir compte des réticences à l'autodéclaration, qui varient selon les groupes. Dans le cas français, les études déjà établies permettent de penser que les personnes généralement considérées comme noires s'autodéclareront comme telles, ce qui est sans doute moins vrai pour celles qui sont considérées comme arabes. C'est que le stigmate « arabe » est plus lourd que celui de « noir », pour des raisons historiques liées à la colonisation, et conjoncturelles (le soupçon de fondamentalisme religieux et de terrorisme pèse lourd dans le racisme antiarabe, particulièrement depuis septembre 2001). Un travail d'explication est nécessaire : comme nos collègues étrangers l'ont déjà établi, l'obtention de données autodéclarées n'est fiable que si elle est assortie à l'explication claire des raisons d'une telle demande. Le deuxième principe établit le caractère facultatif de la réponse. Les personnes peuvent choisir de ne pas répondre si elles le souhaitent. Le troisième principe est l'anonymat. L'objectif est bien d'établir des statistiques, et non des « fichiers ». La statistique est anonyme, faite de chiffres qui ne permettent pas d'établir un lien avec les personnes. Elle n'a rien à voir avec un fichier qui contiendrait des noms et des caractéristiques personnelles. La confusion entre « statistique » et « fichier », habilement entretenue par les opposants aux statistiques pour les faire paraître inacceptables (qui n'hésitent pas à faire référence au « fichier juif » de la Seconde Guerre mondiale), peut être dissipée par des explications et des engagements auxquels la CNIL (Commission nationale de l'informatique et des libertés) prête une attention particulière. Cela implique aussi de renoncer à l'inscription ethno-raciale dans le recensement national (qui n'est pas anonyme), pour privilégier les enquêtes statistiques, qu'elles émanent d'institutions publiques comme l'INED (qui conduit l'enquête « Trajectoires et origines », qui devrait s'achever fin 2008) ou d'associations comme le Cran.

Dans son étude sur le cas britannique, Joan Stavo-Debauge relève que les associations de minorités visibles étaient initialement réticentes à la mise en place d'un tel dispositif statistique (installé en Grande-Bretagne en 1991[33]). Mais, aujourd'hui, il n'est plus remis en cause, même si le choix des catégories et d'autres questions de ce genre suscitent des débats, précisément parce que les associations peuvent prendre appui sur la statistique pour réclamer des droits. De telle sorte que, loin de s'opposer au « mouvement social », la statistique peut au contraire lui fournir des arguments de mobilisation puissants. Quant aux chercheurs, y compris ceux de l'association Radical Statistics, qui rassemblait les adversaires des dispositifs en question, « parce qu'ils ont bien perçu, à la différence des Français, les conséquences du lien de dépendance logique et logistique entre l'opérationnalisation d'une lutte contre les discriminations juridiquement fondées et la disponibilité d'un appareil statistique rénové, [ils] se sont pour partie résignés à contenir les défiances qu'ils nourrissaient à l'égard de l'existence de cet équipement catégorial[34] ».

Dès lors, plusieurs interprétations sont possibles : l'une, multiculturelle, revendique la catégorisation en tant que moyen de reconnaissance identitaire. Le sociologue Barry Kosmin avait par exemple argumenté en faveur de l'inclusion de la catégorie « juif » dans le recensement britannique, dans une acception religieuse et ethnique[35]. Il estime qu'un tel recensement favoriserait le monde associatif juif et que, puisque les Juifs sont reconnus comme minorité par le Race Relations Act, il est dès lors logique qu'ils soient dénombrés, à l'instar du recensement canadien où les Juifs sont recensés dans la rubrique « religion ». Des arguments identitaires et minoritaires étaient associés dans la plaidoirie de Kosmin, mais la reconnaissance de l'identité juive semble prioritaire à ses yeux, par rapport à une question discriminatoire qu'il serait de toute manière bien difficile de mettre en évidence pour les Juifs de Grande-Bretagne. Plus largement, l'histoire du recensement des catégories ethno-raciales a été traversée, au XXe siècle, par des enjeux de reconnaissance distincts des politiques publiques. Comme le montre Paul Schor, lors de la préparation du recensement américain de 1910, les Juifs sionistes souhaitaient l'introduction d'une catégorie « juif » pour des objectifs communautaires, mais leur demande fut repoussée, y compris par les Juifs qui voulaient que la religion demeurât une affaire privée[36]. En Grande-Bretagne, la démarche multiculturelle semble un peu en reflux ces temps-ci, et l'utilisation du recensement à des fins de reconnaissance ne paraît plus à l'ordre du jour.

Une autre approche, qui me semble plus acceptable et réaliste dans le cas français, consiste à écarter l'utilisation de la statistique dans une perspective multiculturelle pour n'en reconnaître l'usage *que* dans le cadre strictement défini d'une politique de factualisation des discriminations. Cet usage limite les catégories aux groupes dont il est probable ou avéré qu'ils subissent des discriminations, à l'exclusion des autres, y compris ceux qui ont subi dans le passé des discriminations et des formes de violence extrêmes. L'opération de catégorisation est donc étroitement dépendante du but recherché, soit la factualisation de la discrimination, plutôt que d'une politique de reconnaissance qui dispose de surcroît d'autres voies que le dénombrement pour se frayer son chemin.

Il est vrai que les groupes minorés concernés par le recensement bénéficient alors d'une visibilité particulière. Mais cette visibilité a, en l'espèce, moins pour objet de participer de leur reconnaissance identitaire que de permettre à la fois l'action publique et la mobilisation des personnes minorées. Si celles-ci peinent en France à faire valoir leurs difficultés, c'est aussi faute de l'équipement statistique sur lequel elles pourraient s'appuyer pour s'organiser et revendiquer. Les organisations de la société civile (partis politiques, syndicats, associations) ont besoin des « grands nombres » pour donner de la force à leurs arguments, pour les objectiver et faire valoir leur justesse[37]. Il est donc prioritairement question de factualiser les discriminations fondées sur des critères ethno-raciaux, qu'il s'agit bien de nommer si on veut les combattre, plutôt que de se voiler la face dans une posture pseudo-républicaine. Cela n'implique en rien qu'il faille agir de manière inconséquente : si la statistique ne crée pas nécessairement une « ethnicisation des rapports sociaux » puisqu'elle met en évidence certaines racialisations et ethnicisations des comportements, il convient pour autant d'être attentif à des risques possibles, en particulier dans certains usages politiques et médiatiques. Aux Pays-Bas par exemple, l'introduction de la notion d'« allochtone » dans les statistiques pour compter les personnes d'origine étrangère a eu des effets pervers : le terme est devenu stigmatisant et racialisant dans la presse populaire et les discours communs[38].

Il convient aussi de reconnaître que les groupes

concernés sont susceptibles de se réapproprier les catégories les désignant. En dépit de son histoire stigmatisante, intimement liée, comme on l'a vu (chapitre IV), à des systèmes de domination coloniale, une catégorie raciale comme celle de « Noir » ne s'impose pas aux personnes concernées sans possibilité pour elles de se réapproprier la catégorie. Les personnes minorées peuvent être des acteurs de la catégorisation par un processus d'inversion du stigmate consistant à valoriser ce qui était auparavant sujet de honte. Ce processus de requalification identitaire a eu lieu aux États-Unis, en Grande-Bretagne, et il est en cours en France. À ce titre, la catégorie de « Noir » constitue bien une forme de reconnaissance des torts et des méfaits qui affectent les personnes sous cette figuration-là. En ce sens, elle est utile et même nécessaire. C'est pourquoi le chercheur britannique Ludi Simpson, pourtant très prudent sur la catégorisation ethno-raciale, admet son intérêt et la recommande même aux associations antiracistes[39].

Simpson a étudié le cas de la Grande-Bretagne, instructif pour nous autres Français. Dans les années 1960 et 1970, explique-t-il, il n'était pas question d'introduire une variable ethno-raciale dans le recensement britannique. Seul le lieu de naissance était mesuré, au motif qu'il est « extrêmement difficile de définir la "couleur" », expliquait le statisticien en chef du royaume en 1966[40]. Mais le Race Relation Act de 1976, voté après des débuts d'émeutes de jeunes Noirs et Asiatiques, permettait de mesurer les conditions de vie des minorités ethniques qui étaient désormais considérées comme installées de manière permanente en Grande-Bretagne. En 1981, une question sur l'origine ethnique fut donc proposée dans une première mouture du recensement, mais elle fut rejetée compte tenu des suspicions des Noirs concernant la politique gouvernementale de contrôles policiers, de restrictions de l'immigration et de passivité à l'égard du racisme. Pour autant, le bureau du recensement procéda tout de même à une étude spécifique et séparée du recensement général sur les « foyers du Commonwealth et du Pakistan », qui engendra plusieurs études universitaires sur le sujet dans les années suivantes. Par la suite, les recensements généraux de 1991 et 2001 ont inclus une question directe sur l'ethnicité. On propose dans le plus récent les cinq catégories suivantes : « blanc », « mixte », « asiatique ou asiatique-britannique », « noir ou noir britannique », « chinois et autres groupes ethniques ». Chacune de ces catégories est subdivisée en sous-groupes : « britannique », « irlandais », « indien », « pakistanais », « bangladais », « caribéen », « africain », « chinois », et réponse libre. Les débats sur la pertinence de tel groupe ou sous-groupe sont nombreux et on ne les détaillera pas ici.

Par contre, la statistique ethno-raciale permet de mettre en lumière des inégalités intéressantes. On observe par exemple que les Noirs de Grande-Bretagne ont un taux de chômage bien plus élevé que celui de la population en général. Or, les facteurs de résidence et de qualification professionnelle n'expliquent que la moitié environ de ce différentiel. Le reste est donc certainement causé par des pratiques discriminatoires. De même, une proportion importante d'enfants noirs, particulièrement ceux venus des Caraïbes, sont en échec scolaire : il est possible de pondérer les facteurs de classe et de lieu pour isoler le fait discriminatoire.

Et encore : la police du West-Yorkshire n'a que 3 % d'agents noirs ou asiatiques, alors que les groupes correspondants comptent pour 8 % de la population de la région. Il est alors possible de réfléchir aux raisons et aux effets de ce décalage.

Bien sûr, ces données ne résolvent pas les problèmes ; elles ne fournissent pas non plus des réponses univoques, et elles ne se substituent pas à la volonté politique. Elles peuvent aussi « encourager la compétition et les tensions entre régions et groupes sociaux plutôt que de les unir contre les causes des inégalités ». Mais, observe Simpson, ces statistiques offrent l'avantage de « maintenir l'antiracisme au programme du gouvernement », de fournir un guide pour l'action publique, de faire la chasse aux idées préconçues. En ce sens, elles contribuent à l'« éducation antiraciste ». L'approche de Simpson est donc intéressante à un double titre. D'une part il analyse sans fard les limites de la statistique, ses pièges méthodologiques, et permet de comprendre qu'elle n'a pas de pouvoir magique contre les discriminations raciales. Les données statistiques demandent à être interprétées, et font souvent l'objet de débats. Elles ne parlent pas par elles-mêmes et ne permettent pas de feuilleter le grand livre des discriminations avec un rapport de compréhension direct aux traitements discriminatoires. Il faut ajouter que, dans le cas français, il y a un risque que, du côté des personnes minorées, l'on passe d'une trop grande méfiance à une trop grande confiance dans le pouvoir de la statistique. Or, si la statistique peut beaucoup, elle ne se substitue pas pour autant à une politique de réduction des discriminations. Des déceptions et des découragements sont alors possibles.

D'autre part, en dépit de ces réserves, Simpson est favorable à leur usage : « La preuve des statistiques antiracistes réside dans leur usage même. C'est en liaison avec les organisations antiracistes qu'elles peuvent s'avérer efficaces. » Les statistiques fournissent des points d'appui à l'analyse, permettent aux associations de fonder leurs demandes et de réclamer des comptes. Il y a donc lieu d'accueillir favorablement la possibilité récente de mener des enquêtes fondées sur l'apparence racialisée, puisque c'est précisément cette apparence qui est en jeu dans les traitements injustes que subissent trop souvent les minorités visibles. Des surprises sont à attendre de l'usage des statistiques de la diversité, en particulier parce que ces dernières sont susceptibles de mettre en lumière des phénomènes discriminatoires dans des secteurs qui apparaissent comme relativement à l'abri : par exemple l'école et l'université. C'est précisément parce qu'il convient d'être conscient des limites et des problèmes de la statistique qu'il est possible de considérer qu'elle est socialement utile et d'en réclamer l'usage maîtrisé.

Les politiques de redressement

L'usage principal des statistiques réside dans l'*ethnic monitoring*. Il consiste en l'évaluation en continu des pratiques des organisations publiques et privées afin de s'assurer que les personnes (employés, usagers, clients) ne subissent pas de désavantage en raison de leur « race » ou ethnie. Pour cela, on met à disposition des personnes des outils d'évaluation de leurs actions à l'aune des obligations légales. La Commission for Racial Equality britannique fournit ainsi des « codes de bonne conduite » permettant d'évaluer les pratiques, de développer un plan pour la diversité et de promouvoir le recrutement de groupes sous-représentés dans l'organisation, de s'assurer de ce que les plaintes et doléances relatives à la discrimination soient sérieusement prises en considération, et enfin de vérifier régulièrement la réalisation du plan par un *monitoring* approprié. En Grande-Bretagne, depuis la législation de 2000, le *monitoring* ethnique et les « plans égalité » sont *obligatoires* pour les institutions publiques.

Depuis peu, la HALDE française agit dans cette direction, en proposant un « module de promotion de l'égalité » dans les entreprises, et un « répertoire des bonnes pratiques et des initiatives » qui recense ce qui est fait par un certain nombre d'organisations, pour l'essentiel des grandes entreprises[41]. Certaines d'entre elles ont des programmes tout à fait valables. Il n'en demeure pas moins que tous les acteurs de l'entreprise, y compris ses filiales, doivent être formés et sensibilisés — ce qui n'est pas encore le cas, à en juger par les témoignages que j'ai rassemblés. En outre, les dispositions se limitent le plus souvent à l'embauche des employés, un peu moins souvent à leur carrière, et bien plus rarement à l'accueil de la diversité culturelle et ethnique des personnes concernées, ce qui suppose une reconnaissance effective des us et coutumes des personnes par des accommodements raisonnables.

Enfin, et surtout, se pose la question de l'évaluation des dispositifs mis en place, et donc celle des catégories utilisées. C'est bien là que le bât blesse, puisque la confection des catégories de mesure de la diversité se fait de manière peu opérante, par des biais comme le prénom ou le lieu de naissance, dont les limites sont criantes. La prise en compte du prénom et de l'origine favorise les candidats étrangers plutôt que les candidats minorés indétectables par ces critères, comme les domiens. La politique de diversité des entreprises s'est donc jusqu'à présent heurtée à l'obstacle incontournable de la mesure, et donc d'une catégorisation appropriée.

Pour autant, il est clair que, ces dernières années, ce sont les entreprises qui ont fourni les efforts les plus nets en faveur de la diversité. Par contraste, les administrations publiques, bien frileuses sur le sujet, ont accumulé un retard évident. Au vrai, l'initiative la plus intéressante est venue de l'institut Montaigne, qui publia début 2004 deux rapports remarqués, l'un sur « les oubliés de l'égalité des chances », rédigé par Laurence Méhaignerie et Yazid Sabeg, l'autre, signé de Laurent Blivet, sur « l'entreprise et l'égalité positive »[42]. Dans la foulée, la « charte pour la diversité » fut lancée par le même institut[43]. Cette charte fut signée initialement par trente-cinq entreprises, rejointes depuis par plusieurs centaines d'autres, grandes et petites. Cette initiative a d'abord eu l'intérêt de populariser la notion de « diversité », un mot-valise courant aux États-Unis depuis trente ans mais peu utilisé en France jusqu'à ces dernières années. Ce mot a un avantage et un inconvénient : il permet de faire accepter des dispositions qui seraient parfois jugées moins favorablement si elles n'étaient présentées sous ce vocable aimable ; mais il est flou, et n'engage pas forcément à grand-chose.

Les six articles de la charte correspondent globalement au code de bonne conduite précédemment décrit. Le plus intéressant d'entre eux est l'article

6, qui précise que l'entreprise signataire doit « inclure dans le rapport annuel un chapitre descriptif de [son] engagement de non-discrimination et de diversité : actions mises en œuvre, pratiques et résultats ». Il est donc bien prévu ici une évaluation, le fameux *monitoring*, dont il reste cependant à vérifier la mise en œuvre réelle. La consultation d'une quinzaine de rapports annuels d'entreprises signataires de la charte laisse un peu dubitatif à cet égard. On trouve grossièrement deux types d'entreprises signataires.

Certaines entreprises se sont engagées sur la diversité comme elles l'ont fait sur le développement durable : par souci de communication, d'image, par effet de mode. Des chargés de mission sur la diversité peuvent avoir été nommés, avec des titres ronflants, mais sans pouvoirs réels dans l'organisation. J'ai pu constater que l'un d'entre eux, travaillant dans une entreprise publique, se gargarisait de « diversité » mais était dans l'incapacité de détailler les dispositifs effectivement mis en place, et qu'il arguait d'une « discrétion nécessaire » pour ne rien dire — et sans doute ne rien faire. Un cas extrême sans doute, mais il faut bien constater que les entreprises en question se contentent alors du service minimum de la diversité : par exemple la nomination d'un cadre noir ou maghrébin à un poste de responsabilité, selon le principe classique que les Américains appellent le *tokenism* (un affichage symbolique). La personne en question est mise en avant, et c'est tout.

D'autres ont agi de manière plus conséquente, en réformant leur système de recrutement et de promotion, en lançant des procédures d'alerte permettant de traiter les doléances, en impliquant l'ensemble du personnel par des stages de formation, des brochures et des affiches, en demandant des diagnostics extérieurs. Une pratique expérimentée par l'entreprise d'assurances AXA consiste à utiliser le « CV anonyme », qui devait se généraliser en vertu de la loi sur l'égalité des chances de 2006, mais dont les décrets d'application n'ont pas encore été signés... Le CV anonyme — pour tous — a l'avantage de faciliter, pour les candidats minorés, le franchissement de la première étape de sélection qui consiste en ce qu'ils soient retenus pour un entretien. Trop de ces candidats envoient des dossiers de candidature pour recevoir une réponse négative et formatée, et ont le sentiment de n'avoir pas pu défendre leur cas. Obtenir un entretien ne garantit pas l'embauche, bien entendu, mais offre la possibilité de se présenter, d'argumenter, et interdit au recruteur de balayer la candidature sous un prétexte fallacieux. En ce sens, le CV anonyme est un outil qui mérite d'être expérimenté par un nombre suffisant d'organisations afin d'en évaluer l'efficacité à moyen terme. J'ai cependant noté à plusieurs reprises à quel point le CV anonyme était mal compris et jugé sévèrement par les personnes minorées : certaines pensent qu'il n'est destiné qu'à elles (ce qui n'est pas le cas), d'autres qu'il constitue une forme d'insulte à leur égard, puisqu'on « gomme » des traits identitaires perçus comme problématiques. Une pédagogie du CV anonyme est nécessaire, pour que, minimalement, les personnes puissent juger en connaissance de cause.

En tout cas, si la « charte pour la diversité » a eu le mérite non négligeable de braquer les projecteurs sur ces questions ainsi que de fournir un point d'appui pour demander des comptes aux entreprises signataires, moralement engagées par ladite signature, le bilan que l'on peut en tirer est pour l'instant mitigé. C'est que les incitations, même contractualisées, ne se substituent pas à des contraintes plus accentuées. Il serait par exemple possible et souhaitable que le *monitoring* soit obligatoirement effectué par une instance extérieure aux organisations considérées, de manière à ce que les cellules diversité ne soient pas chargées de l'évaluation de leur propre travail. Les évaluations pourraient également être rendues publiques, disponibles sur internet, de manière à ce que chacun puisse les consulter, se faire une idée des pratiques des entreprises signataires et éventuellement en tirer des conséquences : en ayant recours ou pas aux services ou aux produits de ces entreprises, en achetant ou pas des actions, etc. L'instance extérieure pourrait être constituée de cabinets d'audit certifiés, ou, pourquoi pas, des inspecteurs du travail, auquel cas ce serait l'État lui-même qui se chargerait du *monitoring*. Cette dernière hypothèse impliquerait un renforcement considérable des moyens et des missions de l'Inspection du travail.

Une autre piste consiste à explorer une politique d'« action positive » en faveur des personnes minorées. Le terme d'« action positive », utilisé dans le droit européen, traduit l'*affirmative action* américaine de manière plus adéquate que la « discrimination positive », dont la parenté sémantique avec les « discriminations » en général est fâcheuse puisqu'elle confère à ce dispositif américain l'apparence de l'injustice, sans examen circonstancié. Dans le même ordre d'idées, les références françaises à l'*affirmative action* américaine sont souvent si lestées d'erreurs et d'approximations qu'il est très difficile d'en débattre clairement. Par exemple, elle est faussement assimilée à une politique des «quotas»: or aux États-Unis, ceux-ci sont interdits depuis l'arrêt Bakke de la Cour suprême en 1978, qui n'a pourtant pas mis fin à la politique en question. On trouve encore fréquemment dans la presse française des tribunes d'opinion où tel spécialiste français s'émeut de ce que les partisans de l'action positive veuillent instituer une politique des quotas «à l'américaine». Étrange argument, étrange manière de réfléchir que de brandir l'épouvantail américain en l'affublant de fausses dents pour qu'il paraisse plus menaçant encore… Il n'est pas question ici de tracer en détail l'histoire de l'*affirmative action*, qui a fait l'objet de nombreux travaux, mais d'en tirer quelques enseignements, pour le cas français[44].

L'*affirmative action* désigne, aux États-Unis, l'«ensemble des mesures qui octroient aux membres de groupes ayant été soumis dans le passé à un régime juridique discriminatoire un traitement préférentiel dans la répartition de certaines ressources[45]». Le dispositif s'applique à l'emploi, à l'admission dans les universités et à l'attribution de marchés publics. Il est donc finalement limité. À ses débuts, dans la seconde moitié des années 1960, l'*affirmative action* visait surtout à élargir le vivier de recrutement de personnes minorées en les formant et en les encourageant à poser leur candidature. Puis, à partir des années 1970, elle a pris une forme plus énergique, visant à recruter les candidats en fonction, notamment mais pas exclusivement, de leur identité raciale, et c'est dans cette acception que l'*affirmative action* est généralement entendue aujourd'hui. Il s'agit donc de contribuer à la «diversité» en tenant compte de l'identité raciale dans le processus de sélection, dans la mesure où il est avéré que la diversité est une chose positive pour les corps sociaux quels qu'ils soient. Par « diversité », on entend surtout, aux États-Unis, la diversité ethno-raciale, même si, juridiquement, la « race » n'est « qu'une variable parmi d'autres dans l'ensemble des traits objectivables susceptibles [d'y] contribuer[46] ». Depuis 1978, la constitutionnalité de l'*affirmative action* n'a pas été remise en cause, alors que la Cour suprême est de plus en plus conservatrice. En 2003, celle-ci a confirmé sa validité par l'arrêt Grutter V. Bollinger, reprenant et élargissant l'argument de la diversité, réaffirmé à nouveau dans une décision de juin 2007, en dépit de l'opposition de l'administration Bush. Au niveau fédéral, *l'affirmative action* n'est pas remise en cause pour le moment. En revanche, deux États y ont mis fin en ce qui concerne l'admission dans les universités : la Californie et le Texas. J'y reviendrai ultérieurement.

Aux États-Unis, l'*affirmative action* a eu pour effet social principal de consolider la classe moyenne noire en lui agrégeant des éléments qui n'étaient pas trop éloignés d'elle. Celle-ci, réduite et fragile dans les années 1960, s'est socialement élargie, est désormais économiquement stabilisée et dispose de ressources politiques notables. Il existe un débat ancien entre sociologues américains à propos de la solidité de cette classe moyenne. Le point de vue plutôt optimiste de William Julius Wilson, à la fin des années 1970, selon lequel la classe moyenne noire était « sauvée[47] », a été contredit par d'autres sociologues qui ont insisté sur le « plafond de verre » dans les entreprises, sur les écarts de revenus entre jeunes diplômés noirs et blancs qui ont recommencé à croître à partir des années 1980, et sur la minceur du capital économique et symbolique de la classe moyenne noire[48]. En dépit de ces nuances, il est incontestable que cette classe moyenne a amélioré ses positions sociales. Mais le pari, par cette politique, était que la classe moyenne noire allait jouer un rôle moteur dans le progrès de l'ensemble de la communauté noire. Or, ce pari a été perdu[49].

En effet, l'*affirmative action* n'a pas réduit la grande pauvreté et l'isolement politique des Noirs des ghettos. Pire même : la dislocation sociale des ghettos américains s'est aggravée au moment même où la classe moyenne noire améliorait sa situation. On a donc assisté à une dissociation forte entre une classe moyenne noire qui, grâce à l'*affirmative action*, a su profiter de l'ouverture du système économique pour se tailler des situations sociales convenables, et une classe prolétaire noire, l'*underclass*, catastrophiquement fragilisée par trois phénomènes, comme l'a également montré Wilson[50].

Le premier consista en la baisse des emplois peu qualifiés dans les centres-villes, liée au déplacement des activités manufacturières hors des agglomérations. Les villes ont offert des emplois de plus en plus qualifiés, tandis que les emplois non qualifiés étaient désormais hors d'atteinte géographique pour les jeunes Noirs et Hispaniques déscolarisés. Leur taux de chômage a explosé, ce qui a favorisé l'essor des activités délictueuses et criminelles, en particulier le commerce de la drogue.

Le second phénomène est que les classes moyennes ont quitté les ghettos. Tant qu'elles étaient là, il subsistait encore des institutions viables (écoles, églises, magasins) qui tiraient leur stabilité et leurs revenus de la présence de familles salariées tout en bénéficiant également aux plus pauvres. En outre, pour les enfants, l'existence de personnes à revenu stable, tiré de formes de travail conventionnelles, fournissait une référence sociale. Le tampon social de la classe moyenne du ghetto disparut dans les années 1970. L'isolement croissant de ceux qui restaient a fait que la recherche du travail ouvrier, qui s'appuyait traditionnellement sur des réseaux familiaux et communautaires, est devenue plus difficile encore. Les normes de comportement associées au travail (être à l'heure par exemple) se sont perdues.

Le troisième phénomène est que le nombre de mères seules noires augmenta fortement, ce qui fragilisa économiquement les familles noires en question. En 1940, 18 % des familles noires étaient monoparentales (dirigées par la mère), puis 28 % en 1970, 42 % en 1983, 70 % aujourd'hui (contre 35 % pour les familles blanches). Plusieurs explications sont possibles à un phénomène qui fait l'objet de controverses assez vives. Ce qui est certain est que le taux de chômage des hommes joue un rôle, puisqu'il limite leur capacité à faire vivre une famille. Une autre hypothèse est également discutée : la raréfaction des hommes sur le marché matrimonial. Ceci, en raison de facteurs objectifs (le nombre de jeunes hommes noirs tués ou en prison) et subjectifs : on a noté le faible pourcentage de jeunes hommes noirs qui souhaitent se marier, en supposant que leur grande fragilité économique les rendait très circonspects à l'égard d'un engagement marital. En tout cas, le vivier d'hommes noirs disponibles est bien plus faible que le vivier d'hommes blancs (le taux de mariages mixtes étant de 17 % environ, l'essentiel se joue à l'intérieur des groupes raciaux).

La situation des quartiers pauvres français est différente, parce que, on l'a vu, leur isolement social et politique est moins grand. En revanche, certaines des caractéristiques exposées sont aussi valables dans le cas français : le chômage en premier lieu, mais aussi le départ de celles et ceux qui disposent de ressources suffisantes pour le faire, peut-être aussi une proportion relativement élevée de familles monoparentales noires. Une politique d'action positive strictement calquée sur le modèle américain ne changerait sans doute pas ces données, puisqu'elle ne l'a pas fait outre-Atlantique. S'il paraît donc utile de tirer un bilan nuancé de l'*affirmative action* américaine, c'est pour en garder le meilleur : le renforcement d'une classe moyenne de personnes minorées ; et pour remédier à deux conséquences dommageables, à savoir l'abandon des plus pauvres, particulièrement ceux sur qui pèse un stigmate racialisé, et la progression des inégalités à l'intérieur de la communauté noire. C'est que l'action positive ne saurait se substituer à une politique de réduction des inégalités sociales, bien qu'elle puisse utilement s'y associer. Répétons-le : la question raciale ne doit pas être brandie contre la question sociale. Il est plutôt question d'ouvrir cette dernière pour y incorporer des torts non réductibles à la classe. Le pari d'une politique publique équilibrée consiste donc à la fois à lutter contre la pauvreté en général et à réduire les écarts entre groupes provenant de traitements illégitimes.

Plusieurs politiques d'action positive à la française sont dès lors possibles, dont certaines font l'objet d'expérimentations. La première consiste à contourner la catégorisation ethno-raciale par la prise en compte de caractéristiques socio-économiques délimitant des territoires. Il est possible, dans cette optique, de choisir des critères qui visent préférentiellement, mais pas exclusivement, une population racialement minorée. En ce sens, il existerait par exemple une forme d'action positive « en trompe l'œil » avec les ZEP, créées en 1981 et relancées à plusieurs reprises depuis. Mais il faut bien reconnaître que leur bilan global n'est pas à la hauteur des espoirs qui avaient été placés en elles. Elles se sont multipliées sans que des moyens correspondants aient été alloués, de telle sorte qu'il existe des écarts considérables entre ZEP qui bénéficient cependant d'allocations comparables[51]. En outre, comme le pointe Thomas Kirszbaum, la politique de la ville est contradictoire : « Comment accorder un avantage préférentiel sur une base territoriale à des populations, quand on affiche dans le même temps l'intention de mettre fin à l'anomalie que constitue leur regroupement sur les territoires qui donneraient droit à cet avantage[52] ? » Selon lui, la « discrimination positive territoriale » sert essentiellement à justifier le refus de mettre en place une véritable politique d'action positive bénéficiant prioritairement aux personnes minorées.

Pour autant, il est possible de considérer que l'action positive fondée sur le territoire, en dépit des limites évidentes des ZEP, est bien un élément utile de politique antidiscriminatoire. Ne vaut-il pas mieux avancer « en crabe » par le biais territorial plutôt que s'arc-bouter sur une catégorisation ethno-raciale politiquement risquée ? Si la catégorisation est nécessaire pour mesurer les discriminations, elle n'engage pas pour autant la forme de la politique d'action positive, qui ne doit pas *nécessairement* être fondée sur un critère ethno-racial explicité. Comme le souligne Daniel Sabbagh, la France et les États-Unis ne sont pas si éloignés qu'on pourrait le croire, puisque ces deux pays ont eu recours à des stratagèmes permettant un traitement préférentiel des personnes minorées sans explicitation juridique formelle[53].

En outre, le dispositif des ZEP a servi de point d'appui à la mise en œuvre d'une nouvelle procédure d'admission à l'Institut d'études politiques de Paris (Sciences Po). Des conventions ont été établies entre des lycées situés en ZEP et Sciences Po, permettant aux meilleurs lycéens des établissements concernés, sélectionnés par leurs professeurs, d'entrer à Sciences Po après un entretien oral d'admission. Les voies d'entrée dans cet établissement, socialement très sélectives, ont ainsi été contournées pour permettre à des étudiants d'origine modeste et appartenant souvent à des groupes minorés d'y entrer. Dans l'ensemble, cette procédure a donné de bons résultats, et est exemplaire au sens où elle indique une voie à suivre : celle qui consiste à réformer en profondeur les concours d'entrée dans les filières sélectives, de préférence à un simple aménagement des préparations — par l'ajout d'une année supplémentaire de classe préparatoire, par exemple, même si cette dernière voie mérite elle aussi d'être expérimentée.

Une autre voie contournée consiste à sélectionner automatiquement les meilleurs élèves de chaque lycée en fonction d'un pourcentage donné. C'est l'exemple du Percent Plan au Texas. Suite à l'abrogation de l'*affirmative action* dans cet État, en 1997, l'université du Texas à Austin a créé le programme dit Percent Plan, garantissant l'admission pour les meilleurs 10 % d'élèves de chaque lycée, indépendamment de leur groupe ethno-racial. En dépit des affirmations des concepteurs du Percent Plan, qui reconnaissent qu'il ne peut compenser les pertes en étudiants noirs et latinos induites par l'abandon de l'*affirmative action*, ce programme a souvent été présenté comme une alternative valable[54].

Entre 1998 et 2004, la part des étudiants noirs admis par le « plan des 10 % » n'a pas bougé (7 %), tandis que celle des Latinos est passée de 18 à 22 %. Les étudiants blancs sont relativement moins nombreux (58 % contre 66 %). Depuis l'arrêt Grutter de 2003, l'université du Texas a réintroduit l'*affirmative action*, tout en conservant son plan. Pour que le « plan des 10 % » marche, il faut le faire connaître et démarcher longuement les lycées régionaux pour convaincre les élèves. Quant à la Californie, c'est un système en apparence voisin, mais il consiste à admettre seulement les 12,5 % des meilleurs élèves de l'État, et non de chaque lycée. Le système s'avère ainsi bien plus conservateur, puisqu'il favorise clairement les élèves des lycées les plus favorisés. Il est certes partiellement compensé par l'ELC (Eligibility in Local Context), qui ajoute aux 12,5 % de l'État les meilleurs 4 % de chaque lycée, sur le modèle texan ; mais les résultats généraux sont logiquement moins bons qu'au Texas : les étudiants afro-américains entrant sous les deux régimes ne composent que 2 % du total.

Ces expériences étrangères méritent d'être prises en considération de manière pragmatique, sans œillères idéologiques aboutissant à les rejeter sans examen. Elles sont fondées sur la reconnaissance des discriminations indirectes et des difficultés particulières des minorités, et sur la mesure statistique de celles-ci, qui permet de les factualiser. S'en inspirer pour mettre au point une version française d'action positive qui ne s'opère pas au détriment des politiques sociales permettrait de réduire la discrimination raciale. Celle-ci ne peut plus être seulement une figure obligée du discours politique, un sujet d'indignation rhétorique et d'invocation de grands principes qui tournent à vide depuis longtemps dans notre pays. En ce sens, le tournant, entamé dans les années 1990, de la lutte antiraciste classique à la politique antidiscriminatoire n'a pas encore abouti.

Du tokenism *en politique*

Du côté du monde politique français, la situation évolue plus lentement encore. Pourtant, le thème de la diversité est aujourd'hui de mise au sein des partis politiques. La plupart d'entre eux s'efforcent, à l'occasion des élections nationales, régionales ou locales, de présenter des candidats issus des migrations postcoloniales, et reconnaissent que des efforts supplémentaires doivent être consentis. Les responsables politiques nationaux expliquent volontiers que leur parti et leurs élus doivent mieux refléter la diversité française, pas seulement celles des territoires et des métiers, mais aussi les diversités genrée et ethno-raciale. Il existe à l'évidence une rhétorique de la diversité très commune dans la politique, semblable en cela à celle du monde des entreprises. La différence est que, dans le premier secteur, elle tourne largement à vide, les efforts chichement consentis semblant pour l'essentiel avoir une fonction d'affichage. À l'Assemblée nationale, dans les conseils municipaux et régionaux, le bilan est étique. Face à cette situation, les responsables des partis répondent de manière dilatoire, en expliquant, par excmple, qu'il n'y a pas suffisamment de candidats potentiels chez les personnes minorées — illustrant ainsi l'adage que quand on ne cherche pas, on ne trouve rien — et que les efforts consentis ne sont finalement pas négligeables, eu égard aux résistances locales et autres. L'amertume des militants politiques minorés est réelle : l'un d'eux, membre du Parti socialiste, m'a expliqué que si tout le monde dans sa section d'arrondissement parisien est amical à son égard, en revanche, dès que l'attribution des places éligibles se pose, les Noirs et les Maghrébins sont exclus. « Un jour que nous étions trois militants noirs à parler de nos affaires, un autre militant nous a taxés de communautarisme ! » explique le militant socialiste, désabusé.

À cela, il faut ajouter que les partis politiques ne prêtent généralement qu'une attention distraite à la question des discriminations. Rares sont les élus qui manifestent un intérêt et une compétence sur ce sujet. La campagne présidentielle de 2007 a sans doute marqué une légère inflexion par rapport à la précédente, au sens où les candidats firent quelques allusions à la lutte antidiscriminatoire dans leurs discours et leurs programmes, mais sans engagements précis et sans conviction. J'ai eu l'occasion d'interroger la candidate socialiste Ségolène Royal sur ce sujet. Elle m'a répondu qu'elle croyait au métissage de la société française et l'appelait de ses vœux. Pourquoi pas, en effet, mais le métissage ne constitue pas en soi un programme politique, lui rétorquai-je... Ce qui est en jeu pour les responsables politiques est bien la mise en route d'une politique antidiscriminatoire déterminée plutôt que la réitération de propos aimables sur la France métissée. Il est presque certain qu'une très grande majorité des électeurs noirs français ont voté pour Ségolène Royal au second tour de l'élection présidentielle[55]. Mais, de l'avis presque unanime des observateurs, corroboré par les entretiens, ce vote procédait plus d'un rejet de son adversaire que d'une adhésion massive au programme de la candidate socialiste.

La situation est plus complexe du côté du président de la République Nicolas Sarkozy : celui-ci a manifesté à plusieurs reprises son intérêt pour l'action positive. En outre, il a procédé à la nomination de plusieurs ministres issues des migrations postcoloniales : Fadela Amara, Rachida Dati et Rama Yade. Que le gouvernement ne soit plus monocolore est certainement un motif de satisfaction, mais si cela ne s'accompagne pas d'actions structurelles contre les discriminations, ces promotions risquent de participer d'une politique de *tokenism*, c'est-à-dire d'inclusion très limitée de minorités visibles dans les cercles de pouvoir afin de donner l'illusion de la diversité. Aux États-Unis, le gouvernement de George W. Bush est le plus ouvert à la diversité de toute l'histoire du pays : il a notamment nommé Colin Powell et Condoleezza Rice à des postes éminents. Pour autant, sa politique est hostile à l'*affirmative action* et évidemment contraire aux intérêts d'une grande partie des Afro-Américains, qui ont massivement voté contre lui lors de l'élection présidentielle de 2004.

J'ai été frappé par l'ambivalence des Noirs interrogés à propos de la nomination de Rama Yade au poste de secrétaire d'État chargée des Affaires étrangères et des Droits de l'homme. La plupart sont circonspects : à l'évidence, la mauvaise image de Nicolas Sarkozy auprès d'eux n'est pas rectifiée par la présence de la jeune femme d'origine sénégalaise au gouvernement. En outre, la création d'un ministère de l'Immigration, de l'Intégration, de l'Identité nationale et du Codéveloppement, dont l'efficacité est mesurée au nombre de migrants sans-papiers expulsés du territoire national, est venue renforcer cette défiance. Fadela Amara a certes critiqué certains aspects de la politique d'immigration de son gouvernement, mais en vain : à l'évidence, ni elle ni Rama Yade ne pèsent sur les décisions.

La question de la représentation politique des personnes minorées se pose moins à l'aune identitaire que minoritaire. S'il est souhaitable qu'émergent plus de femmes et d'hommes politiques issus des migrations postcoloniales, c'est parce que les expériences étrangères suggèrent que ces élus seront plus déterminés et énergiques à propos de politique antidiscriminatoire, bien que cela ne soit jamais garanti. De même certaines avancées concernant les droits des femmes se sont-elles réalisées grâce au travail opiniâtre des trop rares femmes politiques — ce qui n'est pas exclusif des hommes. La démocratisation de la vie politique française passe par son ouverture à des groupes peu ou pas représentés et aux situations sociales qu'ils représentent. Il est naturellement possible de trouver dans le groupe majoritaire du personnel politique des militants actifs des droits des minorés, mais il faut bien reconnaître que ces voix isolées ne suffisent pas. Il est également bien légitime que des élus politiques de la diversité ne s'attachent pas particulièrement aux questions de discriminations, et veuillent même s'en écarter pour ne pas y être assignés. Il n'en demeure pas moins que, en moyenne, les élus provenant de groupes minorés sont plus sensibles que les autres aux questions particulières de ces groupes. En ce sens, la diversité de classe, de genre et ethnoraciale des élus est utile à la représentation de problèmes qui végètent politiquement faute de porte-parole efficaces et motivés. Ne serait-ce pas la raison essentielle pour laquelle la réforme politique, en particulier l'interdiction du cumul des mandats et l'introduction d'une dose de proportionnelle, est aujourd'hui si urgente ?

Plusieurs scénarios sont dès lors possibles. Le premier, en droite ligne de la situation actuelle, verrait l'inclusion limitée de « représentants de la diversité » dans le personnel politique national à des fins d'affichage, offrant néanmoins quelques satisfactions symboliques ponctuelles aux populations minorées. À cela s'ajouterait la promotion des élites minorées dans la fonction publique et les entreprises, de telle sorte qu'une élite noire et arabo-berbère se trouverait confortée et relativement stabilisée. Par contraste, un monde minoritaire populaire et politiquement abandonné continuerait à endurer les morsures du racisme et des discriminations dans sa vie quotidienne, en même temps que sa fraction la plus fragile, celle des migrants en situation irrégulière, continuerait d'être soumise à l'arbitraire policier et administratif.

Le second scénario marquerait une inflexion, en ce sens qu'une représentation politique diverse se construirait, appuyée sur une société civile minorée organisée de manière à faire entendre la voix des plus humbles. Elle permettrait alors de construire une politique antidiscriminatoire énergique et pragmatique, qui ne se fasse pas au détriment d'une politique générale de réduction des inégalités sociales mais vienne en complément à elle. Une perspective bien lointaine tant elle suppose de conditions à réunir ! Parmi elles, que les personnes minorées s'organisent afin de faire valoir leurs droits : le chapitre suivant examine justement l'histoire et les conditions des formes de solidarité chez les Noirs.

CHAPITRE VI

La cause noire : des formes de solidarité entre Noirs

« Qui sait si, dans des fréquences trop basses, je ne parle pas pour vous ? »

RALPH ELLISON,
Homme invisible pour qui chantes-tu ?

Depuis le début du XXe siècle, des intellectuels, des hommes politiques et des militants associatifs ont réfléchi aux formes et aux fondations possibles de « solidarité noire », entendue au sens de solidarité entre Noirs. Ils ont parfois agi en créant ou en suscitant des mouvements politiques et associatifs divers, qui se sont efforcés de rassembler les Noirs en fonction de critères identitaires variables et pour des objectifs qui différaient selon les lieux et les moments. Formulée sociologiquement, la question est celle de la mobilisation des ressources nécessaires à l'apparition publique d'un groupe, ou, si l'on veut, l'invention d'un groupe, celui des Noirs, à des fins politiques spécifiques.

Je propose alors d'ouvrir deux dossiers. Tout d'abord celui de l'histoire des solidarités noires en France : j'ai choisi quatre moments, de la fin de la

Première Guerre mondiale à aujourd'hui. Ce découpage n'est pas exclusif : il est probable que des recherches futures mettront en lumière d'autres moments notables, en particulier à la fin du XIXe et au début du XXe siècle. Mais il n'en demeure pas moins que le mouvement associatif noir dans l'espace français ne se développa de manière organisée et visible qu'à partir des années 1920. Le second dossier consiste à analyser les principes théoriques de la solidarité noire, afin d'évaluer sa pertinence dans la France contemporaine.

Premières formes de solidarités noires

En France, l'histoire des mouvements noirs de l'entre-deux-guerres, sans doute la plus foisonnante, a eu ses historiens : Claude Liauzu et surtout Philippe Dewitte ont proposé des histoires parallèles sur les origines du tiers-mondisme et sur les « mouvements nègres »[1]. Dewitte est l'auteur de l'ouvrage de référence sur le sujet, *Les Mouvements nègres en France*, issu d'une thèse de doctorat d'histoire. Cet ouvrage, arrivé trop tôt, un peu comme celui de William Cohen, n'a pas suscité suffisamment d'attention au-delà du cercle des spécialistes, alors qu'il posait des questions politiques amples. D'autres ouvrages parus plus récemment aux États-Unis, en particulier ceux de Brent Hayes et Gary Wilder, apportent des éclairages précieux à l'histoire des mouvements noirs, en particulier dans leur dimension transatlantique[2].

1919 est une date fondatrice dans la mesure où c'est en février de cette année que se tint à Paris, au Grand Hôtel du boulevard des Capucines, le premier « Congrès panafricain », réunissant cinquante-sept délégués des Antilles, d'Afrique, des États-Unis, sous la présidence de Blaise Diagne, député du Sénégal depuis 1914, et en présence du sociologue américain Du Bois. Celui-ci était venu à Paris au nom de la NAACP pour obtenir du Congrès de Versailles une proclamation sur l'« autodétermination des peuples de couleur », mais, devant le refus des congressistes, il s'était tourné vers Diagne et Gratien Candace, député de la Guadeloupe.

Comme nous l'avons vu, la Première Guerre mondiale avait provoqué un afflux d'ouvriers et soldats noirs en métropole, provenant pour l'essentiel des colonies africaines, dont quelques milliers décidèrent de rester après l'armistice en dépit de la volonté des autorités françaises de les renvoyer aux colonies. Les Africains se réclamaient désormais d'une « dette de sang », eux qui avaient bien servi dans les tranchées et à qui, par l'entremise de Blaise Diagne, on avait promis la citoyenneté. D'autres soldats noirs avaient aussi participé à la guerre, parmi lesquels des Antillais qui avaient servi dans des régiments classiques, au même titre que les Français de métropole, et des Africains-Américains, débarqués à partir de 1917 et accueillis chaleureusement par la population française, qui les applaudissait dans les défilés[3]. Plusieurs milliers de ces soldats étaient restés en métropole après guerre. Un peu comme dans le cas du mouvement communiste, les vétérans de la Grande Guerre jouèrent un rôle important dans le mouvement noir[4].

Le Paris de l'après-guerre se trouvait au carrefour des Noirs d'Afrique, des Caraïbes et des États-Unis, un lieu où il semblait possible de se faire entendre. De surcroît, Diagne était un notable, commissaire général aux troupes noires, qui jouissait d'un grand prestige, et il n'avait donc pas rencontré de difficultés auprès des autorités pour organiser le Congrès. Influencés par Diagne l'assimilationniste, qui répugnait à mettre en cause la politique coloniale française, les délégués votèrent bon gré mal gré un satisfecit à la politique coloniale française et une condamnation de la ségrégation américaine. On se contenta d'une motion prudente à la Société des nations à propos de la situation des « indigènes de l'Afrique ». En tout cas, malgré le retentissement modeste du congrès, tout à fait éclipsé par celui de Versailles, on assista en quelque sorte à la naissance d'une « Internationale noire », centrée sur la situation des diasporas africaines dans des régions très diverses mais toutes marquées par des situations de sujétion pour les Noirs. Un deuxième Congrès panafricain se tint, à l'automne 1921, sous la forme de trois sessions, à Londres, Bruxelles et Paris. En dépit de l'opposition de Diagne, défenseur de plus en plus affirmé de la colonisation française, Du Bois réussit à faire prévaloir une vision internationaliste de la question noire, incluant aussi bien la question de la ségrégation que celle de l'« injustice », par où on peut voir une mention discrète de la colonisation.

Dans la foulée du congrès, Gratien Candace fonda l'Association panafricaine, qui se donnait pour objectif « l'amélioration du sort de la race noire sur tous les points du globe. En vue d'atteindre ce résultat, elle se propose le développement des capacités tant économique que politique, intellectuelle et morale des Noirs. Au point de vue politique, elle s'attache à attirer l'attention des pouvoirs publics des différents États chargés des destinées de la race noire, sur la nécessité d'entretenir avec elle des relations amicales, de lui reconnaître et accorder les mêmes droits qu'à leurs autres ressortissants[5] ». L'association végéta par la suite, mais elle représenta certainement le premier effort fédératif, rassemblant des conservateurs assimilationnistes comme Candace et des socialistes qui militaient pour une orientation plus progressiste. Les uns et les autres cohabitaient encore dans la même organisation. Les anticolonialistes de principe, dans les années 1920, était encore très rares, la plupart militaient pour une colonisation plus humaine et respectueuse des droits humains. Même la Ligue des droits de l'homme, qui créa une Commission d'études coloniales en 1920, était majoritairement favorable à une colonisation « humanitaire » qui demeurât fidèle à la mission civilisatrice de la France héritée de la Révolution. Sous les auspices de la Ligue des droits de l'homme fut fondée en janvier 1920 la Ligue pour l'accession aux droits de citoyens des indigènes de Madagascar, formée d'anciens soldats coloniaux proches de la SFIO. Mais cette petite ligue ne survécut pas au Congrès de Tours et à la division du socialisme français.

Le militantisme africain se manifesta sous d'autres formes, en particulier la création de journaux (*Le Messager dahoméen, L'Action coloniale, Le Libéré, Les Continents*), plaidant dans l'ensemble pour une colonisation plus juste plutôt que pour le démantèlement de l'empire. Un journal comme *Les Continents*, de René Maran et Kojo Touvalou — un Dahoméen assimilationniste —, dont le premier numéro sortit en mai 1924, dénonçait les abus de la colonisation mais pas son principe. Il réclamait la citoyenneté française pour les Africains, à l'image des Antillais, luttait pour l'égalité des droits, pour une véritable assimilation et remettait en cause le complexe d'infériorité raciale. Maran et Tovalou fondèrent en parallèle la Ligue universelle de défense de la race noire. Liée au journal *Les Continents*, la Ligue était francophile, défendait la philosophie de la colonisation française face à l'« impérialisme anglo-saxon » tout en s'élevant contre les abus. Justement, la critique des abus coloniaux trouva alors une voix éloquente en la personne de René Maran, administrateur colonial et auteur de *Batouala, véritable roman nègre*, qui reçut le prix Goncourt en 1921. Cela valut à Maran d'être renvoyé de l'administration coloniale dont il brossait un portrait très sévère dans l'introduction du roman. Tovalou se rendit aux États-Unis en 1924 pour assister au congrès de l'organisation de Marcus Garvey, l'Universal Negro Improvement Association (UNIA), sans pour autant partager les thèmes ultranationalistes noirs de Garvey.

Il est essentiel de comprendre l'émergence d'un mouvement associatif noir français dans une perspective atlantique. Comme l'ont montré Michel Fabre et plus récemment Brent Hayes, les échanges entre Américains noirs, Africains, Antillais et métropolitains étaient constants[6]. En dépit de leurs différences idéologiques et de situation, il se forgea ce que Hayes appelle une « diaspora noire », entendue au sens d'une culture politique transnationale noire, par laquelle les notions de « race », « nègre », « culture nègre » étaient confrontées, traduites, négociées. Du côté américain, un ami de Maran, Alan Locke, professeur à la Howard University (l'université noire de Washington), auteur de l'anthologie *The New Negro* (1925), fut sollicité par Jane Nardal, une jeune étudiante martiniquaise de la Sorbonne, pour une traduction en français de son ouvrage, qu'elle proposait de faire réaliser par sa sœur Paulette Nardal. L'affaire ne se fit pas, mais les sœurs Nardal étaient déjà engagées dans un mouvement d'échanges transatlantiques noirs. Quant au public américain, il était informé de la situation coloniale par la traduction en langue anglaise de *Batouala*. Dans l'autre sens, *Banjo*, du romancier new-yorkais d'origine jamaïcaine Claude McKay, proposait une belle description des vieux quartiers marseillais des années 1920, où des musiciens de jazz étaient installés et inventaient une musique à la croisée de trois continents. Hayes montre que *Banjo* a joué un rôle important chez les artistes et intellectuels noirs de France par la valorisation d'une tradition culturelle noire, manière de se distancier d'une perspective purement assimilatrice. En ce sens, *Banjo* est un ouvrage fondateur de la négritude, même s'il s'agit d'une négritude très peu africaine : Ray, le personnage principal, ne fréquente que des Antillais anglophones, et regarde de loin les marins africains. Mais ce n'est pas seulement d'échanges artistiques mais bien politiques qu'il s'agissait : par la discussion et le « rodage » de la réflexion sur ce que cela signifiait qu'être noir en Afrique colonisée, aux Amériques ou dans les métropoles européennes, il se construisait un nouvel « Atlantique noir » avec des circulations et des usages différents de l'Atlantique — blanc — décrit par l'historien Daniel Rodgers[7].

Une autre perspective transnationale était constituée par le mouvement communiste. Un Comité d'études coloniales fut mis sur pied au sein du nouveau Parti communiste, rebaptisé Commission coloniale centrale à partir de 1924, et un Bureau nègre fut créé au sein de la IIIe Internationale en 1922, mais ce sont surtout les Noirs américains qui portaient la flamme révolutionnaire. Du point de vue de la IIIe Internationale, l'Afrique n'était structurellement pas prête pour la révolution, et avait donc besoin des camarades européens : « Frères des Colonies, il est indispensable que vous vous rendiez compte qu'il n'est pour vous aucun salut possible en dehors de la conquête du pouvoir politique en Europe par les masses laborieuses », écrit en 1922 le Guadeloupéen Max Bloncourt dans *Le Paria*, le journal de l'Union intercoloniale, organisation à direction communiste — mais comprenant des sensibilités politiques diverses[8]. Les Noirs devaient donc attendre des Européens le signal de leur libération. Liauzu et Dewitte ont montré les tensions entre les militants noirs et le Parti communiste, prioritairement intéressé par l'Afrique du Nord (et la question du Rif au milieu des années 1920) et qui ne portait qu'un intérêt distant aux situations antillaise et africaine. De telle sorte que les candidatures de Bloncourt et du Sénégalais Lamine Senghor aux élections municipales de Paris en 1925 ne furent considérées par les intéressés que comme un affichage tactique, pour plaire à l'Internationale, plus en pointe dans l'anticolonialisme.

Né en 1889 au Sénégal, Lamine Senghor, comme la plupart des militants noirs des années 1920, avait combattu comme tirailleur pendant la Grande Guerre où il avait été gravement gazé (ce qui lui avait valu une pension d'invalidité à 100 %), puis s'était engagé dans le militantisme ouvrier et anticolonial. Senghor quitta le PC en octobre 1925, déçu de la mauvaise volonté des dirigeants communistes à l'égard des Noirs et de leur indifférence aux conditions d'existence des sujets noirs dans l'empire français. Il réfléchissait désormais à la création d'un mouvement noir indépendant de ses encombrants parrains européens et dont l'ouvriérisme révolutionnaire se trouvait compatible avec une vision européocentrique du monde. Pour les militants noirs, la question de l'oppression raciale était centrale, tandis que pour le Parti communiste, c'était celle de l'exploitation du prolétariat qui comptait, dont la question coloniale n'était qu'une variante. On voit donc déjà apparaître très clairement la tension clivante entre classe et race, qui traversa le XXe siècle dans l'analyse et la remise en cause des processus de domination.

Le moment était décisif en ce qu'il marquait la fin d'un mouvement intercolonial sous l'égide communiste, regroupant Antillais, Africains noirs, Arabo-Berbères et Indochinois. Les mouvements issus de l'UIC : le Parti annamite de l'indépendance, l'Étoile nord-africaine et le Comité de défense de la race nègre (CDRN), fondé en février 1926 par Senghor, volaient désormais de leurs propres ailes. Il convient de noter que l'organisation des colonisés, dont les Africains noirs, ne passa pas inaperçue des autorités. Le ministère des Colonies, inquiet de la « nébuleuse anticoloniale », créa en 1923 le Service de contrôle et d'assistance en France des indigènes des colonies (le CAI), qui employait un réseau d'informants et d'agents en charge de surveiller les militants (et dont les archives constituent une source documentaire précieuse pour les historiens).

Le CDRN était tout entier fondé sur la pugnacité et le courage de Senghor, en dépit de son invalidité. Il tranchait avec les élites intellectuelles et bourgeoises des Antilles et d'Afrique qui dominaient les cercles anticoloniaux parisiens, et était capable de rallier les prolétaires noirs (ouvriers, marins et dockers des ports) par son verbe et sa personnalité. Le CDRN se dota d'un journal, *La Voix des nègres*, qui parut deux fois. Le CDRN rassemblait des personnalités diverses, où, pour la première fois, les Africains étaient bien représentés, mais on trouvait aussi des Antillais, des Guyanais, des Américains. La rupture avec le PCF était évidente à la lecture des objectifs du Comité, qui n'invitaient plus à la solidarité prolétarienne mais faisaient appel aux Lumières, à l'humanité, et se proposaient de rassembler les Noirs et de construire à Paris des institutions nègres : musée, bibliothèque, bar, foyer, journal et autres services aux « Nègres de passage »[9]. À Marseille, à Bordeaux, au Havre, le CDRN engrangea des adhésions (cinq cents à la fin 1926). Des exemplaires de *La Voix des nègres*, tout comme *Le Paria* auparavant, étaient transportés clandestinement vers l'Afrique par des marins. Des travaux sont à mener pour appréhender ces mouvements noirs par en bas, par les militants anonymes de Paris ou Marseille, et leurs réinterprétations locales.

Malgré ses débuts fracassants et les efforts d'un Senghor miné par la tuberculose, des déchirements internes entre révolutionnaires membres ou proches du PC (surtout des Africains) et assimilationnistes (surtout des Antillais), ajoutés à des difficultés financières, paralysèrent le CDRN dès la fin 1926. Une scission eut lieu en février 1927, lorsque Senghor et la fraction communiste, mis en minorité, quittèrent le CDRN pour créer la Ligue de défense de la race nègre (LDRN), proche du PCF. Le Parti communiste avait suivi de près les activités du CDRN, y avait placé des militants et avait attendu que ses difficultés financières et ses dissensions internes ramènent la fraction révolutionnaire du Comité dans son giron. Voilà qui était fait avec la LDRN. Elle avait aussi son journal, *La Race nègre*, qui mêlait articles politiques et culturels. On trouve dans le numéro 3 de septembre 1927 des articles sur Harlem et la renaissance noire, des appels à la libération de la « race nègre » d'inspiration garveyiste, et des extraits du *Voyage au Congo* de Gide.

Après la mort de Lamine Senghor le 25 novembre 1927, l'un de ses proches, Garan Kouyaté, prit la LDRN en main. Kouyaté était un ancien instituteur originaire du Soudan français (l'actuel Mali), sans doute renvoyé en 1924 de l'École normale d'Aix-en-Provence (qui accueillait un petit nombre d'instituteurs africains distingués par les autorités) et resté en métropole. Il imprima un tournant à l'association en se rapprochant des assimilationnistes et même de Blaise Diagne, auparavant voué aux gémonies par Senghor et les militants radicaux, ce qui lui fit perdre le soutien du PC. Un projet de « banque nègre » fut échafaudé, mais les difficultés financières de la Ligue paralysaient ses activités, à tel point que Marcus Garvey, le chef de l'Universal Negro Improvement Association, qui comptait alors près d'un million de membres, dédaigna Kouyaté lors de son passage en France, en octobre 1928, pour rencontrer plutôt les assimilationnistes de *La Dépêche noire*, proches de la SFIO et partisans d'une colonisation à visage humain. Début 1929, à bout de souffle, la LDRN vint à nouveau frapper à la porte du PCF, engagé depuis l'automne 1928 dans la tactique classe contre classe, qui ne tolérait plus aucun écart à la norme stalinienne. La Ligue devait désormais passer sous les fourches caudines du Parti. Kouyaté devint ainsi un kominternien, voyageant clandestinement entre la France, l'Allemagne (où il rencontrait notamment des militants camerounais et togolais) et Moscou. De fait, la Ligue était en quelque sorte la section noire du Parti, bien que certains de ses membres n'eussent pas renoncé à faire entendre leur petite musique panafricaniste. Ainsi d'Émile Faure, de père français et de mère sénégalaise, ou d'André Béton, Antillais favorable à des institutions noires sur le modèle du Tuskegee Institute, le fameux *college* noir créé par l'ancien esclave Booker T. Washington dans l'Alabama en 1881. Autre manière de se démarquer du Parti : la création d'un syndicat nègre, que Kouyaté tenta de susciter à Marseille et Bordeaux, avec peu de résultats en raison de l'hostilité des syndicats existants, CGT et CGTU, pourtant indifférents aux marins noirs, et de contraintes juridiques puisque le bureau syndical devait être composé de citoyens français.

Les divisions internes de la LDRN entre communistes staliniens et panafricains amenèrent assez logiquement à une scission en février 1931. Celle-ci prit cependant une forme originale, puisqu'il y eut désormais deux Ligues, deux *Races nègres*, s'entre-déchirant. Dewitte a montré que cette scission signa la fin d'un mouvement noir ouvrier et révolutionnaire. Le mouvement noir de France prit désormais une dimension plus culturelle et intellectuelle.

Du côté des assimilationnistes (les partisans d'une colonisation « humanitaire »), où en était-on au début des années 1930 ? La scission communiste du CDRN en 1927 avait laissé les assimilationnistes seuls aux commandes de l'association, rebaptisée Comité de défense des intérêts de la race noire

(CDIRN), qui avait lancé *La Dépêche africaine* en février 1928. Le mot « nègre », jugé embarrassant et trop révolutionnaire, en particulier par les Antillais, était donc remplacé par « noir ». Plutôt proches de la SFIO, le CDIRN et *La Dépêche* développaient des thèmes réformistes de différents horizons culturels et politiques, et associant différentes personnalités prestigieuses, dont René Maran. On avait affaire à des partisans modérés et éclairés d'une colonisation qui était le « fardeau de l'homme blanc » (avec l'élite de la « race ») pour apporter la civilisation aux masses noires d'Afrique. L'élite antillaise devait « hâter l'évolution » des Africains. Le journal militait parallèlement pour une alliance entre élites noires des différents continents afin de promouvoir la pensée et les arts noirs. En cela, il se distinguait des colonialistes blancs par ses attaques contre le racisme antinoir, les expositions d'indigènes, le travail forcé en Afrique et tout ce qui faisait l'ordinaire du parti colonial. *La Dépêche* était à la fois antiraciste biologique (au sens où la plupart des auteurs ne croyaient pas à une hiérarchie irréductible des races) et colonialiste. À leurs yeux, une colonisation humaine et bien menée offrait l'avantage de promouvoir la race noire et ses qualités spécifiques, notamment la vigueur de ses expressions culturelles, leur rapport intime avec la nature, l'esprit subtil et souple des Noirs, etc. C'est pourquoi l'Exposition coloniale de 1931 fut sévèrement critiquée : non point au nom de l'anticolonialisme au sens actuel du terme, mais parce qu'elle présentait une image grotesque et dévaluée des Noirs d'Afrique. C'était bien là aussi que s'élaborait la négritude, dans la défense de la colonisation au nom d'une culture noire à vocation universelle.

Une autre publication, *La Revue du monde noir*, publiée d'octobre 1931 à avril 1932 par des contributeurs de *La Dépêche africaine*, présentait un éventail d'articles intellectuels et culturels. Dewitte estime que la *Revue* était plus racialisante que la *Dépêche*, mais il convient de préciser : la « race » telle qu'entendue dans la *Revue* n'équivalait pas à sa définition biologisante, mais à une forme d'essentialisme culturel qu'on appellerait aujourd'hui « essentialisme stratégique ». En revanche, bien qu'antillaise par ses contributeurs, elle présentait de nombreux articles sur l'Afrique, parfois une Afrique plus mythologisée que réelle, célébrée dans son aura culturelle, « patrie trois fois sacrée de la race noire[10] ». Elle contribua à la construction d'une identité noire en France : « La conscience de race s'était réveillée chez certains Antillais, mais il leur avait fallu pour cela s'éloigner de leur petite patrie. Le déracinement qu'ils ressentirent dans la métropole, où le Noir n'a pas toujours joui de la considération qu'on semble lui témoigner depuis l'Exposition coloniale, leur avait fait, en dépit de leur formation latine, une âme nègre[11]. » En revanche, une forme d'exaspération racialisante est visible dans l'unique numéro de *Légitime Défense*, scission de la *Revue* et qui provoqua sa fin. Cela était vrai aussi dans *La Race nègre* de la LDRN non communiste, où, à la manière de Garvey, des perspectives séparatistes et de critique du métissage étaient développées, ainsi qu'un afrocentrisme radical. Le contexte intellectuel et politique de racialisation influait non seulement sur les conceptions des Blancs, mais aussi sur celles des Noirs. Il exista alors, aux États-Unis comme en Europe, des intellectuels noirs qui considéraient le fascisme avec intérêt du point de vue des ressources qu'il pouvait offrir, dans une forme exaspérée de nationalisme noir[12].

Du côté du mouvement noir révolutionnaire, Kouyaté suivit les recommandations de l'Internationale, via le Trinidadéen George Padmore, son représentant auprès des Noirs : il devait se rapprocher de la CGTU, qui elle-même devait s'ouvrir aux Noirs par la création de syndicats noirs et le financement du *Cri des nègres*. En militant communiste apparemment docile, nouveau chef du syndicat des gens de mer de la CGTU, Kouyaté tenta ainsi de rallier les marins africains de Marseille à la CGTU, ceux-là mêmes qu'il avait incités à rejoindre son syndicat autonome l'année précédente. En vain. La LDRN était alignée sur les mots d'ordre communistes de défense de l'URSS et de stratégie classe contre classe. Avec le PCF et les surréalistes, elle participa à l'organisation d'une modeste contre-Exposition à l'automne 1931, « La vérité sur les Colonies », qui ne recueillit qu'une très maigre audience. Située place du Combat (future place du Colonel-Fabien) à Paris, elle comprenait trois sections : l'une consacrée aux crimes de la colonisation, l'autre à l'URSS et à sa politique des nationalités, la dernière aux problèmes culturels générés par la colonisation.

À la suite d'une décision de justice en faveur de l'autre LDRN, celle de Kouyaté dut changer de nom : ce fut désormais l'Union des travailleurs nègres (UTN), à partir de juin 1932. Mais l'UTN de Kouyaté était loin de n'être qu'une courroie de transmission du PC. Elle poursuivait ses propres objectifs, liés à la question raciale et pas seulement à celle de l'exploitation de la classe laborieuse. Justement, un projet de création d'une « Maison des nègres » déclencha les foudres du PC, qui fit exclure Kouyaté de l'UTN en novembre 1933. Padmore suivit le même chemin en étant exclu du mouvement communiste en février 1934, lui aussi pour déviationnisme bourgeois, quelques mois avant la volte-face stratégique des communistes et l'émergence des Fronts populaires.

La nouvelle stratégie communiste encourageait désormais les alliances avec les organisations autrefois dénoncées comme bourgeoises. Moscou mit fin discrètement à la section noire de l'Internationale, en gage de bonne volonté.

La guerre de l'Italie contre l'Éthiopie constitua justement l'occasion de construire une alliance nouvelle et plus large. Le Comité international pour la défense du peuple éthiopien, créé par le PC, s'inscrivait à la fois dans la lutte antifasciste (en parallèle au comité Amsterdam-Pleyel) et dans une mobilisation internationale pour sauver l'Éthiopie, la patrie légendaire de la reine de Saba, le seul pays indépendant d'Afrique noire avec le Liberia. On observa dans d'autres pays des mouvements de solidarité similaires. Aux États-Unis, dans les Caraïbes, en Grande-Bretagne, la cause éthiopienne mobilisait alors les Noirs via une myriade d'associations, de levées de fonds.

Le gouvernement de Front populaire engagea une politique très prudente à l'égard des colonies. L'arrivée de Marius Moutet au ministère des Colonies était une bonne nouvelle. Moutet s'était fait connaître comme avocat d'indépendantistes indochinois, et il avait bataillé contre l'arbitraire colonial. De fait, il abolit le travail forcé et l'usure, et nomma Félix Éboué gouverneur de la Guadeloupe, premier Noir à un poste aussi élevé. Dans les « vieilles colonies » qu'étaient la Martinique et la Guadeloupe, où les Français étaient installés depuis trois siècles, la citoyenneté était acquise depuis 1848, ce qui les distinguait des colonies africaines, régies par l'indigénat. Pour autant, les structures de pouvoir en faisaient bien des sociétés coloniales, marquées par l'exploitation de la main-d'œuvre dans les plantations de canne et les usines à sucre. En deux ans, le gouverneur Éboué ne bouleversa pas la situation mais il amorça des projets d'amélioration des conditions de vie, tout en s'efforçant d'assouplir les barrières raciales entre Blancs, Noirs et mulâtres, et en menant une politique conciliante à l'égard des grévistes. Cela suffit à faire du premier gouverneur noir un personnage populaire, salué par la foule criant « Vive papa Éboué ! » à son départ de Guadeloupe en juillet 1938, lorsqu'il fut rappelé par le nouveau ministre des Colonies, Georges Mandel, qui le nomma dans la foulée gouverneur du Tchad. Même s'il conserva ses liens d'amitié avec Maran, Éboué demeura fidèle à l'ordre colonial en prônant tout au plus des aménagements. Il fallait « jouer le jeu », pour reprendre le titre d'une allocution qu'il prononça à Pointe-à-Pitre en 1937 en tant que gouverneur de la Guadeloupe. En cela, Éboué était politiquement en phase avec les milieux socialistes et francs-maçons de l'entre-deux-guerres auxquels il appartenait[13].

C'est dans le contexte du Front populaire que fut créé en mars 1937 le Rassemblement colonial, à l'initiative d'un militant nationaliste indochinois, Nguyen The Truyen. Le Parti du peuple algérien de Messali Hadj (successeur de l'Étoile nord-africaine) ainsi que la LDRN d'Émile Faure et d'autres petites associations noires rallièrent le Rassemblement. Encore une fois, la demande indépendantiste n'était guère présente : les nationalistes ne la réclamaient pas, eux qui militaient surtout pour l'égalité des droits. Les communistes fustigeant les nationalistes bourgeois et même « fascistes », le Rassemblement comptait des alliés du côté de l'extrême gauche non stalinienne, alors que l'antifascisme mettait les revendications coloniales au second plan dans la vie politique française. Les mouvements politiques noirs étaient clairement dans l'impasse à la fin des années 1930. Dewitte a justement observé la très grande difficulté qu'il y avait, pour les militants noirs, à s'implanter dans les régions coloniales en raison de la répression, ce qui les coupait de la base politique large des « masses noires ».

Finalement, c'est la difficulté pour les militants noirs de mobiliser les ressources nécessaires à l'installation de leur groupe comme une instance de représentation légitime dans l'espace public français qui était en jeu. À cela, plusieurs raisons objectives : la faiblesse numérique de la population noire installée, de manière permanente ou non, en métropole ; la fragilité et la modestie de ses positions socioprofessionnelles et, corrélativement, la modestie des élites noires les mieux à même de mobiliser les ressources nécessaires à une telle émergence ; la fragilité des situations juridiques pour les sujets africains ; la difficulté de mobilisation contre les représentations d'un racisme paternaliste bon enfant qui pouvait être considéré comme relativement inoffensif par celles et ceux qu'il visait ; et enfin la situation sociale française propre à mobiliser les groupes dominés dans le cadre des représentations politiques et syndicales existantes. Pour autant, une tentative féconde avait été opérée, consistant à inventer un sujet politique qui n'avait jamais existé auparavant, et qui posait suffisamment de questions gênantes pour que le ministère des Colonies s'en inquiétât.

La négritude

La négritude fut d'abord un mouvement culturel et intellectuel par lequel des élites de la diaspora noire française tentèrent de formuler, de différentes manières, ce que cela signifiait qu'être noir dans la modernité, à une époque marquée par un racisme courant et admis, infériorisant les non-Blancs. Le terme lui-même fut forgé par Aimé Césaire, comme Léopold Sédar Senghor l'a expliqué, mais les deux hommes, chacun à sa manière, lui ont donné sa signification[14]. Jamais la négritude ne fut structurée associativement, et la notion de « mouvement » doit donc être considérée dans le sens minimal d'un groupe informel, d'une nébuleuse intellectuelle et artistique. Au fond, il convient d'éviter deux écueils : exagérer la cohérence de la négritude jusqu'à en faire une idéologie constituée, ou, à l'inverse, dilater la notion jusqu'à la dissoudre dans les entrelacs des expressions identitaires, auquel cas elle tend à perdre sa réalité sociale pour n'être qu'un simple effet discursif.

Le mouvement de la négritude se développa dans la foulée de l'organisation politique des Noirs de l'empire français, dont nous avons vu les difficultés et les échecs avérés au milieu des années 1930. D'une certaine manière, il prit acte de l'impasse de ces mouvements, en opérant un double repli : repli sur les élites, sans tentative d'organisation des prolétaires noirs en France ou dans l'espace colonial ;

repli sur la culture — ce qui ne signifie pas que la culture ne soit pas politique, mais une politique sans base militante et sans perspectives électorales.

Il s'agit donc d'un mouvement identitaire de valorisation de ce qui était couramment méprisé ou négligé: les cultures afro-antillaises, dont il fallait restituer l'authenticité et la beauté essentielle. Tout en suivant des études dans des établissements parisiens prestigieux qui leur fournissaient une culture classiquement française et les armaient intellectuellement (les classes préparatoires du lycée Louis-le-Grand, l'ENS, la Sorbonne, l'Institut d'ethnologie), ces jeunes étudiants noirs passaient du temps ensemble, assistaient à des conférences sur la culture noire, les valeurs noires. Ils célébraient le monde noir, paré de vertus particulières, et s'opposaient ainsi aux théories assimilationnistes visant à transformer les Noirs «évolués» par l'oubli de leurs cultures d'origine, comme si celles-ci faisaient obstacle à la civilisation. Césaire a expliqué la négritude en termes de «résistance» à l'assimilation et à l'aliénation. Une manière de penser fièrement son identité noire, de l'arracher aux jugements racistes biologiques et culturels. En cela, la négritude s'inspirait des articles panafricanistes de Jane et Paulette Nardal, publiés dans *La Dépêche africaine* et surtout dans l'éphémère *Revue du monde noir*, qui insistaient sur les particularités culturelles et les beautés des civilisations africaines. Mais il ne s'agissait pas tant de revenir aux civilisations anciennes que d'inscrire l'africanité culturelle dans la modernité et dans un humanisme universaliste. Senghor écrit: «Nous étions alors plongés (entre 1932 et 1935), avec quelques autres étudiants noirs, dans une sorte de désespoir panique. L'horizon était bouché. Nulle réforme en perspective, et les colonisateurs légitimaient notre dépendance politique et économique par la théorie de la table rase... Pour asseoir une révolution efficace, il nous fallait d'abord nous débarrasser de nos vêtements d'emprunt, ceux de l'assimilation, et affirmer notre être, c'est-à-dire notre négritude[15]. » À quoi Césaire fait écho : « Nous [Senghor et lui] avions été étreints par les mêmes angoisses et surtout nous nous étions colleté avec les mêmes problèmes... Notre jeunesse ne fut pas banale, traversée par l'angoisse d'une question : qui suis-je ? Quelle est ma nature ? Il ne s'agissait pas de métaphysique mais d'une vie à vivre, d'une éthique à fonder et de communautés d'hommes à sauver. À cette question, nous tâchâmes [...] de répondre, et ce fut la négritude[16]. »

La situation matérielle et psychologique de ces jeunes intellectuels était difficile : ils vivaient chichement (Léon Damas travaillait de nuit aux Halles de Paris, Senghor devait implorer le versement de ses bourses d'études) et étaient en butte aux mille et une avanies causées par leur apparence noire. Mais ils réussirent cette chose remarquable et subversive de créer une sociabilité intellectuelle et culturelle noire à Paris, ce qui était manière pour eux de se soutenir mutuellement, voire de se sortir d'états dépressifs, et de faire sens de leur situation particulière de Français (ils l'étaient et se considéraient comme tels) à peau noire, bref de leur situation de minorité raciale dans une République théoriquement indifférente à la couleur de peau. Pour eux, la réflexion sur la condition noire était bien émancipatrice, au sens où elle les libérait de contradictions intérieures insupportables, cette identité double décrite trente ans auparavant par Du Bois dans *Les*

Âmes du peuple noir : « C'est une sensation bizarre, cette conscience dédoublée, ce sentiment de constamment se regarder par les yeux d'un autre, de mesurer son âme à l'aune d'un monde qui vous considère comme un spectacle, avec un amusement teinté de pitié méprisante. Chacun sent constamment sa nature double — un Américain, un Noir ; deux âmes, deux pensées, deux luttes irréconciliables ; deux idéaux en guerre dans un seul corps noir, que seule sa force inébranlable prévient de la déchirure[17]. » Les intellectuels noirs des États-Unis et de France avaient en partage une expérience double : celle de leur infériorisation par la société blanche et celle d'une éducation qui était une source de fierté et d'aliénation, puisque les amenant à inférioriser leur culture et donc eux-mêmes. Il n'y avait pas de place en France pour des hommes noirs et instruits en dehors de l'assimilation, c'est-à-dire du rejet impossible de leur condition noire. L'acceptation du fait d'être noir avait ainsi des conséquences intellectuelles immenses, que ni Senghor ni Césaire n'envisageaient alors nettement, consistant à saper dans ses fondements l'édifice imposant des justifications de la colonisation.

Ces jeunes gens entretenaient de bonnes relations avec René Maran et les sœurs Nardal, qui leur servaient de mentors et leur donnaient accès au monde de l'Atlantique noir, en particulier à Du Bois et aux écrivains de la Harlem Renaissance, notamment Langston Hughes, Claude McKay et Alan Locke. Damas et Hughes firent connaissance en 1938 lors du deuxième Congrès des écrivains pour la défense de la culture. Une rencontre créative s'opéra entre Césaire, jeune Martiniquais proche des communistes mais auxquels il reprochait de dissoudre la question noire dans la révolution, et Senghor, jeune Sénégalais, politiquement modéré, qui élaborait une réflexion sur le métissage, à la recherche d'une synthèse entre la « rationalité européenne » et l'« émotion africaine ».

C'est dans cette atmosphère d'ébullition culturelle que *L'Étudiant noir* fut fondé en mars 1935. Issu de *L'Étudiant martiniquais*, une publication fondée l'année précédente, *L'Étudiant noir* avait pour fin de rassembler les étudiants des vieilles et nouvelles colonies, et se faisait l'écho des différents courants du mouvement noir : révolutionnaire, nationaliste, culturel. En dépit de son retentissement, cette revue fut étonnamment éphémère. On y trouve un rejet de l'assimilationnisme au profit de la revendication d'une identité noire. Mais cela ne signifiait pas un abandon de l'universalisme : car c'est en s'affirmant comme Noirs plutôt que de singer les Européens que les Africains et les Antillais pourraient participer pleinement à l'humanité. L'identification raciale n'était pas un antihumanisme, tout au contraire : « La négritude n'est ni une tour ni une cathédrale », écrit Césaire. Tous s'efforçaient de penser ensemble l'universel humain et le particulier racial par un prisme culturel plutôt que colonial *stricto sensu*. À la fin des années 1930, Césaire, Damas et Senghor écrivirent respectivement les *Cahiers d'un retour au pays natal* (1939), *Pigments* (1937) et « Ce que l'homme noir apporte » (1939), qui constituent à eux trois une sorte de manifeste hétérogène de la négritude[18].

On trouvait alors deux tendances principales dans la négritude, incarnées par ses deux chantres principaux. La première, représentée par Senghor, se situe sur une position identitaire « épaisse », prenant en considération des critères ethniques et culturels définissant l'« homme noir », parfois au risque de l'essentialisme. Chez Senghor, la négritude correspond à un être noir profond qu'il s'agit de réhabiliter et de valoriser : « On l'a dit souvent, le nègre est l'homme de la nature. Il vit traditionnellement de la terre et avec la terre, dans et par le cosmos. C'est un sensuel, un être aux sens ouverts, sans intermédiaire entre le sujet et l'objet, sujet et objet à la fois. Il est sons, odeurs, rythmes, formes et couleurs. [...] C'est dire que le nègre n'est pas dénué de raison comme on a voulu me le faire dire. Mais sa raison n'est pas discursive ; elle est synthétique. Elle n'est pas antagoniste ; elle est sympathique. C'est un autre mode de connaissance. La raison nègre n'appauvrit pas les choses, elle ne les moule pas en des Schèmes rigides, éliminant les sucs et les sèves ; elle se coule dans les artères des choses, elle en éprouve tous les contours pour se loger au cœur vivant du réel. La raison européenne est analytique par utilisation, la raison nègre, intuitive par participation[19]. » Ce courant plus essentialiste trouva après guerre un prolongement dans l'œuvre afrocentriste d'un Cheikh Anta Diop, s'efforçant de prouver que les peuples africains noirs ont en partage une culture commune fondamentale, notamment héritée de l'Égypte ancienne[20]. L'afrocentrisme a aussi eu une dimension fortement atlantiste, de par les échanges entre Du Bois, Chancellor Williams, Molefi Asante, Diop, Théophile Obenga et bien d'autres encore. Certes, les positions de Senghor ont évolué au fil d'une longue carrière politique et de son œuvre intellectuelle et poétique importante, et il serait abusif de les qualifier d'afrocentristes. Mais le jeune Senghor était en quête d'une identité noire fondée sur une culture noire africaine. L'être noir n'est pas défini par le sang, explique Senghor dans son article « L'humanisme et nous : René Maran » paru dans le premier numéro de *L'Étudiant noir,* mais une psychologie et une culture spécifiques. Influencé par les travaux de l'anthropologue allemand Frobenius, Senghor acquit la conviction que les Africains étaient les héritiers d'une culture unique et précieuse, contredisant l'idée coloniale que le continent noir était à civiliser : « Me poursuit mon sang noir jusqu'au cœur de la nuit[21]. » L'idée de l'Afrique comme paradis originel, la terre natale qui lui manque tant dans la froidure française, est omniprésente dans ses poèmes de *Chants d'ombre.* En même temps, il ne rejette pas son éducation française, qu'il tente d'unir avec son être africain. La négritude de Senghor n'est pas fermée au monde. Influencé par Teilhard de Chardin, il a essayé d'unir l'enracinement et l'ouverture, le culturalisme et l'universalisme[22].

Par contraste, la seconde, représentée par Césaire, se situe sur une identité plus fine, définie par une expérience historique et sociale commune : « En fait, la négritude n'est pas essentiellement de l'ordre du biologique [...] elle fait référence à quelque chose de plus profond, très exactement à une somme d'expériences vécues qui ont fini par définir et caractériser une des formes de l'humaine destinée telle que l'histoire l'a faite : c'est une des formes historiques de la condition faite à l'homme[23]. » Et Césaire de balayer toute référence culturaliste pour valoriser la communauté d'expériences : « Oui, nous constituons bien une communauté... d'abord une communauté d'oppression subie, une communauté d'exclusion imposée, une communauté de discrimination profonde. Bien entendu, et c'est à son honneur, une communauté aussi de résistance continue, de lutte opiniâtre pour la liberté et d'indomptable espérance[24]. » Chez Césaire, l'expérience de l'esclavage et de la colonisation est centrale à l'identité noire, par contraste avec Senghor chez qui il est surtout question d'habiter sa culture africaine tout en demeurant français.

La politique n'était pas absente chez les jeunes intellectuels de la négritude. L'invasion de l'Éthiopie par les troupes de Mussolini les mobilisa, ainsi que les questions coloniales en général dans l'optique d'une solidarité panafricaine, et, au-delà, avec les peuples asiatiques colonisés et les minorités persécutées comme les Juifs. On trouve dans les *Chants d'ombre* de Senghor de nombreuses références à la politique, via les racines africaines pour mieux lire les situations du moment, comme la guerre d'Espagne, le Front populaire, la guerre qui s'annonce, l'émeute de Harlem (1935). De même Damas, dans son poème « Et Cætera » de *Pigments,* évoque les tirailleurs, qu'il appelle à ne pas venir combattre en Europe, à rebours du discours colonial en vigueur depuis la Première Guerre mondiale (ce qui valut une interdiction à *Pigments* en 1939), et aussi son malaise à être noir en métropole.

Senghor et Damas étaient également actifs dans la vie politique et syndicale métropolitaine, et, en cela, participaient tout à fait de la société civile française dans sa composante socialiste, ce qui signifie qu'ils prenaient position et militaient sur des sujets extérieurs à la « sphère noire » dans la mouvance antifasciste du Front populaire. De fait, au moment où la Seconde Guerre mondiale s'annonçait, les formes de solidarité noire expérimentées depuis vingt ans tendaient à passer au second plan derrière des préoccupations plus immédiates : celles de la mobilisation, puis les difficultés matérielles de l'Occupation. Comme nous l'avons vu précédemment, les années de guerre virent néanmoins se recréer une petite société noire parisienne, formée d'intellectuels qui prolongeaient les débats entamés avant guerre tout en préparant les changements à venir.

Présence africaine

L'après-guerre se caractérise par un renouvellement intellectuel et politique des formes de solidarité noire en métropole pour deux raisons principales. Premièrement, une génération nouvelle d'étudiants africains et domiens s'installa à Paris grâce à un système de bourses, formant un effectif plus conséquent que celui des pionniers isolés de l'entre-deux-guerres. En dépit de la création de l'Institut des hautes études de Dakar en 1950, qui devint l'université de Dakar en 1957, les écoles et facultés métropolitaines continuaient d'attirer des lycéens et étudiants africains, triés sur le volet, en sciences, médecine, droit ou humanités. Cette masse critique fournit la possibilité d'une organisation politique et syndicale : elle se matérialisa par la Fédération des étudiants d'Afrique noire en France (FEANF), créée en 1950. Cette fédération joua un rôle tout à fait notable dans la formation politique des étudiants africains[25]. Affiliée à l'Union internationale des étudiants à partir de 1955, proche du PC, la FEANF se situait dans une perspective politique très différente de la négritude. Un journal, *L'Étudiant d'Afrique noire,* publié par la FEANF, faisait le lien avec ses différentes sections régionales.

Deuxièmement, ces étudiants étaient plus politisés que la génération précédente, au sens où ils formulaient désormais des perspectives de décolonisation. La négritude avait opéré un déplacement de la question noire de la politique vers la culture et l'exploration de l'identité noire dans le cadre de la domination coloniale. Cette réflexion philosophique et culturelle ne disparut pas après guerre, puisqu'elle fut prolongée par Frantz Fanon en particulier, au moins au début des années 1950, avec une inflexion existentialiste et psychanalytique. Mais, aux yeux des étudiants de la FEANF, elle passait au second plan derrière des questions politiques plus impératives, relatives à l'indépendance. La Seconde Guerre mondiale enregistra clairement le tournant des élites intellectuelles africaines, qui passèrent d'une critique des abus de la colonisation à une critique de la colonisation tout court : il n'était désormais plus question de colonisation « humanitaire », mais d'indépendance.

Les raisons de ce changement sont connues : elles sont liées aux déceptions de l'après-guerre, semblables en cela à l'après-guerre précédente, puisque les sujets coloniaux espéraient davantage de la conférence de Brazzaville et des lois de 1946, qui mirent certes fin aux abus les plus criants (comme le travail forcé, aboli par la loi « Houphouët-Boigny » du 11 avril 1946), accordèrent aux sujets la « citoyenneté de l'Union française » (loi « Lamine Guèye » du 7 mai 1946), mais en la limitant par un système de « double Collège » restreignant la représentation électorale des territoires d'outre-mer afin d'éviter que la France ne fût « colonisée par ses colonies », comme disait Herriot. Néanmoins, on note la présence de plusieurs dizaines de députés noirs dans les Assemblées de la IVe République. Jamais l'Assemblée nationale n'avait été aussi colorée, jamais plus elle ne le serait autant. Autre déception de l'après-guerre : la répression des manifestations du Rassemblement démocratique africain en Côte d'Ivoire et en Guinée, et l'écrasement de la révolte malgache en 1947. « L'Afrique et les Noirs amis de la France sont en deuil. Le pacte de l'amitié est rompu », écrit Jean-Pierre N'Diaye, journaliste et ancien de la FEANF[26].

Les étudiants africains de France se considéraient comme à l'avant-garde du mouvement indépendantiste, en futures élites de leurs pays indépendants, et la FEANF était courtisée à ce titre par les hommes politiques, en particulier les parlementaires africains. Bref, même si elle se souciait de la situation matérielle, souvent précaire, des étudiants africains, la FEANF était politiquement tournée vers l'Afrique : « Le problème des étudiants noirs en France a depuis longtemps dépassé le simple cadre des œuvres sociales pour se situer désormais au plan de la revendication nationale », s'alarmait *Le Monde* en 1958[27]. De fait, *L'Étudiant d'Afrique noire* fut plusieurs fois saisi par les autorités, et les responsables de la FEANF furent l'objet de tracasseries administratives et de filatures policières. Après les indépendances, le mot d'ordre de la FEANF consista à combattre l'impérialisme par un discours tiersmondiste très militant.

En ce sens, les explorations existentielles de Fanon, qui publie *Peau noire, masques blancs* en 1952, n'étaient plus en phase avec leurs préoccupations directes. D'abord parce que Fanon écrit, un peu étrangement compte tenu de la portée assez générale du livre, que ses « conclusions ne valent que pour les Antilles » et non pour les Noirs africains. Or, il engageait une réflexion générale sur l'aliénation de l'homme noir par le Blanc colonisateur en s'appuyant sur l'existentialisme sartrien tout en critiquant la manière assez condescendante dont Sartre considère la négritude : comme une étape dans la progression de la conscience révolutionnaire, destinée à s'abolir[28]. Pour Fanon, il est bien question d'une lutte pour la reconnaissance, pour la « désaliénation » du Noir, qui ne s'attache pas à des perspectives politiques précises et ne doit pas être « [prisonnière] du passé », que celui-ci soit colonial ou précolonial mythologique, et consiste finalement en un travail de conscience : « Ô mon corps, fais de moi toujours un homme qui interroge », conclut-il d'une manière pensive qui a dû laisser sur leur faim les militants anticolonialistes avides de mots d'ordre mobilisateurs... On trouve un autre aperçu intéressant de la mouvance existentialiste dans un numéro de la revue *Esprit* de mai 1951, intitulé « La plainte du Noir ». Le numéro comprend un article de Fanon, « L'expérience vécue du Noir », repris l'année suivante dans *Peau noire, masques blancs*, puis une nouvelle de l'écrivain américain J. F. Powers, des « Réflexions sur la Louisiane » de Paule Verdet, une sélection de *negro spirituals* américains, un texte de Graham Greene sur le Liberia, et un article d'Octave Mannoni, « La plainte du Noir ». Celui-ci indique qu'aujourd'hui, si le Noir se plaint, « c'est en tant que nègre qu'il porte plainte » : contre « l'injustice, les préjugés, la pitié elle-même, la charité et l'humiliation », mais le propos reste assez allusif et empreint d'un certain paternalisme. Bref, l'ensemble du dossier, de forte influence psychanalytique et littéraire, comporte peu de chose sur la situation impériale, et un propos général étrangement détaché de toute perspective politique française. Pas un mot ou presque sur la métropole, comme si la question noire se situait aux États-Unis ou dans le monde colonial...

En revanche, *Présence africaine*, revue fondée en 1947 par Alioune Diop (suivie deux ans plus tard par la maison d'édition du même nom), était politiquement plus en phase avec les étudiants africains, au sens où elle militait franchement pour le processus de décolonisation. Philosophe de formation, Diop, que nous avons déjà croisé, était actif dans le monde intellectuel noir de Paris. Plus qu'un écrivain, il se fit connaître par ses qualités d'entrepreneur et d'animateur intellectuel. *Présence africaine* s'inscrivait certainement dans la lignée des revues noires de l'entre-deux-guerres, en particulier *La Revue du monde noir*, *Légitime Défense* et *L'Étudiant noir*, mais elle ajoutait à leur perspective diasporique deux caractéristiques notables : d'abord le panafricanisme, qui faisait que Diop et ses collaborateurs s'intéressaient non seulement à l'Afrique francophone, mais aussi à d'autres régions du continent, ce qui ouvrit la revue à la langue anglaise. Ensuite, la revue militait clairement pour la décolonisation. Diop disait du reste que les artistes et les intellectuels ne pouvaient rester à l'écart de la politique. La revue fut parrainée par un comité prestigieux, composé notamment de Gide, Sartre, Camus, Monod, Rivet, Balandier, Senghor et Césaire.

Le grand mérite de la revue est d'avoir historicisé l'Afrique — même, parfois, de manière fictionnelle —, d'avoir déplacé la perspective africaniste de l'Europe vers elle, bref, d'avoir organisé un espace éditorial alternatif où étaient proposés ce que Valentin Mudimbe appelle des « discours subreptices » qui remettaient en question la domination impériale dans ses composantes politiques, mais aussi culturelles[29]. En ce sens, elle participa précocement de la constitution des études postcoloniales. En revanche, elle était moins diserte sur la présence noire en France, en dépit de sa dimension diasporique affirmée. Dans un numéro de 1952 par exemple, on trouve un dossier intitulé « Discriminations racistes et travail forcé dans les territoires d'outre-mer », qui fait l'impasse sur la métropole[30]. Au fond, il était globalement admis que les étudiants, intellectuels et artistes africains résidant en France allaient, devaient, rentrer chez eux pour construire les nouveaux États-nations qui allaient naître de la décolonisation. Bref, que les Noirs n'étaient en métropole que de manière temporaire, dans un cadre impérial en décomposition. De telle sorte que la présence permanente de Noirs en métropole, notamment des ouvriers, passa inaperçue de ces étudiants.

Les associations de migrants

L'invisibilité noire commença avec la décolonisation. C'est précisément à ce moment que la question d'une population noire en métropole se posa de manière plus visible que par le passé. En effet, tant que Paris demeura la capitale coloniale, il semblait naturel d'y trouver des représentants des différentes parties de l'empire, y compris des militants anticoloniaux, mais aussi des représentants politiques des régions colonisées. La création des nouveaux États africains rappela une partie des élites noires africaines chez elles. En rétrécissant l'espace national français, désormais limité à l'Hexagone et à quelques possessions ultramarines, l'identité française pouvait apparaître, ou réapparaître, comme européenne et blanche. Les députés noirs se firent rarissimes. La période coloniale, malgré le rapport d'exploitation, avait été l'occasion d'une rencontre et de manières de repenser ce qu'être français signifiait. La décolonisation eut pour effet de recentrer l'identité française sur un continent et une couleur. Pour le dire autrement, les sujets devenaient des étrangers. De la visibilité coloniale, on passait à l'invisibilité postcoloniale.

Or, parallèlement, les besoins de l'industrie française étaient si pressants qu'une politique de migration d'Africains et de domiens fut mise en place (voir chapitre III). De telle sorte que la population noire de métropole grossit progressivement au moment même où elle disparaissait comme sujet politique. Dans ce nouveau contexte, l'organisation revendicative politique des Noirs, auparavant centrée sur la valorisation de l'identité noire et la contestation de l'ordre colonial, s'effaça progressivement derrière de nouvelles questions pressantes. Ce n'étaient plus la négritude et les interrogations culturelles et politiques des élites intellectuelles qui étaient à l'ordre du jour, mais les questions plus matérielles des conditions de vie des prolétaires africains et domiens qui devenaient prioritaires. La situation des migrants ouest-africains était précaire, eux qui étaient placés tout en bas de la hiérarchie ouvrière, et redoublée par le choc culturel de la migration. Il était donc logique que des associations de migrants nouvelles fussent créées, à l'instar des migrants européens qui avaient également construit une vie associative riche dans les premières décennies du XXe siècle. Certes, le flux d'étudiants africains ne cessa pas avec les indépendances. En outre, certains de ces étudiants, pour vivre, devaient occuper des emplois ouvriers à temps partiel. Abdoulaye Gueye en a identifié quelques-uns, qui avaient l'expérience de la condition des ouvriers immigrés et se solidarisaient avec eux[31]. Mais il est clair que, dans l'ensemble, la migration africaine se prolétarisa. Sa représentation associative aussi.

En 1961, l'Union générale des travailleurs sénégalais en France fut fondée par Sally N'Dongo. Deux objectifs étaient alors prioritaires : d'une part les questions d'habitat et de santé ; d'autre part un travail de relations publiques auprès des médias et des associations[32]. Un peu comme dans le cas des tirailleurs, la référence sénégalaise n'était pas strictement nationale : l'UGTSF incluait également des Mauritaniens et surtout des Maliens, qui composaient la grande majorité des Africains noirs de France. Mais l'union ne dura pas, en raison notamment des autorités des pays d'origine, engagées dans des politiques de construction nationale[33]. L'Union des Mauritaniens de France et l'Association des travailleurs maliens en France virent donc le jour en 1963 avec la bénédiction des gouvernements mauritanien et malien, qui voulaient surtout en faire des instruments de contrôle de leurs ressortissants. En 1968, le gouvernement sénégalais tenta également de soumettre les associations sénégalaises en organisant, lors d'une grande réunion parisienne, la fusion de six associations, à l'exception de l'UGTSF, qui, dès lors, fit figure d'adversaire du régime de

Senghor, qui craignait qu'elle ne servît les intérêts de l'opposant Mamadou Dia.

Parallèlement, des efforts de rassemblement de tous les Africains noirs furent entrepris, avec la fondation de la Fédération des travailleurs d'Afrique noire (FETRANI) en 1970, rassemblant une dizaine d'associations, principalement ivoiriennes et béninoises. La FETRANI développa ses activités en direction des travailleurs des foyers, et jouit alors d'une certaine audience institutionnelle. Mais, à la suite de controverses d'appareil, des militants quittèrent la FETRANI pour créer en 1982 la Fédération des travailleurs africains en France (FETAF), regroupant surtout des associations maliennes.

De son côté, l'UGTSF affronta aussi des dissensions internes, qui aboutirent à la création de l'UGTSF/AR (pour « action revendicative »), qui devint par la suite l'Union des travailleurs sénégalais en France (UTSF). Il est certain que la loi d'octobre 1981 sur la libéralisation des associations étrangères a joué un rôle important dans l'essor des associations africaines. Mais la multiplicité des associations, organisées nationalement, ethniquement, politiquement (avec parfois l'ingérence active des gouvernements africains), syndicalement, etc., a créé un champ de foire qui témoigne sans doute de la vitalité associative et de la multiplicité des intérêts, mais qui s'est débattu dans des difficultés financières et de représentativité[34].

Outre les associations nationales, il a aussi existé plusieurs centaines d'associations regroupant les migrants en fonction de leur village ou de leur région. Comme l'a montré Christophe Daum, les associations villageoises de la vallée du fleuve Sénégal ont collecté des fonds pour des projets dans les villages d'origine, relevant de l'agriculture (irrigation, matériel agricole), de la santé (médicaments, matériel hospitalier), de l'éducation (construction d'écoles, achat de livres), de la religion (mosquées). Ces migrants sont actifs à la fois en France et dans leur région d'origine: «L'action citoyenne vers le pays d'origine est ainsi un point d'appui, dans le cas présent, pour une citoyenneté dans le pays d'installation», conclut-il[35].

Par contraste avec les immigrés nord-africains ou turcs, il existe relativement peu de travaux sur les grandes mobilisations collectives des immigrés subsahariens[36]. Les deux mobilisations les plus notables furent relatives aux foyers et aux «sans-papiers». La mobilisation des foyers commença en 1972, en protestation contre la fermeture de certains foyers et la dispersion des résidents dans de nouvelles résidences surveillées par un gardien et proscrivant les hébergements provisoires. Une quinzaine de foyers des régions parisienne et marseillaise étaient concernés, abritant au total plusieurs milliers d'ouvriers. Chaque foyer désigna un comité en charge d'organiser le mouvement et de le faire connaître de la population grâce à des tracts, à des journées «portes ouvertes», etc. Alors que la vie en foyer, même difficile, ménageait des espaces de liberté par contraste avec l'univers très contraint de l'usine, la perspective de déménagement fut interprétée par les migrants comme une manière de renforcer le contrôle sur leur vie, de les placer en permanence sous le regard de la hiérarchie. Comme le suggère Abdoulaye Gueye, il s'agissait bien d'une lutte pour la préservation d'une identité, ou plutôt d'un ensemble d'identités solidaires attachées au foyer et au groupe migrant originaire de la vallée du fleuve Sénégal[37].

Un autre épisode à forte dimension africaine, participant d'une subjectivité africaine plutôt que noire, fut la mobilisation des sans-papiers dans la seconde moitié des années 1990. L'occupation de l'église Saint-Bernard, en particulier, pendant l'été 1996, montra les capacités d'action collective des migrants africains et leur capacité à s'attirer les sympathies, particulièrement après qu'ils furent délogés avec brutalité par la police, devant les caméras de télévision[38]. Les porte-parole des sans-papiers, Madjiguène Cissé et Ababacar Diop, étaient politiquement aguerris par des engagements syndicaux et politiques gauchistes au Sénégal, et ils s'appuyaient sur un langage et une stratégie bien rodés. L'identité de « travailleurs de France » était centrale pour eux, mais aussi celle d'Africains, liés à des familles africaines dépendant de leurs revenus pour vivre. Même si la question du racisme apparaît bien nettement dans le traitement que leur réservèrent les autorités françaises, la subjectivation noire n'était pas centrale dans la stratégie des sans-papiers.

Du côté des Antillais, la situation était différente, si différente en fait qu'il était difficile d'imaginer un rapprochement des agendas militants entre Antillais et Africains. Il s'agissait pour les premiers de dénoncer les fausses promesses du BUMIDOM, de réclamer une formation professionnelle, des conditions de logement meilleures, et des tarifs aériens plus accessibles[39]. La situation juridique des Antillais ne posait pas problème et la plupart se désintéressaient des difficultés des Africains, exprimées par les luttes des foyers. Il existait un terrain commun, celui de la lutte contre le racisme antinoir, mais ce terrain d'une part disposait de certaines formes de mobilisation (via la Ligue des droits de l'homme ou le MRAP), et d'autre part passait au second plan au regard des difficultés spécifiques des groupes considérés. Même si la question du racisme était clairement posée par la lutte des foyers, celle-ci ne disposait pas d'un potentiel de généralisation porté par des acteurs extérieurs aux foyers qui lui aurait permis d'entrer en résonance avec les expériences antillaises, expériences qui avaient pourtant à voir avec la question de logements inadéquats. Par conséquent, Antillais et Africains estimaient que leurs expériences étaient suffisamment particulières pour ne pas envisager la construction (ou la reconstruction) de perspectives communes sur le fondement de l'expérience noire en métropole. C'est cette expérience-là même qui n'apparaissait pas en tant que telle, faute d'agents pour s'en faire les porte-parole efficaces. Il est bien clair que la question noire ne naît pas automatiquement de la présence de populations noires en métropole (même si cela est une condition nécessaire) : elle est, au sens sociologique du terme, une invention, c'est-à-dire une mise en forme adéquate d'une expérience sociale par des personnes disposant de ressources suffisantes pour la faire advenir visiblement dans l'espace public.

Le monde associatif domien a été structuré d'une double manière. D'une part via une multiplicité d'associations culturelles, locales ou régionales, offrant une convivialité recherchée. D'autre part au moyen du syndicalisme, dans le cadre des syndicats de la fonction publique, qui ont porté des revendications spécifiques, comme les congés bonifiés, obtenus en 1978 à la suite de manifestations, permettant aux fonctionnaires d'origine domienne de bénéficier d'un congé de soixante-cinq jours tous les trois ans avec une prise en charge partielle et sous condition des frais de transport. Ces revendications étaient structurées par la critique politique de la migration organisée : on réclamait conjointement l'arrêt de la politique du BUMIDOM et le développement économique des Antilles. C'est que, comme relève Audrey Célestine, la migration était perçue comme temporaire, les syndicats et les différentes associations (l'ACTAG, Amicale générale des travailleurs antillo-guyanais, l'AGEG, Association générale des étudiants guadeloupéens, et son homologue martiniquaise, l'AGEM) rassemblant des militants de gauche autonomistes dans une logique assez voisine de la FEANF africaine, prioritairement tournés vers les régions natales[40]. Or, à partir des années 1980, comme dans le cas de la migration africaine, la migration antillaise en métropole devint permanente et fut pensée comme telle. Mais il n'existait pas de structuration politique permettant de faire valoir des torts raciaux, faute d'agents à même de s'organiser en tant que Noirs. Pourtant, comme nous l'avons vu, le racisme et la discrimination ont été des réalités pour les domiens, dans le monde du travail comme dans le reste de la vie sociale. Depuis la fin des années 1990, leurs frustrations et leurs difficultés se sont exprimées de manière inédite : par la mémoire de l'esclavage, qui ne relève ni des activités culturelles classiques ni du syndicalisme, et qui a servi de point de ralliement identitaire aux Antillais.

La mémoire de l'esclavage

Dans un livre collectif publié en 2001, *Les Usages politiques du passé,* François Hartog et Jacques Revel remarquaient que le savoir historique doit négocier de plus en plus avec « diverses formes du débat public[41] ». Incontestablement, l'histoire se trouve prise dans des débats publics dont elle fait partie mais dont elle ne commande pas ou plus la forme. Parmi une variété d'usages publics du passé, usages qui ne viennent pas d'apparaître soudainement, loin s'en faut, ils pointaient des courants qui se sont plus ou moins affirmés depuis 2001, comme des demandes d'expertise provenant de l'État et de diverses institutions sociales (c'est l'« histoire-expertise » parfois convoquée à la barre), la question de la place du témoin (l'« histoire-témoignage »), mais aussi et surtout ce qu'on appellera faute de mieux la « vague mémorielle », cristallisée ou non par des commémorations multiples. La question des mémoires est familière aux historiens depuis le début des années 1980, mais elle a connu récemment des inflexions et un tour plus polémique sur lesquels il est sans doute utile de réfléchir.

Ce tour plus polémique n'est pas directement le fait des historiens : il se situe dans un moment, un « régime d'historicité » dit François Hartog, marqué par les commémorations, à commencer par celle du bicentenaire de la Révolution française, et un ensemble de lois commémoratives qu'il convient d'ailleurs de distinguer soigneusement les unes des autres. Un des aspects positifs du débat public de ces derniers temps est que ces lois ont été analysées, décortiquées, et je ne le ferai pas une nouvelle fois.

On peut en revanche noter un autre aspect de ce moment commémoratif qui consiste en l'expression de groupes sociaux minorés sur des sujets d'histoire qui les concernent à un titre ou à un autre. La question mémorielle est devenue un des volets importants de l'expression identitaire de la minorité noire.

Pour aborder la question mémorielle, qui n'est présente qu'en filigrane discret dans *Les Usages politiques du passé*, il est nécessaire de mettre entre parenthèses le point de vue normatif, qui rappelle les règles professionnelles, même s'il a son utilité pour défendre des collègues injustement attaqués et menacés de poursuites judiciaires. Cette perspective professionnelle défend la spécificité du métier d'historien, la manière dont les historiens professionnels doivent préserver la possibilité de travailler librement, dont ils exercent un métier qui n'a pas pour fin celle de répondre aux sollicitations de l'émotion ou aux passions politiques. Du point de vue de la sociologie des professions, le métier d'historien s'est précisément construit sur l'« objectivité » garantie par une méthode positive et vérifiée par diverses procédures associatives et universitaires. Même si nous sommes depuis longtemps éloignés des certitudes de l'histoire positive, dont la valeur était sans doute dès ses origines plus performative que descriptive, il n'en demeure pas moins, et c'est une bonne chose, que l'établissement des faits, la distinction aussi rigoureuse que possible du vrai sont toujours au cœur identitaire de la profession d'historien. C'est d'ailleurs en ce sens qu'il est possible de lire la « pétition des historiens » de décembre 2005 et autres « comités de vigilance » comme des rappels normatifs, mais qui laissaient en l'état la question sociale des mémoires, question à laquelle les sciences sociales doivent pourtant prêter attention de manière non condescendante. Si nous mettons de côté la perspective normative, il est alors possible de réfléchir plus librement à la façon dont les revendications mémorielles peuvent être saisies par l'enquête de sciences sociales et d'histoire. Parmi ces mémoires, la plus visible, ces derniers temps, a probablement été la mémoire de l'esclavage.

De nombreux signes en font état : le succès de la manifestation du 23 mai 1998, au cours de laquelle quarante mille personnes peut-être, pour l'essentiel des Antillais, commémorèrent le cent cinquantième anniversaire de l'abolition de l'esclavage, par contraste avec des autorités publiques discrètes sur le sujet. Puis le vote de la loi dite « Taubira » en 2001, relative à l'esclavage considéré comme un « crime contre l'humanité », les déclarations tonitruantes de l'humoriste Dieudonné, le coup publicitaire de l'association Collectif DOM qui lança des poursuites retentissantes et finalement avortées contre l'historien des traites Olivier Pétré-Grenouilleau, accusé de ne pas reconnaître l'esclavage comme un crime contre l'humanité. Quelles sont les origines plus lointaines de cette mémoire ?

Elle peut être située dans le cadre large d'un mouvement de revendications identitaires régionales qui émergea, à partir des années 1970, en Corse, en Bretagne ou encore en Languedoc. Alors que ces identités étaient laminées depuis la IIIe République, considérées comme politiquement suspectes puisque susceptibles de remettre en cause la cohésion nationale, elles trouvèrent une forme de reconnaissance politique avec les lois de décentralisation du début des années 1980. Ce que peu d'observateurs notèrent alors fut l'émergence d'un mouvement similaire dans les DOM-TOM, mais plus radical en raison de deux particularités. D'une part, les revendications identitaires s'appuyaient sur le passé très violent de la colonisation et de l'esclavage, plus traumatisant que celui des Bretons ou des Corses, et sur des situations de domination objective sans équivalent dans l'espace national (écarts de revenus, disparités sociales criantes). D'autre part, les Antilles, situées à proximité du monde nord-américain, enregistrèrent l'influence du pluralisme postmoderne nord-américain.

C'est en effet aux États-Unis, dans le sillage de la radicalisation du mouvement noir américain à la fin des années 1960, que s'affirmèrent des mouvements puissants de valorisation des identités historiquement niées ou méprisées. Les mouvements noirs, latinos, indiens, féministes, gays ont structuré une nouvelle « grammaire du pluralisme », que l'on peut caractériser par le passage du pluralisme des intérêts à un pluralisme de la différence des identités[42]. Le tournant identitaire valorise les différences, présentées comme bénéfiques au corps social dans son ensemble.

Dans les Caraïbes, le mouvement prit différentes formes, comme le retour à la langue créole à travers le développement d'une littérature qui revendiqua la culture caribéenne et rompit avec la négritude diasporique défendue par Aimé Césaire. L'écrivain de la créolité Raphaël Confiant dénonça bruyamment l'« idéologie césairienne » comme ayant créé chez les Antillais un « déficit d'africanité » par lequel ils seraient moins authentiques que les Africains : « Or, l'Antillais n'a aucune dette envers qui que ce soit et n'a de leçon à recevoir ni de l'Européen ni de l'Africain. L'Antillais est la victime absolue. Celle envers qui le roitelet et l'esclavagiste européens tout autant que le roitelet et le chasseur d'esclaves africains ont contracté une dette[43]. » Confiant a fustigé les Africains comme n'ayant pas été capables de défendre leurs ancêtres contre les esclavagistes européens, quand ils ne les vendirent pas eux-mêmes. De telle sorte que l'Antillais et l'Africain ne sont pas frères, tout au plus « cousins germains ». Il n'y a donc pas de lien particulier à entretenir avec les Africains, explique Confiant, un lien qui n'est que « rêverie de poète ». L'identité antillaise réelle est métisse, créole, par opposition à l'« idéologie » de la négritude, et la créolité se situe sur un terrain culturel plutôt que racial. Il s'agissait donc de faire litière de la « couleur nègre » pour valoriser l'« identité mosaïque », bref de critiquer radicalement le « roi Césaire ». En ce sens, la créolité constitue bien une version locale du tournant identitaire américain, par la valorisation de ce qui n'était pas considéré comme culturellement valable jadis (la langue créole) et de manières d'être et de faire propres. Elle s'en distingue, en revanche, par le rejet de la négritude, alors que le tournant identitaire, chez les Noirs américains, valorisait ce qui venait, ou était censé venir, d'Afrique.

Dans la foulée de la créolité, on vit aussi apparaître un intérêt encore discret pour l'esclavage, qui faisait auparavant l'objet d'une occultation à la fois officielle et sociale. Chez les indépendantistes caribéens comme chez les Afro-Américains des États-Unis, l'intérêt pour l'histoire de l'esclavage valait en ce qu'il leur permettait de comprendre, à tort ou à raison, des situations contemporaines de domination et de souffrance sociale. Initialement regardé avec suspicion par les élites noires, qui y voyaient un rappel fâcheux de situations de sujétion indignes, l'esclavage s'est progressivement imposé à la fin des années 1960 et dans les années 1970 comme une ressource politique. La différence importante est qu'aux États-Unis il existait un milieu historien dynamique en mesure de répondre à la demande sociale : c'est l'époque des grands historiens de l'esclavage qui avaient associé de manière heureuse le militantisme pour les droits civiques et la recherche historique sur l'esclavage et la ségrégation. Une rencontre s'était faite entre des préoccupations scientifiques et politiques[44].

Tandis que, dans les Antilles françaises, la recherche sur l'esclavage était dramatiquement absente, en dépit de quelques voix isolées. Pour ne prendre que ces exemples, nous n'avons jamais eu l'équivalent de *Black Culture, Black Consciousness*, publié en 1977, dans lequel Lawrence Levine se fondait sur des sources orales, des sources de folklore comme la musique, les chansons, les récits anecdotiques, pour souligner l'existence d'une culture d'esclaves riche et variée aux États-Unis, à l'opposé des descriptions condescendantes, courantes jusque dans les années 1960[45]. Pas non plus l'équivalent de *Slave Community* de John Blassingame, de *Roll Jordan Roll* de Eugene Genovese, et d'autres ouvrages majeurs décrivant le monde et les cultures des esclaves du Sud des États-Unis[46]. On objectera que les sources disponibles sur l'esclavage français n'ont pas la richesse des sources nord-américaines, ce qui est exact. Mais l'argument ne justifie pas, à lui seul, ce contraste historiographique abyssal entre les deux régions esclavagistes, un contraste qui commence à peine à se combler aujourd'hui.

De telle sorte qu'il n'y a pas eu de réappropriation de l'histoire par le bas dans l'histoire de l'esclavage français, et nous en payons un prix collectif élevé. En même temps que les perspectives politiques demeuraient floues pour ceux qui dénonçaient le colonialisme français sans pouvoir prendre appui sur les expériences de décolonisation ou d'indépendance des autres grandes îles des Caraïbes, engluées dans la misère et la dictature. Raphaël Confiant fournit un exemple presque caricatural de la dérive politique de la créolité, enferrée dans un nationalisme antillais, qui l'a amené à appuyer l'humoriste Dieudonné lors du flirt de celui-ci avec le Front national, à vitupérer les Juifs qu'il nomme les « innommables », à dénoncer les « nègres français » et « Français noirs » indésirables en Martinique, dans une posture créole victimaire exaspérée et exclusive[47].

La combinaison du désert historien et du naufrage de la créolité a favorisé des emprunts mal négociés et mal traduits au monde intellectuel et politique des États-Unis, comme l'emprunt antisémite du « Juif négrier ». Dieudonné a en effet établi un lien entre les Juifs et la traite négrière. Selon lui, les Juifs sont des « négriers reconvertis », « ils ont fondé des empires et des fortunes sur la traite des Noirs et de l'esclavage »[48]. Il a développé le mythe du Juif négrier, censé expliquer, entre autres, les difficultés de financement de son projet de film sur le Code noir (puisque le lobby juif du cinéma bloquerait ses tentatives). Quelles sont les origines de ce mythe ?

À partir des années 1980, l'antisémitisme s'est développé dans certains milieux afro-américains, principalement au sein ou dans les parages de Nation of Islam, l'organisation politique et religieuse dirigée par Louis Farrakhan, et d'autres groupes proches de Nation of Islam, comme la Black Holocaust Nationhood Conférence. Deux thématiques antisémites ont été développées et associées. La première dépeint les Juifs comme des profiteurs âpres au gain, qui font fortune sur le dos des Noirs américains en leur louant des taudis et en « suçant leur sang[49] », suivant en cela un courant classique et bien documenté de l'antisémitisme moderne, associant les Juifs aux métiers d'argent et à la rapacité[50]. Cette thématique commença à être agitée dans les années 1970, et prit de la vigueur avec l'essor de Nation of Islam et le ralliement d'universitaires à la fin des années 1980.

La seconde est plus originale et plus spécifique aux organisations afro-américaines radicales. Il est question de dénoncer la participation des Juifs à la traite négrière, et donc d'expliquer que les Juifs furent des acteurs essentiels du système esclavagiste. Ce thème est apparu à la fin des années 1980, sous la plume de Leonard Jeffries, professeur au City Collège de New York. Selon le *New York Times*, Jeffries a affirmé lors d'un cours en avril 1990 que « les riches Juifs qui avaient financé le développement de l'Europe ont aussi financé la traite négrière[51] ». Il a répété ses propos le 20 juillet 1991 à Albany lors d'un festival culturel, en attribuant aux « riches Juifs » la responsabilité de la traite, avec d'autres diatribes sur Hollywood contrôlé par les Juifs[52]. Les propos ont fait scandale et détruit la réputation universitaire de Jeffries, qui est néanmoins toujours professeur au City Collège. Parallèlement, en 1991, Nation of Islam publiait un ouvrage, *The Secret Relationship between Blacks and Jews*, repris par un universitaire de Wellesley College, Tony Martin, qui répéta les mêmes arguments en 1993 devant ses étudiants puis devant ses collègues. Martin reprit le thème des Juifs et de la traite dans un ouvrage intitulé *The Jewish Onslaught : Dispatches from the Wellesley Battlefront*[53], en ajoutant que les Juifs avaient contrôlé le mouvement pour les droits civiques, dans les années 1960, et trompé les Noirs. Plusieurs publications ont pris le relais de Jeffries et Martin pour valider ces thèmes antisémites.

Cette thématique s'est développée dans les cercles afro-américains radicaux, et a été reprise de nombreuses fois par Louis Farrakhan lui-même. L'antisémitisme est pour Nation of Islam un moyen commode de désigner des responsables aux difficultés socio-économiques de la partie la plus paupérisée de la population noire américaine, au sein de laquelle cette organisation milite et recrute — avec un succès relatif d'ailleurs. C'est précisément parce que, à partir des années 1970, la frange la plus pauvre des habitants des ghettos s'est trouvée privée de travail (par suite de la raréfaction des emplois peu qualifiés) et socialement isolée (en raison du départ des classes moyennes des ghettos) que l'antisémitisme a pu trouver un terreau social favorable. Cet antisémitisme « noir » constitue certainement un phénomène marginal mais d'autant plus visible qu'il a trouvé des porte-parole intellectuels en la personne de quelques universitaires afro-américains qui se sont réclamés d'une approche scientifique de l'histoire. De surcroît, il est certain que, via internet, le discours antisémite sur la traite a influencé des groupes et des personnes en dehors des États-Unis, en particulier dans le monde caraïbe.

Fort heureusement, il s'est trouvé des voix fortes et respectées pour fustiger ces propos. Parmi elles, celle de Henry Louis Gates, qui a très clairement expliqué dans un article retentissant du *New York Times*, « Black Demagogues and Pseudo-Scholars », que l'accusation relative à la traite n'était fondée sur aucun argument sérieux, qu'elle n'avait, littéralement, aucun fondement[54]. David Brion Davis et Seymour Drescher ont également fourni des arguments réfutant sur le fond les thèses de Nation of Islam, en expliquant que se concentrer sur les quelques marchands d'esclaves juifs en essayant de débusquer les nouveaux chrétiens d'ascendance juive, sans jamais tenir compte de leur marginalité dans la traite, relevait bien d'une démarche profondément antisémite[55]. Les principales figures de la communauté noire américaine se sont également exprimées en ce sens, en rappelant les combats communs, en particulier la lutte contre la ségrégation dans le Sud des États-Unis.

Dieudonné a repris, parfois mot pour mot, les arguments fantaisistes de *The Secret Relationship between Blacks and Jews*. Il serait intéressant de savoir par quels canaux cet ouvrage s'est frayé son chemin dans les Caraïbes, puis en France et en Afrique, pour développer cette forme inhabituelle d'antisémitisme contre laquelle il convient de se mobiliser civiquement et scientifiquement. Il est nécessaire de réfuter point par point les arguments fantaisistes de certains entrepreneurs de mémoire, tout en réfléchissant sérieusement aux questions de domination, y compris dans leur dimension raciale.

Le déplacement de la mémoire de l'esclavage des Antilles vers la métropole s'est opéré grâce à la migration, pour apparaître nettement dans l'Hexagone dans les années 1990, selon une chronologie déjà rappelée. Elle y rencontra un autre courant, qui, pour des raisons différentes, avait lui aussi tardé à émerger sur la scène politique française : celui de la lutte contre les discriminations. Nous avons vu dans le chapitre précédent les enjeux et les conséquences de l'émergence publique de la discrimination, qui ne concernait pas seulement les immigrés africains mais aussi les migrants domiens et leurs enfants, subissant également l'assignation raciale. La conjonction, d'une part, de la question identitaire dans une société *de facto* multiculturelle mais qui pose la question politique de la reconnaissance de ces identités et, d'autre part, d'une demande de lutte plus conséquente contre les discriminations raciales, a caractérisé les fondements de la mémoire de l'esclavage.

De telle sorte que des liens d'évidence se sont construits entre des situations de domination passées et présentes. Il serait aisé de montrer le caractère réducteur de ces causalités historiques, mais, sans revenir à une posture normative, il est possible de reconnaître minimalement que, s'il est outrageusement simpliste de prétendre que les discriminations raciales contemporaines sont dues à l'ancien ordre colonial esclavagiste, il serait également peu honnête de prétendre qu'elles n'ont rien à voir avec lui. Justement, le projet postcolonial invite à réfléchir au maintien des structures de domination après la colonisation, en proposant de ne pas considérer comme rigides et indépassables les frontières de la décolonisation politique. Le lien entre les situations coloniales (esclavage, sujétion, travail forcé) et les situations contemporaines de domination et de discrimination est un lien problématique. La réflexion sur cette différence non indifférente entre situations passées et présentes est un enjeu intellectuel majeur des sciences sociales contemporaines.

Comment désormais faire exister politiquement cette volonté de se voir reconnaître des identités, notamment dans l'espace public, dès lors que celui-ci est traditionnellement organisé autour d'une grammaire ancienne fondée sur deux référents essentiels : le territoire et la classe sociale ? Beaucoup de réponses sont possibles, bonnes et moins bonnes. Parmi les moins bonnes, une réponse consistant à transférer sur le terrain mémoriel des souffrances qui ne trouvent pas à se traduire dans le langage politique. Je suis frappé par la place prise par l'esclavage chez les Antillais noirs et les Noirs en général, et dans le même temps leur difficulté à penser généralement les situations de domination que beaucoup d'entre eux subissent. C'est notamment vrai pour les jeunes Antillais nés en métropole, qui ne bénéficient pas des emplois de leurs parents dans le public ou le parapublic, qui ont investi dans l'école et accèdent difficilement aux emplois. C'est vrai aussi pour les jeunes Français d'origine africaine, sauf que chez eux la déception est moins grande puisqu'ils partent de plus bas. L'investissement mémoriel, qui peut s'exprimer n'importe comment, s'appuyer sur des lectures parahistoriennes farfelues (disponibles en abondance sur internet), est la conséquence d'une situation sociale de domination.

Une autre réponse, plus fructueuse, peut s'appuyer sur la mémoire de l'esclavage pour lire des travaux d'histoire sur le sujet, écrits par des historiens dont c'est le métier. Plus important encore, elle peut aussi engager une réflexion sur les situations contemporaines de domination dans les départements d'outre-mer et en métropole, ainsi que sur l'esclavage tel qu'il existe encore aujourd'hui, dans une grande zone qui traverse l'Afrique de part en part, aux confins des mondes « blancs » et « noirs », de la Mauritanie au Soudan, ainsi qu'en Asie du Sud. La mémoire de l'esclavage peut être un facteur de repli sur soi et d'indifférence aigrie au reste du monde ; elle peut être vaine. Mais elle peut aussi être un ferment d'ouverture aux autres, d'attention à d'autres formes de souffrances et à ce qu'il y a d'universel dans chaque expérience singulière. Elle peut être féconde, militante contre l'esclavage moderne et les différentes formes contemporaines de travail forcé[56].

Fondements de solidarité contemporains

Notre question demeure donc : des formes de solidarité noire peuvent-elles contribuer à un monde meilleur et plus juste pour tous, pas seulement les Noirs ? Autrement dit, des formes associatives noires ont-elles une dimension universelle en ce qu'elles bénéficieraient au bien commun général ? Pour cela, je pense qu'il est à la fois important de s'éloigner de la « politique identitaire » telle qu'elle existe aux États-Unis, de maintenir vivace la solidarité noire, sans essentialisme et sous une forme progressiste, en lien avec d'autres demandes minoritaires et sans perdre de vue la question sociale. Les travaux du philosophe Tommie Shelby, qui a réfléchi aux fondements de solidarités possibles entre Noirs, s'avèrent précieux de ce point de vue. Il distingue deux approches possibles d'une solidarité noire[57].

La première avance que les Noirs devraient se rassembler parce qu'ils représentent un peuple avec une identité spécifique et des intérêts déterminés par cette identité collective. Il s'agit alors d'une forme de nationalisme, qu'on appellera « nationalisme noir », appelant à des formes de solidarité politique, économique, sociale, culturelle déterminées par l'existence d'un peuple noir. Cette perspective a eu des théoriciens importants, parmi lesquels Du Bois, Malcolm X, Amiri Baraka ou Molefi Asante aux États-Unis, mais aussi Senghor et Diop en France et en Afrique.

Sous sa forme théorique, le nationalisme noir moderne est apparu au milieu du XIXe siècle avec Martin Delany (1812-1885), officier de l'armée pendant la guerre de Sécession (premier Noir dans le corps des officiers), romancier, médecin et journaliste. Il publia en 1852 un célèbre essai, *The Condition, Elevation, Emigration and Destiny of the Colored People of the United States,* dans lequel il appelait les Noirs d'Amérique à créer leur propre nation en dehors des États-Unis où ils ne pouvaient entretenir aucun espoir[58]. Le Liberia constituait un tel lieu, mais la géographie n'était pas l'essentiel pour lui, l'Amérique latine convenant tout aussi bien. Pour Delany, les Noirs devaient se constituer en nation pour échapper à l'oppression de l'esclavage et des injustices sociales. Shelby distingue utilement deux formes de nationalisme : l'un, qu'il nomme « classique », consiste à plaider pour une nation indépendante au nom des particularités et de l'héritage culturels du peuple concerné ; l'autre, dit « pragmatique », a le même objectif, mais au motif d'échapper à l'oppression, et est donc une stratégie susceptible d'être révisée selon les circonstances[59].

Souvent, les théoriciens nationalistes comme Delany ont oscillé entre les positions classique et pragmatique. Il était nationaliste classique en ce qu'il estimait que les Noirs avaient des qualités inhérentes, une nature particulière issue de la Bible et des grandes civilisations africaines de jadis, de telle sorte que Dieu avait créé la race noire dans le but de civiliser l'humanité tout entière. Il était pragmatique dans la mesure où, par l'autonomie et la solidarité, pensait-il, les Noirs pourraient mettre fin à l'oppression subie et devenir une vraie nation politique susceptible de leur apporter la liberté et l'égalité des droits réels. Il militait aussi pour une forme de syncrétisme culturel et une nation métissée. Chez Delany, c'est plutôt le volet pragmatique qui sembla l'emporter au final, surtout après la guerre de Sécession et la fin de l'esclavage, lorsque l'émigration des Noirs parut dès lors moins urgente.

Autre grande figure intellectuelle du nationalisme noir, Du Bois pensait qu'il existait une identité noire fondée sur une culture et une histoire partagées, à partir de laquelle un combat émancipateur pouvait se construire. Du point de vue de la culture, Du Bois s'inscrivait ainsi dans une forme modérée de nationalisme classique : il pensait que la promotion d'une culture noire était nécessaire à la construction identitaire des personnes noires, et il estimait que cette culture avait des caractéristiques particulières. En revanche, d'un point de vue politique, il était pragmatique, au sens où il militait pour une solidarité noire afin que les États-Unis fussent fidèles à leurs principes démocratiques d'égalité des droits. L'identification raciale et la valorisation d'une culture noire étaient importantes pour Du Bois au sens où elles permettaient le maintien d'une dignité noire, d'une « fierté noire », même si, insistait-il, à eux seuls les Noirs ne pourraient s'émanciper. Ils ont besoin d'alliés blancs pour les soutenir moralement et pour les aider pratiquement. Ils ont également besoin de connaissances solidement établies sur leur histoire : il ne faut ni exagérer ni dévaluer les faits des Noirs, dit-il en substance.

Du côté français, un courant de la négritude se situe certainement dans une perspective nationaliste : on le trouve présent sous la plume de Senghor et d'autres intellectuels de *Présence africaine*, en particulier. Sous sa forme essentialisée, la mise en valeur de l'identité noire dans une perspective panafricaine peut se concevoir soit dans une optique stratégique (le choix momentané du nationalisme pour rallier les énergies militantes en exaltant l'identité noire), soit dans une optique philosophique (il existe une identité noire qu'il faut cimenter politiquement par le nationalisme). Au moins pendant la dernière phase de la colonisation française le nationalisme noir avait-il des débouchés politiques bien évidents, liés aux indépendances africaines qui se dessinaient, ce qui faisait que les Noirs africains résidant en métropole pouvaient construire un nationalisme pragmatique. Ceci, par contraste avec les Noirs américains, qui, dans leur immense majorité, considéraient que les États-Unis étaient leur nation et ne pouvaient donc se projeter dans un ailleurs national rêvé. Cela fut sans doute l'une des difficultés principales du mouvement Black Power aux États-Unis : il naquit dans la voie ouverte par Malcolm X et les militants du SNCC, qui considéraient le pouvoir blanc américain comme colonial, et qui, compte tenu du rapport démographique défavorable aux Noirs de son pays, ne pouvait laisser raisonnablement croire à une révolution noire. D'où la tentation de la sécession noire à l'intérieur des États-Unis, par la création d'institutions noires permettant d'échapper à l'oppression de la majorité blanche. Mais cela supposait une solidarité sans faille des élites noires à l'égard des pauvres noirs, ce qui n'était pas acquis. En outre, les programmes d'*affirmative action*, en favorisant les couches moyennes de la communauté afro-américaine, ont contribué à éroder la base sociale sur laquelle comptaient les Black Panthers. Les différences de classe et leurs perceptions ont clairement joué contre leur nationalisme noir. Privé d'alliés, fui par les élites, miné par les dissensions et soumis à une pression inflexible du FBI, il sombra assez rapidement. Le nationalisme noir américain ne s'est jamais relevé de son échec politique du début des années 1970.

Du côté français, le nationalisme noir de *Légitime Défense*, dans les années 1930, échoua de manière similaire, d'une part par son incapacité à rallier le prolétariat noir, contrairement à ce qu'avait partiellement réussi Lamine Senghor ; d'autre part parce que les élites noires étaient alors plus désireuses de négocier des aménagements libéraux au pouvoir colonial que de le contester sur le fond. Après la Seconde Guerre mondiale en revanche, le nationalisme africain trouva une perspective mobilisatrice, puisque les élites colonisées, y compris leur fraction temporairement installée en métropole pour études, s'y rallièrent. À partir de 1960, sitôt les indépendances acquises, le nationalisme noir de l'espace postcolonial français devint caduc. Aujourd'hui, le nationalisme noir de la Tribu Ka, hostile au monde blanc et à toute alliance, en est réduit à singer le Black Power états-unien de manière grotesque.

L'établissement d'une solidarité noire sur le fondement nationaliste d'une identité noire épaisse, bien qu'elle puisse avoir un potentiel politique dans la mesure où elle crée des liens de solidarité forts entre les personnes concernées, s'avère problématique dans la mesure où elle suppose acquise l'existence d'un peuple noir difficile à définir par des critères identitaires, et parce qu'elle tend à isoler ses tenants dans un ethnocentrisme stérile tourné vers un passé remâché. Cela est *a fortiori* vrai en France, où la diversité d'origines et de cultures des Noirs oblige celui qui tiendrait à une définition ethnoculturelle normative du groupe des Noirs à se réfugier dans une mythologie identitaire qui peut certes galvaniser un petit noyau militant mais s'avère politiquement stérile, dans la mesure où elle est méfiante, voire hostile, à qui n'est pas noir, ou pas noir comme il faut. D'où le piège de l'enfermement identitaire et l'incapacité d'agir politiquement, c'est-à-dire en nouant des alliances et en ralliant à sa cause toutes les personnes de bonne volonté.

La seconde approche de Shelby, qu'il nomme « conscience noire pragmatique », propose qu'il existe un groupe qui est celui des Noirs non parce que ceux-ci auraient une identité commune, mais parce qu'ils *souffrent de torts communs*, torts qu'ils peuvent utilement réduire par l'action collective. Elle ne présuppose pas l'existence de communauté ethnoculturelle, mais se fonde pragmatiquement sur l'expérience sociale commune des discriminations subies par les personnes noires. La solidarité se construit donc sur le fondement d'un intérêt commun plutôt que d'une identification commune. Cet intérêt n'est pas exclusif aux Noirs : un grand nombre de personnes considèrent à juste titre que la justice sociale, la diversité et la lutte contre les discriminations sont des valeurs importantes qui méritent un engagement. Mais il est bien compréhensible que les Noirs soient particulièrement sensibilisés à la question des discriminations qu'ils subissent ou peuvent subir, et qu'ils constituent à ce titre la force importante, voire principale, dans la lutte contre ces discriminations. Cette approche pragmatique permet de faire l'économie d'un débat sur l'identité, politiquement peu fructueux, pour ne se fonder que sur des torts avérés, et éventuellement un intérêt commun à réduire ces torts. Appeler les Noirs à s'unir peut ainsi se faire sur le plus petit dénominateur commun des torts subis en raison de la couleur de peau, sans impliquer l'existence de liens communautaires entre les personnes concernées. La couleur de peau délimite un groupe d'intérêts, pas une culture. On reconnaît ainsi que les Noirs n'ont pas nécessairement de communauté de culture mais une communauté d'intérêts : celle qui consiste à faire reculer les discriminations et stigmatisations dont ils sont l'objet et à promouvoir une société déracialisée. Cela implique aussi qu'en ce qui concerne de nombreuses questions sociales, les intérêts de la majorité des Noirs, située dans les échelons modestes de la société, et ceux des autres personnes situées dans les mêmes strates sociales se confondent : les questions qui relèvent par exemple de la politique sociale, fiscale, du salaire minimum et des conditions de travail dans les mondes ouvriers et employés, relèvent plus de la classe que de la « race », même si celle-ci n'est certainement jamais absente des relations sociales en général. Il convient donc de ne pas dilater exagérément le facteur racial dans l'explication des relations de domination, au risque de négliger le facteur de classe, ce qui constitue une erreur analytique majeure pouvant, de surcroît, aboutir à une forme de nationalisme noir.

En France, la création du Cran (le Conseil représentatif des associations noires) en novembre 2005 s'est explicitement appuyée sur une identité fine, définie par une expérience sociale plutôt qu'une culture. En ce sens, il s'agit bien d'une approche minoritaire plutôt qu'identitaire. Patrick Lozès, président du Cran, explique : « Nous avons hésité au début à utiliser le mot "noir". Nous lui avons d'abord préféré l'expression "résidents et citoyens originaires d'Afrique subsaharienne et d'outre-mer". Puis nous avons considéré que si nous étions discriminés, ce n'était pas à cause de notre origine, ou de celle de nos parents, mais parce que nous avions la peau noire. Tout simplement. Donc, si on voulait avancer dans la question de la discrimination, il valait mieux utiliser et promouvoir le mot "noir"[60]. » L'histoire du Cran a déjà fait l'objet de travaux et de publications, et je ne la retracerai pas une nouvelle fois, d'autant qu'elle est encore récente et que j'y ai indirectement participé[61]. Je me contenterai donc de noter quelques traits saillants. Tout d'abord, le Cran participe indiscutablement de l'émergence d'une question raciale. Éric Fassin écrit que le Cran « a fait entrer les Noirs dans le vocabulaire politique », en dissociant analytiquement et politiquement la classe de la race : « De même que tous les prolétaires ne sont pas noirs, tous les Noirs ne sont pas prolétaires[62]. » Nous avons vu qu'il conviendrait plutôt de parler de « réémergence » tant il est vrai que le mouvement noir dans l'espace (longtemps impérial) français a une histoire bientôt centenaire. Mais il est certain que la question se pose à nouveau aujourd'hui, compte tenu de la présence permanente d'une minorité noire française en métropole.

Ensuite, la question de la discrimination raciale, pensée comme centrale dans l'expérience noire contemporaine, est privilégiée par rapport à la lutte antiraciste et à ses formes de mobilisation classiques (manifestations, concerts). Cela implique des formes de concertation et de mobilisation plus intellectuelles et plus expertes, notamment à propos de la factualisation des discriminations par la statistique, que le Cran soutient. Dans la même optique, il est fortement charpenté d'un point de vue intellectuel. Beaucoup d'universitaires ont témoigné leur intérêt, leur sympathie, et certains d'entre eux se sont engagés dans le Conseil scientifique, présidé par le sociologue Michel Wieviorka (et dont je suis membre). Cela n'implique pas qu'ils soient en accord en tout point avec le Cran, mais qu'ils approuvent le principe de l'organisation politique d'une minorité. Enfin, le Cran dispose d'un réseau international notable. Il est, en particulier, proche de la NAACP américaine, avec laquelle il entretient des relations régulières. Aux États-Unis comme en Europe et en Afrique, j'ai été frappé par l'intérêt, parfois incrédule, mais généralement favorable, pour une organisation qui rompt si franchement avec le républicanisme « aveugle à la couleur », par contraste avec l'accueil plus circonspect qui lui a été réservé en France. Ce qui a surpris certains de nos collègues universitaires étrangers n'est pas la création du Cran, mais plutôt qu'il n'ait pas existé plus tôt.

En France, l'accueil a donc été circonspect plutôt

qu'hostile, à l'exception de trois groupes : les républicains les plus rigides, arc-boutés sur un modèle français qu'il s'agirait de défendre à tout prix contre le communautarisme américain, érigé en nouvel ennemi après la chute du communisme ; les partisans de la créolité qui voient revenir par la fenêtre la négritude qu'ils avaient chassée par la porte ; et, naturellement, l'extrême droite pour qui une population noire française constitue en soi une anomalie. En revanche, l'accueil a pu être franchement favorable dans une partie du monde politique, médiatique et économique français, pour des raisons diverses : certains politiques ont pu croire, à tort, que le Cran aiderait à cristalliser une clientèle électorale ; d'autres, de manière plus juste, qu'il permettrait d'alléguer de problèmes qui souffraient jusque-là de l'absence de porte-parole identifiés. Dans le monde médiatique, généralement avide de nouveauté, le Cran était un bon « client », dont les représentants étaient suffisamment expérimentés politiquement et intellectuellement pour déjouer les pièges grossiers du « communautarisme » ou de la concurrence des mémoires. En outre, tout le monde a reconnu que la création du Cran avait privé Dieudonné d'espace politique, ce qui est un motif de satisfaction certain. Dans le monde économique des grandes entreprises, souvent plus avancé et plus décomplexé sur les questions de diversité que les politiques, le Cran a aussi été perçu comme une forme normale et légitime de rassemblement, comparable à ce qui existe dans d'autres pays où elles ont des filiales. En cela, il s'inscrit dans le mouvement général de la mondialisation et de convergences politiques dans les sociétés des différents continents.

L'avenir du Cran est difficile à prévoir : d'un

point de vue stratégique, il doit composer avec un ensemble de questions relatives aux discriminations, mais aussi à l'immigration, puisque l'immigration africaine est aujourd'hui au centre des débats relatifs à ce sujet. Or, le Cran, comme le remarque Éric Fassin, tout à son objet premier des Noirs de France, n'a sans doute pas pris la mesure de la question migratoire. En outre, d'un point de vue organisationnel, il se pose la question de la forme : il est, pour le moment, plus qu'un simple groupe de pression, et moins qu'une grande organisation populaire. Convient-il alors de s'orienter vers un modèle « NAACP », privilégiant plutôt l'influence des élites, quitte à ce qu'elles s'efforcent de parler au nom de tous, selon la théorie des « 10 % talentueux » de Du Bois ? Convient-il de structurer le réseau associatif de manière à ce que le Cran s'enracine plus profondément dans le terreau populaire noir, y compris celui des immigrés récents ? Ces questions sont ouvertes et il appartient aux membres du Cran d'y répondre et d'agir en conséquence. D'ores et déjà, on peut noter que le Cran a renouvelé la négritude française et qu'il a su éviter les maladies infantiles des organisations minorées que sont l'essentialisme et le repli ethnocentré.

Au vrai, la solidarité noire ne doit pas se définir en fonction des personnes qui l'incarnent — peu importe leur couleur de peau — mais des sujets sur lesquels elle exerce sa vigilance et ses capacités de mobilisation : ceux qui relèvent de l'« impôt sur la couleur » qui affecte les Noirs dans la société française. De même que les organisations féministes rassemblent principalement des femmes et les organisations homosexuelles principalement des gays et des lesbiennes, les associations noires rassemblent surtout des Noirs, en raison de l'intérêt particulier de ces derniers à lutter contre le racisme et les discriminations qu'ils subissent. Mais, dans ces différentes organisations minoritaires, l'on trouve aussi des personnes que Goffman appelle les « initiés », c'est-à-dire des « normaux, qui, du fait de leur situation particulière, pénètrent et comprennent intimement la vie secrète des stigmatisés et se voient ainsi accorder une certaine admission[63] »... Aux États-Unis comme en France, on repère ainsi, dans les associations noires, des « initiés blancs ».

Au sein du Cran, par exemple, comme dans la NAACP américaine, il existe deux groupes d'initiés : d'une part, les personnes blanches qui sont les conjoints ou parents de Noirs. Leur initiation procède d'un intérêt familial pour les questions relatives aux difficultés que peuvent rencontrer leurs époux, enfants, petits-enfants. Cet intérêt peut se muer en participation active (organisation de manifestations, de commissions) ou passive (fréquentation de réunions, soutien financier). D'autre part, des initiés qui, de par une expérience personnelle ou familiale du racisme, de l'exclusion ou de la discrimination, sont particulièrement sensibles à ces questions et se trouvent donc en solidarité avec les Noirs. C'est particulièrement le cas des Juifs, très actifs dans le mouvement pour les droits civiques américain. Dans le meilleur ouvrage sur la question, l'historienne Cheryl Lynn Greenberg a montré que cette alliance entre Noirs et Juifs, affirmée entre les années 1940 et le milieu des années 1960, n'avait rien de « naturel »[64]. À l'époque de l'esclavage, les Juifs américains n'étaient pas notablement mobilisés dans les mouvements abolitionnistes, et très peu d'entre eux vivaient dans le Sud. Puis une première rencontre s'opéra par la convergence de deux mouvements migratoires : les Noirs qui quittaient le Sud pour s'installer dans les métropoles du Nord ; les Juifs qui quittaient l'Europe centrale et orientale et traversaient l'Atlantique. Cette rencontre fut autant une source de conflit (par la concurrence entre minorités pour l'allocation des biens rares) que de coopération (en particulier au sein de la confédération syndicale CIO et d'associations comme la NAACP et la National Urban League). Mais ce fut seulement à partir de la Seconde Guerre mondiale qu'un rapprochement stratégique s'opéra : la lutte contre le nazisme fit d'abord coïncider les intérêts des uns et des autres, puis le mouvement pour les droits civiques offrit l'occasion aux Juifs de réorienter leur combat traditionnel contre l'antisémitisme, désormais moins pressant, tout au moins aux États-Unis, vers toutes les formes de racisme. De leur côté, les Noirs, à la recherche d'alliés, pouvaient associer leur combat à celui des Juifs, de manière à assimiler les partisans de la ségrégation au régime nazi. Il s'agissait donc d'intérêts bien compris de part et d'autre, associés à une vision morale du bien commun.

En France, pour des raisons similaires, les Juifs ont aussi été très présents, en quelque sorte « surreprésentés » dans les associations antiracistes, y compris le Cran et ses alentours immédiats. Mais cette proximité minoritaire n'est pas garantie dans le temps. Aux États-Unis, les mondes juif et noir se sont éloignés à partir des années 1970, pour un ensemble de raisons variées, liées à des évolutions socio-économiques contrastées, au durcissement identitaire des mouvements noirs, à la situation au Proche-Orient après la guerre des Six-Jours, et à des divergences politiques sur lesquelles il serait certainement utile de méditer, côté français, afin de ne pas les répéter. Au vrai, les alliances entre groupes qui ont été historiquement l'objet de diverses formes de violence sont précieuses et doivent être cultivées, c'est-à-dire considérées comme le fruit d'un travail plutôt que d'une évidence naturelle.

Les formes de solidarité « fine » expérimentées de manière associative peuvent évoluer dans le temps. Dans la situation actuelle d'une structuration politique des minorités, plusieurs voies se dessinent. Une voie consiste à imaginer une seule association regroupant tous les acteurs. Le risque est alors de diluer la force spécifique des groupes originels et de faire inutilement concurrence aux associations généralistes comme la Ligue des droits de l'homme. L'autre voie, certainement plus pragmatique, consiste à ce que chaque minorité s'organise en tenant compte des associations existantes, des liens culturels et d'origine entre les acteurs, des histoires propres, tout en envisageant la création d'un réseau interassociatif permettant de coordonner les discours et les actions, et de réfléchir systématiquement au potentiel universaliste des revendications. C'est la voie choisie par la NAACP américaine, qui conserve son centrage historique sur les Afro-Américains tout en encourageant les minorités issues des migrations récentes à s'organiser par elles-mêmes. De même en France pourrait-on concevoir une sorte de coordination nationale regroupant les associations de minorés afin de défendre leurs intérêts communs. Il est possible, et de mon point de vue souhaitable, de considérer l'organisation des personnes minorées de France dans une perspective d'égalité des droits plutôt que dans celle, multiculturelle, de valorisation des identités — même si celle-ci est également envisageable dans des limites d'accommodements raisonnables avec les épaisseurs culturelles d'un vieux pays. De la sorte, c'est une politique minoritaire, plutôt qu'identitaire, qui dessine la version française des mouvements noirs qui existent par ailleurs dans le monde. Ne serait-ce pas aussi par la pensée minoritaire que la politique française pourrait se métamorphoser ?

CONCLUSION

« Quel effet ça fait d'être un problème ? »

Dans les premières pages des *Âmes du peuple noir,* Du Bois demande, un peu amer : « Quel effet ça fait d'être un problème ? » Il explique que, pour lui, la révélation de sa condition noire se produisit dans son enfance, lorsqu'une fillette refusa la carte qu'il lui tendait : « Alors il m'est apparu avec une soudaine certitude que j'étais différent des autres ; ou comme eux, peut-être, dans mon cœur, dans ma vie et dans mes désirs, mais coupé de leur monde par un immense voile[1]. » Dans le monde majoritairement blanc de la Nouvelle-Angleterre, la condition noire se fonde d'abord sur un regard différent posé sur soi, la conscience d'être un « fils de la nuit », écrit Du Bois. Le sentiment d'être à la fois soi, d'être riche de sa vie intérieure, de ses tourments et de ses espoirs, bref, celui d'être une personne unique, et celui d'être réduit par les autres à son apparence noire, considéré « avec un amusement teinté de pitié méprisante » — ce sentiment-là est appelé par Du Bois la « double conscience » d'Américain et de Noir.

En dépit de différences évidentes entre les États-Unis du début du XXe siècle et la France du début du XXIe, la « double conscience » me paraît toujours actuelle. Mon enquête dans la France noire d'hier et d'aujourd'hui a mis d'abord au jour une demande, sans doute pas partagée par *tous* les Noirs, mais par un nombre si important d'entre eux qu'elle peut être considérée comme une demande collective. Elle peut s'énoncer ainsi : nous voulons être à la fois français et noirs, sans que cela soit vu comme suspect, ou étrange, ou toléré à titre de problème temporaire en attendant que l'assimilation fasse son œuvre. Nous voulons être invisibles du point de vue de notre vie sociale, et par conséquent que les torts et les méfaits qui nous affectent en tant que Noirs soient efficacement réduits. Mais nous voulons être visibles du point de vue de nos identités culturelles noires, de nos apports précieux et uniques à la société et à la culture françaises. Ce paradoxe, qu'Éric Fassin appelle le « paradoxe minoritaire », en prolongement du « paradoxe féministe » de Joan Scott, me semble résumer assez bien les aspirations des Noirs de France[2]. À la question « Quel effet ça fait d'être un problème ? », il est possible, dans le cas français, d'ajouter une autre question : « Quel effet ça fait d'avoir des problèmes parce qu'on est noir ? »

L'exercice du portrait collectif est délicat, mais les traits saillants du groupe des Noirs de France apparaissent avec suffisamment de netteté pour qu'il soit légitime de s'y prêter. Nous avons vu qu'il s'agit d'une population plutôt jeune, plus masculine que la moyenne nationale et occupant majoritairement des emplois ouvriers et employés (soit les caractéristiques somme toute classiques d'une population de migration récente), représentant 4 % à 5 % de la population française, et surreprésentée dans les grandes agglomérations, particulièrement les régions parisienne, marseillaise et lyonnaise. On se gardera d'oublier un groupe plus réduit de professions intermédiaires, de cadres et professions libérales, pour un cinquième environ de la population noire française.

Cette population, installée dans sa grande majorité en métropole depuis les années 1960, entretient cependant une vieille histoire avec la France : c'est évident dans le cas des domiens noirs, majoritairement esclaves jusqu'en 1848, puis citoyens des vieilles colonies et enfin de départements français depuis 1946. Mais c'est vrai aussi pour de nombreux Africains, venus d'anciennes colonies françaises, majoritairement francophones, et dont les mémoires nationales et familiales ont été marquées par la colonisation, les migrations des aînés et l'enrôlement des « tirailleurs » pendant les guerres mondiales. En revanche, une histoire plus ancienne encore, celle des Noirs des XVIIIe et XIXe siècles, s'est effacée des mémoires et n'est guère connue que des historiens.

Il ne faut pas sous-estimer non plus le pouvoir d'attraction de la France. Dans les années 1940, un jeune Sénégalais, à son maître d'école de brousse qui lui demandait pourquoi il voulait étudier à Paris, répondit simplement : « Pour rencontrer Jean-Paul Sartre. » Je ne sais exactement ce qu'il connaissait de Sartre, s'il savait quelque chose de plus que son nom même. Mais Paris, capitale d'empire, aimant magnétique du pouvoir et de ses contestations, était bien un lieu où s'expérimentait, dans les résidences étudiantes ou les cafés, une manière de penser ensemble l'émancipation des hommes, la condition coloniale et la condition noire. Paris a été une capitale noire, où Africains, Caribéens, Guyanais, Afro-Américains ont frayé depuis les années

1920, et où une rencontre entre l'universel humain et le particulier noir s'est opérée, avec ses tensions, ses contradictions, ses déchirures parfois. Cette rencontre a permis la revalorisation de l'« être noir », objet historique de mépris ou de condescendance, par un processus classique d'inversion du stigmate transformant en fierté les apparences et les cultures jadis dépréciées.

Même si le racisme biologique assumé n'a guère vécu au-delà de la Seconde Guerre mondiale, il a muté sous une forme culturelle qui demeure vivace aujourd'hui, et trouve assez couramment à s'exprimer lors de moments de tension comme la crise des banlieues de l'automne 2005. Il peut également prendre la forme d'une apologie discrète mais réelle de la mission colonisatrice, certes entachée d'« erreurs » mais finalement positive pour les colonisés eux-mêmes, compte tenu de leur voisinage avec l'état de nature. Sa particularité, concernant les Noirs, est qu'il a été plus empreint de mépris que de haine : d'où un registre paternaliste dominant. Mais il peut aussi s'accompagner d'une stigmatisation raciale plus violente, qui pèse en particulier sur les jeunes hommes noirs : si, par exemple, ils se réunissent dans un lieu public, on les considère alors comme formant une « bande ethnique », forcément dangereuse pour la République. La télévision les filme avec complaisance, capuche relevée, sur un fond de musique angoissante, avec un commentaire alarmiste les associant aux gangs américains. À cela il faut ajouter le poids des discriminations dans l'accès aux biens rares qui pèsent sur les Noirs. J'ai pointé la difficulté de les factualiser et de les articuler à une politique publique pragmatique qui se soucie autant des principes que des résultats et de leur *monitoring*. À eux seuls, les témoignages multiples et probants justifieraient pourtant la mise en place d'une politique d'action positive, qui devrait se fonder sur l'évaluation réfléchie des expériences étrangères. Il convient certes dans ce domaine sensible d'agir avec précaution mais c'est bien l'inaction qui constitue le péril le plus immédiat. C'est peut-être en partie en raison du manque d'équipement approprié pour décrire et mesurer les discriminations en France que le terrain mémoriel est celui où les personnes noires expriment le plus amèrement leurs difficultés sociales.

Certains pourront objecter que ce livre est une histoire de la « victimisation », selon un mot couramment utilisé aujourd'hui. Mais, en vérité, ne serait-il pas bien extravagant et malhonnête d'écrire une histoire et une sociologie des Noirs de France qui fassent l'impasse sur les phénomènes de domination raciste et discriminatoire ? Ce livre entend montrer que les Noirs ont fait l'expérience d'une domination de classe (pour la plupart, ils ont été situés dans le monde des ouvriers et des employés les plus modestes de la hiérarchie socioprofessionnelle) *et* d'une domination raciale, en dépit des proclamations vertueuses de la République. Il dit que les personnes noires qui vivent actuellement en France métropolitaine ont vécu, pour la plupart, des expériences racistes ou discriminatoires qui n'ont certes pas nécessairement un caractère irrémédiable, qui ne se comparent évidemment pas aux systèmes de racisme officiel de l'apartheid sud-africain ou de la ségrégation états-unienne, ni même au fait colonial de jadis, mais qui pèsent néanmoins défavorablement dans leur vie et celle de leurs entourages. Cela, d'une telle manière qu'il est possible de qualifier le fait d'être noir de handicap social objectif. En cela, les Noirs sont semblables aux autres minorités, qu'elles soient de phénotype racial, de sexe, de comportement sexuel, de handicap physique, qui sont également affectées de handicaps sociaux divers, dont les histoires, les formes et les effets agissent bien entendu selon des modalités différentes. Faire l'histoire de la manière dont telle particularité physique ou sexuelle est devenue un stigmate ; mesurer les effets contemporains de ces particularités et réfléchir à l'allégement de l'« impôt social » payé par celles et ceux qui les portent, ne saurait se réduire à l'expression condescendante de « victimisation ». Celle-ci n'est-elle d'ailleurs pas, bien souvent, utilisée dans un sens dépréciateur, pour suggérer le silence à celles et ceux qui ont l'aplomb de ne pas s'accommoder de leur situation ?

Justement, nous avons vu que les personnes concernées ne se sont pas résignées dans une posture victimaire, qu'elles ont su inventer des formes militantes de protestation contre l'ordre social et racial colonial ou postcolonial et créer des sociabilités propres. Il a fallu pour cela des conditions objectives et subjectives par lesquelles la construction d'un *sujet* noir a pu s'opérer à certains moments : des années 1920 au début des années 1960, puis à partir de la fin des années 1990. Cette conscience noire française doit aussi se comprendre en relation avec des phénomènes similaires dans d'autres pays, en premier lieu les États-Unis, mais aussi la Grande-Bretagne et d'autres encore, globalement situés sur le pourtour atlantique, délimitant ainsi, pour reprendre la notion essentielle de Gilroy, un *Atlantique noir* d'échanges migratoires, intellectuels et artistiques notables depuis l'entre-deux-guerres.

La naissance puis la renaissance de la conscience noire française ont été confrontées à des difficultés et à des obstacles redoutables. En premier lieu, les caractéristiques mêmes de la minorité noire installée en métropole, numériquement faible jusqu'aux années 1960 et aux origines géographiques et culturelles diverses qui ne favorisaient pas un regroupement sur un fondement racialisé. En second lieu, la force du discours républicain, théoriquement aveugle à la couleur de peau, revendiquant des épisodes historiques glorieux comme l'abolition de l'esclavage, et intimidant celles et ceux qui osaient parler en tant que Noirs en les affublant d'épithètes offensantes (« noiriste », « communautariste », voire « raciste ») pour mieux disqualifier leurs demandes. À cette aune, Martin Luther King lui-même pourrait être accusé de la sorte… En troisième lieu, pendant une bonne partie du siècle, la robustesse des organisations révolutionnaires (partis et syndicats), offrant une perspective de transformation sociale englobant les problématiques coloniales et désamorçant par là les efforts d'autonomisation des colonisés, considérés au mieux comme une « thèse mineure de la dialectique », au pire comme une « fausse conscience » favorisant en dernière analyse les intérêts de la bourgeoisie. En quatrième lieu, le piège de l'essentialisme, que certaines voix de la négritude n'ont pas évité et qui a fourni des arguments tout trouvés aux républicains conservateurs. Malgré cela, et à rebours de l'imagerie coloniale les présentant le plus souvent comme des enfants enclins à la paresse mais obéissants, les Noirs d'origine africaine ou caribéenne ont su inventer des manières de protester et de résister à un ordre social défavorable. Des manières sans doute discrètes, comparées aux grands gestes politiques de la France contemporaine, mais pas négligeables pour autant.

Il est possible que, dans les années à venir, les minorités visibles s'organisent effectivement, soit sous une forme fédératrice commune, soit sous la forme d'un réseau liant souplement plusieurs fédérations. Ces organisations pourraient être en mesure de faire valoir des droits, de dénoncer les méfaits discriminatoires et racistes, de parler « en tant que » noires, ou arabo-berbères, ou autres, pour réduire les torts qui les affectent sous cette qualité. Mais il est également possible que ces tentatives d'organisation échouent, en raison de divisions perçues ou présentées comme insurmontables entre personnes minorées, et de l'indifférence, voire de l'hostilité, d'une partie importante du pouvoir d'État et des partis politiques. On peut même estimer que l'histoire tend plutôt à valider cette dernière hypothèse, qui confirmerait alors le républicanisme français dans sa forme classique. Mais il convient aussi de reconnaître que le fameux modèle républicain est de plus en plus critiqué, et critiquable, en raison de son incapacité à agir pragmatiquement contre les discriminations, voire à les relativiser : c'est le « je sais bien mais quand même » qui exprime la dénégation de la discrimination et correspond à l'attitude des pouvoirs publics. Ces dernières années, les institutions d'État n'ont pas été avares de déclarations de principe, mais les politiques antidiscriminatoires font encore cruellement défaut, en dépit d'expériences intéressantes menées çà et là.

En outre, l'idée selon laquelle la politique antidiscriminatoire nécessite non seulement l'engagement des autorités publiques et des institutions privées, mais aussi la mobilisation et l'organisation des personnes minorées n'apparaît plus aussi impie que dans un passé récent. Dans les pays où cette politique enregistre des résultats probants, elle s'appuie sur une action «par le haut» des institutions, et «par le bas» de la société civile. Les associations sont à même de faire valoir les points de vue des discriminés, de critiquer et aiguillonner les institutions, en même temps que d'apporter un réconfort et une écoute. Pourtant, ces associations ont souvent dû subir l'opprobre et la méfiance.

Du côté de la gauche, on leur a reproché de contribuer à la «désaffiliation» de la classe ouvrière, d'affaiblir la solidarité de classe qu'il faudrait pourtant renforcer à l'heure du libéralisme triomphant. Nous avons vu que l'argument n'est pas nouveau: il fut utilisé par le Parti communiste des années 1920 pour contrer les velléités autonomistes de Lamine Senghor ou Kouyaté. On l'entendit aussi lors des mobilisations des travailleurs africains des foyers, dans les années 1970, regardées avec grande méfiance, et même combattues par les centrales syndicales, voire par le PCF comme lors de la destruction d'un foyer à Vitry-sur-Seine en décembre 1980. Or, il est possible de reconnaître l'importance de la classe dans la formation des organisations progressistes, et de considérer que celles-ci peuvent aussi procéder de logiques raciales ou genrées qui participent des rapports de domination. La question raciale est une composante de la question sociale.

Du côté de la droite et d'une partie de la gauche souverainiste, le soupçon a plutôt porté sur le fait que les associations en question affaibliraient la nation, alors que celle-ci aurait besoin d'être confortée, au moyen, par exemple, d'un ministère de l'Identité nationale ouvertement hostile à la « mauvaise immigration » des Africains. Là encore, le thème n'est pas nouveau. Dans l'entre-deux-guerres, le « Service de contrôle et d'assistance en France des indigènes des colonies » surveillait et infiltrait les organisations « indigènes » suspectées de sédition et de propagande antifrançaise. Plus récemment, elles ont pu être suspectées de ne pas favoriser l'assimilation des Noirs dans le corps national. Or, ce livre montre que, dans l'ensemble, les Noirs de France tiennent à leur identité française et que leur association éventuelle procède plus d'une logique minoritaire que communautaire. Le fameux « communautarisme » est une construction idéologique qui n'a, pour le moment, pas d'existence réelle dans la minorité noire de France — à l'exception sans doute de quelques groupes dérisoires.

En ce sens, leurs demandes sont bien universalisables, puisque susceptibles de convaincre les personnes de bonne volonté : il est question d'égalité des droits, de dignité, de lutte effective contre les discriminations. En revanche, la notion de « souffrance sociale » me semble moins pertinente. Invoquer la souffrance plutôt que la justice sociale dans les analyses et les discours politiques peut sans doute être efficace en ce qu'elle suscite la compassion, provoque des adhésions sentimentales, permet de crier au scandale. Mais la compassion est éphémère et peut se transformer en sentiment de lassitude ou d'agacement : « encore eux ? ». La « bonne cause » ne s'appuie pas nécessairement sur l'exposition d'une souffrance, mais sur des principes de justice. Si la souffrance n'est pas transformée en une analyse et une réflexion susceptibles d'être partagées sous forme de revendications réalisables et de modes de solidarité dans lesquels les personnes de bonne volonté puissent se reconnaître, alors elle prend la forme stérile d'une concurrence infinie de mémoires blessées et de jalousies recuites. D'où l'intérêt, dans une perspective associative, de penser l'identité noire sous une forme « fine », relative à une expérience sociale concrète, en mesure de rassembler sans exclusive celles et ceux attachés aux principes de justice, plutôt que sous une forme « épaisse », qui tend à circonscrire trop étroitement autour d'une identité, qui, à l'extrême, peut amener à une forme d'intolérance et de fermeture. L'identité fine permet de se penser comme noir, sans honte ou fierté particulières, tout en valorisant, le cas échéant, les expressions culturelles issues des mondes africains et caribéens.

Car cette approche sociale de formes de solidarité noire ne méconnaît pas la force et la beauté des cultures afro-antillaises, bien au contraire. On se réjouit de constater qu'elles sont installées en métropole depuis l'entre-deux-guerres, selon des modalités diverses, et qu'elles se sont diffusées en métissant la société française, au-delà des Noirs eux-mêmes, qui en demeurent cependant les porteurs privilégiés.

La condition noire ne se résume pas à une somme de difficultés vécues : à son meilleur, elle a aussi incarné un universalisme qui n'est pas synonyme d'uniformité, une capacité à s'appuyer sur l'expérience des oppressions et des protestations pour en tirer les accents du blues, de la morna ou du reggae, « les bijoux rapportés de la servitude[3] ». Une manière obstinée de penser le singulier et l'universel de l'expérience noire dans la condition humaine.

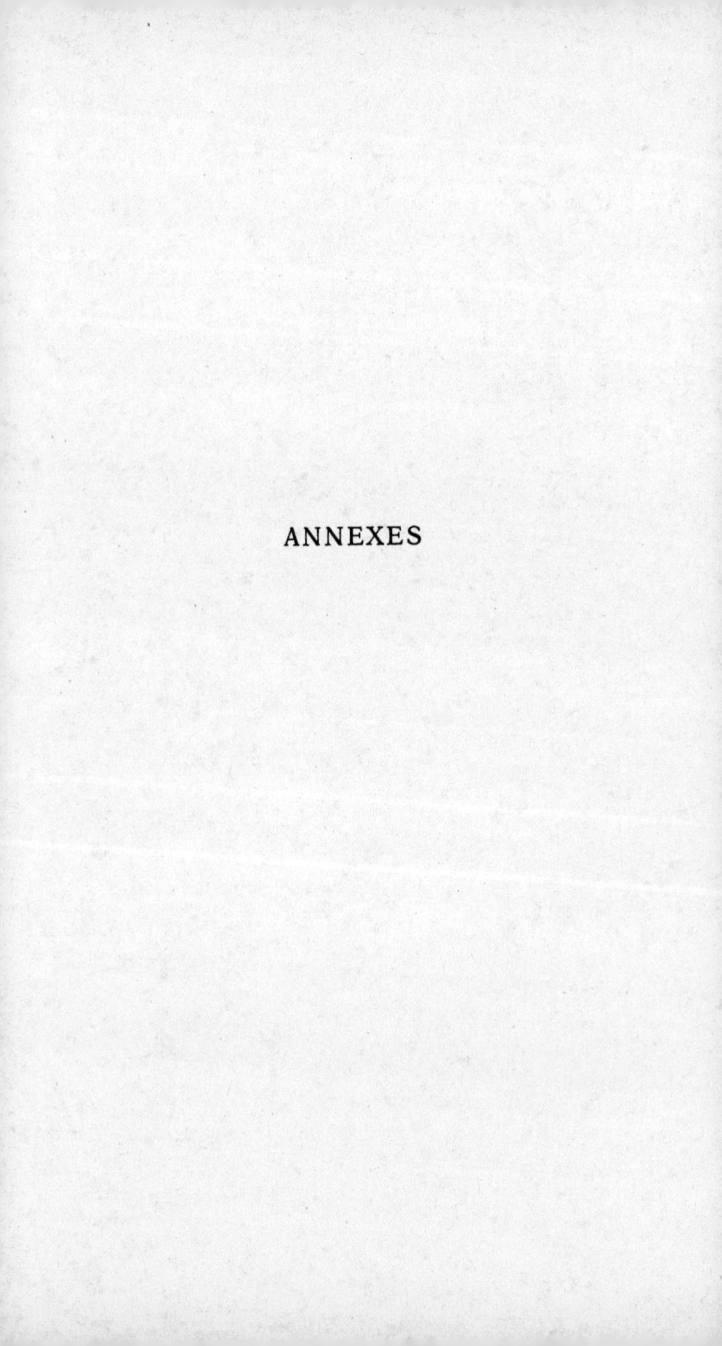

ANNEXES

ANNEXE A

Situation sociale et couleur de peau : Noirs et métis

Source : sondage TNS-Sofres, *Baromètre des discriminations*, mené pour le compte du Cran en janvier 2007.

Revenus du foyer (France métropolitaine)

	Ensemble de la population « noire »	*Personnes se déclarant « noires »*	*Personnes se déclarant « métis » issus de « Noirs »*
Moins de 800 euros	12	13	10
De 800 à moins de 1 200 euros	20	20	15
De 1 200 à moins de 1 800 euros	22	23	19
De 1 800 à moins de 2 300 euros	15	14	19
De 2 300 à moins de 3 800 euros	16	16	17
3 800 euros ou plus	5	4	10
NSP	10	10	10
Total	100 %	100 %	100 %

On observe que, en moyenne, les revenus des métis sont supérieurs à ceux des Noirs.

Profession du chef de ménage (France métropolitaine)

	France entière	*Ensemble de la population « noire »*	*Personnes se déclarant « noires »*	*Personnes se déclarant « métis » issus de « Noirs »*
Agriculteurs Exploitants	3	0	1	0
Artisans, commerçants et chefs d'entreprise	8	5	4	5
Professions libérales et cadres	18	10	8	18
Professions intermédiaires, techniciens, contremaîtres et agents de maîtrise	21	18	19	16
Employés et personnels de services	16	22	21	25
Ouvriers	34	45	47	36
Total	100 %	100 %	100 %	100 %

Base : Foyers dont le chef de ménage exerce une activité professionnelle.

On lit sur ce tableau :

1. une structure socio-professionnelle plus modeste de l'ensemble de la population noire par rapport à la population totale (plus d'ouvriers et d'employés de service, moins de commerçants, de professions libérales et de cadres) ;

2. une meilleure position sociale relative des métis, qui restent cependant moins bien lotis que le reste de la population, avec une surreprésentation dans les emplois de services.

Niveau de diplôme (France métropolitaine)

	France métropolitaine (INSEE-2004)	*Ensemble de la population « noire »*	*Personnes se déclarant « noires »*	*Personnes se déclarant « métis » issus de « Noirs »*
Aucun diplôme	20,2	17	20	2
Certificat d'études primaires	11,4	4	5	0
Brevet, BEPC	9,9	9	10	4
CAP, BEP	22,3	14	12	21
Bac technique ou professionnel	—	12	11	14
Bac général	—	8	8	11
Bac (ensemble)	15,4	20	19	25
Bac + 2 ou niveau bac + 2 (DUT, BTS, instituteur, DEUG, diplômes paramédicaux ou sociaux)	9,9	12	12	15
Diplôme de l'enseignement supérieur (2e et 3e cycles, grandes écoles)	10,8	23	22	31
Ensemble des diplômés de l'enseignement supérieur	37	55	53	71
NSP	—	1	0	2
Total	100 %	100 %	100 %	100 %

On remarque que :

1. Les Noirs semblent plus diplômés que la moyenne de la population. Cela est dû au biais démographique de la mesure (les données de l'INSEE concernent les plus de quatorze ans, alors qu'ici seuls les plus de dix-huit ans sont mesurés) et au fait que les Noirs sont plus jeunes que la population générale.

2. Les métis sont plus diplômés que les Noirs, en tout cas en métropole.

Statut du logement (France métropolitaine)

	France métropolitaine (INSEE-2002)	*Ensemble de la population « noire »*	*Personnes se déclarant « noires »*	*Personnes se déclarant « métis » issus de « Noirs »*
Propriétaires	56	18	14	38
Locataires	37,9	81	85	65
Locataires HLM	15,6	51	56	31
NSP ou autre	6,1	1	1	0
Total	100 %	100 %	100 %	100 %

La situation du logement des Noirs est au diapason de leur situation sociale. Les métis sont relativement mieux lotis, mais restent bien moins logés que le reste de la population.

ANNEXE B

Le ressenti des discriminations

Source : sondage TNS-Sofres, *Baromètre des discriminations*, mené pour le compte du Cran en janvier 2007.

QUESTION

Diriez-vous que, dans votre vie de tous les jours, vous personnellement, vous êtes victime de discrimination raciale ? (France métropolitaine)

	Ensemble de la population « noire »	*Personnes se déclarant « noires »*	*Personnes se déclarant « métis » issus de « Noirs »*
Souvent	16	18	7
De temps en temps	23	23	20
Rarement	28	28	29
Ensemble « oui »	67	69	56
Jamais	33	31	42
Ne sait pas	0	0	2
Total	100 %	100 %	100 %

Réponses en fonction du niveau de diplôme (France métropolitaine + DOM)

	Souvent	*De temps en temps*	*Rarement*	*Total oui*	*Jamais*
Aucun diplôme	15	14	21	50	49
Certificat d'études primaires	7	30	12	49	48
Brevet	15	12	20	47	53
CAP, BEP	12	15	25	52	47
Bac technique ou professionnel	10	25	25	60	40
Bac général	17	14	27	58	42
Bac + 2	13	21	31	65	35
Diplôme de l'enseignement supérieur (2e et 3e cycles, grandes écoles)	9	26	29	64	35

QUESTION

Où rencontrez-vous le plus souvent des discriminations raciales ? (France métropolitaine)

	Ensemble de la population « noire »	*Personnes se déclarant « noires »*	*Personnes se déclarant « métis » issus de « Noirs »*
Dans les espaces publics, les transports en commun	64	66	55
Au travail	42	44	28
Dans votre quartier	17	18	14
Dans vos loisirs	9	8	17
À l'école, à l'université	8	7	14
Dans votre famille	2	1	3
Ne sait pas	1	1	3

Le total des pourcentages est supérieur à 100, les personnes interrogées ayant pu donner deux réponses.

Réponses en fonction du niveau de diplôme (France métropolitaine + DOM)

	Dans les espaces publics, dans les transports	*Au travail*	*Dans votre quartier*	*Dans vos loisirs*	*À l'école, à l'université*	*Dans votre famille*	*Ne sait pas*
Aucun diplôme	65	30	17	9	9	2	3
Certificat d'études primaires	79	36	8	14	0	0	0
Brevet	72	37	30	11	1	0	0
CAP, BEP	62	39	18	17	5	5	3
Bac technique ou professionnel	49	64	20	9	6	0	3
Bac général	70	55	14	0	0	0	3
Bac + 2	65	40	12	14	3	0	2
Diplôme de l'enseignement supérieur (2e et 3e cycles, grandes écoles)	65	40	12	14	3	0	2
Ensemble	62	42	17	11	7	1	2

QUESTION

Personnellement, avez-vous le sentiment que, cette année, les discriminations à l'égard des populations noires en France se sont nettement aggravées, un peu aggravées, un peu réduites ou qu'elles n'ont pas changé ? (France métropolitaine)

	Ensemble de la population « noire »
Nettement aggravées	18
Un peu aggravées	19
Aggravées	37
Un peu réduites	15
Nettement réduites	2
Réduites	17
N'ont pas changé	40
Ne sait pas	6
Total	100 %

APPENDICES

Remerciements

Ce livre doit beaucoup à beaucoup de monde. Des extraits de chapitres ont fait l'objet de conférences à l'École des hautes études en sciences sociales, à la Society for French Historical Studies, au « Mois de l'histoire des Noirs » à Québec, à l'université d'Illinois, à l'université Cornell, à l'université Chuo et à la Maison franco-japonaise de Tokyo, à l'École normale supérieure lettres et sciences humaines, à l'université de Strasbourg, à l'université de Berkeley. Je remercie les participants à ces conférences, ainsi que mes collègues de l'EHESS, notamment François Weil, qui m'ont laissé mener cette enquête avec le temps et la liberté intellectuelle qui font de notre école un lieu précieux d'enseignement et de recherche. J'ai bénéficié des conversations et des séminaires menés dans le cadre du programme sur « les nouvelles frontières de la société française », financé par l'Agence nationale de la recherche (ANR). J'en remercie vivement tous les participants.

Je remercie aussi celles et ceux, nombreux, qui ont lu la première édition de *La condition noire*, et avec qui j'ai pu converser, à l'occasion de conférences universitaires et de rencontres diverses, en France, aux États-Unis, en Grande-Bretagne, en Allemagne. J'ai été très touché par l'accueil reçu par ce livre.

Je remercie aussi les personnes avec qui des entretiens ont été menés, parfois longs de plusieurs heures. Carole Da Silva et Angèle Mbarga de l'AFIP, ainsi que mes amis lillois Tijane Bal, Roland Diagne, Jean Netchenawoe et Bahram Touré m'ont aidé et soutenu. Un remerciement particulier est dû à Patrick Lozès, militant opiniâtre et ami généreux, avec qui je converse presque quotidiennement depuis quatre ans. Ensuite mes collègues et amis, qui ont lu et/ou discuté tout ou partie des propos du livre : Étienne Anheim, Claude Boli, Aurore Chaigneau, Catherine Coquery-Vidrovitch, Jean-Pierre Chrétien, Jean-Philippe Dedieu, Micaïdou Dia, Madeira Diallo, Andrew Diamond, Mamadou Diouf, Joseph Djossou, Caroline Douki, Ferdinand Ezembe, Didier Fassin, Éric Fassin, Michaël Ferrier, Patrick Fridenson, Sylvie Gillet, Nancy Green, Abdoulaye Gueye, Valérie Hannin, Janet Horne, Stephen Kaplan, Stéphane Khémis, Emmanuel Laurentin, Aude Lorriaux, Emmanuelle Loyer, Amelia Lyons, Jonathan Magidoff, Sarah Mazouz, Elikia M'Bokolo, Chikako Mori, Mura Nobutaka, Alain Renaut, Julie Ringelheim, Juliette Rigondet, Paul-André Rosental, Philippe Rygiel, Emmanuelle Saada, Daniel Sabbagh, Patrick Simon, Joan Stavo-Debauge, Wiktor Stoczkowski, Benjamin Stora, Tyler Stovall, Louis-Georges Tin, Cécile Van den Avenne, Ninon Vinsonneau, Loïc Wacquant, Patrick Weil, ainsi que mes éditeurs, relecteurs attentifs et patients, Jean-Étienne Cohen-Seat et Mireille Paolini. Cette seconde édition a bénéficié des commentaires minutieux de Christophe Brun, que je remercie vivement.

Je remercie fraternellement Marie pour sa préface, et les familles Ndiaye, Cendrey, Mangin et Lazarus pour leur soutien affectueux. Ce livre est dédié à Jeanne Lazarus, sans qui il n'existerait pas, ainsi qu'à Rose, qui, sans le savoir, y a contribué à sa manière.

Naturellement, les interprétations du livre n'engagent que son auteur, ses erreurs aussi.

Bibliographie

AGERON Charles-Robert, *France coloniale ou parti colonial?*, Paris, PUF, 1978.

ANONYME, *La Traite silencieuse. Les émigrés des DOM*, Paris, IDOC, 1975.

ANSELIN Alain, *L'Émigration antillaise en France. Du Bantoustan au ghetto*, Paris, Anthropos, 1979.

— *L'Émigration antillaise en France. La troisième île*, Paris, Karthala, 1990.

APPIAH Kwame Anthony, « The Conservation of "Race" », *Black American Literature Forum*, 23, 1, 1989, p. 37-60.

— *In My Father's House: Africa in the Philosophy of Culture*, Oxford, Oxford University Press, 1992.

ARCHER-STRAW Petrine, *Negrophilia. Avant-Garde Paris and Black Culture in the 1920s*, New York, Thames and Hudson, 2000.

BACK Les, CRABBE Tim, SOLOMOS John, *The Changing Face of Football: Racism, Identity and Multiculture in the English Game*, London, Berg, 2001.

BALDWIN, James, *Nobody Knows My Name*, New York, Vintage, 1992.

BALIBAR Étienne, « Y a-t-il un néo-racisme ? », dans Étienne Balibar et Immanuel Wallerstein, *Race, nation, classe. Les identités ambiguës*, Paris, La Découverte, 1997.

BANCEL Nicolas, BLANCHARD Pascal, BOETSCH Gilles, DEROO Éric, LEMAIRE Sandrine, *Zoos humains. Au temps des exhibitions humaines*, Paris, La Découverte, 2004.

BANCEL Nicolas, *Portraits d'empire*, Paris, Tallandier, 2006.

BAROU Jacques, « Les immigrations africaines en France au tournant du siècle », *Hommes et Migrations*, 1239, 2002.

BECKER Gary, *The Economics of Discrimination*, Chicago, University of Chicago Press, 1958.

BERLIN Ira, *Slaves without Masters. The Free Negro in the Antebellum South*, New York, Pantheon, 1974.

BERTRAND Olivier, « Oullins : racisme au bar des beaufs ? », *Libération*, 9 septembre 2006.

BIONDI Jean-Pierre, *Saint-Louis-du-Sénégal. Mémoires d'un métissage*, Paris, Denoël, 1987.

BLANCHARD Pascal et LEMAIRE Sandrine, *Culture coloniale : la France conquise par son empire, 1871-1931*, Paris, Autrement, 2003.

BLANCHARD Pascal et LEMAIRE Sandrine, *Culture impériale : les colonies au cœur de la République, 1931-1961*, Paris, Autrement, 2004.

BLANCHARD Pascal, Deroo Éric et Manceron Gilles, *Paris Noir*, Paris, Hazan, 2001.

BOIS Jean-Pierre, *Maurice de Saxe*, Paris, Fayard, 1992.

BONILLA-SILVA Eduardo, *Racism without Racists. Color-Blind Racism and the Persistence of Racial Inequality in the United States*, New York, Rowman and Littlefield, 2003.

BONNIOL Jean-Luc, *La Couleur comme maléfice. Une illustration créole de la généalogie des « Blancs » et des « Noirs »*, Paris, Albin Michel, 1992.

BONVICINI Marie-Louise, *Les Femmes du lundi*, Paris, Les Éditions ouvrières, 1992.

BOULLE Pierre H., « François Bernier and the Origins of the Modern Concept of Race », in Sue Peabody et Stovall Tyler (dir.), *The Color of Liberty. Histories of Race in France*, Durham, Duke University Press, 2003.

BOUVET Laurent, *Le Communautarisme. Mythes et réalités*, Paris, Lignes de repères, 2007.

BRACHET Olivier, « La condition de réfugié dans la tourmente de la politique d'asile », *Hommes et Migrations*, 1238, 2002.

BROWN H. Rap, *Die Nigger Die!*, New York, Dial Press, 1969.

CAMISCIOLI Elisa, « Producing Citizens, Reproducing the "French Race" : Immigration, Demography, and Pronatalism in Early Twentieth-Century France », *Gender and History*, vol. 13, 3, 2001, p. 593-621.

CAMPT Tina, *Other Germans : Black Germans and the Politics of Race, Gender, and Memory in the Third Reich*, Ann Arbor, University of Michigan, 2004.

CANCIO Silvia A., EVANS David T., MAUME David J., « Reconsidering the Declining Significance of Race : Racial Differences in Early Career Wages », *American Sociological Review*, 6, 4, 1996, p. 541-556.

CARTWRIGHT Samuel, « How to Save the Republic and the Position of the South in the Union », *De Bow Review*, 11, 2, août 1851.

CÉSAIRE Aimé, *Cahiers d'un retour au pays natal*, Paris, Présence africaine, 1983.

— « Discours sur la négritude », dans *Discours sur le colonialisme*, Paris, Présence africaine, 2004.

CÉSAIRE Aimé et Vergès Françoise, *Nègre je suis, Nègre je resterai*, Paris, Albin Michel, 2006.

CHAPA Jorge et HORN Catherine L., « Is Anything Race-Neutral ? Comparing "Race-Neutral" Admissions Policies at the University of Texas and the University of California », *Charting the Future of College Affirmative Action*, document du Civil Rights Project, UCLA.

CHEMILLIER-GENDREAU Monique, *L'Injustifiable. Les politiques françaises de l'immigration*, Paris, Bayard, 1998.

COHEN William B., *Français et Africains. Les Noirs dans le regard des Blancs, 1530-1880*, Paris, Gallimard, 1981.

CONDON Stephanie et OGDEN Philip E., « Afro-Caribbean Migrants in France : Employment, State Policy and the Migration Process », *Transactions of the Institute of British Geographers*, 16, 4, 1991.

CONFIANT Raphaël, *Aimé Césaire. Une traversée paradoxale du siècle*, Paris, Écriture, 2006.

COQUART Elizabeth, *La France des GIs : histoire d'un amour déçu*, Paris, Albin Michel, 2003.

COQUERY-VIDROVITCH Catherine, *Des victimes oubliées du nazisme. Les Noirs et l'Allemagne dans la première moitié du XXe siècle*, Paris, Le Cherche Midi, 2006.

CORVISIER André, « Les soldats noirs du maréchal de Saxe. Le problème du service militaire des Africains et Antillais en France », *Revue française d'histoire d'outre-mer*, 1968, 201, p. 377-413.

DAMAS Léon-Gontran, *Pigments*, Paris, Présence africaine, 1962.

DAUM Christophe, *Les Associations de Maliens en France, Migration, développement et citoyenneté*, Paris, Karthala, 1998.

DAWSON Michael C., *Black Visions : The Roots of Contemporary African-American Political Ideologies*, Chicago, University of Chicago Press, 2001.

DE GAULLE Charles, *Mémoires de Guerre. Le Salut, 1944-1946*, Paris, Plon, 1989.

DEDIEU Jean-Philippe, « L'intégration des avocats africains dans les barreaux français », *Droit et société*, 56-57, 2004, p. 221.

— « Normaliser l'assujettissement. La réglementation française de l'emploi du personnel de maison subsaharien au XXe siècle », *Genèses*, 62, mars 2006.

DESROSIÈRES Alain, *La Politique des grands nombres. Histoire de la raison statistique*, Paris, La Découverte, 1993.

DEWITTE Philippe, « Des citoyens à part entière ou entièrement à part ? », *Hommes et Migrations*, 1237, 2002.

— « La dette du sang », *Hommes et Migrations*, 1148, novembre 1991, p. 8-12.

— *Les Mouvements nègres en France, 1919-1939*, Paris, L'Harmattan, 1985.

DIAGNE Souleymane Bachir, *Léopold Sédar Senghor, l'art africain comme philosophie*, Paris, Riveneuve, 2007.

DIAMOS Jason, « Undiscovered Quarterback is a Star up North », *New York Times*, 31 août 2006.

DIARA Souleymane, « Les travailleurs africains noirs en France », *Bulletin de l'IFAN*, série B, vol. 3, 1969, p. 884-1004.

DIOME Fatou, *Le Ventre de l'Atlantique*, Paris, Anne Carrière, 2003.

DIOP A. Moustapha, « Le mouvement associatif négro-africain en France », *Hommes et Migrations*, 1132, 1990, p. 17.

DIOP Birago, *La Plume raboutée*, Paris et Dakar, Présence africaine et Les Nouvelles Éditions africaines, 1978.

DOMENACH Hervé, « L'évolution au XXe siècle du système démographique et migratoire caribéen », *Hommes et Migrations*, 1237, 2002.

DORLIN Elsa, *La Matrice de la race. Généalogie sexuelle et coloniale de la nation française*, Paris, La Découverte, 2006.

DOWNES Brian, « Social and Political Characteristics of Riot Cities : A Comparative Study », *Social Science Quarterly*, 49, 1968, p. 504-520.

DRESCHER S., « The Role of Jews in the Transatlantic Slave Trade », *Immigrants and Minorities*, vol. 12, 1993, p. 113-125.

DU BOIS W. E. B., *Les Âmes du peuple noir*, Paris, La Découverte, 2007.

DUFOIX Stéphane, « W. E. B. Du Bois : "Race" et "diaspora noire/africaine" », *Raisons politiques*, 21, février 2006.

— *Politiques d'exil*, Paris, PUF, 2002.

DURPAIRE François, *France blanche, colère noire*, Paris, Odile Jacob, 2006.

DUVAL Eugène-Jean et RIVES Maurice, « Une parcelle de gloire oubliée. En hommage à des héros méconnus, les tirailleurs sénégalais pendant les conflits du XXe siècle », mémoire non publié, disponible à la BNF.

ECHENBERG Myron, *Colonial Conscripts : The Tirailleurs Senegalais in French West Africa, 1857-1960*, Portsmouth, Heinemann, 1991.

ELLISON Ralph, *Homme invisible, pour qui chantes-tu ?*, Paris, Grasset, « Les Cahiers rouges », 2002.

FABRE Michel, *La Rive noire : de Harlem à la Seine*, Paris, Lieu commun, 1985.

FANON Frantz, *Peau noire, masques blancs*, Paris, Seuil, 1952.

FARGE Arlette, *Vivre dans la rue à Paris au XVIIIe siècle*, Paris, Gallimard, 1992.

FARGETTAS Julien, « Les massacres de mai-juin 1940 », *Actes du colloque « La campagne de 1940 »*, Paris, Tallandier, 2001.

FASSIN Didier et FASSIN Éric (dir.), *De la question sociale à la question raciale? Représenter la société française*, Paris, La Découverte, 2006.

FASSIN Didier, « L'invention française de la discrimination », *Revue française de science politique*, 52, 4, 2002, p. 403-423.

— « The Biopolitics of Otherness. Undocumented Foreigners and Racial Discrimination in French Public Debate », *Anthropology Today*, 17, 1, 2001.

FEAGIN Joe, « The Continuing Significance of Race : Antiblack Discrimination in Public Places », *American Sociological Review*, 56, 1, 1991, p. 101-116.

FORD W. F. et MOORE J. H., « Additional Evidence on the Social and Political Characteristics of Riot Cities », *Social Science Quarterly*, 51, 1970, p. 339-348.

FRAZIER Franklin E., *La Bourgeoisie noire*, Paris, Plon, 1955.

FRIEDMANN Murray, *What Went Wrong? The Creation and Collapse of the Black-Jewish Alliance*, New York, Free Press, 1994.

GAILLET Léon, *Deux ans avec les Sénégalais*, Paris, Berger-Levrault, 1918.

GANEM Valérie, « Un processus d'assignation psychologique peut en cacher un autre. À propos de la couleur de peau en Guadeloupe », *Travailler*, 16, 2006.

— « Le rapport subjectif au travail en Guadeloupe. Analyse des incidences de l'héritage de l'esclavage sur les conduites actuelles des salariés de l'hôtellerie », thèse de doctorat du CNAM, 2007.

GATES Henry Louis, « Black Demagogues and Pseudo-Scholars », *New York Times*, 20 juillet 1992.

— « Parable of the Talents », dans Henry Louis Gates et Cornell West, *The Future of the Race*, New York, Vintage, 1996.

GENET Jean, *Les Nègres*, Paris, Gallimard, 1979.

GILROY Paul, *Against Race : Imagining Political Culture beyond the Color Line*, Cambridge, Mass., Harvard University Press, 2000.

— *L'Atlantique noir. Modernité et double conscience*, Paris, Kargo, 2003.

GLEASON Philip, « Minorities (almost) All : The Minority

Concept in American Social Thought », *American Quarterly*, 43, 3, 1991, p. 392-424.

GOFFMAN Erving, *Stigmate. Les usages sociaux des handicaps*, Paris, Minuit, 1975.

GREENBERG Cheryl Lynn, *Troubling the Waters. Black-Jewish Relations in the American Century*, Princeton, Princeton University Press, 2006.

GRETCHEN Gerzina, *Black London. Life before Emancipation*, New Brunswick, Rutgers University Press, 1995.

GUEYE Abdoulaye, « The Colony Strikes back : African Protest Movements in Postcolonial France », *Comparative Studies of South Asia, Africa and the Middle East*, 26, 2, 2006.

GUILLERMOND Étienne, « Sur les traces d'Addi Bâ, héros vosgien d'origine guinéenne », *Hommes et Migrations*, 2004, 1247.

GUILLOUX Louis, *O.K., Joe!*, Paris, Gallimard, 1976.

GUIMONT Fabienne, *Les Étudiants africains en France*, 1950-1965, Paris, L'Harmattan, 1997.

GUIRAUDON Virginie, « Construire une politique européenne de lutte contre les discriminations : l'histoire de la directive "race" », *Sociétés contemporaines*, 2004, 53, p. 11-32.

HANNAFORD Ivan, *Race : The History of an Idea in the West*, Washington, Woodrow Wilson Center et Johns Hopkins University Press, 1996.

HAYES Brent, *The Practice of Diaspora : Literature, Translation, and the Rise of Black Internationalism*, Boston, Harvard University Press, 2003.

HÉRAN François, *Le Temps des immigrés. Essai sur le destin de la population française*, Paris, Le Seuil, 2007.

HIRSCHFELD Lawrence, « The Conceptual Politics of Race : Lessons from our Children », *Ethos*, 25, 1, 1997.

HOETINK Harmanius, *Slavery and Race Relations in the Americas*, New York, Harper and Row, 1973.

HOFFMAN Frederick, *Race, Traits and Tendencies of the American Negro*, New York, Macmillan, 1896.

HOLT Thomas C., « W. E. B. Du Bois Archeology of Race : Re-reading the Conservation of Races », in Michael Katz, Michael et Sugrue Thomas, *W. E. B. Du Bois and the City. The Philadelphia Negro and Its Legacy*, Philadelphie, University of Pennsylvania Press, 1998.

HONNETH Axel, « Reconnaissance et justice », *Le Passant*, 38, janvier-février 2002.

HUGHES Michael et HERTEL Bradley, « The Significance of Color Remains », *Social Forces*, 1990, 69, 1, p. 1105-1120.

JABLONKA Ivan, *Enfants en exil. Transfert de pupilles réunionnais en métropole (1963-1982)*, Paris, Le Seuil, 2007.

JACOBSON Matthew Frye, *Whiteness of a Different Color. European Immigrants and the Alchemy of Race*, Cambridge, Mass., Harvard University Press, 1998.

JONES James, *Bad Blood. The Tuskegee Syphilis Experiment*, New York, Free Press, 1981.

JOHNSON Walter, *Soul by Soul : Life Inside the Antebellum Slave Market*, Cambridge, Mass., Harvard University Press, 1999.

KANT Emmanuel, *Essai sur les maladies de la tête. Observation sur le sentiment du beau et du sublime*, Paris, Flammarion, 1990.

KAPLAN Alice, *L'Interprète. Dans les traces d'une cour martiale américaine, Bretagne 1944*, Paris, Gallimard, 2007.

KEENE Jennifer D., *Doughboys, the Great War, and the Remaking of America*, Baltimore, Johns Hopkins University Press, 2001.

Keith Verna M. et Herring Cedric, « Skin Tone Stratification in the Black Community », *American Journal of Sociology*, n° 3, 1991, p. 767-770.

KELMAN Gaston, *Je suis noir et je n'aime pas le manioc*, Paris, Max Milo, 2004.

KESTING, Robert W., « Forgotten Victims Blacks in the Holocaust », *Journal of Negro History*, 77, 1992, p. 30-36.

KIRSZBAUM Thomas, « La discrimination positive territoriale », *Pouvoirs*, 111, 2004, p. 117.

KLEIN Martin A., *Slavery and Colonial Rule in French West Africa*, Cambridge (Grande-Bretagne), Cambridge University Press, 1998.

KOKOREFF Michel, BARRON Pierre et STEINAUER Odile, « L'exemple de Saint-Denis », in *Enquêtes sur les violences urbaines*, rapport du Centre d'analyse stratégique, 4, 2006.

KOLCHIN Peter, *Une institution très particulière : l'esclavage aux États-Unis, 1619-1877*, Paris, Belin, 1999.

KOSMIN Barry, « Ethnic and Religious Questions in the 2001 UK Census of Population Policy Recommendations », JPR/Policy Paper, n° 2, 1999, disponible à : http ://www.jpr.org.uk/Reports/

KUM'A N'DUMBE III Alexandre, *Hitler voulait l'Afrique. Les plans secrets pour une Afrique fasciste (1933-1945)*, Paris, L'Harmattan, 1980.

LAACHER Smaïn, *L'Immigration*, Paris, Le Cavalier bleu, 2007.

LABELLE Micheline, *Idéologie de couleur et de classes sociales en Haïti*, Montréal, Presses de l'université de Montréal, 1987.

LAMONT Michèle, *La Dignité des travailleurs. Exclusion, race, classe et immigration en France et aux États-Unis*, Paris, Presses de Sciences Po, 2002.

LE GOAZIOU Véronique et MUCHIELLI Laurent (dir.), *Quand les banlieues brûlent… Retour sur les émeutes de 2005*, Paris, La Découverte, 2006.

LE NAOUR Jean-Yves, *La Honte noire. L'Allemagne et les troupes coloniales françaises, 1914-1945*, Paris, Hachette, 2003.

L'ESTOILE Benoît de, *Le Goût des autres. De l'exposition coloniale aux arts premiers*, Paris, Flammarion, 2007.

LEVINE Robert S., « Road to Africa : Frederick Douglass's Rome », *African-American Review*, 34, 2, 2000, p. 217-231.

LÉVI-STRAUSS Claude, *Race et Histoire*, Paris, Gonthier, 1967.

LEWIS Earl, « Constructing African-Americans as Minorities », in André Burguière et Raymond Grew, *The Construction of Minorities : Cases for Comparison Across Time and Around the World*, Ann Arbor, University of Michigan Press, 2001.

LIAUZU Claude, *Aux origines des tiers-mondismes : Colonisés et anticolonialistes en France (1919-1939)*, Paris, L'Harmattan, 2000.

LILLY Robert J., *La Face cachée des GIs. Les viols commis par des soldats américains en France, en Angleterre et en*

Allemagne pendant la Seconde Guerre mondiale, Paris, Payot, 2003.

LINHART Robert, *L'Établi,* Paris, Minuit, 1978.

LOCHAK Danièle, « Les politiques de l'immigration au prisme de la législation sur les étrangers », dans Fassin Didier, Morice Alain et Quiminal Catherine, *Les Lois de l'inhospitalité. Les politiques de l'immigration à l'épreuve des sans-papiers,* Paris, La Découverte, 1997.

LOZÈS Patrick, *Nous, les Noirs de France,* Paris, Danger public, 2007.

— « "Les races guerrières" : Racial Preconceptions in the French Military about West African Soldiers during the First World War », *Journal of Contemporary History,* 34, 4, 1999.

LUNN Joe, *Memoirs of the Maelstrom : A Senegalese Oral History of the First World War,* Portsmouth, Heinemann, 1999.

LUSANE Clarence, *Hitler's Black Victims : The Historical Experiences of Afro-Germans, European Blacks, Africans, and African Americans in the Nazi Era,* New York, Routledge, 2002.

LY Abdoulaye, *Les Mercenaires noirs. Note sur une forme de l'exploitation des Africains,* Paris, Présence africaine, 1957.

MABON Armelle, « La singulière captivité des prisonniers de guerre coloniaux durant la Seconde Guerre mondiale », *French Colonial History,* vol. 7, 2006, p. 181-197.

— « La tragédie de Thiaroye, symbole du déni d'égalité », *Hommes et Migrations,* 1235, 2002.

MACMASTER Neil, *Racism in Europe, 1870-2000,* Londres, Palgrave Macmillan, 2001.

MANCHUELLE François, *Les Diasporas des travailleurs soninké, 1848-1960,* Paris, Karthala, 2004.

MANGIN Charles, *La Force noire,* Paris, Hachette, 1911.

MANN Gregory, *Native Sons. West African Veterans and France in the Twentieth Century,* Durham, Duke University Press, 2006.

MARIE Claude-Valentin, « Les Antillais en France : une nouvelle donne », *Hommes et Migrations,* 1237, 2002.

— « Les populations des DOM-TOM, nées et originaires,

résidant en France métropolitaine », rapport INSEE, 1990.

MARTINIELLO Marco et SIMON Patrick, « Les enjeux de la catégorisation. Rapports de domination et luttes autour de la représentation dans les sociétés postmigratoires », *Revue européenne des migrations internationales*, 21-2, 2005, p. 7-17.

MASON David T. et MURTAGH Jerry, « Who Riots ? An Empirical Examination of the New Urban Black versus the Social Marginality Hypotheses », *Political Behavior*, vol. 7, 1985.

MASOTTI Louis et BOWEN Don, *Riots and Rebellion : Civil Violence in the Urban Community*, Los Angeles, Sage, 1968.

MEIER August et RUDWICK Elliot, *Black History and the Historical Profession, 1915-1980*, Urbana, University of Illinois Press, 1986.

MEMMI Albert, *Le Racisme. Description, définition, traitement*, Paris, Gallimard, 1982.

MILLER Patrick B., « The Anatomy of Scientific Racism : Racialist Responses to Black Athletic Achievement », *Journal of Sports History*, 25, 1998, p. 119-151.

MONNERVILLE Gaston, *Témoignage. De la France équinoxiale au Palais du Luxembourg*, Paris, Plon, 1975.

MORGAN R. et CLARKE T., « The Causes of Racial Disorders. A Grievance Level Explanation », *American Sociological Review*, 38, 1970, p. 611-624.

MORTON Patricia, « From Invisible Man to New People : The Recent Discovery of American Mulattoes », *Phylon*, 46, 2, p. 106.

MOULIN Jean, *Premier combat*, Paris, Minuit, 1947.

MOYNIHAN Daniel P., *The Negro Family : The Case for National Action*, Washington DC, Department of Labor, 1965.

MUDIMBE Valentin (dir.), *The Surreptitious Speech : Présence Africaine and the Politics of Otherness, 1947-1987*, Chicago, University of Chicago Press, 1992.

MULLINS Elizabeth et SITES Paul, « The Origins of Contemporary Eminent Black Americans : A Three-Generation Analysis of Social Origin », *American Sociological Review*, 1984, 49, p. 672-685.

NDIAYE Pap, « L'histoire afro-américaine » dans Jean Heffer et François Weil, *Chantiers d'histoire américaine*, Paris, Belin, 1994.

N'DONGO Sally, *Coopération et néocolonialisme*, Paris, Maspéro, 1976.

NOËL Erick, *Être noir en France au XVIIIe siècle*, Paris, Tallandier, 2006.

NOËL-LINNEMER Magali, « Le préférentialisme intraracial dans la communauté noire américaine des origines à nos jours », thèse de doctorat de l'université de Paris-VIII, 2001.

NOIRIEL Gérard, *Immigration, antisémitisme et racisme en France*, Paris, Fayard, 2007.

— *Les Fils maudits de la République. L'avenir des intellectuels en France*, Paris, Fayard, 2005.

OGBU John, « Minority Status and Literacy in Comparative Perspective », *Daedelus* 119, n° 2 (printemps 1990), p. 141-168.

OMI Michael, WINANT Howard, *Raciel Formation in the United States : from the 1960s to the 1990s*, New York, Routledge, 1994.

OUDIN-BASTIDE Caroline, *Travail, capitalisme et société esclavagiste*, Paris, La Découverte, 2004.

PEABODY Sue, « *There are no Slaves in France* » : *The Political Culture of Race and Slavery in the Ancien Regime*, New York, Oxford University Press, 1996.

PLUCHON Pierre, *Nègres et Juifs au XVIIIe siècle*, Paris, Tallandier, 1984.

POIRET Christian, *Familles africaines en France*, Paris, L'Harmattan, 1997.

PROCTOR Robert, *Racial Hygiène. Medicine under the Nazis*, Cambridge, Harvard University Press, 1988.

QUIMINAL Catherine et TIMERA Mahamet, « 1974-2002, les mutations de l'immigration ouest-africaine », *Hommes et Migrations*, 1239, 2002.

QUIMINAL Catherine, « Du foyer au village : l'initiative retrouvée », *Hommes et Migrations*, 1131, 1990.

— *Gens d'ici, gens d'ailleurs. Migrations soninké et transformations villageoises*, Paris, Bourgois, 1991.

RÉGENT Frédéric, *Esclavage, métissage, liberté, la Révolution française en Guadeloupe,* 1789-1802, Paris, Grasset, 2004.

— *La France et ses esclaves. De la colonisation aux abolitions, 1620-1848,* Paris, Grasset, 2007.

REINSCH Paul, « The Negro Race and European Civilization », *The American Journal of Sociology,* XI, 2, 1905.

REVERBY Susan, *Tuskegee's Truth,* Chapel Hill, University of North Carolina Press, 2000.

RHODEN William, « Acceptance Still Lags for Black Quarterbacks », *New York Times,* 7 janvier 2007.

ROBERTS Randy, « Year of the Comet. Jack Johnson versus Jimmy Jeffries, July 4, 1910 », in Patrick Miller et Wiggins David (dir.), *Sport and the Color Line, Black Athletes and Race Relations in 20th Century America,* New York, Routledge, 2004, p. 45-62.

ROBERTS Sam, « More Africans Enter U.S. Than in Days of Slavery », *New York Times,* 21 février 2005.

ROGERS Dominique, « De l'origine du préjugé de couleur en Haïti », *Outre-Mers. Revue d'histoire,* n° 340-341, 2003.

SABBAGH Daniel, *L'Égalité par le droit : les paradoxes de la discrimination positive aux États-Unis,* Paris, Economica, 2003.

— « La tentation de l'opacité : le juge américain et l'*affirmative action* dans l'enseignement supérieur », *Pouvoirs,* 111, 2004.

— « Facteur racial et facteur territorial dans les politiques d'intégration », in Kastoryano Riva (dir.), *Les Codes de la différence : race, origine, religion. France, Allemagne, États-Unis,* Paris, Presses de Sciences Po, 2005, p. 147-173.

SAINT-MÉRY Louis-Élie Moreau de, *Description topographique, physique, civile, politique et historique de la partie française de l'île Saint-Domingue,* Paris, Dupont, 1797, vol. 1.

SARTRE Jean-Paul, *Réflexions sur la question juive,* Paris, Gallimard, 1954.

— « Orphée noir », in Léopold Sédar Senghor, *Anthologie de la nouvelle poésie nègre et malgache de langue française,* Paris, Quadrige/PUF, 2007.

SAYAD Abdelmalek, *La Double Absence. Des illusions aux souffrances de l'immigré*, Paris, Le Seuil, 1999.

SCHECK Raffael, *Une saison noire. Les massacres de tirailleurs sénégalais, mai-juin 1940*, Paris, Tallandier, 2007.

Schmidt Nelly, *L'Abolition de l'esclavage*, Paris, Fayard, 2005.

SCHOR Paul, *Compter et classer. Histoire des catégories de la population dans le recensement américain, 1790-1940*, Paris, Presses de l'École des hautes études en sciences sociales, 2008.

SENGHOR Léopold Sédar, *Œuvre poétique*, Paris, Le Seuil, 2006.

— « Qu'est-ce que la négritude ? », *Études française*, 3, 1, 1967.

— « Ce que l'homme noir apporte », in *L'Homme de couleur*, Paris, Plon, 1939.

SEPINWALL Alyssa Goldstein, *Eliminating Race, Eliminating Difference. Blacks, Jews and the Abbé Grégoire*, in Sue Peabody et Tyler Stovall (dir.), *The Color of Liberty. Histories of Race in France*, Durham, Duke University Press, 2003, p. 28-41.

SHELBY Tommie, *We Who Are Dark. The Philosophical Foundations of Black Solidarity*, Cambridge, Mass., Harvard University Press, 2005.

SIMÉANT Johanna, *La Cause des sans-papiers*, Paris, Presses de Sciences Po, 1998.

SIMPSON Ludi, « Race Statistics : Their's and Our's », *Radical Statistics*, 79, 2002.

SKRENTNY John D., *The Ironies of Affirmative Action : Politics, Culture and Justice in America*, Chicago, University of Chicago Press, 1996.

SNOWDEN Frank, *Before Color Prejudice : The Ancient View of Blacks*, Cambridge, Harvard University Press, 1983.

— *Blacks in Antiquity. Ethiopians in the Greco-Roman Experience*, Cambridge, Harvard University Press, 1970.

SOT Michel (dir.), *Étudiants africains en France, 1950-2001*, Paris, Karthala, 2002.

STAVO-DEBAUGE Joan, *La Double Invisibilité : à propos de l'absence d'un objet sociologique et de l'atonie d'un sujet politique*, Rapport pour le Cercle d'action pour la promotion de la diversité (CAPDIV), 2005.

— « Mobiliser les pouvoirs de la statistique pour l'action antidiscriminatoire. Le cas du Royaume-Uni », *Revue internationale des sciences sociales*, 183, 1, 2005, p. 49-62.

STELLA Alessandro, « L'esclavage en Andalousie à l'époque moderne », *Annales ESC*, 1992, 1, p. 35-64.

STOCZKOWSKI Wiktor, « La pensée de l'exclusion et la pensée de la différence. Quelle cause pour quel effet ? », *L'Homme*, n° 150, 1999.

STONEQUIST Everett, *The Marginal Man*, New York, 1937.

STOVALL Tyler, « Love, Labor and Race : Colonial Men and White Women in France during the Great War », in Stovall Tyler et Van Den Abbeele Georges (éds), *French Civilization and its Discontents : Nationalism, Colonialism, Race*, Lanham, Lexington Books, 2003.

— *Paris Noir : African Americans in the City of Light*, Boston, Houghton Mifflin, 1996.

SUK Julie, « Equal by Comparison : Unsettling Assumptions of Antidiscrimination Law », *American Journal of Comparative Law*, juin 2007.

SUNDQUIST Eric, *Strangers in the Land. Black, Jews, Post-Holocaust America*, Cambridge, Mass., Harvard University Press, 2005.

TABILI Laura, « The Construction of Racial Différence in Twentieth Century Britain : The Special Restriction (Coloured Alien Seamen) Order », *The Journal of British Studies*, vol. 33, 1, 1994, p. 54-98.

TAGUIEFF Pierre-André, *La Couleur et le Sang*, Paris, Mille et Une Nuits, 1998.

— *La Force du préjugé. Essai sur le racisme et ses doubles*, Paris, La Découverte, 1988.

THOMAS Dominic, *Black France. Colonialism, Immigration and Transnational Culture*, Bloomington, Indiana University Press, 2006.

THOMAS Melvin E., HUGHES Michael, « The Continuing Significance of Race : A Study of Race, Class and Quality of Life in America, 1972-1985 », *American Sociological Review*, 5, 6, 1986, p. 830-841.

THOMPSON Mark Christian, *Black Fascisms. African-American*

Literature and Culture between the Wars, Charlottesville, University of Virginia Press, 2007.

TIMERA Mahamet, *Les Soninké en France : d'une histoire à l'autre*, Paris, Karthala, 1996.

TOULEMONDE Bernard, « La discrimination positive dans l'éducation : des ZEP à Sciences Po », *Pouvoirs*, 111, 2004, p. 90-91.

VAILLANT Janet, *Vie de Léopold Sédar Senghor. Noir, français et africain*, Paris, Karthala, 2006.

VALO Martine, « Beauté Black », *Le Monde 2*, 4 septembre 2004, p. 22-31.

WACQUANT Loïc, « French Working-Class Banlieue and Black American Ghetto : From Conflation to Comparison », *Qui Parle*, 16, 2, 2007.

WEUVES le jeune, *Réflexions historiques et politiques sur le commerce de France avec ses colonies d'Amérique*, Genève, Cellot, 1780.

WIEVIORKA Michel, *Le Racisme, une introduction*, Paris, La Découverte, 1998.

WILDER Gary, *The French Imperial Nation-State. Negritude and Colonial Humanism between the Two World Wars*, Chicago, University of Chicago Press, 2005.

WILLIAMSON Joel, *New People : Miscegenation and Mulattoes in the United States*, New York, Free Press, 1980.

WILSON William Julius, *The Declining Significance of Race : Blacks and Changing American Institutions*, Chicago, University of Chicago Press, 1978.

— *The Truly Disadvantaged : the Inner City, the Underclass, and Public Policy*, Chicago, University of Chicago Press, 1987.

WIRTH Louis, « The Problem of Minority Groups », in Linton Ralph (éd.), *The Science of Man in the World Crisis*, New York, Columbia University Press, 1945.

YOUNG Donald, *Minority People : A Study in Racial and Cultural Conflicts in the United States*, New York, Harper and Brother, 1932.

ZEHFUSS Nicole M., « From Stereotypes to Individuals : World War 1 Experiences with Tirailleurs Sénégalais », *French Colonial Studies*, 6, 2005.

Sites internet

Site de produits de blanchissement de la peau : http ://www.skinbleaching.net/

Site d'Américains métis : http ://www.ipride.org/

« Les tirailleurs sénégalais dans la campagne de France, 10 mai-25 juin 1940 », ministère de la Défense, collection « Mémoire et citoyenneté » :
http ://www.defense.gouv.fr/sga/content/download/45976/457260/file/n10__les_tirailleurs_senegalais_10_mai-25_juin_1940_mc10.pdf

Une liste complète des *frontstalags* :
http ://www.lexikon-der-wehrmacht.de/Gliederungen/Kriegsgefangenenlager/Frontstalag-R.htm

Le rapport 2006 de l'OFPRA :
http ://www.ofpra.gouv.fr/documents/rapport_Ofpra_2006.pdf

Sondage présenté dans le rapport du CNCDH, « La lutte contre le racisme et la xénophobie : rapport d'activité 2005 », disponible sur le site internet de la Documentation française :
http ://www.ladocumentationfrancaise.fr/rapports-publics/064000264/index.shtml

Rapport annuel 2006 de la HALDE :
http ://halde.fr/rapport-annuel/2006/pdf/RA2006-HALDE.pdf

Rapport de Laurence Méhaignerie et Yazid Sabeg sur « Les oubliés de l'égalité des chances » :
http ://www.institutmontaigne.org/medias/im_rapport_oublies-de-legalite-des-chances.pdf

Rapport de Laurent Blivet sur « L'entreprise et l'égalité positive » :
http ://www.institutmontaigne.org/medias/note_blivet_internet_avec_couv.pdf

Charte de la diversité :
http ://www.institutmontaigne.org/medias/Dossier%20de%20presentation%20Charte.pdf

Notes

INTRODUCTION

1. Sur les Noirs américains, on trouvera de très nombreux livres et articles écrits par des universitaires français, parmi lesquels plusieurs ouvrages de synthèse. Il faut ajouter plusieurs dizaines d'ouvrages traduits de l'anglais, ainsi que des articles, des thèses de doctorat, etc. À notre connaissance, il n'existe aucun ouvrage synthétique universitaire portant sur les Noirs de France.

2. Christian Poiret, *Familles africaines en France,* Paris, L'Harmattan, 1997 ; Fabienne Guimont, *Les Étudiants africains en France, 1950-1965,* Paris, L'Harmattan, 1997 ; Philippe Dewitte, *Les Mouvements nègres en France, 1919-1939,* Paris, L'Harmattan, 1985 ; Alain Anselin, *L'Émigration antillaise en France. La troisième île,* Paris, Karthala, 1990.

3. Sue Peabody, *« There Are no Slaves in France » : The Political Culture of Race and Slavery in the Ancien Regime,* New York, Oxford University Press, 1996 ; Pierre H. Boulle, « Les non-Blancs en France au XVIIIe siècle, d'après le recensement de 1777 », *Outre-Mers, Revue d'histoire,* décembre 2005. Je remercie Pierre H. Boulle pour la communication de cet article. Voir aussi Erick Noël, *Être noir en France au XVIIIe siècle,* Paris, Tallandier, 2006.

4. Pascal Blanchard, Éric Deroo et Gilles Manceron, *Paris Noir,* Paris, Hazan, 2001. Tyler Stovall, *Paris Noir : African*

Americans in the City of Light, Boston, Houghton Mifflin, 1996. Dominic Thomas, *Black France. Colonialism, Immigration and Transnational Culture*, Bloomington, Indiana University Press, 2006.

5. http ://www.best.uni-mainz.de/modules/Informationen

6. Axel Honneth, « Reconnaissance et justice », *Le Passant*, 38, janvier-février 2002.

7. Didier Fassin et Éric Fassin (dir.), *De la question sociale à la question raciale. Représenter la société française*, Paris, La Découverte, 2006, p. 251.

8. J'ai commencé à réfléchir sur le colorisme à la française dans un article préparatoire, « Questions de couleur : histoire, idéologie et pratiques du colorisme »', in D. Fassin et É. Fassin, *De la question sociale à la question raciale ibid.*, p. 37-54.

9. Sur l'esclavage dans les colonies françaises, on verra l'ouvrage récent de Frédéric Régent, *La France et ses esclaves. De la colonisation aux abolitions. 1620-1848*, Paris, Grasset, 2007.

I. LE FAIT D'ÊTRE NOIR

1. Voir Lawrence Hirschfeld, « The Conceptual Politics of Race : Lessons from our Children », *Ethos*, 25, 1, 1997, p. 73.

2. Julien Benda, *La Trahison des clercs*, Paris, Grasset, 2003, p. 216.

3. Wiktor Stoczkowski, « La pensée de l'exclusion et la pensée de la différence. Quelle cause pour quel effet ? », *L'Homme*, nº 150, 1999, p. 44.

4. *Ibid.*, p. 47-49.

5. Kwame Anthony Appiah, « The Conservation of "Race" », *Black American Literature Forum*, 23, 1, 1989, p. 37-60.

6. Voir Kwame Anthony Appiah, *In My Father's House : Africa in the Philosophy of Culture*, Oxford, Oxford University Press, 1992.

7. William Julius Wilson, *The Declining Significance of*

Race : Blacks and Changing American Institutions, Chicago, University of Chicago Press, 1978.

8. Voir William Julius Wilson, *The Truly Disadvantaged. The Inner City, the Underclass and Public Policy*, Chicago, University of Chicago Press, 1987.

9. Joe Feagin, « The Continuing Significance of Race. Antiblack Discrimination in Public Places », *American Sociological Review*, 56, 1, 1991, p. 101-116.

10. Thomas C. Holt, « W. E. Du Bois Archeology of Race : Re-reading the Conservation of Races », in Michael Katz et Thomas Sugrue, *W. E. Du Bois and the City. The Philadelphia Negro and Its Legacy*, Philadelphie, University of Pennsylvania Press, 1998, p. 61-76.

11. Joan Stavo-Debauge, *La Double Invisibilité*, Rapport pour le Cercle d'action pour la promotion de la diversité (CAPDIV), 2005.

12. *Ibid.*, p. 129.

13. Lawrence Hirschfeld, « The Conceptual Politics of Race : Lessons from our Children », *Ethos*, 25, 1, 1997.

14. D. Fassin et É. Fassin, *De la question sociale à la question raciale. Représenter la société française*, *op. cit.*, p. 6.

15. James Baldwin, *Nobody Knows My Name*, New York, Vintage, 1992, p. 29.

16. Les Back, Tim Crabbe et John Solomos, « Gringos, Reggae Gyals and "Le Français de la Souche Recente" : Diaspora, Identity and Cosmopolitanism » in *The Changing Face of Football : Racism, Identity and Multiculture in the English Game*, London, Berg, 2001.

17. John Ogbu, « Minority Status and Literacy in Comparative Perspective », *Daedelus*, 119, 2, 1990, p. 141-168.

18. Voir par exemple l'intervention de Christian Poiret au colloque du CAPDIV du 19 février 2005.

19. Gaston Kelman, *Je suis noir et je n'aime pas le manioc*, Paris, Max Milo, 2004, p. 58.

20. Frantz Fanon, *Peau noire, masques blancs*, Paris, Le Seuil, 1952, p. 120-121.

21. Tommie Shelby, *We Who Are Dark. The Philosophical Foundations of Black Solidarity*, Cambridge, Harvard University Press, 2005.

22. Jean-Paul Sartre, *Réflexions sur la question juive*, Paris, Gallimard, « Folio », 1954, p. 74-75.

23. Paul Gilroy, *L'Atlantique noir*, Paris, Kargo, 2003, p. 54.

24. *Ibid.*, p. 55.

25. *Ibid.*, p. 72.

26. Sam Roberts, « More Africans Enter U.S. Than in Days of Slavery », *New York Times*, 21 février 2005.

27. Laurent Bouvet, *Le Communautarisme. Mythes et réalités*, Paris, Lignes de repères, 2007, chapitres I et II.

28. Earl Lewis, « Constructing African-Americans as Minorities » in André Burguière et Raymond Grew, *The Construction of Minorities : Cases for Comparison Across Time and Around the World*, Ann Arbor, University of Michigan Press, 2001, et Philip Gleason, « Minorities (almost) All : The Minority Concept in American Social Thought », *American Quarterly*, 43, 3, 1991, p. 392-424.

29. Donald Young, *Minority People : A Study in Racial and Cultural Conflicts in the United States*, New York, Harper and Brother, 1932.

30. Louis Wirth, « The Problem of Minority Groups », in Ralph Linton (éd.), *The Science of Man in the World Crisis*, New York, Columbia University Press, 1945, p. 347.

31. Voir par exemple Nathan Glazer, *Affirmative Discrimination : Ethnic Inequality and Public Policy*, New York, Basic Books,1975.

32. Gunnar Myrdal, *An American Dilemma*, New York, Pantheon, 1972, p. 50.

33. Baromètre des discriminations à l'encontre des populations noires, janvier 2007, TNS-Sofres/Cran.

34. Deux questions successives ont été posées. D'abord : « On parle parfois en France de minorités visibles pour désigner les personnes qui, notamment, n'ont pas la peau blanche. En général, on qualifie de minorités visibles les Noirs, les Arabo-Berbères, les Asiatiques, les Indo-Pakistanais ou encore les métis. Vous-mêmes, personnellement, faites-vous partie d'une de ces minorités visibles, et si oui, laquelle ? » Puis : « Et, parmi ces minorités visibles, de laquelle ou desquelles font partie vos parents ou grands-parents ? »

35. Michel Foucault, *Les Mots et les Choses. Une archéologie des sciences humaines*, Paris, Gallimard, 1966, p. 398.

36. Jean-Paul Sartre, « Orphée noir », in Léopold Sédar Senghor, *Anthologie de la nouvelle poésie nègre et malgache*, Paris, PUF, 2007.

37. F. Fanon, *Peau noire, masques blancs, op. cit.*, p. 48.

38. Gérard Noiriel, *Les Fils maudits de la République. L'avenir des intellectuels en France*, Paris, Fayard, 2005, p. 268.

39. Pap Ndiaye, « L'histoire afro-américaine » in Jean Heffer et François Weil, *Chantiers d'histoire américaine*, Paris, Belin, 1994.

40. W. Stoczkowski, « La pensée de l'exclusion et la pensée de la différence », *op. cit.*, p. 47.

41. J. Stavo-Debauge, *La Double Invisibilité, op. cit.*, p. 22.

42. Loïc Wacquant, « French Working-Class Banlieue and Black American Ghetto : From Conflation to Comparison », *Qui Parle*, 16, 2, 2007.

43. Patrick Simon et Marco Martiniello, « Les enjeux de la catégorisation. Rapports de domination et luttes autour de la représentation dans les sociétés postmigratoires », *Revue européenne des migrations internationales*, 21-2, 2005, p. 7-17.

II. GENS DE COULEUR. HISTOIRE, IDÉOLOGIE ET PRATIQUES DU COLORISME

1. H. Rap Brown, *Die Nigger Die !*, New York, Dial Press, 1969, p. 4-7.

2. À propos du colorisme aux Antilles, voir Jean-Luc Bonniol, *La Couleur comme maléfice. Une illustration créole de la généalogie des « Blancs » et des « Noirs »*, Paris, Albin Michel, 1992.

3. E. Franklin Frazier, *La Bourgeoisie noire*, Paris, Plon, 1955. La première édition est parue en France, la seconde aux États-Unis un an plus tard.

4. *Ibid.*, p. 204.

5. Patricia Morton, « From Invisible Man to New People : The Recent Discovery of American Mulattoes », *Phylon*, 46, 2, 1985, p. 106.

6. E.F. Frazier, *La Bourgeoisie noire, op. cit.*, p. 124.

7. Michael Hughes et Bradley Hertel, « The Significance of Color Remains », *Social Forces*, 1990, 69, 1, p. 1105-1120.

8. Verna M. Keith et Cedric Herring, « Skin Tone Stratification in the Black Community », *American Journal of Sociology*, n° 3, 1991, 767-770.

9. « Quand tu es blanc, tu es attirant / Quand tu es jaune, tu es synchrone / Quand tu es marron, tu es mignon / Quand tu es noir, on veut pas te voir. »

10. Elizabeth Mullins et Paul Sites, « The Origins of Contemporary Eminent Black Americans : A Three-Generation Analysis of Social Origin », *American Sociological Review*, 1984, 49, p. 672-685.

11. Benjamin Franklin, « Observation Concerning the Increase of Mankind and the Peopling of Countries », in *The Autobiography and Other Writing by Benjamin Franklin*, New York, Bantam, 1982, p. 226, cité par Matthew Frye Jacobson, *Whiteness of a Different Color. European Immigrants and the Alchemy of Race*, Cambridge, Mass., Harvard University Press, 1998, p. 40. Franklin utilise le mot *swarthy*, traduit par « basané ».

12. Louis-Élie Moreau de Saint-Méry, *Description topographique, physique, civile, politique et historique de la partie française de l'île Saint-Domingue*, Paris, Dupont, 1797, volume 1. L'ouvrage est intégralement disponible sur le site Gallica de la BNF : http ://gallica.bnf.fr

13. Micheline Labelle, *Idéologie de couleur et de classes sociales en Haïti*, Montréal, Presses de l'université de Montréal, 1987, p. 131, cité par Magali Noël-Linnemer, « Le préférentialisme intraracial dans la communauté noire américaine des origines à nos jours », thèse de doctorat de l'université de Paris-VIII, 2001, p. 14.

14. Walter Johnson, *Soul by Soul : Life Inside the Antebellum Slave Market*, Cambridge, Mass., Harvard University Press, 1999.

15. Peter Kolchin, *Une institution très particulière : l'esclavage aux États-Unis, 1619-1877*, Paris, Belin, 1999.

16. Charles-César Robin, cité par Caroline Oudin-Bastide, *Travail, capitalisme et société esclavagiste*, Paris, La Découverte, 2004, p. 92.

17. Ira Berlin, *Slaves without Masters. The Free Negro in the Antebellum South*, New York, Pantheon, 1974.

18. Dominique Rogers, « De l'origine du préjugé de couleur en Haïti », *Outre-Mers. Revue d'histoire*, n°s 340-341, 2003.

19. E. Mullins et P. Sites, « The Origins of Contemporary Eminent Black Americans », op. cit., p. 673.

20. Jean-Pierre Biondi, *Saint-Louis-du-Sénégal. Mémoires d'un métissage*, Paris, Denoël, 1987.

21. Abdoulaye Sadji, cité par J.-P. Biondi, *ibid.*, p. 106.

22. Harmannus Hoetink, *Slavery and Race Relations in the Americas*, New York, Harper and Row, 1973.

23. Henry Louis Gates, « Parable of the talents », in Henry Louis Gates et Cornell West, *The Future of the Race*, New York, Vintage, 1996, p. 6.

24. Philippe Dewitte, *Les Mouvements nègres en France, 1919-1939*, Paris, L'Harmattan, 2004, p. 75.

25. Tyler Stovall, « Love, Labor and Race : Colonial Men and White Women in France during the Great War », in Tyler Stovall et Georges Van Den Abbeele (éds), *French Civilization and its Discontents : Nationalism, Colonialism, Race*, Lanham, Lexington Books, 2003.

26. Général Ingold, direction des troupes coloniales, 2 mai 1945, cité par Armelle Mabon, « La tragédie de Thiaroye, symbole du déni d'égalité », *Hommes et Migrations*, 1235, 2002, p. 93.

27. Voir Elisa Camiscioli, « Producing Citizens, Reproducing the "French Race" : Immigration, Demography, and Pronatalism in Early Twentieth-Century France », *Gender and History*, vol. 13, n° 3 (automne 2001), p. 593-621.

28. Voir Carole Reynaud-Paligot, *Races, racisme et antiracisme dans les années 1930*, Paris, PUF, 2007, p. 132.

29. *Ibid.*, p. 135.

30. Voir Laura Tabili, « The Construction of Racial Difference in Twentieth Century Britain : The Special Restriction

(Coloured Alien Seamen) Order », *The Journal of British Studies*, vol. 33, 1, 1994, p. 54-98.

31. Pascal Blanchard et Sandrine Lemaire, *Culture coloniale : la France conquise par son empire, 1871-1931*, Paris, Autrement, 2003 ; id., *Culture impériale : les colonies au cœur de la République, 1931-1961*, Paris, Autrement, 2004 ; Nicolas Bancel, Pascal Blanchard, Gilles Boetsch, Éric Deroo, Sandrine Lemaire, *Zoos humains. Au temps des exhibitions humaines*, Paris, La Découverte, 2004.

32. Un test statistique Khi-deux, permettant d'apprécier la signification statistique de cette corrélation au regard de la distribution ou du hasard, valide la remarque.

33. « Le nouveau Bal nègre de la Glacière », *La Dépêche africaine*, 30 mai 1929, cité par Philippe Dewitte, *Les Mouvements nègres en France, 1919-1939*, *op. cit.*, p. 223.

34. Jacques, entretien du 28 juin 2006.

35. Alou, entretien du 16 mai 2006.

36. Fanny, entretien du 9 janvier 2006

37. Alex, entretien du 26 septembre 2005.

38. Erving Goffman, *Stigmate. Les usages sociaux des handicaps*, Paris, Éditions de Minuit, 1975, p. 20.

39. http ://www.skinbleaching.net/

40. Jack, entretien du 15 juin 2005.

41. Fanny, entretien du 9 janvier 2006

42. Le docteur Antoine Petit de l'hôpital Saint-Louis, cité dans la brochure « Être belle oui, se ruiner la santé, non ! », Label Beauté noire.

43. Marie-Louise Bonvicini, *Les Femmes du lundi*, Paris, Les Éditions ouvrières, 1992, p. 38-39.

44. E. Goffman, *Stigmate, op. cit.*, p. 46-47.

45. V. Ganem, « Le rapport subjectif au travail en Guadeloupe », thèse de doctorat du CNAM, 2007, p. 163.

46. *Ibid.*, p. 188.

47. Valérie Ganem, « Un processus d'assignation psychologique peut en cacher un autre. À propos de la couleur de peau en Guadeloupe », *Travailler*, 16, 2006, p. 180-181.

48. F. Fanon, *Peau noire, masque blanc, op. cit.*, p. 155.

49. Garvey cité par Stéphane Dufoix, « W. E. B. Du Bois : “Race” et “dispora noire/africaine” », *Raisons politiques*, 21 février 2006, p. 100.

50. H. L. Gates, *Colored People*, p. 184, cité par M. Noël-Linnemer, « Le préférentialisme intraracial », *op. cit.*, p. 213.

51. *Ibid.*, p. 219.

52. « Boucles d'ébène, troisième édition », *Africa international*, 410, mai-juin 2007, p. 12.

53. Martine Valo, « Beauté Black », *Le Monde 2*, 4 septembre 2004, p. 22-31.

54. David Caplovitz, *The Merchants of Harlem ; A Study of Small Business in a Black Community*, Beverly Hills, Sage Publications, 1973.

55. Site web : www.ipride.org

56. Joel Williamson, *New People : Miscegenation and Mulattoes in the United States*, New York, Free Press, 1980.

57. C'est le titre de l'ouvrage d'Everett Stonequist, *The Marginal Man*, New York, Scribner's, 1937.

58. M. Noël-Linnemer, « Le préférentialisme intraracial », art. cit., p. 289.

III. VERS UNE HISTOIRE DES POPULATIONS NOIRES DE FRANCE

1. William B. Cohen, *The French Encounter with Africans : White Response to Blacks, 1530-1880*, Bloomington, Indiana University Press, 1980 ; traduction française : *Français et Africains. Les Noirs dans le regard des Blancs, 1530-1880*, Paris, Gallimard, 1981.

2. Emmanuel Todd, *Le Monde*, 19 février 1982.

3. Voir Gretchen Gerzina, *Black London. Life before Emancipation*, New Brunswick, Rutgers University Press, 1995.

4. Pierre H. Boulle, « Les non-Blancs en France au XVIIIe siècle, d'après le recensement de 1777 », *Outre-Mers, Revue d'histoire*, décembre 2005. Sue Peabody, « *There Are no Slaves in France* ». *The Political Culture of Race and Slavery in the Ancien Regime*, New York, Oxford University Press, 1996 ; Erick Noël, *Être noir en France au XVIIIe siècle*, Paris, Tallandier, 2006.

5. Alessandro Stella, « L'esclavage en Andalousie à l'époque moderne », *Annales ESC*, 1992, 1, p. 35-64.

6. S. Peabody, *There Are no Slaves in France, op. cit.*, p. 12-13.

7. Gaston Martin, *Nantes au XVIIIe siècle. L'ère des négriers* (1714-1774), Paris, 1931, p. 162, cité par Pierre Pluchon, *Nègres et Juifs au XVIIIe siècle*, Paris, Tallandier, 1984, p. 129.

8. Pierre H. Boulle, « Les non-Blancs en France au XVIIIe siècle, d'après le recensement de 1777 », art. cité.

9. Cité par Pierre H. Boulle, *ibid.*

10. Louis-Sébastien Mercier, cité par P. Pluchon, *Nègres et Juifs*, *op. cit.*, p. 137.

11. Voir un cas dans Arlette Farge, *Vivre dans la rue à Paris au XVIIIe siècle*, Paris, Gallimard, 1992 (réédition), p. 222-223.

12. Jean-Pierre Bois, *Maurice de Saxe*, Paris, Fayard, 1992, p. 433-434, et André Corvisier, « Les soldats noirs du maréchal de Saxe. Le problème du service militaire des Africains et Antillais en France », *Revue française d'histoire d'outre-mer*, 1968, 201, p. 377-413.

13. S. Peabody, *There Are no Slaves in France, op. cit.*, chapitre VIII.

14. M. Weuves le jeune, *Réflexions historiques et politiques sur le commerce de France avec ses colonies d'Amérique*, Genève, Cellot, 1780, chapitre XVI, p. 277, 278, 279, 291.

15. Interdiction signifiée par le gouverneur de Guadeloupe en septembre 1789. Cité par Frédéric Régent, *Esclavage, métissage, liberté, la Révolution française en Guadeloupe, 1789-1802*, Paris, Grasset, 2004, p. 219.

16. Voir Nelly Schmidt, *L'Abolition de l'esclavage*, Paris, Fayard, 2005, p. 80-81.

17. Alyssa Goldstein Sepinwall, « Eliminating Race, Eliminating Difference. Blacks, Jews and the Abbé Grégoire », in Sue Peabody et Tyler Stovall (dir.), *The Color of Liberty. Histories of Race in France*, Durham, Duke University Press, 2003, p. 28-41.

18. Nelly Schmidt, *Victor Schœlcher (1804-1893)*, Paris, Fayard, 1994.

19. Voir Robert S. Levine, « Road to Africa : Frederick

Douglass's Rome », *African American Review,* 34, 2, 2000, p. 217-231.

20. T. Stovall, *Paris Noir : African Americans in the City of Light, op. cit.*

21. Hervé Domenach, « L'évolution au xxe siècle du système démographique et migratoire caribéen », *Hommes et Migrations,* 1237, 2002, p. 16.

22. Jean-Philippe Dedieu, « Normaliser l'assujettissement. La réglementation française de l'emploi du personnel de maison subsaharien au xxe siècle », *Genèses,* 62, mars 2006, p. 132.

23. Pascal Blanchard, Éric Deroo, Gilles Manceron, *Le Paris Noir,* Paris, Hazan, 2001, chapitre I.

24. Senghor, « Prière de paix », « Hosties noires », *Œuvre poétique,* Paris, Le Seuil, 2006, p. 94. Voir aussi Abdoulaye Ly, *Les Mercenaires noirs. Note sur une forme de l'exploitation des Africains,* Paris, Présence africaine, 1957.

25. Eugène-Jean Duval et Maurice Rives, « Une parcelle de gloire oubliée. En hommage à des héros méconnus, les tirailleurs sénégalais pendant les conflits du xxe siècle », mémoire non publié, disponible à la BNF.

26. Myron Echenberg, *Colonial Conscripts : The Tirailleurs Senegalais in French West Africa, 1857-1960,* Portsmouth, Heinemann, 1991, chapitre I, et Martin A. Klein, *Slavery and Colonial Rule in French West Africa,* Cambridge (Grande-Bretagne), Cambridge University Press, 1998.

27. M.A. Klein, *Slavery and Colonial Rule, op. cit.,* p. 216.

28. Charles Mangin, *La Force noire,* Paris, Hachette, 1911.

29. Joe Lunn, *Memoirs of the Maelstrom : A Senegalese Oral History of the First World War,* Portsmouth, Heinemann, p. 144-145.

30. C'est ce qu'explique Clemenceau le 18 février 1918 à des sénateurs. Citation dans J. Lunn, *ibid.,* p. 140.

31. Joe Lunn, « Les races guerrières : Racial Preconceptions in the French Military about West African Soldiers during the First World War », *Journal of Contemporary History,* 34, 4, 1999.

32. J. Lunn, *Memoirs of the Maelstrom, op. cit.,* p. 163.

33. *Ibid.,* p. 166.

34. Léon Gaillet, *Deux ans avec les Sénégalais*, Paris, Berger-Levrault, 1918, cité par Nicole M. Zehfuss, « From Stereotypes to Individuals : World War 1 Experiences with Tirailleurs Sénégalais », *French Colonial Studies*, 6, 2005, p. 151.

35. J. Lunn, *Memoirs of the Maelstrom, op. cit.*, p. 178.

36. T. Stovall, *Paris Noir, op. cit.*, p. 8-9.

37. Jennifer D. Keene, *Doughboys, the Great War, and the Remaking of America*, Baltimore, Johns Hopkins University Press, 2001.

38. Sur la « dette du sang », voir Philippe Dewitte, « La dette du sang », *Hommes et Migrations*, 1148, novembre 1991, p. 8-12.

39. W. E. B. Du Bois, « The Crisis », mars 1919.

40. T. Stovall, *Paris Noir, op. cit.*, p. 27.

41. Maurice Delafosse, « Les points sombres de l'horizon en Afrique occidentale », *L'Afrique française*, 6, juin 1922, p. 277, cité par François Manchuelle, *Les Diasporas des travailleurs Soninké, 1848-1960*, Paris, Karthala, 2004, p. 247-248.

42. Birago Diop, *La Plume raboutée*, Paris et Dakar, Présence africaine et Les Nouvelles éditions africaines, 1978, p. 55.

43. *Ibid.*, p. 60.

44. *Ibid.*, p. 81.

45. M. Echenberg, *Colonial Conscripts, op. cit.*, p. 68.

46. Philippe Dewitte, *Les Mouvements nègres en France, op. cit.*, p. 28.

47. Voir Petrine Archer-Straw, *Negrophilia. Avant-Garde Paris and Black Culture in the 1920s*, New York, Thames and Hudson, 2000.

48. Paul Gilroy, *Atlantique Noir, modernité et double conscience*, Paris, Kargo, 2003.

49. T. Stovall, *Paris Noir, op. cit.*, p. 132.

50. Charles-Robert Ageron, *France coloniale ou parti colonial ?*, Paris, PUF, 1978.

51. Onésime Reclus, *La Géographie vivante*, « Nègres et bronzés en Afrique », 1926, p. 70.

52. Voir « les tirailleurs sénégalais dans la campagne de France, 10 mai-25 juin 1940 », ministère de la Défense,

collection « mémoire et citoyenneté », http ://www.defense.gouv.fr/sga/content/download/45976/457260/file/n10__les_tirailleurs_senegalais_10_mai-25_juin_1940_mc10.pdf

53. T. Stovall, *Paris Noir, op. cit.*, p. 110.

54. Raffael Scheck, *Une saison noire. Les massacres de tirailleurs sénégalais, mai-juin 1940*, Paris, Tallandier, 2007.

55. Julien Fargettas, « Les massacres de mai-juin 1940 », *Actes du colloque « La campagne de 1940 »*, Paris, Tallandier, 2001.

56. Jean Moulin, *Premier combat*, Paris, Éditions de Minuit, 1947.

57. Catherine Coquery-Vidrovitch, *Des victimes oubliées du nazisme. Les Noirs et l'Allemagne dans la première moitié du XXe siècle*, Paris, Le Cherche Midi, 2007, p. 145.

58. Janet Vaillant, *Vie de Léopold Sédar Senghor*, Paris, Karthala, 2006, p. 208. Senghor a raconté l'épisode dans *La Poésie de l'action : conversations avec Mohamed Aziza*, Paris, Stock, 1980, p. 82-84, cité par J. Vaillant, *ibid*, p. 208.

59. Scheck, *Une saison noire, op. cit.*, p. 79.

60. Jean-Yves Le Naour, *La Honte noire. L'Allemagne et les troupes coloniales françaises, 1914-1945*, Paris, Hachette, 2003.

61. R. Scheck, *Une saison noire, op. cit.*, p. 148-149.

62. Une liste complète des *frontstalags* se trouve à http ://www.lexikon-der-wehrmacht.de/Gliederungen/Kriegsgefangenenlager/ Frontstalag-R.htm

63. Armelle Mabon, « La singulière captivité des prisonniers de guerre coloniaux durant la Seconde Guerre mondiale », *French Colonial History*, vol. 7, 2006, p. 183.

64. Gaston Monnerville, *Témoignage. De la France équinoxiale au Palais du Luxembourg*, Paris, Plon, 1975, p. 277.

65. Étienne Guillermond, « Sur les traces d'Addi Bâ, héros vosgien d'origine guinéenne », *Hommes et Migrations*, 1247, 2004.

66. C. Coquery-Vidrovitch, *Des victimes oubliées du nazisme, op. cit.*, p. 60.

67. *Ibid.*, p. 67.

68. Alexandre Kum'a N'dumbe III, *Hitler voulait l'Afrique. Les plans secrets pour une Afrique fasciste (1933-1945)*, Paris, L'Harmattan, 1980.

69. Edgar Faure cité par Alain Finkielkraut dans *La Mémoire vaine*, Paris, Gallimard, 1989, p. 18.

70. Tina Campt, *Other Germans : Black Germans and the Politics of Race, Gender, and Memory in the Third Reich*, Ann Arbor, University of Michigan, 2004 ; Robert W. Kesting, « Forgotten Victims. Blacks in the Holocaust », *Journal of Negro History*, 77, 1992, p. 30-36 ; Clarence Lusane, *Hitler's Black Victims : The Historical Experiences of Afro-Germans, European Blacks, Africans, and African Americans in the Nazi Era*, New York, Routledge, 2002.

71. G. Monnerville, *Témoignage, op. cit.*, p. 270.

72. *Ibid.*, p. 269.

73. B. Diop, *La Plume raboutée, op. cit.*, p. 198.

74. *Ibid.*, p. 205.

75. *Ibid.*, p. 215.

76. *Ibid.*, p. 217.

77. Armelle Mabon, « La singulière captivité des prisonniers de guerre coloniaux durant la Seconde Guerre mondiale », art. cit., p. 193.

78. Armelle Mabon, « La tragédie de Thiaroye, symbole du déni d'égalité », *Hommes et Migrations*, 1235, 2002, p. 94.

79. Gunnar Myrdal, *An American Dilemma*, New York, Londres, Harper & Brothers, 1944.

80. Charles de Gaulle, *Mémoires de guerre. Le Salut, 1944-1946*, Paris, Plon, 1989, p. 628.

81. M. Echenberg, *Colonial Conscripts, op. cit.*, p. 98.

82. L'argument est repris par J.-Y. Le Naour, *La Honte noire, op. cit.*, p. 248.

83. Louis Guilloux, *O.K., Joe !*, Paris, Gallimard, 1976, et Alice Kaplan, *L'Interprète. Dans les traces d'une cour martiale américaine, Bretagne 1944*, Paris, Gallimard, 2007. Sur les GIs en France, voir Elizabeth Coquart, *La France des GIs : histoire d'un amour déçu*, Paris, Albin Michel, 2003 ; J. Robert Lilly, *La Face cachée des GIs. Les viols commis par des soldats américains en France, en Angleterre et en Allemagne pendant la Seconde Guerre mondiale*, Paris, Payot, 2003 ; Kareem Abdul-Jabbar et Anthony Walton, *Brothers in Arms : The Epic Story of the 761st Tank Battalion*,

World War II's Forgotten Heroes, New York, Broadway Books, 2004.

84. A. Kaplan, *L'Interprète, op. cit.,* p. 191.

85. M. Echenberg, *Colonial Conscripts, op. cit.,* p. 106.

86. Claude-Valentin Marie, « Les Antillais en France : une nouvelle donne », *Hommes et Migrations,* 1237, 2002, p. 26.

87. Cité par Alain Anselin, *L'Émigration antillaise en France. Du Bantoustan au ghetto,* Paris, Éditions Anthropos, 1979, p. 100.

88. *Journal officiel* du 7 juin 1963.

89. Voir Hervé Domenach, « L'évolution au XXe siècle du système démographique et migratoire caribéen », *Hommes et Migrations,* 1237, 2002, p. 13.

90. Cité par Christian Félicité dans *La Traite silencieuse. Les émigrés des DOM,* Paris, IDOC, 1975, p. 28.

91. Voir le témoignage de Jack Manlius, dans *La Traite silencieuse, ibid.,* p. 13 et suivantes.

92. A. Anselin, *L'Émigration antillaise en France, op. cit.,* p. 104.

93. Voir Stephanie Condon et Philip E. Ogden, « Afro-Caribbean Migrants in France : Employment, State Policy and the Migration Process », *Transactions of the Institute of British Geographers,* 16, 4, 1991, p. 445.

94. A. Anselin, *L'Émigration antillaise en France, op. cit.,* p. 24.

95. Claude Valentin-Marie, « Les populations des DOM-TOM, nées et originaires, résidant en France métropolitaine », INSEE, 1990, p. 14.

96. Voir Ivan Jablonka, *Enfants en exil. Transfert de pupilles réunionnais en métropole (1963-1982),* Paris, Le Seuil, 2007.

97. C.-V. Marie, « Les Antillais en France », art. cit., p. 29.

98. Philippe Dewitte, « Des citoyens à part entière ou entièrement à part ? », *Hommes et Migrations,* 1237, 2002, p. 1.

99. La première étude, réalisée par Souleymane Diara, parut en 1968 : « Les travailleurs africains noirs en France », *Bulletin de l'IFAN,* série B, vol. 3, 1969, p. 884-1004.

100. F. Manchuelle, *Les Diasporas des travailleurs sonin kés, op. cit.,* chapitres II, III, IV.

101. *Ibid.*, p. 235.
102. Cité par Michel Fabre, *La Rive noire, de Harlem à la Seine,* Paris, Lieu Commun, 1985, p. 44.
103. Abdelmalek Sayad, « Les trois âges de l'émigration », dans *La Double Absence. Des illusions aux souffrances de l'immigré,* Paris, Le Seuil, 1999.
104. Cité par Mahamet Timera, *Les Soninké en France : d'une histoire à l'autre,* Paris, Karthala, 1996, p. 71.
105. *Ibid.*, p. 58. Voir aussi Christian Poiret, *Familles africaines en France,* Paris, L'Harmattan, 1997, p. 64.
106. M. Timera, *Les Soninké en France, op. cit.*, p. 60.
107. Catherine Quiminal, « Du foyer au village : l'initiative retrouvée », *Hommes et Migrations,* 1131, 1990, p. 19.
108. C. Poiret, *Familles africaines en France, op. cit.*, p. 67.
109. M. Timera, *Les Soninké en France, op. cit.*, p. 102.
110. *Ibid.*, p. 145.
111. Robert Linhart, *L'Établi,* Paris, Éditions de Minuit, 1978, p. 24.
112. Jacques Barou, « Les immigrations africaines en France au tournant du siècle », *Hommes et Migrations,* 1239, 2002, p. 10.
113. *Ibid.*, p. 17.
114. Voir Smaïn Laacher, *L'Immigration,* Paris, Le Cavalier bleu, « Idées reçues », 2007, p. 39-40.
115. J. Barou, « Les immigrations africaines en France », art. cit., p. 14.
116. Arrêt « Hamou Ben Brahim Ben Mohamed », Conseil d'État, 18 mars 1955, cité par Monique Chemillier-Gendreau, *L'Injustifiable. Les politiques françaises de l'immigration,* Paris, Bayard, 1998, p. 121.
117. Catherine Quiminal et Mahamet Timera, « 1974-2002, les mutations de l'immigration ouest-africaine », *Hommes et Migrations,* 1239, 2002, p. 19.
118. Danièle Lochak, « Les politiques de l'immigration au prisme de la législation sur les étrangers », in Didier Fassin, Alain Morice et Catherine Quiminal, *Les Lois de l'inhospitalité. Les politiques de l'immigration à l'épreuve des sans-papiers,* Paris, La Découverte, 1997, p. 34.
119. Patrick Weil, *Liberté, égalité, discriminations. L'iden-*

tité nationale au regard de l'histoire, Paris, Grasset, 2008, p. 97-98. Rééd. Gallimard, « Folio Histoire », n° 168, 2009.

120. D. Lochak, « Les politiques de l'immigration », *op. cit.*, p. 35.

121. CNCDH, citée par Olivier Brachet, « La condition de réfugié dans la tourmente de la politique d'asile », *Hommes et Migrations*, 1238, 2002, p. 48.

122. Le rapport 2006 de l'OFPRA est disponible sur internet : http ://www.ofpra.gouv.fr/documents/rapport_Ofpra_2006.pdf

123. Jacques Barou, « Les immigrations africaines en France au tournant du siècle », art. cit., p. 8.

124. Stéphane Dufoix, *Politiques d'exil,* Paris, PUF, 2002.

125. S. Laacher, *L'Immigration, op. cit.*, p. 53.

126. François Héran, *Le Temps des immigrés. Essai sur le destin de la population française,* Paris, Le Seuil, 2007, p. 75-76.

127. Ce témoignage de Justine Faure-Sagna, intitulé « Lettre à M. le ministre Brice Hortefeux », n'est pas encore publié à l'heure où j'écris ces lignes. Voir le site Les amoureux au ban public http ://amoureuxauban.net/

128. Un rapport des Renseignements généraux de 2007 fait état de « bandes ethniques », « formations délinquantes constituées en majorité d'individus originaires d'Afrique noire ».

129. Interview sur Canal +, 14 mai 2006.

IV. LE TIRAILLEUR ET LE SAUVAGEON : LES RÉPERTOIRES DU RACISME ANTINOIR

1. Michel Wieviorka, *Le Racisme, une introduction,* Paris, La Découverte, 1998, p. 9.

2. *Dictionnaire de sociologie,* Paris, Le Robert-Le Seuil, 1999.

3. Albert Memmi, *Le Racisme. Description, définition, traitement,* Paris, Gallimard, 1982, p. 13.

4. Sondage présenté dans le rapport du CNCDH, « La lutte contre le racisme et la xénophobie : rapport d'activité

2005 », disponible sur le site internet de la Documentation française : http ://www.ladocumentationfrancaise.fr/rapports-publics/064000264/index.shtml

5. Analyse de Nonna Mayer et Guy Michelat, rapport 2005 du CNCDH, *op. cit.*, p. 114.

6. M. Wieviorka, *Le Racisme, op. cit.*, p. 80-83.

7. 470 actes racistes et 504 actes antisémites.

8. Les chiffres du ministère de la justice sont plus élevés car ils incluent les affaires de discrimination. Les chiffres fournis ici sont ceux du ministère de l'Intérieur, relevés grâce à la procédure de collecte informatique STIC.

9. Voir Olivier Bertrand, « Oullins : racisme au bar des beaufs ? », *Libération*, 9 septembre 2006.

10. Frank Snowden, *Blacks in Antiquity. Ethiopians in the Greco-Roman Experience,* Cambridge, Harvard University Press, 1970, et du même auteur, *Before Color Prejudice : The Ancient View of Blacks,* Cambridge, Harvard University Press, 1983.

11. Voir Ivan Hannaford, *Race : The History of an Idea in the West,* Washington, Woodrow Wilson Center et Johns Hopkins University Press, 1996, chapitre II.

12. Cité par Pierre-André Taguieff, La *Couleur et le Sang,* Paris, Mille et Une Nuits, 1998, p. 10-11.

13. Pierre H. Boulle, « François Bernier and the Origins of the Modern Concept of Race », in Sue Peabody et Tyler Stovall, *The Color of Liberty. Histories of Race in France,* Durham, Duke University Press, 2003.

14. Emmanuel Kant, *Essai sur les maladies de la tête. Observation sur le sentiment du beau et du sublime,* Paris, Flammarion, 1990.

15. Il est clair que la notion de « métis » n'a pas plus de validité scientifique que la notion de « Noir », puisqu'elle suppose l'existence préalable de races pures. On la considère donc dans un sens historique et social.

16. Sur l'anthropologie raciale française, voir Carole Reynaud-Paligot, *La République raciale. Paradigme racial et idéologie républicaine (1860-1930)*, Paris, PUF, 2006.

17. Arthur de Gobineau, *Essai sur l'inégalité des races,* Paris, Gallimard, « Bibliothèque de la Pléiade », t. I, 1983, p. 339.

18. Benoît de L'Estoile, *Le Goût des autres. De l'exposition coloniale aux arts premiers*, Paris, Flammarion, 2007, p. 40 et suivantes.

19. Voir « L'Afrique de Monsieur Sarkozy », 7 août 2007, par Étienne Smith : http ://www.mouvements.asso.fr/spip.php ?article143 et « Le président français, l'âme africaine et le continent immobile », 9 août 2007, par Achille Mbembe : http ://www.mouvements.asso.fr/ spip.php ?article144

20. Pierre-André Taguieff, *La Force du préjugé. Essai sur le racisme et ses doubles*, Paris, La Découverte, 1988, p. 98.

21. Neil MacMaster, *Racism in Europe, 1870-2000*, Londres, Palgrave Macmillan, 2001.

22. Robert Proctor, *Racial Hygiene. Medicine under the Nazis*, Cambridge, Mass., Harvard University Press, 1988.

23. Pour un bon exemple du racisme antinoir au début du siècle, voir Paul Reinsch, « The Negro Race and European Civilization », *The American Journal of Sociology*, XI, 2, 1905.

24. Richard Herrnstein et Charles Murray, *The Bell Curve : Intelligence and Class Structure in American Life*, New York, Free Press, 1994. Une réfutation argumentée de ce livre a été proposée par Steven Fraser (dir.), *The Bell Curve Wars : Race, Intelligence and the Future of America*, New York, Basic Books, 1995, et Joe Kincheloe, Aaron Gresson et Shirley Steinberg (dir.), *Measured Lies : The Bell Curve Examined*, New York, Palgrave McMillan, 1997.

25. Dinesh D'Souza, *The End of Racism ; Principles for a Multiracial Society*, New York, Free Press, p. 440-441.

26. James Watson dans le *Sunday Times*, 14 octobre 2007.

27. Gérard Noiriel, *Immigration, antisémitisme et racisme en France*, Paris, Fayard, 2007, p. 509-510.

28. Robert Debré et Alfred Sauvy, *Des Français pour la France*, Paris, Gallimard, 1946, cités par G. Noiriel, *ibid.*, p. 511.

29. Voir P.-A. Taguieff, *La Couleur et le Sang, op. cit.*

30. Étienne Balibar, « Y a-t-il un néo-racisme ? », in Étienne Balibar et Immanuel Wallerstein, *Race, nation, classe. Les identités ambiguës*, Paris, La Découverte, 1997.

31. Didier Fassin, « The Biopolitics of Otherness : Undo-

cumented Foreigners and Racial Discriminations in French Public Debate », *Anthropology Today*, 17, 1, fév. 2001, p. 4.

32. James Jones, *Bad Blood. The Tuskegee Syphilis Experiment*, New York, Free Press, 1981, et Susan Reverby, *Tuskegee's Truth*, Chapel Hill, University of North Carolina Press, 2000.

33. Jack, entretien du 21 juin 2005 à Paris.

34. Didier Fassin, « Nommer, interpréter. Le sens commun de la question raciale », in D. Fassin et É. Fassin, *De la question sociale à la question raciale. Représenter la société française, op. cit.*, p. 36.

35. V. Ganem, « Le rapport subjectif au travail en Guadeloupe », *op. cit.*, p. 120.

36. Jean Charbonneau, *Continents coloniaux. Du soleil et de la gloire*, Paris, 1931, cité par Nicolas Bancel, *Portraits d'empire*, Paris, Tallandier, 2006, p. 133.

37. L.S. Senghor, « Hosties noires », *op. cit.*, 2006.

38. E. Goffman, *Stigmate, op. cit.*, p. 27.

39. A. Anselin, *L'Émigration antillaise en France, op. cit.*, p. 72.

40. Voir Blandine Grosjean, « Malaise après un appel contre le "racisme antiblanc" », *Libération*, 26 mars 2005. Voir également la tribune de CLARIS (Clarifier le débat public sur l'insécurité), parue dans *Libération* le 4 avril 2005.

41. Erving Goffman, *Stigmate, op. cit.*

42. *Ibid.*, p. 15.

43. *Ibid.*, p. 131.

44. Frederick Hoffman, *Race, Traits and Tendencies of the American Negro*, New York, Macmillan, 1896.

45. Samuel Cartwright, « How to Save the Republic and the Position of the South in the Union », *De Bow Review*, 11, 2, août 1851. « The dark color not being confined to the skin, but pervading, to a certain extent, every membrane and muscle, tinging all the humors, and the brain itself, with a shade of darkness. »

46. Elsa Dorlin, *La Matrice de la race. Généalogie sexuelle et coloniale de la nation française*, Paris, La Découverte, 2006, chapitre XI, « Les maladies des nègres », p. 231-275.

47. Randy Roberts, « Year of the Comet. Jack Johnson

versus Jimmy Jeffries, July 4, 1910 », in Patrick Miller et David Wiggins (dir.), *Sport and the Color Line, Black Athletes and Race Relations in 20th Century America,* New York, Routledge, 2004, p. 45-62.

48. On trouve des théories afrocentristes justifiant positivement la présence des Noirs dans le sport dans Frances Cress-Welsing, *The Isis (Yssis) Papers,* Chicago, Third World Press, 1991 ; Alfred B. Pasteur et Ivory L. Toldson, *Roots of Soul : The Psychology of Black Expressiveness,* New York, Anchor Press, 1982.

49. Jason Diamos, « Undiscovered Quarterback is a Star up North », *New York Times,* 31 août 2006 et William Rhoden, « Acceptance still Lags for Black Quarterbacks », *New York Times,* 7 janvier 2007.

50. La citation est d'Alice Ferney, « Journal hebdomadaire », *Libération,* septembre 2006.

51. Fatou Diome, *Le Ventre de l'Atlantique,* Paris, Éditions Anne Carrière, 2003.

52. Patrick B. Miller, « The Anatomy of Scientific Racism : Racialist Responses to Black Athletic Achievement », *Journal of Sports History,* 25, 1998, p. 119-151.

53. Michèle Lamont, *La Dignité des travailleurs. Exclusion, race, classe et immigration en France et aux États-Unis,* Paris, Presses de Sciences Po, 2002, chapitre II.

54. *Ibid.*, p. 17.

55. *Ibid.*, p. 253-255. Sa recherche fut menée au début des années 1990, à une époque où les Noirs de France, figurés comme tels, n'avaient pas posé leurs problèmes sur la scène publique de manière visible.

56. Je remercie Sarah Mazouz pour cette remarque sur les Nord-Africains.

57. Philippe Dewitte, *Les Mouvements nègres en France, op. cit.*, p. 181.

58. E. Goffman, *Stigmate, op. cit.*, p. 38.

59. P. Dewitte, *Les Mouvements nègres en France, op. cit.*, p. 148.

60. Gregory Mann, *Native Sons. West African Veterans and France in the Twentieth Century,* Durham, Duke University Press, 2006.

V. PENSER LES DISCRIMINATIONS RACIALES

1. Didier Fassin, « L'invention française de la discrimination », *Revue française de science politique,* 52, 4, 2002, p. 403-423.

2. *Ibid.,* p. 406.

3. Virginie Guiraudon, « Construire une politique européenne de lutte contre les discriminations : l'histoire de la directive "race" », *Sociétés contemporaines,* 2004, 53, p. 11-32.

4. *Ibid.,* p. 29.

5. *Ibid.,* p. 31.

6. Eduardo Bonilla-Silva, *Racism without Racists. Color-Blind Racism and the Persistence of Racial Inequality in the United States,* New York, Rowinan and Littlefield, 2003, p. 8 et suivantes.

7. Interview de Rémi à Lille, 22 février 2007.

8. Julie Suk, « Equal By Comparison : Unsettling Assumptions of Antidiscrimination Law », *American Journal of Comparative Law,* June 2007, p. 45 et suivantes.

9. Rapport annuel 2006 de la HALDE, p. 10, consultable sur internet : http ://halde.fr/rapport-annuel/2006/pdf/RA2006_HALDE.pdf

10. Joan Stavo-Debauge, *La Double Invisibilité, op. cit.,* p. 93.

11. « Baromètre des discriminations à l'encontre des populations noires », TNS-Sofres/Cran, janvier 2007.

12. Jean-Philippe Dedieu, « L'intégration des avocats africains dans les barreaux français », *Droit et société,* 56-57, 2004, p. 221.

13. Entretien avec Bakari à Paris le 7 mars 2006.

14. Jean-Philippe Dedieu, « L'intégration des avocats africains dans les barreaux français », art. cit., p. 225.

15. Voir le site internet : http ://www.afip-asso.org

16. Gary Becker, *The Economics of Discrimination,* Chicago, University of Chicago Press, 1958.

17. Loïc Wacquant, « French Working-Class Banlieue and Black American Ghetto : From Conflation to Comparison », *Qui Parle,* 16, 2, 2007.

18. *Ibid.*, p. 17.

19. *Ibid.*, p. 20.

20. Charles Johnson, *The Negro in Chicago. A Study of Race Relations and Race Riots in 1919*, Chicago, University of Chicago Press, 1922.

21. Jean-Luc Einaudi, *La Bataille de Paris : 17 octobre 1961*, Paris, Le Seuil, 1991.

22. Sur les émeutes françaises, on lira Véronique Le Goaziou et Laurent Muchielli (dir.), *Quand les banlieues brûlent... Retour sur les émeutes de 2005*, Paris, La Découverte, 2006, et Michel Kokoreff, Pierre Barron et Odile Steinauer, « L'exemple de Saint-Denis », in *Enquêtes sur les violences urbaines*, rapport du Centre d'analyse stratégique, 4, 2006, p. 71 et suivantes.

23. Daniel P. Moynihan, *The Negro Family : The Case for National Action*, Washington DC, Department of Labor, 1965.

24. E. Franklin Frazier, *The Negro Family in the United States*, Chicago, University of Chicago Press, 1939 ; Kenneth Stampp, *The Peculiar Institution ; Slavery in the Antebellum South*, New York, Knopf, 1956.

25. Hélène Carrère d'Encausse citée par Lorraine Millot, « Beaucoup de ces Africains sont polygames », *Libération*, 15 novembre 2005.

26. Brian Downes, « Social and Political Characteristics of Riot Cities : A Comparative Study », *Social Science Quarterly*, 49, 504-520, 1968.

27. W. F. Ford et J. H. Moore, « Additional Evidence on the Social and Political Characteristics of Riot Cities », *Social Science Quarterly*, 51, 339-348, 1970.

28. R. Morgan et T. Clark, « The Causes of Racial Disorders. A Grievance Level Explanation », *American Sociological Review*, 38, 611-624, 1970. Louis Masotti et Don Bowen, *Riots and Rebellion : Civil Violence in the Urban Community*, Sage, 1968.

29. Voir T. David Mason et Jerry Murtagh, « Who Riots ? An Empirical Examination of the New Urban Black versus the Social Marginality Hypotheses », *Political Behavior*, vol. 7, 1985.

30. Sondage TNS-Sofres/Cran de janvier 2007. Enquête détaillée, p. 15.

31. J. Stavo-Debauge, « La double invisibilité », op. cit., p. 96.

32. HALDE, rapport 2006, *op. cit.*, p. 42.

33. Joan Stavo-Debauge, « Mobiliser les pouvoirs de la statistique pour l'action antidiscriminatoire. Le cas du Royaume-Uni », *Revue internationale des sciences sociales*, 183, 1, 2005, p. 49-62.

34. *Ibid.*, p. 136-137.

35. Barry Kosmin, « Ethnic and Religious Questions in the 2001 UK Census of Population Policy Recommendations », JPR/*Policy Paper*, n° 2, 1999, disponible sur http :// www.jpr.org.uk/Reports/ CS_Reports/PP_no_2_1999/index.htm

36. Paul Schor, *Compter et classer. Histoire des catégories de la population dans le recensement américain, 1790-1940*, Paris, Presses de l'École des hautes études en sciences sociales, 2008, chapitre XVII.

37. Voir Alain Desrosières, *La Politique des grands nombres. Histoire de la raison statistique*, Paris, La Découverte, 1993.

38. Merci à Julie Ringelheim pour cette remarque sur les Pays-Bas.

39. Ludi Simpson, « Race Statistics : Their's and Our's », *Radical Statistics*, 79, 2002. http ://www.radstats.org.uk/no079/simpson.htm

40. John Boreham, cité par L. Simpson, *ibid.*

41. http ://www.halde.fr

42. http ://www.institutmontaigne.org/medias/im_rapport_oublies-de-legalite-des-chances.pdf et http ://www.institutmontaigne.org/medias/note_blivet_internet_avec_couv.pdf

43. http ://www.institutmontaigne.org/medias/Dossier%20de% 20presentation%20Charte.pdf

44. En langue française, le meilleur ouvrage est celui de Daniel Sabbagh, *L'Égalité par le droit : les paradoxes de la discrimination positive aux États-Unis*, Paris, Economica, 2003.

45. Daniel Sabbagh, « La tentation de l'opacité : le juge

américain et l'*affirmative action* dans l'enseignement supérieur », *Pouvoirs*, 111, 2004, p. 5.

46. *Ibid.*, p. 10.

47. William Julius Wilson, *The Declintng Significance of Race : Blacks and Changing American Institutions*, Chicago, University of Chicago Press, 1978.

48. A. Silvia Cancio, T. David Evans, David J. Maume, « Reconsidering the Declining Significance of Race : Racial Differences in Early Career Wages », *American Sociological Review*, 6, 4, 1996, p. 541-556 ; Melvin E. Thomas, Michael Hughes, « The Continuing Significance of Race : A Study of Race, Class and Quality of Life in America, 1972-1985 ». *American Sociological Review*, 5, 6, 1986, p. 830-841.

49. John D. Skrentny, *The Ironies of Affirmative Action : Politics, Culture and Justice in America*, Chicago, University of Chicago Press, 1996.

50. William Julius Wilson, *The Truly Disadvantaged : the Inner City, the Underclass, and Public Policy*, Chicago, University of Chicago Press, 1987.

51. Bernard Toulemonde, « La discrimination positive dans l'éducation : des ZEP à Sciences Po », *Pouvoirs*, 111, 2004, p. 90-91.

52. Thomas Kirszbaum, « La discrimination positive territoriale », *Pouvoirs*, 111, 2004, p. 117.

53. Daniel Sabbagh, « Facteur racial et facteur territorial dans les politiques d'intégration », in Riva Kastoryano (dir.), *Les Codes de la différence : race, origine, religion. France, Allemagne, États-Unis*, Paris, Presses de Sciences Po, 2005, p. 147-173.

54. Jorge Chapa et Catherine L. Horn, « Is Anything Race-Neutral ? Comparing "Race-Neutral" Admissions Policies at the University of Texas and the University of California », *Charting the Future of College Affirmative Action*, document du Civil Rights Project, UCLA.

55. Un sondage de l'IFOP pour *Jeune Afrique* du 27 mars 2007 indique que Ségolène Royal aurait reçu 85 % du vote des Français originaires d'Afrique au second tour de l'élection présidentielle. La candidate socialiste a également emporté la majorité des votes en Guadeloupe (de justesse), en Martinique et à la Réunion (largement).

VI. LA CAUSE NOIRE : DES FORMES DE SOLIDARITÉ ENTRE NOIRS

1. Claude Liauzu, *Aux origines des tiers-mondismes. Colonisés et anticolonialistes en France (1919-1939)*, Paris, L'Harmattan, 2000, et Philippe Dewitte, *Mouvements nègres en France, op. cit.* Sur Dewitte, on lira le numéro spécial de la revue dont il fut le rédacteur en chef, *Hommes et Migrations*, « Trajectoire d'un intellectuel engagé, hommage à Philippe Dewitte », 1257, septembre-octobre 2005.

2. Gary Wilder, *The French Imperial National-State. Negritude and Colonial Humanism between the Two World Wars*, Chicago, University of Chicago Press, 2005. Brent Hayes, *The Practice of Diaspora : Literature, Translation, and the Rise of Black Internationalism*, Boston, Harvard University Press, 2003.

3. Voir Tyler Stovall, *Paris Noir : African Americans in the City of Light, op. cit.* ; Jennifer Keene, *Doughboys, The Great War, and the Remaking of America*, Baltimore, Johns Hopkins University Press, 2001 ; et Michel Fabre, *La Rive noire : de Harlem à la Seine, op. cit.*

4. Sur le lien entre les anciens combattants et le PCF, voir Annie Kriegel, *Aux origines du communisme français, 1914-1920*, Paris, Flammarion, 1970.

5. P. Dewitte, *Les Mouvements nègres en France, op. cit.*, p. 60.

6. B. Hayes, *The Practice of Diaspora, op. cit.*

7. Daniel Rodgers, *Atlantic Crossings in a Progressive Age*, Cambridge, Harvard University Press, 1998.

8. C. Liauzu, *Aux origines des tiers-mondismes, op. cit*, p. 120.

9. P. Dewitte, *Les Mouvements nègres en France, op. cit.*, p. 133.

10. *Revue du monde noir*, 1, novembre 1931, « Ce que nous voulons faire », cité par P. Dewitte, *Les Mouvements nègres en France, op. cit.*, p. 262.

11. Paulette Nardal, « Éveil de la conscience de race », *Revue du monde noir*, 6, avril 1932, cité par P. Dewitte, *Les Mouvements nègres en France, op. cit.*, p. 265.

12. Mark Christian Thompson, *Black Fascisms. African American Literature and Culture between the Wars*, Charlottesville, University of Virginia Press, 2007.

13. Brian Weinstein, *Éboué*, New York, Oxford University Press, 1972, et Elie Castor et Raymond Tarcy, *Félix Éboué, gouverneur et philosophe*, Paris, L'Harmattan, 1984.

14. Léopold Sédar Senghor, « Qu'est-ce que la négritude ? », *Études françaises*, 3, 1, 1967.

15. Léopold Sédar Senghor, « Rapport sur la doctrine et la propagande du Parti », congrès constitutif du PRA, 1959.

16. Aimé Césaire, « Nous accueillons l'Afrique rétablie dans son droit et dans sa dignité », *Le Soleil*, 4 mars 1976, cité par Janet Vaillant, *Vie de Léopold Sédar Senghor. Noir, Français et Africain*, Paris, Karthala, 2006, p. 122.

17. W. E. B. Du Bois, *Les Âmes du peuple noir*, La Découverte, Paris, 2007, p. 11.

18. Aimé Césaire, *Cahier d'un retour au pays natal*, Paris, Présence africaine, 1983. Léon-Gontran Damas, *Pigments*, Paris, Présence africaine, 1962. Léopold Sédar Senghor, « Ce que l'homme noir apporte », dans *L'Homme de couleur*, Paris, Plon, 1939.

19. Léopold Sédar Senghor, « Ce que l'homme noir apporte », in *ibid.*

20. Voir François-Xavier Fauvelle, *L'Afrique de Cheikh Anta Diop*, Paris, Karthala, 1996.

21. Senghor, « Chants pour signare », in *Œuvre poétique*, *op. cit.*, p. 189.

22. Souleymane Bachir Diagne, *Léopold Sédar Senghor, l'art africain comme philosophie*, Paris, Riveneuve, 2007.

23. Aimé Césaire, « Discours sur la négritude », dans *Discours sur le colonialisme*, Paris, Présence africaine, 2004, p. 81.

24. *Ibid.* p. 82.

25. Fabienne Guimont, *Les Étudiants africains en France, 1950-1965*, Paris, L'Harmattan, 1998 ; Michel Sot (dir.), *Étudiants africains en France, 1950-2001*, Paris, Karthala, 2002.

26. Cité par F. Guimont, *Les Étudiants africains en France*, *op. cit.*, p. 15.

27. *Ibid.*, p. 139.

28. F. Fanon, *Peau noire, masques blancs, op. cit.*, p. 107-109.

29. Valentin Mudimbe (dir.), *The Surreptitious Speech: Présence Africaine and the Politics of Otherness, 1947-1987*, Chicago, University of Chicago Press, 1992.

30. « Discriminations racistes et travail forcé dans les territoires d'outre-mer », *Présence africaine*, 13, 1952.

31. Abdoulaye Gueye, « The Colony Strikes back : African Protest Movements in Postcolonial France », *Comparative Studies of South Asia, Africa and the Midle East*, 26, 2, 2006.

32. Sally N'Dongo, *Coopération et néocolonialisme*, Paris, Maspéro, 1976.

33. A. Moustapha Diop, « Le mouvement associatif négro-africain en France », *Hommes et Migrations*, 1132, 1990, p. 17.

34. Anonyme, *Le Livre des travailleurs africains en France*, Paris, Maspéro, 1970.

35. Christophe Daum, *Les Associations de Maliens en France. Migration, développement et citoyenneté*, Paris, Karthala, 1998.

36. On attend avec d'autant plus d'intérêt la publication de la thèse de Jean-Philippe Dedieu.

37. Abdoulaye Gueye, « The Colony Strikes back : African Protest Movements in Postcolonial France », art. cit.

38. Johanna Siméant, *La Cause des sans-papiers*, Paris, Presses de Sciences Po, 1998.

39. Anonyme, *La Traite silencieuse. Les émigrés des DOM*, Paris, IDOC, 1975.

40. Audrey Célestine, « Comment peut-on être antillais hors des Antilles ? », *Hommes et Migrations*, 1265, juillet 2005.

41. François Hartog et Jacques Revel (dir.), *Les Usages politiques du passé*, Paris, Éditions de l'EHESS, 2001.

42. Laurent Bouvet, *Le Communautarisme. Mythes et réalités*, Paris, Lignes de repères, 2007, p. 23-29.

43. Raphaël Confiant, *Aimé Césaire. Une traversée paradoxale du siècle*, Paris, Écriture, 2006, p. 139.

44. August Meier et Elliot Rudwick, *Black History and the Historical Profession, 1915-1980*, Urbana, University of Illinois Press, 1986.

45. Lawrence W. Levine, *Black Culture, Black Consciousness : Afro-American Folk Thought from Slavery to Freedom*, New York, Oxford University Press, 1977.

46. Eugene D. Genovese, *Roll, Jordan, Roll. The World the Slaves Made*, New York, Vintage, 1974 ; John Blassingame, *The Slave Community : Plantation Life in the Antebellum South*, New York, Oxford University Press, 1979.

47. Jacky Dahomay, « L'innommable Raphaël Confiant », *Le Monde*, 1er décembre 2006, et « Raphaël Confiant et les innommables », *Le Monde*, 2 décembre 2006.

48. Dieudonné, interview au *Journal du dimanche*, 8 février 2004.

49. « Who are the slumlords in the Black community ? The so-called Jew... Right in the Black community, sucking our blood on a daily and consistent basis », discours de Khalid Abdul Muhammad, porte-parole de Nation of Islam, le 29 novembre 1993, à Kean College.

50. Voir par exemple Léon Poliakov, *Histoire de l'antisémitisme*, Paris, Le Seuil, 1994 ; Hannah Arendt, *Sur l'antisémitisme*, Paris, Le Seuil, 2005.

51. *New York Times*, 20 avril 1990.

52. *New York Times*, 6 août 1991.

53. Tony Martin, *The Jewish Onslaught. Dispatches from the Wellesley Battlefront*, New York, Majority Press, 1993.

54. Henry-Louis Gates, « Black Demagogues and Pseudo-Scholars », *New York Times*, 20 juillet 1992.

55. David Brion Davis, « Jews in the Slave Trade », *Culture Front*, automne 1992, p. 42-45 ; « The Slave Trade and the Jews », *The New York Review*, vol. 41, 22 décembre 1994, p. 14-16 ; S. Drescher, « The Role of Jews in the Transatlantic Slave Trade », *Immigrants and Minorities*, vol. 12, 1993, p. 113-125.

56. Voir le travail remarquable mené par le Comité contre l'esclavage moderne.

57. Tommie Shelby, « Foundations of Black Solidarity : Collective Identity or Common Oppression ? », *Ethics*, 112, janvier 2002, p. 231-266, et *We Who are Dark. The Philosophical foundations of Black Solidarity*, Cambridge, Mass., Harvard University Press, 2005.

58. L'essai est en ligne à l'adresse suivante : http ://www.libraries.wvu.edu/delany/home.htm

59. Sur les différentes formes de nationalisme noir, voir aussi Michael C. Dawson, *Black Visions : The Roots of Contemporary African-American Political Ideologies*, Chicago, University of Chicago Press, 2001, et Paul Gilroy, *Against Race : Imagining Political Culture beyond the Color Line*, Cambridge, Mass., Harvard University Press, 2000.

60. Entretien paru dans *Esprit*, juin 2007.

61. Voir Éric Fassin, « Naissance de la question noire », texte non publié, et Christian Poiret, « Émergence de la catégorie "Noirs" dans l'espace public français et évolution des référentiels politiques : la place du Conseil représentatif des associations noires de France (Cran) », intervention de séminaire du CEAF-EHESS, 17 décembre 2007. Voir aussi François Durpaire, *France blanche, colère noire*, Paris, Odile Jacob, 2006 ; Patrick Lozès, *Nous, les Noirs de France*, Paris, Danger public, 2007.

62. É. Fassin, « Naissance de la question noire », *ibid.*, p. 3.

63. E. Goffman, *Stigmate, op.cit.*, p. 41.

64. Cheryl Lynn Greenberg, *Troubling the Waters. Black-Jewish Relations in the American Century*, Princeton, Princeton University Press, 2006. Voir aussi Murray Friedmann, *What Went Wrong ? The Creation and Collapse of the Black-Jewish Alliance*, New York, Free Press, 1994 ; Eric Sundquist, *Strangers in the Land. Black, Jews, Post-Holocaust America*, Cambridge, Mass., Harvard University Press, 2005.

CONCLUSION

1. W. E. B. Du Bois, *Les Âmes du peuple noir, op. cit.*, p. 9-10.

2. Voir Didier Fassin et Éric Fassin, « Éloge de la complexité », in *De la question sociale à la question raciale. Représenter la société française, op. cit.*, p. 252. Joan Scott, *La Citoyenneté paradoxale. Les féministes françaises et les droits de l'homme*, Paris, Albin Michel, 1998.

3. P. Gilroy, *L'Atlantique noir, op. cit.*, chap. III.

Index des noms

LA CONDITION NOIRE

ANNEXES

APPENDICES

DANS LA COLLECTION FOLIO / ACTUEL

110 Edwy Plenel : *La découverte du monde.*
111 Jean-Marie Chevalier : *Les grandes batailles de l'énergie (Petit traité d'une économie violente).*
112 Sylvie Crossman et Jean-Pierre Barou : *Enquête sur les savoirs indigènes.*
113 Jean-Michel Djian : *Politique culturelle : la fin d'un mythe.*
114 Collectif : *L'année 2004 dans* Le Monde *(Les principaux événements en France et à l'étranger).*
115 Jean-Marie Pernot : *Syndicats : lendemains de crise ?*
116 Collectif : *L'année 2005 dans* Le Monde *(Les principaux événements en France et à l'étranger).*
117 Rémy Rieffel : *Que sont les médias ? (Pratiques, identités, influences).*
119 Jean Danet : *Justice pénale, le tournant.*
120 Mona Chollet : *La tyrannie de la réalité.*
121 Arnaud Parienty : *Protection sociale : le défi.*
122 Jean-Marie Brohm et Marc Perelman : *Le football, une peste émotionnelle (La barbarie des stades).*
123 Sous la direction de Jean-Louis Laville et Antonio David Cattani : *Dictionnaire de l'autre économie.*
124 Jacques-Pierre Gougeon : *Allemagne : une puissance en mutation.*
125 Dominique Schnapper : *Qu'est-ce que l'intégration ?*
126 Gilles Kepel : *Fitna (Guerre au cœur de l'islam).*
127 Collectif : *L'année 2006 dans* Le Monde *(Les principaux événements en France et à l'étranger).*
128 Olivier Bomsel : *Gratuit ! (Du déploiement de l'économie numérique).*
129 Céline Braconnier et Jean-Yves Dormagen : *La démocratie de l'abstention (Aux origines de la démobilisation électorale en milieu populaire).*

130 Olivier Languepin : *Cuba (La faillite d'une utopie)*, nouvelle édition mise à jour et augmentée.
131 Albert Memmi : *Portrait du décolonisé arabo-musulman et de quelques autres.*
132 Steven D. Levitt et Stephen J. Dubner : *Freakonomics.*
133 Jean-Pierre Le Goff : *La France morcelée.*
134 Collectif : *L'année 2007 dans* Le Monde (*Les principaux événements en France et à l'étranger*).
135 Gérard Chaliand : *Les guerres irrégulières* (*XX*e-*XXI*e *siècle. Guérillas et terrorismes).*
136 *La déclaration universelle des droits de l'homme* (Textes rassemblés par Mario Bettati, Olivier Duhamel et Laurent Greilsamer pour *Le Monde*).
137 Roger Persichino : *Les élections présidentielles aux États-Unis.*
138 Collectif : *L'année 2008 dans* Le Monde *(Les principaux événements en France et à l'étranger).*
139 René Backmann : *Un mur en Palestine.*
140 Pap Ndiaye : *La condition noire (Essai sur une minorité française).*
141 Dominique Schnapper : *La démocratie providentielle (Essai sur l'égalité contemporaine).*
142 Sébastien Clerc et Yves Michaud : *Face à la classe (Sur quelques manières d'enseigner).*
143 Jean de Maillard : *L'arnaque (La finance au-dessus des lois et des règles).*
144 Emmanuel Todd : *Après la démocratie.*
145 Albert Memmi : *L'homme dominé (Le Noir — Le Colonisé — Le Juif — Le prolétaire — La femme — Le domestique).*
146 Bernard Poulet : *La fin des journaux et l'avenir de l'information.*
147 André Lebeau : *L'enfermement planétaire.*
148 Steven D. Levitt et Stephen J. Dubner : *SuperFreakonomics.*
149 Vincent Edin et Saïd Hammouche : *Chronique de la discrimination ordinaire.*

150 Jean-Marie Chevalier, Michel Derdevet et Patrice Geoffron : *L'avenir énergétique : cartes sur table.*
151 Bob Woodward : *Les guerres d'Obama.*
152 Harald Welzer : *Les guerres du climat (Pourquoi on tue au XXIe siècle).*
153 Jean-Luc Gréau : *La Grande Récession depuis 2005 (Une chronique pour comprendre).*
154 Ignacio Ramonet : *L'explosion du journalisme (Des médias de masse à la masse de médias).*
155 Laetitia Van Eeckhout : *France plurielle (Le défi de l'égalité réelle).*
156 Christophe Boltanski : *Minerais de sang (Les esclaves du monde moderne).*
157 Gilles Kepel : *Quatre-vingt-treize.*
158 Stéphane Foucart : *La Fabrique du mensonge (Comment les industriels manipulent la science et nous mettent en danger).*
159 Rémy Rieffel : *Révolution numérique, révolution culturelle ?*
160 Bill Kovach, Tom Rosenstiel : *Principes du journalisme.*
161 Antoinette Fouque : *Il y a deux sexes.*
162 Stéphane Foucart : *L'avenir du climat (Enquête sur les climato-sceptiques).*
163 Collectif : *La République, ses valeurs, son école.*
164 Gilles Kepel : *Passion arabe suivi de Passion en Kabylie et de Paysage avant la bataille.*
165 Roberto Saviano : *Extra pure. Voyage dans l'économie de la cocaïne.*
166 Patrick Weil avec Nicolas Truong : *Le sens de la République.*
167 Mathieu Guidère : *La guerre des islamismes.*
168 Marcel Gauchet avec la collaboration d'Éric Conan et François Azouvi : *Comprendre le malheur français.*
169 Gilles Kepel : *Terreur dans l'Hexagone.*
170 Philippe Simonnot : *Nouvelles leçons d'économie contemporaine.*
171 Mathieu Guidère : *Au commencement était le Coran.*

Composition Interligne.
Impression Grafica Veneta
à Trebaseleghe, le 2 janvier 2019
Dépôt légal : janvier 2019
1er dépôt légal dans la collection : août 2009

ISBN : 978-2-07-036153-3./Imprimé en Italie